Widmung

Für meine Freunde in Howth, Irland

Sie waren meine Freunde, als «die linden Lüfte» wehten.
Sie waren loyal und verständnisvoll, und sie waren noch größere Freunde,
als «die unlauteren, widrigen Winde bliesen», denn die Iren wissen,
was es heißt, verfolgt zu werden, und sie wissen, woher der Wind weht,
wenn sie die Wahrheit beurteilen müssen.

Daher ...

Mr. und Mrs. O'Grady
Familie Loftus
Dr. W. I. Chapman
und
Brud Campbell
(um nur einige zu nennen)

Vielen Dank!

T. Lobsang Rampa

Die Rampa Story

Englische Ausgabe unter dem Titel:
«THE RAMPA STORY» by T. Lobsang Rampa © 1960
Originally published in Great Britain by Souvenir Press Ltd.
Printing History (English edition):
Souvenir Press · Great Britain · Edition 1960-1961
Corgi Books   · Great Britain · Edition 1962-1982

Autor: Tuesday Lobsang Rampa
Titel: Die Rampa Story
Titelbild: Alle Rechte vorbehalten
Überarbeitete Ausgabe: Mai 2026

Bibliografische Information der Deutschen Nationalbibliothek: Die Deutsche Nationalbibliothek verzeichnet diese Publikation in der Deutschen Nationalbibliografie; detaillierte bibliografische Daten sind im Internet über dnb.dnb.de abrufbar.

© 2024 T. Lobsang Rampa
Verlag: BoD · Books on Demand GmbH, Überseering 33, 22297 Hamburg, bod@bod.de
Druck: Libri Plureos GmbH, Friedensallee 273, 22763 Hamburg
ISBN: 978-3-7597-3019-0

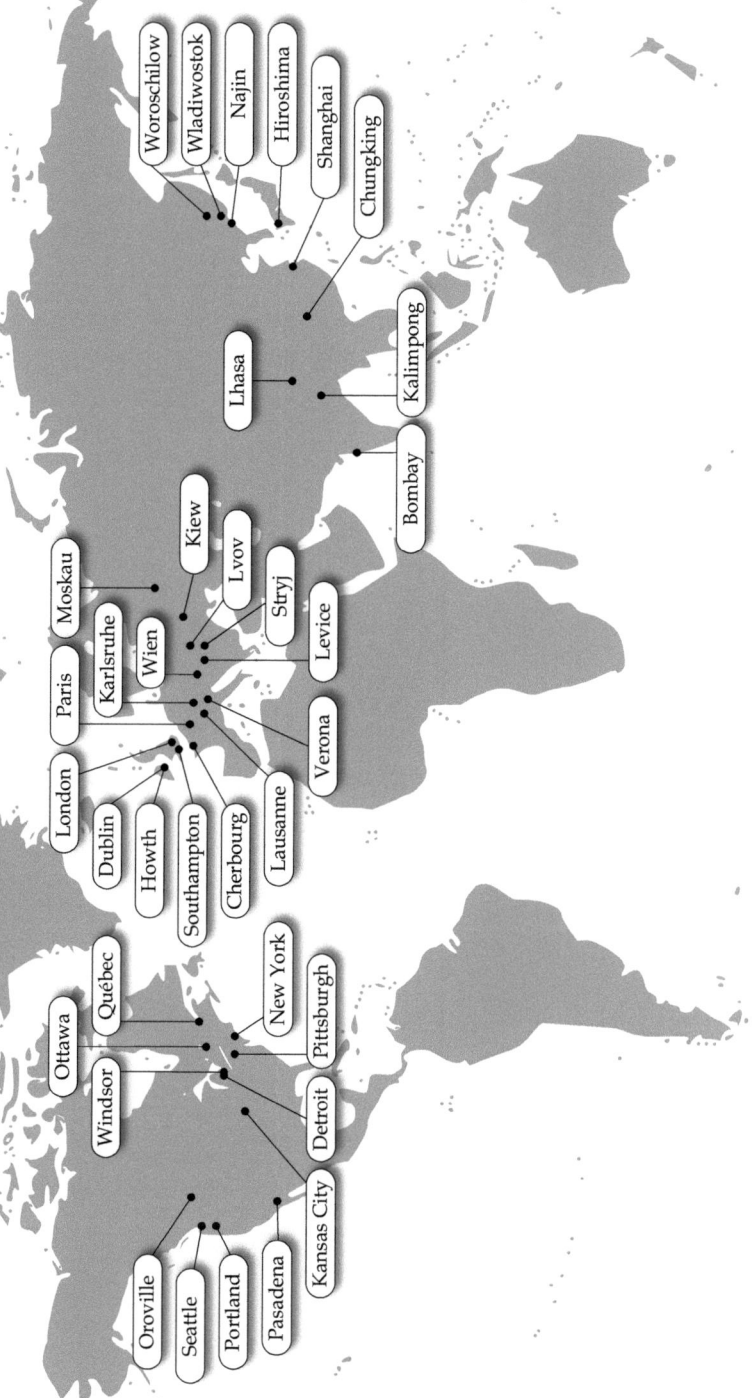

Inhaltsverzeichnis

Anmerkung des englischen Herausgebers

In den vergangenen Jahren haben nur sehr wenige Bücher so viele Kontroversen ausgelöst wie «Das dritte Auge» und die anderen Werke, die aus der Feder von T. Lobsang Rampa stammen.

Der Grund dafür ist einfach: Wenn ein Engländer behauptet, sein physischer Körper sei vom Seelenkörper eines tibetischen Lama übernommen worden, dann kommt er nicht umhin, zum Gespött zu werden.

Wenn er darüber hinaus noch über besonders detaillierte und präzise Erfahrungen berichtet, die das Beherrschen von persönlichen übersinnlichen Fähigkeiten erfordern, die außerhalb der Naturgesetze liegen, so wie wir sie verstehen, dann muss man nicht erstaunt sein, wenn diese Berichte mit Entrüstung aufgenommen werden. Aber Entrüstungen dieser Art entspringen manchmal nur aus Unwissenheit. Die Tatsache, dass T. Lobsang Rampa inzwischen auf der ganzen Welt Tausende zu seinen Lesern zählt, ist ein Indiz dafür, dass nicht alle dem Unbekannten gegenüber verschlossen sind.

Dieses dritte Buch von T. Lobsang Rampa wurde für seine große Leserschaft geschrieben und nicht für die Skeptiker, die weder in der Lage sind, seine Geschichte zu widerlegen noch zu erklären, wie der Engländer, der England nie verlassen hat, zu diesem umfangreichen Wissen kam, wenn Lobsang Rampas Geschichte nicht wahr wäre.

«Die Rampa Story» ist eine Antwort auf all seine Kritiker, und jede Seite trägt seine persönliche Garantie, dass alles, was geschrieben steht, der Wahrheit entspricht.

Vorwort des Autors

«Bitte, kein Wort der Verbitterung», ermahnte mich mein Verleger.

«In Ordnung», dachte ich, «aber warum sollte ich verbittert sein? Ich versuche doch nur, meiner Pflicht nachzukommen und ein Buch, wie verlangt, zu schreiben.»

«Bitte, keine Äußerungen gegen die Presse!», sagte mein Verleger. «Nichts, aber auch gar nichts!»

«Du meine Güte», sagte ich zu mir. «Für wen hält er mich eigentlich?»

Also, so soll es sein. Keine Äußerungen gegen die Presse. Schließlich denken sie auch, sie würden nur ihrer Pflicht nachkommen, und wenn sie an falsche Informationen gelangen, dann können sie, nehme ich an, nicht gänzlich dafür verantwortlich gemacht werden. Aber meine Meinung über die Presse ist? Na, ja …

Also lassen wir das. Kein Wort mehr zu diesem Thema.

Dieses Buch ist die Fortsetzung nach «Das dritte Auge» und «Ein Arzt aus Lhasa». Ich möchte gleich zu Beginn noch einmal festhalten, dass diese Erzählung der Wahrheit entspricht und keine Fiktion und kein Roman ist. Auch alle anderen Bücher, die ich geschrieben habe, sind wahr und beruhen auf meinen eigenen persönlichen Erfahrungen. In diesem Buch werde ich über die Aspekte schreiben, die das menschliche Wesen und das Ich betreffen. Ein Thema, mit dem wir aus dem Fernen Osten bestens vertraut sind.

Wie auch immer. Genug des Vorwortes. Das Wichtigste ist jetzt das Buch selbst!

Kapitel 1

Die schroffen, hochaufragenden Gipfel des Himalaya zeichneten sich lebhaft im klaren Purpur des tibetischen Abendhimmels ab. Die untergehende Sonne, die sich bereits hinter der gewaltigen Gebirgskette versteckt hatte, ließ das hochaufschießende und unaufhörlich von den hohen Gipfeln herabwirbelnde Schneegestöber in schillernden und glitzernden Farben erscheinen. Die Luft war kristallklar und belebend frisch, und bot dem Betrachter eine schier unendliche Weitsicht.

Auf den ersten Blick schien diese öde, gefrorene Landschaft ohne jegliches Leben zu sein. Nichts bewegte sich – nichts rührte sich, außer den langgezogenen Schneewehen hoch oben auf den Gipfeln. Es schien, als könnte in diesen kahlen Bergsteinwüsten nichts leben, so als hätte es hier offenbar von Anbeginn der Zeit kein Leben gegeben.

Nur wenn man es wusste, nur wenn es einem immer und immer wieder gezeigt würde, konnte man die schwachen Spuren entdecken, die verrieten, dass hier Menschen lebten. Nur wer sich in diesem Gebiet auskannte, konnte seine Schritte zu diesem rauen, verbotenen Ort lenken. Nur dann wäre man in der Lage, den schattenumhüllten Eingang zu sehen, der zu einer tiefen, düsteren Höhle führte. Eine Höhle, die nur eine Vorhalle war, von der aus unzählige Tunnel und Kammern abzweigten, die dieses raue, karge Bergmassiv wabenartig durchzogen.

Seit Monaten schon verrichteten die vertrauenswürdigsten Lamas niedere Trägerfunktionen. Von Lhasa aus waren sie zu einem langen Marsch über mehrere hundert Kilometer aufgebrochen und hatten unter großen Strapazen die uralten Geheimnisse hierhergebracht, wo sie für immer vor dem Zugriff der zerstörungswütigen Chinesen und den verräterischen tibetischen Kommunisten sicher waren. Auch hierhin hatte man unter großen Anstrengungen und Mühen die goldenen einbalsamierten Gebeine vergangener Inkarnationen des Dalai Lama gebracht, um sie im Herzen des Berges abzusetzen, damit sie weiterhin verehrt werden konnten. Heilige Objekte, uralte Schriften und die ehrwürdigsten und gelehrtesten Priester waren hier in Sicherheit. Seit Jahren hatten sich loyale Äbte, die von der kommenden chinesischen Invasion wussten, regelmäßig zu ernsten Gesprächen getroffen, um diejenigen zu testen und auszuwählen, die in das weit entfernte neue Domizil gehen sollten. Ein Priester nach dem anderen wurde ohne sein Wissen begutachtet und sein Lebenslauf durchleuchtet. Nur die Besten und die von reinster Spiritualität wurden ausgewählt. Es waren alles Männer, deren Ausbildung und Glauben gewährleisteten, selbst den grausamsten Folterungen der Chinesen standzuhalten, ohne dabei die geheimen Informationen preiszugeben.

Rechtzeitig trafen sie schließlich in ihrem neuen Heim ein, bevor die Kommunisten Lhasa überrannten. Kein mit Kriegsmaterial beladenes Flugzeug konnte sich gefahrlos in diese Höhe wagen. Keine feindlichen Truppen konnten in diesem trockenen, unwirklichen Gebiet ihre Zelte aufschlagen. Ein Gebiet, das felsig und ohne Erdreich ist. Das zu heimtückischen Felsstürzen neigte und von tiefen, gähnenden Schluchten durchzogen war. In dieser Höhe war die Luft fast ohne Sauerstoff. Nur das allerrobusteste Gebirgsvolk konnte hier noch atmen. Hier, zumindest an diesem Zufluchtsort in den Bergen, herrschte Frieden. Frieden, um für die Zukunft zu arbeiten, das uralte Wissen zu sichern und sich auf die Zeit vorzubereiten, in der sich Tibet wieder erheben und frei von den Belagerern sein sollte.

Vor Jahrmillionen war dieses Gebiet vulkanischen Ursprungs gewesen. Feuerspeiende Vulkane hatten über ein sich ständig veränderndes Antlitz der noch jungen Erde Gestein und Lava ausgestoßen. Die Welt befand sich zu der Zeit in einem Halbfestigkeitszustand und lag noch in den Geburtswehen eines neuen Zeitalters. Nach unzähligen Jahren erstarben die Flammen, und das halbgeschmolzene Gestein kühlte ab. Ein letztes Mal floss Lava den Hang hinunter, und Gasausbrüche schleuderten die noch tief im Erdinneren gelagerten letzten Reste hoch in die Luft. Sie hinterließen endlose, kahl und leergefegte Gänge und Tunnel. Einige Wenige wurden durch

Steinlawinen verschüttet, die anderen blieben intakt, glashart und von Aderspuren geschmolzener Metalle durchzogen. Von einigen Wänden rieselte klares Quellwasser herab, das beim leisesten Lichteinfall glitzerte.

Jahrhunderte über Jahrhunderte blieben diese Gänge und Höhlen abgeschieden, verlassen und unberührt von Leben. Sie waren nur den astralreisenden Lamas bekannt, die überall hingehen und alles besichtigen konnten. Astralreisende hatten das Land auf der Suche nach einem solchen Zufluchtsort durchkämmt. Jetzt, wo in Tibet die Schreckensherrschaft regiert, werden diese urzeitlichen Gänge von einer Elite spirituell geprägter Menschen bewohnt. Menschen, die auserkoren wurden, zu gegebener Zeit wieder aufzuerstehen.

Als die ersten der sorgfältig ausgewählten Mönche in Richtung Norden aufbrachen, um das neue Domizil in den gewachsenen Felsenhöhlen einzurichten, packten andere in Lhasa die edelsten Kostbarkeiten ein und bereiteten ihr unauffälliges Verschwinden vor. Ein paar wenige Auserwählte verließen ihre Lama- und Nonnenklöster. In kleinen Gruppen reisten sie im Schutze der Dunkelheit zu einem weit entfernten See, an dessen Ufer sie ihr Lager aufschlugen und auf die anderen warteten.

In dem «neuen Domizil», wurde ein neuer Orden gegründet: «Die Stätte zur Erhaltung des Wissens». Der verantwortliche Abt, ein weiser über hundert Jahre alter Mönch, war unter unvorstellbaren Mühen zu den in den Bergen liegenden Höhlen hinaufgestiegen. Mit ihm reisten die weisesten Männer des Landes, die telepathischsten Lamas, die Hellseher und die Weisen mit einem überdurchschnittlichen Erinnerungsvermögen.

Langsam, über viele Monate hinweg, stiegen sie immer höher und höher ins Gebirge hinauf. Die Luft wurde mit zunehmender Höhe immer dünner und dünner. Manchmal vermochten ihre alten Körper nur eineinhalb Kilometer am Tag zurückzulegen. Eineinhalb Kilometer mühsames Vorwärtskommen über gewaltige Felsmassive, während die ewigen Winde auf den hohen Bergpässen an ihren Roben zerrten und sie davonzublasen drohten. Manchmal zwangen tiefe Felsspalten sie zu ermüdend langen Umwegen.

Fast eine ganze Woche lang war der greise Abt gezwungen, in einem dicht abgeschlossenen Yakfellzelt zu rasten, während besondere Kräuter und Essenzen lebensrettenden Sauerstoff verströmten, um seinem gepeinigten Herz und seinen Lungen Linderung zu verschaffen. Darauf setzte er mit fast übermenschlicher Kraft seine schreckliche Reise fort.

Endlich erreichten sie ihr Ziel. Eine inzwischen stark dezimierte Schar, denn viele hatten unterwegs ihr Leben gelassen. Erst allmählich gewöhnten sie sich an das veränderte Leben. Die Schreiber schrieben gewissenhaft ihren Reisebericht auf, und die Holzschnitzer fertigten langsam die Blöcke für die handgedruckten Bücher an. Die Hellseher schauten in die Zukunft, weissagten und machten Voraussagen über die Zukunft Tibets und andere Länder. Diese Männer von höchster Reinheit standen in Verbindung mit dem Kosmos und der allumfassenden Akasha-Chronik, mit jener Chronik, in der man alles Vergangene, alles Gegenwärtige und auch alles, was die Wahrscheinlichkeit der Zukunft betrifft, sehen kann. Auch die Telepathen waren beschäftigt, Botschaften an ihresgleichen in Tibet zu senden. Sie blieben überall mit Ordensangehörigen in telepathischer Verbindung, und – blieben in Kontakt mit mir!

«Lobsang, Lobsang!», dröhnte eine Stimme in meinem Kopf und brachte mich aus meinen Träumen zurück. Telepathische Botschaften waren für mich nichts Außergewöhnliches. Sie sind mir bei Weitem vertrauter als Telefonanrufe. Doch dieses Rufen klang sehr eindringlich. Es klang irgendwie anders als sonst. Schnell setzte ich mich in die Lotosposition, sammelte mich, öffnete meinen Geist und entspannte meinen Körper. Als ich für die telepathische Botschaft aufnahmebereit war, wartete ich. Eine Zeitlang war nichts zu vernehmen, nur ein sanftes Prüfen, so als würde «jemand» durch meine Augen schauen und etwas sehen wollen. Aber, was sollte das schon sein? Der schmutzige Detroit River oder die hohen Wolkenkratzer der Stadt Detroit. Das Kalenderblatt vor mir zeigte den 9. April 1960 an. Wieder war nichts zu vernehmen. Plötzlich, als hätte jemand einen Entschluss gefasst, erreichte mich die Stimme wieder: «Lobsang, du hast sehr viel ertragen müssen und hast Außergewöhnliches geleistet. Doch jetzt ist keine Zeit für Komplimente. Es gibt für dich noch immer eine Aufgabe zu erfüllen.»

Es folgte eine Pause, so als wäre der Sprecher unerwartet unterbrochen worden. Ich wartete tief betrübt und völlig beunruhigt. Ich hatte während den vergangenen Jahren mehr als genug Elend und Leiden ertragen. Ich hatte jähe Veränderungen hingenommen und wollte nicht mehr gejagt und verfolgt werden.

Als ich wartete, nahm ich die flüchtigen telepathischen Gedanken anderer Menschen in der Nähe von mir auf. Das Mädchen an der Bushaltestelle unterhalb meines Fensters dachte, während sie ungeduldig von einem Fuß auf den anderen trat: «Herrgott, wo bleibt denn nur der Bus? Unsere Verkehrsbetriebe sind die schlimmsten auf der ganzen Welt!»

Oder der Mann, der gerade ein Paket an der nächsten Haustür abgab, dachte: «Ob ich mich getrauen soll, den Boss nach einer Gehaltserhöhung zu fragen? Milli wird bestimmt bald durchdrehen, wenn sie nicht mehr Haushaltsgeld von mir kriegt!»

Noch als ich mich müßig fragte, wer wohl Milli sei, genauso wie sich jemand die Zeit vertreibt, während er beim Telefonieren wartet, vernahm ich die innere Stimme wieder eindringlicher.

«Lobsang! Wir haben uns entschieden. Es wird Zeit, dass du wieder ein Buch schreibst. Das nächste erfüllt eine wichtige Aufgabe. Es soll davon handeln, dass eine Person den physischen Körper eines anderen übernehmen kann, wenn beide Beteiligten damit einverstanden sind.»

Vor Bestürzung fuhr ich auf und brach fast die telepathische Verbindung ab. Ich sollte wieder schreiben? Ausgerechnet darüber? Ich galt jetzt schon als umstrittene Person. Solche Augenblicke hasste ich. Ich wusste ja, wer ich war, und dass alles, was ich behauptete, der Wahrheit entsprach. Doch was würde es nützen, eine Geschichte zu schreiben, die die reißerische Presse nur wieder zerpflücken würde. Das war mir unbegreiflich. Diese Nachricht verwirrte mich völlig und ich war wie betäubt. Mir war schwer ums Herz, so wie jemand, der auf seine Hinrichtung wartete.

«Lobsang!», die telepathische Stimme war nun mahnender, und die Schärfe der rauen Stimme durchfuhr meinen benebelten Geist wie ein elektrischer Schlag. «Lobsang! Wir sind besser als du in der Lage, das zu beurteilen. Du bist zu sehr in den Schlingen der westlichen Welt gefangen. Wir haben mehr Distanz und können das besser abschätzen. Du hast nur die Lokalnachrichten, wir die der ganzen Welt.» Etwas bescheidener geworden schwieg ich und wartete auf die Fortsetzung der Botschaft. Ich gab ihnen recht, «sie» wussten offenbar wirklich besser, was richtig war.

Nach kurzer Zeit vernahm ich die Stimme wieder: «Du hast vieles unschuldig ertragen müssen, aber alles geschah aus einem guten Grund. Dein bisheriges Tun hat vielen Gutes gebracht. Du bist krank, und dein Urteilsvermögen ist verfälscht und verzerrt, was deine Haltung zum Thema des nächsten Buches angeht.»

Während ich ihm zuhörte, griff ich nach meiner uralten Kristallkugel und hielt sie vor mir auf einem schwarzen matten Tuch in den Händen. Schnell bewölkte sich das Glas und wurde milchig weiß. Der weiße Nebel teilte sich, so wie wenn ein Vorhang geöffnet wird, um das Licht der Abenddämmerung hereinzulassen. Ich sah nun das, was ich hörte. In der Ferne erblickte ich das Himalayamassiv, deren Bergspitzen von Schnee bedeckt waren. Ein starkes Gefühl des Fallens erfasste mich, das so echt war, dass ich dachte, es würde mir den Magen umdrehen.

Die Landschaft wurde deutlicher, und ich sah die Höhle: die neue Stätte des Wissens. Ich sah einen bejahrten Patriarchen, einen uralten Greis. Er saß auf einer gefalteten Decke aus Yakwolle. Obwohl er ein hoher Abt war, war er einfach gekleidet in einer dünnen und zerschlissenen Robe, die fast so alt zu sein schien wie er selbst. Sein hoher, gewölbter Kopf glänzte wie altes Pergamentpapier, und seine alten runzeligen Hände, deren Handknochen nur noch von Haut überzogen waren, waren dünn. Er war eine sehr ehrwürdige Person mit einer starken, kraftvollen Aura und einer erhabenen Gelassenheit, die nur die wahre Weisheit verleihen konnte. Er saß in der Mitte eines Kreises und rund um ihn herum saßen sieben hochrangige Lamas. Alle saßen in Meditationshaltung, die Handflächen nach oben und die Finger in uralter Symbolik gefaltet. Ihre Köpfe waren leicht in meine Richtung geneigt. In meiner Kristallkugel erschien es mir, als befände ich mich mitten unter ihnen in derselben vulkanischen Kammer, so als stünde ich vor ihnen. Wir unterhielten uns, als wäre ich physisch anwesend.

«Du bist ehrenvoll gealtert», sagte einer.

«Deine Bücher haben viel Freude und Erleuchtung gebracht. Lass dich nicht durch die wenigen Eifersüchtigen entmutigen, die dir übel gesonnen sind», sagte ein anderer.

«Auch das Eisenerz mag denken, es würde sinnlos im Schmelzofen gemartert, doch wenn die gehärtete Klinge aus feinstem Stahl zurückschaut, dann weiß sie es besser», sagte ein Dritter.

«Wir verschwenden Zeit und Energie», sagte der betagte Patriarch. «Sein Herz ist geschwächt und er steht schon im Schatten der anderen Welt. Wir dürfen jetzt weder seine Kräfte noch seine Gesundheit strapazieren. Seine Aufgabe liegt nun klar vor ihm.»

Wieder herrschte Schweigen. Diesmal war es ein heilendes Schweigen, während die telepathischen Lamas mir lebensspendende Energie übertrugen. Energie, an der es mir seit meinem zweiten Herzinfarkt so oft gefehlt hatte. Das Bild vor mir, ein Bild, von dem ich ein Teil zu sein schien, wurde heller, heller noch als Licht je in dieser Welt sein könnte.

Dann hob der alte Mann seinen Blick und sagte: «Mein Bruder», diese Anrede war in der Tat eine Ehre für mich, obwohl auch ich im eigentlichen Sinne ein Abt war. « Mein Bruder, wir müssen vielen Menschen die Wahrheit offenbaren, dass ein Ich sich auch freiwillig von seinem physischen Körper lösen und es einem anderen Ich gestatten kann, diesen Körper zu übernehmen und ihn wiederzubeleben. Dieses Wissen weiterzugeben ist deine Aufgabe.»

Das war wirklich ein Schlag für mich. Meine Aufgabe? Ich hatte es nie auch nur erwogen, solche Dinge weiterzugeben. Ich hatte es vorgezogen, selbst dann zu schweigen, wenn ich daraus materielle Vorteile hätte erlangen können. Ich war überzeugt, dass es das Beste sei, wenn die Leute im Westen, die für das Esoterische so blind sind, nichts über das Okkulte erfuhren. So viele «okkulte» Menschen, die ich bisher getroffen hatte, wussten nur sehr wenig. Und geringes Wissen ist eine gefährliche Sache. Meine Gedanken wurden jäh durch den Abt unterbrochen.

«Wie du sehr gut weißt, befinden wir uns an der Schwelle eines neuen Zeitalters. Einem Zeitalter, in dem es vorgesehen ist, dass der Mensch von seinen Verunreinigungen gereinigt und in Frieden mit sich selbst und anderen leben soll. Die Bevölkerungszahlen werden dereinst stabil bleiben, weder steigen noch fallen. Daher werden kriegerische Bestrebungen ausbleiben, denn nur Länder mit ständiger Bevölkerungszunahme müssen Kriege führen, um den Lebensraum zu vergrößern. Wir wollen den Menschen wissen lassen, dass ein Mensch seinen physischen Körper wie ein altes Gewand ablegen kann, für den der Träger keine Verwendung mehr hat, und ihn jemand anderem zur Verfügung stellen kann, der einen solchen Körper für einen speziellen Zweck benötigt.»

Ich fuhr unbeabsichtigt auf. Ja, das wusste ich alles. Nur hatte ich nicht erwartet, dass ausgerechnet ich darüber schreiben musste. Die ganze Idee machte mir Angst.

Der alte Abt lächelte flüchtig und sagte: «Ich sehe schon, dass dir diese Idee, diese Aufgabe, nicht sonderlich behagt, mein Bruder. Doch selbst im Westen, im sogenannten Christentum, gibt es sehr viele aufgezeichnete Beispiele von ‹Besessenheit›. Dass viele solche Fälle des Teufels oder gar als schwarze Magie betrachtet werden, ist sehr bedauerlich. So zu denken beweist aber nur, daß zu wenige etwas davon wissen. Deine Aufgabe wird es sein, so darüber zu schreiben, dass diejenigen, die Augen haben, es lesen können, und diejenigen, die reif dazu sind, in der Lage sind, es zu verstehen.»

Das wird zu Selbstmorden führen, dachte ich und sagte: «Die Menschen werden bestrebt sein, sich umzubringen. Sie werden meinen, damit entweder einer Schuld zu entgehen oder dem Ärger zu entfliehen. Andere würden es tun, um jemandem den eigenen Körper aus Gefälligkeit zu überlassen!»

«Nein, nein, mein Bruder», sagte der alte Abt. «Da irrst du dich. Niemand kann seinen Schulden durch Selbstmord entgehen. Niemand kann einfach seinen Körper einer beliebigen Person überlassen, es sei denn, es liegen ganz besondere Umstände vor, die dieses Vorgehen rechtfertigen würden. Wir müssen zuerst auf den vollen Aufbruch des Neuen Zeitalters warten. Niemand darf seinen physischen Körper aufgeben, solange die ihm zugemessene Zeit noch nicht abgelaufen ist. Bis jetzt durfte es nur vollzogen werden, wenn es Höhere Mächte erlaubten.»

Ich betrachtete die Männer vor mir. Ich beobachtete das goldene Lichtspiel um ihre Köpfe, das Stahlblau der Weisheit in ihren Auren und das Wechselspiel des Lichts, das von ihren Silberschnüren ausging. Es zeigte sich mir ein Bild von lebendigen Farben und Männern von Weisheit und Reinheit. Ernste, enthaltsame und von der Welt abgeschiedene Männer. Selbstbeherrscht und selbstbewusst.

«Das mag für sie ja alles in Ordnung sein», murmelte ich vor mich hin. «Sie müssen sich ja nicht durch die harten Wirren des westlichen Alltags schlagen.» Von der anderen Seite des schmutzigen Detroit River hallte wellenartig der Verkehrslärm herüber. Ein großes Dampfschiff, das auf dem Weg ins offene Meer war, fuhr schon in aller Herrgottsfrüh an meinem Fenster vorbei, vor dessen Bug das Eis auf dem Fluss mit einem lauten knirschenden Krachen aufbrach. Westliches Leben? Das hieß Lärm, Geschepper, plärrende Radios, die pausenlos für die vermeintlichen Vorzüge der Automobilfirmen warben. Im «neuen Domizil» dagegen herrschte Frieden. Frieden, um zu arbeiten. Frieden, um nachzudenken, ohne sich fragen zu müssen, ob man – nicht wie hier – vielleicht der nächste sein würde, dem wegen ein paar Dollar ein Messer in den Rücken gestoßen wurde.

«Mein Bruder», sagte der Greis, «wir dagegen leben hier mit Gewalttätigkeiten und rohen Wirren eines überfallenen Landes. Wer sich den Besatzern widersetzt, wird langsam zu Tode gefoltert. Unsere Nahrung muss uns zu Fuß hierhergebracht werden, und das über mehrere hundert Kilometer heimtückischer Gebirgspfade. Ein falscher Schritt oder ein loser Stein kann schon zu einem Absturz führen, einem Fall von Hunderten von Metern in den sicheren Tod. Wir leben von einer Schale Tsampa (geröstete Gerste und Butter; Anm.d.Ü.), die uns für einen Tag reichen muss. Unseren Durst stillen wir an den Bergquellen. Tee ist ein unnötiger Luxus, dem wir zu entsagen gelernt haben. Denn dem Teegenuss nachzugeben, der für andere ein Risiko birgt, ist doch sehr von Übel. Schau etwas genauer in deine Kristallkugel, mein Bruder, und wir wollen dir das Lhasa von heute zeigen.»

Ich erhob mich aus meinem Sessel am Fenster und vergewisserte mich, dass die drei zu meinem Zimmer führenden Türen sicher verschlossen waren. Einzig den ununterbrochenen Verkehrslärm zum Schweigen zu bringen, das vermochte ich nicht, weder den Verkehrslärm auf der kanadischen Seite des Flusses noch das etwas abgeschwächte Brummen des pulsierenden geschäftigen Detroits auf der anderen Seite. In der Nähe von mir, zwischen dem Fluss und mir, führten die Hauptstraße und die sechsspurige Eisenbahnlinie vorbei. Lärm? Hier wird er nie enden! Mit einem letzten Blick auf das moderne, unter mir vorbeihastende Leben, schloss ich die Jalousien und setzte mich mit dem Rücken gegen das Fenster.

Die Kristallkugel vor mir pulsierte in einem blauen Licht. Einem Licht, das wechselte und wirbelte, als ich mich ihm zuwandte. Als ich die Kristallkugel aufhob und sie kurz mit der Stirne berührte, um erneut den Kontakt herzustellen, fühlte sie sich in meinen Händen immer noch warm an. Ein sicheres Zeichen, dass sehr viel Energie von einer weit entfernten Quelle in die Kugel gelenkt wurde.

Der alte Abt schaute mich gütig an, und ein schwaches Lächeln glitt über sein Gesicht. Dann erfolgte so etwas wie eine Explosion. Das Bild verwackelte, ein Flickwerk von unzusammenhängenden Farben und wirbelnden Streifen zog rundum. Plötzlich war es, als hätte jemand eine Tür im Himmel aufgestoßen, und ich stand in dieser offenen Tür. Die Wahrnehmung, dass ich in die Kristallkugel schaute, schwand dahin. Ich befand mich «dort»!

Unter mir lag im sanften Abendsonnenlicht meine Heimat, mein Lhasa. Es schmiegte sich in den Schutz der mächtigen Berge. Ich sah den Fluss des

Glücks, der anmutig und lebhaft durch das grüne Tal floss. Mich übermannte wieder das bittere und schmerzliche Heimweh. Der ganze Hass und die Mühsale des Lebens im Westen wallten in mir hoch, und es schien, als bräche mein Herz entzwei. Die Freuden und die Sorgen sowie die rigorose Ausbildung, der ich mich dort unten hatte unterziehen müssen, waren gegenwärtig. Der Anblick meines Vaterlandes genügte, dass sich mein ganzes Inneres gegen das gefühllose Unverständnis der Menschen im Westen aufbäumte.

Doch ich war nicht zu meinem Vergnügen hier! Ich schien langsam vom Himmel herabzusinken. Ich sank herab, so als befände ich mich in einem Ballon, der sanft herabglitt. Als ich mich nur noch wenige hundert Meter über der Erde befand – schrie ich vor Erstaunen erschreckt auf. Flugplätze? Es gab Flugplätze rund um die Stadt Lhasa! Vieles sah anders aus. Als ich mich umsah, erblickte ich zwei neue Straßen, die von den Bergen nach unten führten und oben weiter in Richtung Indien entschwanden. Verkehr! Räderfahrzeuge, die eilig entlangfuhren. Ich sank unter der Kontrolle derjenigen, die mich hierhergebracht hatten, weiter nach unten. Noch etwas weiter unten erblickte ich Zwangsarbeiter, die unter Bewachung von bewaffneten Chinesen Baugruben aushoben und Fundamente errichteten. Doch Schrecken über Schrecken! Direkt am Fuße des herrlichen Potala breitete sich eine hässliche Hüttenstadt aus, die von einem Netz unbefestigter Straßen versorgt wurde. Ein Drähtewirrwarr verbanden die Gebäude miteinander, die dem Ort ein verwahrlostes Aussehen verliehen. Ich richtete meinen Blick zum Potala hinauf und – bei Buddhas heiligem Zahn! – der ganze Palast war von chinesischen kommunistischen Parolen an seiner Fassade verunstaltet und entweiht worden. Voller Abscheu seufzte ich und schaute weg.

Ein Lastwagen holperte die Straße entlang und fuhr direkt durch mich hindurch, denn ich befand mich im Astralkörper – ich war feinstofflich und nicht physisch in Gestalt. Der Lastwagen rumpelte noch ein paar Meter weiter und hielt an. Schlampig gekleidete chinesische Soldaten sprangen aus dem großen Lastwagen und trieben, laut schreiend, fünf Mönche vor sich her. Lautsprecher an allen Straßenecken fingen zu plärren an, und auf die heiser gebrüllten Befehle füllte sich der Platz, auf dem ich stand, sehr schnell mit Menschen. Schnell, weil die chinesischen Aufseher auf diejenigen, die bummelten, mit Peitschen einschlugen und mit den Bajonetten zustachen. Die Menschenmenge, die aus Tibetern und unfreiwilligen chinesischen Siedlern bestand, wirkte apathisch. Die Menschen sahen ausgemergelt aus. Sie scharrten nervös mit den Füßen, sodass kleine Staubwolken aufwirbelten, die der Abendwind forttrug.

Die fünf Mönche, dünn und blutverschmiert, wurden grob auf die Knie gezwungen. Einem baumelte an seiner Wange der linke Augapfel herunter, der aus seiner Augenhöhle gesprungen war. Der Mönch war mir gut bekannt, er war zu der Zeit, als ich ein Lama war, Akoluth. Die vergrämte Menge verstummte. Es wurde still, als von einem Gebäude her ein russischer Jeep mit der Aufschrift «Tibetisches Verwaltungsministerium» der Straße entlang gerast kam. Kein Laut war zu hören. Die Stimmung war sehr gedrückt, als der Jeep die Menge umkreiste und etwa sieben Meter hinter einem Lastwagen zum Stehen kam.

Die Wachen standen stramm. Ein überheblicher Chinese stieg selbstgefällig aus dem Jeep. Ein Soldat eilte auf ihn zu und wickelte im Laufen ein Kabel ab. Vor dem hochmütigen Chinesen blieb er stehen, salutierte und hielt ihm ein Mikrofon hin. Der Hauptmann oder Kommandeur oder wie immer er sich auch bezeichnen mochte, blickte ungnädig in die Runde, bevor er ins Mikrofon sprach.

«Ihr wurdet hierher befohlen», eröffnete er, «um Zeuge der Hinrichtung dieser fünf reaktionären und staatsfeindlichen Mönche zu sein. Niemand darf sich gegen das glorreiche chinesische Volk unter der großartigen Führung unseres Vorsitzenden, Genosse Mao Zedong, auflehnen.»

Er wandte sich ab. Die Lautsprecher auf dem Lastwagendach klickten und verstummten. Der Hauptmann nickte einem Soldaten mit einem langen gekrümmten Schwert zu. Dieser ging auf den ersten Gefangenen zu, der gefesselt am Boden kniete. Einen Augenblick stand er mit gespreizten

Beinen da und prüfte die Schwertklinge mit dem Daumen. Zufrieden nahm er Haltung an und berührte mit dem Schwert leicht den Nacken des Gefesselten. Er hob das Schwert über seinen Kopf, wo die Klinge im abendlichen Sonnenlicht hell aufblitzte. Dann riss er den Arm nach unten, und ein glitschiges Geräusch war zu hören. Ein scharfes «Knacken» folgte, und der Kopf des Mannes hüpfte von seinen Schultern, während aus dem Körper ein breiter Strahl pulsierenden, hellen Blutes schoss. Es pulsierte noch einmal und verebbte langsam in einem dünnen Rinnsal. Als der zuckende, kopflose Körper auf dem staubigen Boden lag, spuckte der Hauptmann auf ihn und rief: «So sollen alle Feinde der Genossen sterben!»

Der Mönch mit dem herunterhängenden Auge hob stolz den Kopf und schrie mit lauter Stimme: «Lang lebe Tibet! Bei Buddhas Ruhm und Ehre, es wird wieder auferstehen.»

Ein Soldat war gerade dabei, ihm sein Bajonett in den Leib zu stoßen, als der Hauptmann ihn hastig davon abhielt. Mit wutverzerrtem Gesicht schrie er: «Du beleidigst unser glorreiches chinesisches Volk! Dafür wirst du langsam sterben!» Er wandte sich an die Soldaten und schrie ihnen Kommandos zu. Die Männer hasteten aufgeregt hin und her. Zwei rannten zu einem nahegelegenen Gebäude und kehrten darauf im Laufschritt mit starken Seilen zurück. Andere schnitten dem Mönch die Fesseln auf ohne Rücksicht auf Verletzungen der Arme oder Beine. Der Hauptmann stapfte auf und ab und befahl, noch mehr Tibeter herbeizuholen, damit sie Zeugen der Hinrichtung würden. Die Lautsprecher plärrten immer wieder ihre Parolen. Soldaten schwärmten aus, um weitere Männer, Frauen und Kinder herbeizuholen, damit sie «die Gerechtigkeit der chinesischen Genossen» erleben sollten. Ein Soldat schlug dem Mönch seinen Gewehrkolben ins Gesicht. Das herunterhängende Auge zerplatzte und seine Nase brach. Der Hauptmann stand unbekümmert daneben und blickte auf die anderen drei Mönche, die immer noch gefesselt im Dreck auf der Straße knieten. «Erschießt sie», befahl er. «Erschießt sie von hinten durch den Kopf und lasst sie liegen.»

Ein Soldat ging nach vorne, zog seinen Revolver, platzierte den Lauf hinter dem Ohr des Mönchs und drückte ab. Der Mann fiel nach vorn, tot, sein Gehirn lag überall auf dem Boden verstreut. Gänzlich ungerührt ging der Soldat zum nächsten Mönch und erschoss ihn ebenso schnell. Als er sich zum Dritten begab, fragte ihn ein junger Soldat: «Genosse, darf ich auch mal schießen, ich habe bis jetzt noch nie getötet.» Der Vollstrecker gab nickend seine Einwilligung dazu und trat beiseite, damit der junge Soldat, der vor Eifer zitterte, seinen Platz einnehmen konnte. Er zog seinen Revolver, zielte auf den dritten Mönch, schloss die Augen und drückte ab. Die Kugel durchschlug die Wangen des Mönchs und traf einen tibetischen Zuschauer in den Fuß. «Versuch's noch mal», sagte der Vollstrecker, «diesmal aber mit offenen Augen.» Als er den zornigen Blick des Hauptmannes sah, zitterte seine Hand noch mehr aus Furcht und Schande, dass er das Ziel so völlig verfehlt hatte. «Steck ihm die Revolvermündung ins Ohr und schieß», befahl der Hauptmann. Einmal mehr trat der junge Soldat neben den verurteilten Mönch, rammte ihm den Lauf seiner Waffe ins Ohr und drückte ab. Der Mönch fiel tot nach vorn neben seine beiden Gefährten.

Die Menschenmenge war in der Zwischenzeit angewachsen. Als ich mich umsah, sah ich, dass sie den linken Arm und das linke Bein des Mönchs, den ich kannte, am Jeep festgebunden hatten. Sein rechter Arm und sein rechtes Bein wurden am Lastwagen befestigt. Ein grinsender chinesischer Soldat stieg in den Jeep. Er startete den Motor, legte den Gang ein und fuhr so langsam wie nur irgend möglich vorwärts. Der Arm des Mönchs wurde in die Länge gezogen, bis er so hart wie ein Stück Eisen war. Plötzlich ein Krachen! Der Arm wurde vollständig aus der Schulter gerissen. Der Jeep fuhr weiter. Mit einem lauten Knacken brach der Hüftknochen entzwei und das rechte Bein des Mannes wurde ihm aus dem Körper gerissen. Der Jeep hielt an. Der Hauptmann stieg ein, und dann fuhren sie fort, mit dem blutenden Körper des sterbenden Mönchs hinter sich, der über die holperige und steinige Straße hüpfte. Die Soldaten kletterten auf den großen Lastwagen und fuhren mit den anderen blutenden Gliedmaßen ebenfalls weg, die sie hinter sich her schleiften.

Als ich mich voller Abscheu umdrehte, hörte ich Schreie einer Frau hinter einem Gebäude, dem ein raues Lachen folgte. Ein chinesischer Fluch ertönte, als die Frau plötzlich und überraschend ihren Peiniger biss. Ihr Schreien versiegte, während sie erstochen zu Boden sank.

Über mir lag der dunkelblaue Nachthimmel, der mit unzähligen stecknadelgroßen farbigen Lichtern gesprenkelt war. Lichter, die andere Welten waren. Viele von ihnen waren bewohnt, wie ich wusste. Auf wie vielen ging es so grausam zu wie hier auf unserer Erde? Rund um mich herum lagen Leichen. Nicht bestattete Tote. Leichname, die in der kalten Luft von Tibet erhalten blieben, bis die Geier und andere Wildtiere sie aufaßen. Es gab keine Hunde mehr, die diesen Dienst verrichteten, denn die Chinesen hatten sie längst getötet und gegessen. Jetzt bewachten auch keine Katzen mehr die Tempel von Lhasa. Ihnen war das gleiche Schicksal widerfahren. Das Leben der Tibeter bedeutete den Chinesen nicht mehr, als einen Grashalm abzureißen.

Der Potala ragte vor mir auf. Jetzt im fahlen Sternenlicht gingen die derben Parolen der Chinesen im Schatten unter und waren nicht mehr zu sehen. Ein Scheinwerfer überragte die Heiligen Grabmäler. Er strahlte wie ein böses Auge hell über das Lhasatal hinweg. Das Chakpori-Lamakloster, meine medizinische Ausbildungsstätte, sah öde und verlassen aus. Von ihrem Berggipfel herab erklangen Bruchstücke von einem obszönen chinesischen Lied. Eine Zeitlang verharrte ich in tiefem Nachdenken.

Unerwartet sagte eine Stimme: «Mein Bruder, du musst dich nun verabschieden. Du warst lange weg. Wenn du aufsteigst, schau dich gut um.»

Langsam stieg ich wie eine Pusteblume auf einer dahinziehenden Brise in die Luft. Der Mond war inzwischen aufgegangen und überflutete das Tal und die Bergspitzen mit seinem reinen silbernen Licht. Mit Bestürzung blickte ich auf die alten Lamaklöster, zerbombt und unbewohnt, während überall Trümmer menschlichen Besitzes unbeachtet herumlagen. Die nicht beigesetzten Toten lagen grotesk auf Haufen, konserviert durch die ewige Kälte. Einige hielten noch ihre Gebetsmühlen umklammert in den Händen. Einige waren nackt und ihre Körper blutige Fleischmassen, die von den Bomben und den Metallsplittern zerfetzt wurden. Ich sah eine noch unversehrte Heiligenfigur, die herabschaute, so als hätte sie Mitleid mit den Opfern dieses mörderischen Wahnsinns der Menschen.

An den zerklüfteten Berghängen, wo sich die Einsiedeleien in liebevoller Umarmung an die Bergflanken schmiegten, sah ich, dass die Invasoren eine Einsiedelei nach der anderen zerstört hatten. Die Einsiedler, die darin auf der Suche nach spiritueller Weiterentwicklung jahrelang eingemauert und einsam in der Dunkelheit verbrachten, waren durch die Zerstörung ihrer Behausung auf der Stelle blind geworden, als das Sonnenlicht in ihre Zelle drang. Nahezu ausnahmslos lag der Einsiedler tot neben seiner verwüsteten Einsiedelei und neben ihm, ebenfalls tot, sein ihm lebenslang verpflichteter Freund und Helfer.

Ich wollte nichts mehr sehen. Gemetzel? Sinnlose Morde an unschuldigen, wehrlosen Mönchen? Wozu das Ganze? Ich wandte mich ab und rief diejenigen, die mich führten, mich von diesem Friedhof wegzuholen.

Meine Lebensaufgabe kannte ich schon von Anbeginn meines Lebens, sie hing mit der menschlichen Aura zusammen. Jener Ausstrahlung, die den ganzen menschlichen Körper umgibt, und die durch ihre wechselnden Farben dem Adepten zeigen, ob eine Person ehrenhaft ist oder nicht. Bei einer erkrankten Person kann man in den Aurafarben erkennen, woran sie leidet. Fast jeder hat bestimmt schon in einer nebligen Nacht den blassen Dunst rund um eine Straßenbeleuchtung gesehen. Einige haben vielleicht sogar schon zu bestimmten Zeiten die allbekannte «Korona-Entladung» bei Hochspannungsleitungen bemerkt. Die menschliche Aura entspricht etwa dem. Sie macht die ihr innewohnende Lebenskraft sichtbar. Künstler früherer Tage malten einen Heiligenschein rund um die Köpfe der Heiligen. Warum? Weil sie die Aura dieser Menschen sehen konnten. Seit der Veröffentlichung meiner ersten beiden Bücher haben mir Menschen aus aller Welt geschrieben und mir mitgeteilt, dass sie ebenfalls die Aura sehen können.

Vor Jahren fand ein Forscher, Dr. Kilner, in einem Londoner Krankenhaus heraus, dass er unter bestimmten Bedingungen die menschliche Aura sehen konnte. Er schrieb ein Buch darüber. Doch die medizinische Wissenschaft war für eine solche Entdeckung noch nicht bereit, und alles, was er entdeckt hatte, wurde vertuscht. Auch ich betreibe auf meine Weise Forschung auf diesem Gebiet, und mir schwebt ein Gerät vor, das es jedem Mediziner oder Wissenschaftler ermöglichte, die Aura von einer anderen Person zu sehen und «unheilbare» Krankheiten durch Ultraschallschwingungen zu heilen. Das einzige Problem ist das fehlende Geld. Forschung war immer schon teuer!

Jetzt aber, überlegte ich, wollen sie, dass ich eine weitere Aufgabe übernehme. Ich solle über das Wechseln von Körpern schreiben!

Draußen vor meinem Fenster war ein Lärm und ein rumpelndes Krachen zu hören, das das ganze Haus buchstäblich erzittern ließ. «Oh», dachte ich, «die Bahnarbeiter sind wieder am Rangieren. Jetzt wird es für eine ganze Weile nicht mehr ruhig sein.» Auf dem Fluss hupte klagend ein großes Frachtschiff, und aus der Ferne antwortete ein anderes Schiff, ähnlich wie eine Kuh ihrem Kalb ruft.

«Mein Bruder!», vernahm ich die Stimme wieder. Hastig wandte ich mich aufmerksam der Kristallkugel zu. Die alten Männer saßen immer noch im Kreis, in deren Mitte der bejahrte Patriarch saß. Jetzt sahen sie müde aus, erschöpft wäre der bessere Ausdruck, um ihre körperliche Verfassung etwas genauer zu beschreiben. Sie hatten sehr viel Energie übertragen, um mir diesen unerwarteten Ausflug zu ermöglichen.

«Mein Bruder, du hast nun klar und deutlich die Situation in unserem Land gesehen. Du hast die harte Hand gesehen, mit der die Unterdrücker vorgehen. Deine Aufgabe – deine beiden Aufgaben – liegen nun klar vor dir, und du kannst beide erfolgreich zu Ehren des Ordens erfüllen.»

Der alte Mann sah müde und besorgt aus. Er wusste, so wie ich auch, dass ich ablehnen konnte, ohne als unehrenhaft zu gelten. Ich wurde im Westen sehr missverstanden durch eine übelgesinnte Gruppe, die Lügengeschichten über mich verbreiteten. Dennoch überlegte ich; ich war außergewöhnlich hellsichtig und in sehr hohem Masse telepathisch. Astralreisen war für mich einfacher als Gehen. Schreiben? Nun ja, wenigstens könnten die Menschen dann lesen, was ich zu sagen habe. Auch wenn nicht jeder es glaubt, gibt es doch einige, die die Wahrheit erkennen würden.

«Mein Bruder», sagte der alte Mann milde, «auch wenn die Unentwickelten und Unerleuchteten denken mögen, du würdest nur Erfundenes schreiben, so wird ihr Unterbewusstsein dennoch ein Körnchen Wahrheit erreichen. Und, wer weiß? Vielleicht vermag diese kleine Saat der Wahrheit schon in diesem Leben gedeihen, oder in ihrem nächsten. Hat nicht der Erhabene Buddha selbst im Gleichnis der drei Streitwagen gesagt: «Der Zweck heiligt die Mittel.»

Das Gleichnis der drei Streitwagen! Lebhaft fiel es mir wieder ein. Ich erinnere mich noch genau daran, als mir mein verehrter Mentor und Freund, der Lama Mingyar Dondup, im Chakpori-Lamakloster die Geschichte erzählte.

Es begann damit, dass ein alter Medizinmönch die Ängste einer schwerkranken Frau mit einer harmlosen «Notlüge» beruhigte. Ich war damals noch sehr jung und unerfahren, und ich empörte mich mit eitler Selbstgerechtigkeit darüber, dass ein Mönch – selbst in einem solchen Notfall – etwas Unwahres sagen konnte. Mein Mentor war gerade dazugekommen. Er sagte darauf: «Komm, Lobsang, wir gehen in mein Zimmer. Wir können uns in dieser Angelegenheit mit großem Nutzen an die Heiligen Schriften wenden.» Er lächelte mich warmherzig und wohlwollend an, und seine Aura strahlte Zufriedenheit aus. Er wandte sich um, und ich begleitete ihn zu seinem Zimmer hinauf, das sich auf einer höheren Etage befand und einen Blick auf den Potala bot.

«Ach ja, richtig, Tee und indische Kekse! Wir müssen zuerst eine Stärkung haben, Lobsang, so kannst du diese gleich zusammen mit den Informationen aufnehmen.» Der Bedienungsmönch, der gesehen hatte, dass wir das Zimmer betraten, erschien unaufgefordert mit den Delikatessen, die ich so liebte, und die ich nur dank der Güte meines Mentors genießen konnte.

Eine Zeitlang saßen wir da und sprachen über Dieses und Jenes – oder eher, ich redete, während ich aß. Als wir unsere Mahlzeit beendet hatten, sagte der ehrenwerte Lama: «Jede Münze hat zwei Seiten, Lobsang, und für jede Regel gibt es Ausnahmen. Der Buddha hat ausführlich mit seinen Freunden und Jüngern über dieses Thema gesprochen, und viele seiner Weisheiten wurden niedergeschrieben und bewahrt. Eine Geschichte trifft in diesem Fall besonders zu. Ich werde sie dir erzählen.» Er setzte sich bequemer hin, räusperte sich und fuhr fort: «Es ist die Geschichte der drei Streitwagen. Sie heißt deshalb so, weil Streitwagen zu jener Zeit unter den kleinen Jungen sehr beliebt waren, genauso wie es heute Stelzen sind oder indische Kekse. Buddha unterhielt sich mit einem seiner Schüler namens Sariputra. Sie saßen im Schatten unter einem dieser hohen indischen Bäume und diskutierten über die Wahrheit und die Lüge und wie die aus der Güte entspringende Lüge manchmal den Vorzug der Wahrheit aufwiegen kann.

Buddha sprach: ‹Also, Sariputra, nehmen wir einmal den Fall eines sehr reichen Mannes. Ein Mann, der so reich ist, dass er es sich leisten kann, seiner Familie jeden Wunsch zu erfüllen. Er ist bereits im fortgeschrittenen Alter, besitzt ein großes Anwesen und hat mehrere Söhne. Seit der Geburt seiner Söhne hat er alles getan, um sie vor jeglicher Gefahr zu bewahren. Sie kannten weder Gefahren noch erlitten sie je Schmerzen. Eines Tages, als der Mann geschäftlich im benachbarten Dorf zu tun hatte, verließ er sein Anwesen. Als er sich auf dem Heimweg befand, sah er schon von weitem Rauch zum Himmel aufsteigen. Er beeilte sich, nach Hause zu kommen, und als er näher kam, sah er sein brennendes Haus. Alle vier Wände des Hauses standen in Flammen, auch das Dach brannte lichterloh. Doch drinnen im Haus spielten immer noch seine ahnungslosen Söhne unbesorgt, da sie keine Gefahren kannten. Sie hätten ins Freie fliehen können, aber da sie so wohlbehütet aufgewachsen waren und keine Schmerzen kannten, waren sie sich der Gefahr des Feuers nicht bewusst. Bisher hatten sie Feuer nur in der Küche gesehen.

Der Mann war höchst beunruhigt. Wie hätte er allein seine Söhne aus dem brennenden Haus retten können? Wäre er hineingegangen, so hätte er vielleicht nur einen hinaustragen können. Die anderen hätten weitergespielt und gedacht, es sei nur ein Spiel. Einige seiner Söhne waren noch sehr jung, sie wären vielleicht aus Neugier ins Feuer gelaufen, von dem sie nie gelernt hatten, sich zu fürchten. Der Vater ging zur Tür und rief: ‹He, Jungs, kommt alle mal her, kommt ganz schnell her.›

Aber die Jungen wollten dem Vater nicht gehorchen, sie wollten lieber spielen. Sie wollten in der Mitte des Hauses bleiben, sicher vor der Hitze. Der Vater überlegte. Er kannte seine Söhne sehr gut, ihre unterschiedlichen Charaktere und Temperamente waren ihm bekannt. Er wusste, sie würden nur herauskommen, wenn sie dächten, es gäbe eine Überraschung, vielleicht neue Spielsachen. Also ging er zur Tür zurück und rief laut ins Haus hinein: ‹Jungs, Jungs, kommt alle ganz schnell her. Ich habe hier draußen vor der Tür Spielsachen für euch; einen Ochsenstreitwagen, einen Ziegenstreitwagen und einen Streitwagen, der so schnell ist wie der Wind, denn er wird von einem Hirsch gezogen. Kommt ganz schnell heraus, sonst bekommt ihr die Spielsachen nicht.›

Die Jungen, die keine Angst vor dem Feuer kannten und sich der Gefahr des brennenden Daches oder der brennenden Wände nicht bewusst waren, kamen alle angerannt. Ihre einzige Angst war, die Spielsachen nicht zu bekommen. Im Eifer und sich gegenseitig schubsend, stürzten sie alle aus dem Haus. Jeder wollte der Erste bei den Spielsachen sein, um als Erster auswählen zu dürfen. Als der Letzte das Haus verließ, stürzten die verkohlten Balken des brennenden Daches in einem Funkenregen ein.

Die Jungen schenkten der Gefahr, der sie gerade entronnen waren, keine Beachtung, stattdessen veranstalteten sie ein großes Wehgeschrei: ‹Vater,

Vater, wo sind jetzt die Spielsachen geblieben, die du uns versprochen hast? Wo sind die drei Streitwagen? Wir haben uns so beeilt, und sie sind nicht da. Du hast dein Wort nicht gehalten, Vater.›

Der schwerreiche Vater, dessen Haus für ihn kein großer Verlust war, da seine Söhne unversehrt geblieben waren, machte sich mit ihnen auf den Weg, um die gewünschten Spielsachen, die Streitwagen, zu kaufen. Er wusste, dass seine Lüge das Leben seiner Söhne gerettet hatte.

Buddha wandte sich an Sariputra, und fragte ihn: ‹Sag, Sariputra, war diese Lüge nun gerechtfertigt? Hat hier am Ende der Zweck nicht die Mittel geheiligt? Ohne sein Geschick wären seine Söhne ein Raub der Flammen geworden.›

Sariputra blickte Buddha an und sagte: ‹Ja, Meister, in diesem Fall hat am Ende der Zweck die Mittel geheiligt und viel Gutes gebracht.»

Der Lama Mingyar Dondup lächelte mich an und sagte: «Du musstest vor dem Eintritt ins Chakpori drei Tage lang draußen ausharren. Du dachtest, man hätte dir den Eintritt verwehrt. Doch auf diese Weise testeten wir dich. Auch in deinem Fall hat am Ende der Zweck die Mittel geheiligt, denn du machst große Fortschritte.»

Also, in diesem Sinne verfolge auch ich einen Zweck, der am Ende die Mittel heiligt. Ich schreibe meine Geschichte auf, die eine wahre Geschichte ist. Auch «Das dritte Auge» und «Ein Arzt aus Lhasa» sind absolut wahre Geschichten. Ich habe sie geschrieben, damit ich später meine Forschung auf dem Gebiet der Aura fortführen kann. Sehr viele Leute haben mir geschrieben und mich gefragt, warum ich stattdessen schreiben würde. Ich werde ihnen hier die Antwort darauf geben. Ich schreibe die Wahrheit, damit die Menschen im Westen erfahren sollen, dass die Seele des Menschen größer ist als diese Sputniks oder Weltraumraketen. Früher oder später wird der Mensch mittels Astralreisen selbst auf andere Planeten reisen, so wie ich es getan habe! Aber solange die westlichen Menschen nur an Eigengewinn und an Karriere denken und anderen Menschen ihre Rechte aberkennen, werden sie nicht dorthin gelangen. Ich schreibe die Wahrheit, damit ich vielleicht später die Mittel habe, in Sachen menschlicher Aura weiterzukommen.

Stellen Sie sich vor (und das wird zu gegebener Zeit kommen), ein Patient betritt das Sprechzimmer eines Arztes. Ohne sich lange mit Fragen aufzuhalten, greift der Arzt nach seiner Spezialkamera. Er macht ein paar Aufnahmen von der Aura des Patienten, und schon nach wenigen Minuten hält der des Hellsehens unkundige Arzt bereits die fertigen Farbbilder der Aura des Patienten in den Händen. Er betrachtet die Aura eingehend, studiert ihre Streifenbildungen und Farbschattierungen genauso wie ein Psychiater die Hirnstromkurve einer psychisch erkrankten Person. Nachdem der Arzt die Farbbilder, mit denen im bestehenden Standardwerk verglichen hat, verschreibt er dem Patienten eine Reihe von Ultraschall- und Farbspektrums-Behandlungen, welche die Mängel in der Aura des Patienten beheben werden. Krebs? Wird heilbar sein. Tuberkulose? Ebenfalls heilbar. Lächerlich? Na gut, vor nicht allzu langer Zeit war der Gedanke, Radiowellen über den Atlantik senden zu wollen, auch lächerlich. Lächerlich war auch der Gedanke, dass man mit mehr als 160 Stundenkilometern fliegen könne. Der menschliche Körper könne diesen Druck gar nicht aushalten, sagten sie. Lächerlich war auch der Gedanke an die Raumfahrt. Inzwischen waren bereits Affen im All. Und was meine «lächerliche» Idee betrifft. Ich habe schon gesehen, dass es funktioniert!

Der Lärm von draußen drang in mein Zimmer und brachte mich zurück in die Gegenwart. Lärm! Rangierende Züge! Ein Feuerwehrauto raste mit heulenden Sirenen vorbei, während auf dem Bürgersteig sich laut unterhaltende Menschen in Richtung der örtlichen, hell erleuchteten Vergnügungsviertel eilten.

«Später», sagte ich zu mir, «wenn der schreckliche Krach aufgehört hat, werde ich noch einmal die Kristallkugel benutzen und ihnen mitteilen, dass ich das, worum sie mich gebeten haben, tun werde.»

Ein wachsendes inneres Wärmegefühl zeigte mir, dass sie es bereits wussten und darüber sehr froh waren.

Also, hier ist, wie veranlasst, die Wahrheit – Die Rampa Story.

Kapitel 2

Um die Jahrhundertwende hatte Tibet mit vielen Problemen zu kämpfen. Großbritannien sorgte für einen großen Aufruhr und verkündete der ganzen Welt, dass Tibet zu eng mit Russland verbunden sei, zum Nachteil des britischen Imperiums. Der Zar aller Russen schrie durch die leeren Hallen seines Palastes in Moskau und beschwerte sich lautstark darüber, dass sich Tibet zu sehr mit Großbritannien anfreunde. Am kaiserlichen Hof von China wurden wilde Anschuldigungen erhoben, dass Tibet zu freundlich gegenüber Großbritannien und Russland sei und verhalte sich China gegenüber illoyal.

Lhasa wurde von schlecht verkleideten Spionen verschiedenster Nationen überlaufen, die sich als Bettelmönche, Pilger, Missionare oder irgendetwas dergleichen ausgaben, um einen plausiblen Grund für ihr Verweilen in Tibet zu haben. Diverse Herren verschiedener Nationen trafen sich unter falschen Tatsachen im zweifelhaften Schutze der Dunkelheit, um sich zu beraten, wie sie aus dieser schwierigen internationalen Situation Profit schlagen konnten. Der Große Dreizehnte, die dreizehnte Inkarnation des Dalai Lama, ein großer Staatsmann mit eigenen Rechten, verlor dabei nie die Beherrschung, bewahrte den Frieden und führte Tibet unversehrt aus dieser verzwickten Lage heraus. Freundliche Korrespondenz unvergänglicher Freundschaften als auch unehrliche «Schutzangebote» von Staatsoberhäuptern der führenden Nationen der Welt kreuzten den Himalaya.

In eine solche Atmosphäre von Schwierigkeiten und Unruhe wurde ich hineingeboren, und wie meine Großmutter Rampa zu Recht sagte, sei ich in schwierigen Zeiten geboren, und seither stecke ich immer in Schwierigkeiten, die selten von mir ausgingen! Die Seher und Wahrsager lobten lautstark «des Knaben» angeborene Begabung für das Hellsehen und die Telepathie. «Eine überragende Person», sagte einer. «Er ist dazu bestimmt, seinen

Namen in der Geschichte zu hinterlassen», sagte ein anderer. «Ein großes Licht für unsere Sache», sagte ein Dritter.

Und ich, so klein ich war, erhob meine Stimme zu herzhaftem Protest, weil ich so dumm gewesen war, noch einmal geboren zu werden. Meine Verwandten nahmen jede Gelegenheit wahr, als ich alt genug war, um sie zu verstehen, mich an den Lärm zu erinnern, den ich damals gemacht hatte. Frohlockend sagten sie, dass meine Stimme die raueste und unmusikalischste gewesen sei, die ihnen je zu Ohren gekommen war.

Mein Vater war einer der führenden Männer Tibets. Ein Adliger von hohem Rang. Er hatte einen beachtlichen Einfluss auf die Geschicke unseres Landes. Auch meine Mutter übte von ihrer Seite der Familie eine große Autorität in politischen Angelegenheiten aus. Jetzt, im Nachhinein, wenn ich auf die Jahre zurückblicke, bin ich geneigt zu glauben, dass meine Familie wirklich so bedeutend war, wie meine Mutter immer dachte, und sie dachte nicht in kleinen Verhältnissen.

Meine frühen Kindheitstage verbrachte ich in meinem Elternhaus in der Nähe des Potala, direkt gegenüber dem Fluss Kaling-Chu, oder Fluss des Glücks. Er wurde so genannt, weil er Lhasa Leben verlieh und gleichzeitig viele kleine Bäche speiste, die sich durch die Stadt schlängelten. Unser Anwesen war von vielen Bäumen umsäumt. Wir hatten viele Bedienstete. Meine Eltern lebten in fürstlicher Pracht und ich – mir dagegen wurde eine sehr strenge Disziplin auferlegt, die viele Mühsale von mir abverlangten. Mein Vater war während der chinesischen Invasion im ersten Jahrzehnt unseres Jahrhunderts sehr mürrisch geworden, und er schien aus unerklärlichen Gründen eine Abneigung gegen mich entwickelt zu haben. Meine Mutter hatte, so wie viele Frauen der Gesellschaft auf der ganzen Welt, keine Zeit für uns Kinder. Sie betrachtete Kinder als etwas, das man so schnell wie möglich den Bediensteten überantwortete.

Mein Bruder Paljör blieb nicht lange bei uns. Kurz vor seinem siebten Geburtstag verließ er uns, um in die «himmlischen Gefilde» und in den ewigen Frieden einzugehen. Ich war damals vier Jahre alt. Die Abneigung meines Vaters gegen mich schien sich von da an noch zu verstärken. Meine Schwester Yasodhara war zu der Zeit, als unser Bruder starb, sechs Jahre alt. Wir beide beweinten nicht so sehr den Tod unseres Bruders, sondern die noch strengere Disziplin, die mit seinem Dahinscheiden erst so richtig begann.

Jetzt ist meine ganze Familie tot. Sie alle wurden von den chinesischen Kommunisten ermordet. Meine Schwester wurde getötet, weil sie sich den Invasoren widersetzte. Meine Eltern, weil sie Landbesitzer waren. Mein Elternhaus, von dem aus ich immer mit großen Augen über die wunderschöne Parklandschaft geschaut hatte, ist in ein Zwangsarbeiterwohnhaus umgewandelt worden. In einem Flügel des Hauses wohnen die Arbeiterinnen, im anderen, im rechten Flügel, die Arbeiter. Alle sind verheiratet, und wenn ein Ehepaar sich gut benimmt und ihr Arbeitssoll erfüllt, dann dürfen sie sich einmal pro Woche für eine halbe Stunde sehen, danach werden sie medizinisch untersucht.

Aber damals in meiner Kindheit lagen diese Ereignisse noch in der fernen Zukunft. Es war zwar etwas, das bereits bekannt war, dass sich das irgendwann einmal ereignen würde, aber das kümmerte einen genauso wenig wie der Tod am Ende des Lebens. Die Astrologen hatten diese Ereignisse tatsächlich vorhergesehen, aber wir lebten Tag für Tag glücklich weiter, ohne uns Sorgen um die Zukunft zu machen. Kurz bevor ich sieben Jahre alt war, im Alter meines verstorbenen Bruders, wurde eine große, glanzvolle Feier veranstaltet. Bei dieser sagten mir die Staatsastrologen meine Zukunft anhand ihrer Berechnungen voraus. Alles, was Rang und Namen hatte, fand sich ein. Viele kamen auch ungebeten, indem sie die Bediensteten bestachen, die sie hereinließen. Der Andrang war so groß, dass es auf unserem ausgedehnten Grundstück kaum noch Platz gab, um sich zu bewegen. Die Priester, wie das Priester so an sich haben, boten eine sehr beeindruckende Vorstellung, bevor einer von ihnen die wesentlichen Punkte meiner beruflichen Laufbahn bekannt gab.

Fairerweise muss ich zugeben, dass sie mit allem, was sie mir prophezeiten, völlig recht hatten – besonders das, was das Leiden und Unglück betraf. Dann verkündeten sie meinen Eltern, dass ich dem Chakpori-Lamakloster beitreten und meine Ausbildung zum Medizinmönch beginnen müsse. Das bedrückte mich zutiefst. Ich hatte das Gefühl, dass dies nur zu weiteren Schwierigkeiten führen würde. Aber auf mich hörte ja keiner! Kurz darauf musste ich mich der Aufnahmeprüfung stellen. Das bedeutete, drei Tage und drei Nächte draußen vor dem Tor des Lamaklosters sitzen, um zu beweisen, dass ich die notwendige Ausdauer besaß, um ein Medizinmönch zu werden. Dass ich diese harte Prüfung bestand, verdanke ich mehr der Angst vor meinem Vater als meiner körperlichen Konstitution. Die Aufnahme ins Chakpori war noch der leichteste Schritt für mich.

Unsere Tage waren lang. Es war wirklich sehr anstrengend, den Tag um Mitternacht zu beginnen, das voraussetzte, dass wir in regelmäßigen Abständen, Tag und Nacht, an den Andachten teilnehmen mussten. Uns wurde der übliche akademische Lehrstoff gelehrt, und gleichzeitig hatten wir unsere religiösen Verpflichtungen. Wir studierten Themen der Metaphysik sowie Heilkunde, denn wir sollten Medizinmönche werden. Unsere östlichen Heilmethoden waren so einzigartig, dass sie im Westen noch immer nicht verstanden werden. Doch jetzt bemühen sich westliche Pharmafirmen, die wirksamen Inhaltsstoffe der von uns verwendeten Heilpflanzen zu synthetisieren. Danach erhalten diese uralten östlichen Heilmittel, die nun in den Laboratorien künstlich hergestellt werden, einen wohlklingenden Namen und werden zuletzt als Errungenschaft westlicher Erfindergeist gepriesen. Und das nennt sich dann Fortschritt!

Als ich acht Jahre alt war, wurde an mir eine Operation durchgeführt, um mein «drittes Auge» zu öffnen, jenes spezielle Organ für das Hellsehen. Die Fähigkeit des Hellsehens stirbt bei denen ab, die das Hellsehen verleugnen. Wenn ich mit diesem «Auge» schaue, bin ich in der Lage, die menschliche Aura genau zu sehen und die Absichten derjenigen um mich herum zu erkennen. Es war – und ist! – höchst unterhaltsam, den leeren Worten derer zuzuhören, die Freundschaft aus Eigennutz vortäuschten, in Wirklichkeit aber dunkle Mordgedanken in ihren Herzen trugen. Die Aura kann die ganze Krankengeschichte eines Menschen offenlegen. Wenn man herausfindet, was der Aura «fehlt», und dieses Fehlende mithilfe der Übertragung von besonderen Strahlen ersetzen könnte, dann könnten die Menschen von ihren Krankheiten geheilt werden.

Aufgrund meiner außergewöhnlich ausgeprägten hellseherischen Fähigkeiten wurde ich oft zum Erhabenen, der Großen Dreizehnten Inkarnation des Dalai Lama, gerufen, um mir die Auren derjenigen anzusehen, die ihn «in Freundschaft» besuchten. Mein verehrter Lehrer, der Lama Mingyar Dondup, selbst ein begnadeter Hellseher, förderte und bildete mich darin gut aus. Er brachte mir auch die größten Geheimnisse des Astralreisens bei, das mir heute leichter fällt als das Gehen. Fast jeder, egal welcher Glaubenszugehörigkeit, glaubt an die Existenz einer «Seele», oder an einen «anderen Körper». In Tat und Wahrheit gibt es mehrere «Körper» oder «Hüllen». Doch wie viele es sind, ist hier nicht von Belang. Wir glauben, oder besser gesagt, wir wissen, dass es möglich ist, den gewöhnlichen physischen Körper (derjenige, der Kleider trägt) abzulegen, und mit dem ihm innewohnenden Astralkörper überall hinzureisen, sogar weit über diese Welt hinaus.

Jeder unternimmt Astralreisen, selbst diejenigen, die glauben, das alles sei nur Unsinn! Astralreisen ist so natürlich wie das Atmen. Die meisten Menschen unternehmen Astralreisen im Schlaf, nur wissen sie nichts davon, wenn sie nicht darin geschult sind. Wie viele erzählen am Morgen: «Oh! Ich hatte einen so wunderschönen Traum letzte Nacht, ich war offenbar bei Soundso gewesen. Wir waren so glücklich miteinander, und er sagte, er würde mir schreiben. Doch das scheint mir alles ziemlich merkwürdig zu sein!» Und dann, gewöhnlich ein paar Tage später, trifft dieser Brief ein. Die Erklärung lautet; dass eine der beiden Personen eine Astralreise zur anderen Person unternommen hat, und weil die meisten damit nicht umgehen können, nennen sie es deshalb einen «Traum». Beinahe jeder kann Astralreisen. Wie viele authentische Fälle gibt es von Sterbenden, die einen geliebten

Menschen im Traum besuchten, um sich von ihm zu verabschieden. Auch das ist Astralreisen. Die sterbende Person, deren Fesseln an die Welt gelockert sind, kann leicht während des Dahinscheidens einen Freund besuchen.

Die im Astralreisen geübte Person kann sich hinlegen und sich entspannen. Dann löst sie die Fesseln oder Ketten ihres Ichs, ihres Begleitkörpers oder ihrer Seele – man kann es nennen, wie man will, es ist alles dasselbe. Danach kann der zweite Körper, dessen Verbindung zum physischen Körper einzig die «Silberschnur» ist, wie ein Fesselballon am Ende der Schnur davonschweben. Man kann, wenn man geübt ist, überall hingehen, wo immer man auch hinreisen möchte – voll bewusst, vollständig wach. Der Traumzustand entsteht dann, wenn eine Person unbewusst astralreist und verwirrende und durcheinander gebrachte Eindrücke in den physischen Körper zurückbringt. Wenn man nicht geschult ist, werden unentwegt eine Vielzahl von Eindrücken über die «Silberschnur» empfangen, die den «Träumenden» immer mehr und mehr verwirren. Wenn man sich im Astral befindet, kann man überall hinreisen, selbst über die Grenze der Erde hinaus, denn der Astralkörper atmet nicht, noch braucht er Nahrung. Alles, was er benötigt, wird ihm über die «Silberschnur» zugeführt. Durch sie ist man lebenslang mit dem physischen Körper verbunden.

Diese «Silberschnur» wird auch in der Bibel erwähnt: «Ehe denn die silberne Schnur zerreißt, und die Goldene Schale zerbricht.» (Prediger, 12/6; Anm.d.Ü.). Die «Goldene Schale» ist der Heiligen- oder Glorienschein, der sich um den Kopf herum einer spirituell entwickelten Person befindet. Die spirituell Unentwickelten weisen eine ganz und gar andere Farbe in ihrem Heiligenschein auf! Künstler vergangener Tage malten auf ihren Bildern Heilige mit einem goldenen Heiligenschein, weil sie diesen tatsächlich «sahen», ansonsten hätten sie ihn nicht gemalt. Der Heiligenschein macht jedoch nur einen sehr kleinen Teil der menschlichen Aura aus. Er ist gewöhnlich viel heller und von daher leichter zu sehen.

Würden die Wissenschaftler das Astralreisen und auch die Aura mehr erforschen, statt sich mit diesen unzuverlässigen Weltraumraketen abzugeben, dann hätten sie bald den vollkommenen Schlüssel zur Raumfahrt. Sie könnten mittels Astralprojektion eine andere Welt besuchen, und auf diese Weise ermitteln, welche Eigenschaften das Raumschiff haben müsste, um diese Reise auch physisch durchführen zu können. Denn das Astralreisen hat einen sehr großen Nachteil; man kann weder etwas Materielles mitnehmen noch kann man mit einem materiellen Gegenstand zurückkehren. Man kann nur das Wissen zurückbringen. Aus diesem Grund brauchen die Wissenschaftler ein Raumschiff, mit dem sie echte und vor Ort eingesammelte Musterproben und Fotos zurückbringen können, um sie dann einer ungläubigen Welt vorzuführen, weil die Menschen erst dann an die Existenz von etwas glauben, wenn sie es in Stücke reißen und beweisen können, dass es doch möglich ist.

Ich erinnere mich noch an eine ganz besondere Astralreise, die ich ins Weltall unternommen hatte. Das Folgende ist absolut wahr, und diejenigen, die etwas weiterentwickelt sind, werden wissen, dass es der Wahrheit entspricht. Für die anderen spielt es keine Rolle, sie werden es irgendwann einmal, wenn sie eine größere spirituelle Reife erreicht haben, auch begreifen.

Diese Erfahrung wurde mir vor vielen Jahren zuteil, als ich noch in Tibet im Chakpori-Lamakloster studierte. Obwohl es schon sehr lange her ist, erinnere ich mich noch heute daran, als wäre es erst gestern gewesen.

Mein Mentor, der Lama Mingyar Dondup, und ein weiterer Lama, eigentlich ein enger Freund von mir, namens Jigme, und ich standen auf dem Dach des Chakpori-Lamaklosters, dem Eisenberg in Lhasa, Tibet. Es war eine bitterkalte Nacht, weit unter dem Gefrierpunkt. Wir standen auf dem exponierten Dach. Der Wind heulte und presste unsere Roben mit aller Kraft gegen unsere zitternden Körper. Auf der windabgewandten Seite von uns ließ der Wind unsere Roben wie Gebetsfahnen flattern. Er ließ uns auch bis ins Mark frieren und er drohte uns, den Berghang hinunterzublasen.

Als wir uns umschauten und uns mit aller Kraft gegen den Wind lehnten, um unsere Balance zu halten, sahen wir in der Entfernung die schwachen Lichter der Stadt Lhasa, während die Lichter des Potala zu unserer Rechten der ganzen Szene einen mystischen Hauch verliehen. Alle Fenster schienen mit schimmernden Butterlampen geschmückt zu sein, die trotz der dicken Wände, die sie schützten, im Treiben des Windes flackerten und tanzten. Das fahle Sternenlicht wurde von den goldenen Dächern des Potala gespiegelt. Der Palast glänzte, als sei der Mond selbst herabgestiegen, um mit den Zinnen und Gräbern auf dem Dache des herrlichen Gebäudes zu spielen.

Wir zitterten und froren in der bitteren Kälte, und wir wünschten uns, wir wären im Tempel unter uns an der Wärme, dessen Luft mit Weihrauch gefüllt war. Wir waren aus einem ganz besonderen Grund auf diesem Dach, wie es der Lama Mingyar Dondup rätselhaft formulierte. Nun stand er zwischen uns, scheinbar so fest wie der Berg selbst. Er deutete nach oben zu einem weit entfernten Stern, einer rötlich aussehenden Welt, und sagte: «Meine Brüder, das ist der Stern Zhoro. Er ist ein sehr, sehr alter Planet, einer der ältesten in seinem Sonnensystem. Nun nähert er sich dem Ende seiner langen Lebenszeit.»

Er wandte sich uns zu und stand mit dem Rücken gegen den beißenden Wind und sagte: «Ihr habt das Astralreisen eingehend studiert. Jetzt wollen wir gemeinsam astral zu diesem Planeten reisen. Wir lassen unsere physischen Körper hier auf diesem windgepeitschten Dach zurück und wollen uns aus der Erdatmosphäre und aus der Zeit selbst hinausbegeben.»

Mit diesen Worten führte er uns über das Dach, dorthin, wo uns ein Kuppeldach ein wenig Schutz bot. Er legte sich hin und forderte uns auf, es ihm gleichzutun. Wir schlugen unsere Roben enger um uns, legten uns neben ihn nieder und jeder von uns hielt die Hand des anderen. Über uns erstreckte sich das tief purpurfarbene Himmelsgewölbe, das mit stecknadelgroßen und bunten Lichtern gesprenkelt war, denn alle Planeten leuchten in der klaren Luft Tibets unterschiedlich. Rund um uns herum heulte der Wind. Unsere Ausbildung war immer hart und streng gewesen, und wir machten uns überhaupt keine Gedanken darüber, dass wir auf diesem Dach verweilen mussten. Wir wussten, dass dies keine gewöhnliche Astralreise werden würde, denn so dem Wind und Wetter ausgesetzt, hatten wir noch nicht oft unsere physischen Körper verlassen. Wenn es dem Körper unbequem ist, kann das Ich weiter und schneller reisen, und es kann sich hinterher besser an die Einzelheiten erinnern. Nur bei kurzen, kleinen Reisen auf unserer Welt entspannt man sich und macht es dem physischen Körper bequem.

Mein Mentor sagte: «Nun wollen wir uns gegenseitig an den Händen halten. Versetzen wir uns gemeinsam über diese Erde hinaus. Haltet euch an mich. Wir werden heute Nacht weit reisen und höchst außergewöhnliche Erfahrungen machen.»

Wir legten uns zurück und atmeten nach einem vorgegebenen Rhythmus, um uns vom physischen Körper für die Astralreise zu lösen. Ich war mir noch des Windes bewusst, der durch die Schnüre der über uns wild flatternden Gebetsfahnen pfiff. Dann, ganz plötzlich, erfolgte ein Ruck, und ich spürte die beißende Kälte des kalten Windes nicht mehr. Ich bemerkte, dass ich über meinem Körper schwebte, so als befände ich mich in einer anderen Zeit, und alles war friedlich.

Der Lama Mingyar Dondup stand bereits aufrecht in seiner Astralgestalt. Als ich nach unten schaute, sah ich, wie mein Freund Jigme ebenfalls seinen physischen Körper verließ. Er und ich standen da, wir verbanden uns und schlossen uns unserem Mentor an. Diese Verbindung nennt man Ektoplasma, das vom Astralkörper durch Gedanken erzeugt wird. Es ist der Stoff, aus dem ein Medium Geistererscheinungen entstehen lässt.

Nachdem wir vollständig verbunden waren, schwebten wir in den Nachthimmel hinauf. Ich, wie immer sehr wissbegierig, schaute nach unten. Unter uns und sich ausdehnend, waren unsere Silberschnüre zu sehen, diese endlosen Schnüre, die den physischen Körper und den Astralkörper während des Lebens verbinden.

Wir bewegten uns immer weiter und weiter aufwärts. Die Erde wich immer weiter zurück. Wir konnten die Korona der Sonne sehen, die weit entfernt über den Rand der Erde hinausstrahlte, dort wo die westliche Welt liegen musste. Die westliche Welt, die wir so eingehend im Astral bereist haben. Wir stiegen immer höher und höher. Dann konnten wir die Umrisse der Ozeane und Kontinente auf der sonnenbeschienenen Seite der Erde sehen. Von unserer Höhe aus, sah die Welt nun wie eine Mondsichel aus, an dessen Pole die Polar- oder Nordlichter leuchteten.

Wir reisten immer weiter und weiter und immer schneller und schneller, bis wir die Lichtgeschwindigkeit überschritten, denn wir waren körperlose Geistwesen. Wir flogen immer weiter und erreichten annähernd die Gedankengeschwindigkeit. Als ich nach vorne schaute, sah ich direkt vor mir einen riesengroßen Planeten, bedrohlich und rot. Wir rasten mit einer Geschwindigkeit auf ihn zu, von der man hätte unmöglich sagen können, wie schnell es war. Obwohl ich schon viel Erfahrung im Astralreisen hatte, erfasste mich plötzlich eine Angst. Die Astralgestalt meines Mentors kicherte telepathisch und sagte: «Beruhige dich, Lobsang, wenn wir diesen Planeten durchschlagen würden, würde das weder uns noch ihm etwas ausmachen. Wir würden direkt durch ihn hindurchgehen. Er wäre kein Hindernis für uns.»

Schließlich schwebten wir über einer roten, trostlosen Welt. Uns bot sich ein Anblick von roten Felsen und rotem Sand an einem gezeitenlosen roten Meer. Als wir nach unten auf diese Welt hinabsanken, sahen wir höchst merkwürdige Lebewesen, so etwas wie Riesenkrabben, die sich lethargisch am Ufer des Wassers entlangbewegten. Wir standen an diesem roten Felsenstrand und schauten über das Wasser, gezeitenlos, tot, mit rotem, stinkendem Schaum. Als wir das Wasser beobachteten, kräuselte sich dessen trübe Oberfläche plötzlich. Sie kräuselte sich noch einmal, und dem Wasser entstieg eine seltsame, schauerliche Kreatur. Das Geschöpf, ein sich schwerfällig fortbewegendes Tier mit einem Panzer und außerordentlich kräftigen Gliedern, war ebenfalls rot. Es stöhnte, als wäre es müde und niedergeschlagen, und kaum hatte es den roten Sand erreicht, ließ es sich auch schon am Ufer neben das glatte, wellenlose Meer plumpsen. Über unseren Köpfen schien stumpf eine rote Sonne, die furchteinflößende, blutrote, trübe und düstere Schatten auf alles warf. Um uns herum bewegte sich nichts. Es gab, außer den seltsamen gepanzerten Wesen, die halbtot auf dem Boden lagen, kein Anzeichen von Leben. Obwohl ich mich im Astralkörper befand, und mir nichts geschehen konnte, zitterte ich vor Beklemmung, als ich mich so umschaute. Ein rotes Meer, auf dem roter Schaum trieb, rote Felsen, roter Sand, rotgepanzerte Wesen und am roten Himmel schien eine rote Sonne wie die ausgehende Glut eines Feuers. Eines Feuers, das dabei war, sich ins Nichts aufzulösen.

Der Lama Mingyar Dondup erklärte: «Dies hier ist eine sterbende Welt, die keine Rotation mehr aufweist. Diese Welt treibt aufgegeben im Meer des Weltalls. Sie ist ein Satellit einer sterbenden Sonne, die bald implodieren und zu einem Zwergstern ohne Licht und Leben werden wird. Ein Zwergstern, der letztendlich mit einem anderen kollidieren und aus dem eine neue Welt geboren wird. Ich habe euch hierher gebracht, weil auf dieser Welt hier immer noch eine sehr hohe Lebensform existiert. Es leben noch Forscher hier, um diese Art von Phänomen zu studieren, zu erforschen und zu untersuchen. Schaut euch nur um.»

Er drehte sich um und zeigte mit der rechten Hand in die Ferne. Dort sahen wir drei riesige, hoch in den tiefroten Himmel hinaufragende Türme. Auf jeder Turmspitze leuchtete eine Kristallkugel. Die drei Kugeln blinkten und pulsierten mit einem klaren gelben Licht, so als wären sie noch in Betrieb.

Als wir dastanden und uns Gedanken darüber machten, wechselte eines der Lichter die Farbe. Eine der Kugeln verwandelte sich in ein leuchtendes Stahlblau.

Der Lama Mingyar Dondup sagte: «Kommt, sie heißen uns willkommen. Lasst uns in den Untergrund hinabsteigen, dorthin, wo sie in einer unterirdischen Anlage leben und arbeiten.»

Gemeinsam bewegten wir uns auf das Erdgeschoss des Turmes zu. Als wir vor dem Bauwerk standen, sahen wir, dass der Eingang mit einem merkwürdigen, schimmernden Metall schwer gesichert und verbarrikadiert war, das wie ein Wundmal auf diesem roten, öden Land aussah.

Wir glitten durch die Verbarrikadierung hindurch, denn für diejenigen, die sich im Astralzustand befinden, ist Metall oder eine Mauer kein Hindernis. Wir bewegten uns hindurch und durchquerten lange rote Gänge aus totem Gestein, bis wir schließlich in einer sehr großen Halle standen – einer Halle, an deren Wänden Pläne und Karten hingen, und überall standen eigenartige Geräte und Apparate herum. In der Mitte befand sich ein langer Tisch, an dem neun hochbetagte Männer saßen. Sie sahen alle sehr unterschiedlich aus. Einer war großgewachsen und dünn, mit einem spitzzulaufenden, konisch geformten Kopf. Wieder ein anderer war klein und kräftig gebaut. Jeder sah anders aus. Uns war klar, dass von diesen Männern jeder von anderer Herkunft war und von einem anderen Planeten stammen musste. Waren sie Menschen? Nun, menschenähnlich wäre vielleicht der bessere Ausdruck, um sie zu beschreiben. Sie waren alle Menschen, doch einige glichen uns Menschen mehr als andere.

Wir wurden uns gewahr, dass alle Neun unbeweglich in unsere Richtung blickten. «Aha», sagte einer telepathisch, «wir haben Besucher aus weiter Ferne. Wir haben euer Eintreffen auf unserer Forschungsstation bemerkt und heißen euch herzlich willkommen.»

«Ehrwürdige Väter», nahm der Lama Mingyar Dondup das Wort auf, «ich habe Ihnen hier zwei strebsame Studenten mitgebracht, die vor Kurzem in den Grad der Lamawürde aufgenommen wurden und auf der Suche nach Wissen sind.»

«Ihr seid herzlich willkommen», sagte der großgewachsene Mann, der offenbar der Leiter dieser Gruppe zu sein schien. «Wir werden euch genauso behilflich sein, wie wir das bei früheren Gelegenheiten auch schon getan haben.»

Das waren große Neuigkeiten für mich. Ich hatte keine Ahnung, dass mein Mentor solch ausgedehnte Astralreisen an außerirdische Orte unternommen hatte.

Der kleinere Mann schaute mich lächelnd an. Er sprach mich in der universellen Sprache der Telepathie an und sagte: «Wie ich sehe, junger Mann, scheinst du von den Unterschieden unserer äußeren Erscheinung sehr fasziniert zu sein.»

«Verehrter Vater», antwortete ich etwas überrascht, mit welcher Leichtigkeit er meine Gedanken erraten hatte. Gedanken, die ich eigentlich zu verbergen versucht hatte. «Das ist tatsächlich der Fall. Ich wunderte mich sehr über die Unterschiede eurer Körpergrößen und Formen, und es kam mir der Gedanke, dass ihr alle nicht Menschen von der Erde sein könnt.»

«Das hast du richtig bemerkt», sagte der kleine Mann, «wir sind zwar alle Menschen, aber umweltbedingt haben wir etwas modifizierte Körperformen und Staturen. Doch findet man bei euch auf eurem Planeten in Tibet nicht auch Mönche, die als Wächter beschäftigt sind, und über zwei Meter groß sind? Und wiederum gibt es woanders in einem anderen Land auf der Erde Menschen, die nur halb so groß sind und die ihr Pygmäen nennt. Beide gehören zur Gattung Mensch. Beide sind in der Lage, sich untereinander fortzupflanzen. Die Größe spielt keine Rolle, weil wir alle Menschen sind, die aus Kohlenstoffmolekülen bestehen. Hier in diesem besonderen Universum, beruht alles auf den Elementen Kohlenstoff und Wasserstoff, denn diese beiden Elemente sind die Grundbausteine, welche die Strukturen deines Universums bestimmen. Wir, die wir in andere Universen gereist sind, weiter als dieser Teil des Nebels hier reicht, wissen, dass andere Universen andere Grundbausteine verwenden. Manche verwenden Silizium, manche Gips, manche andere Elemente, doch diejenigen, die dort leben, sind von ganz anderer Natur als die Menschen hier. Und zu unserem Bedauern mussten wir feststellen, dass es zwischen unseren Denkweisen nicht immer Gemeinsamkeiten gibt.»

Der Lama Mingyar Dondup sagte: «Ich habe diese beiden jungen Lamas hierher gebracht, damit sie sich gleich vor Ort die Stadien des Todes und den Verfall eines Planeten ansehen können, dessen Atmosphäre aufgezehrt ist und dessen restlicher Sauerstoff sich mit den Metallen verbunden hat, um sich in einen äußerst feinen Staub zu verwandeln.»

«Genauso ist es», sagte der großgewachsene Mann. «Wir möchten diese jungen Männer gerne noch darauf aufmerksam machen, dass alles, was geboren wird, auch sterben muss. Alles lebt gemäß seiner zugeteilten Lebensdauer, und diese zugeteilte Lebensdauer entspricht einer Anzahl Lebenseinheiten. Diese Lebenseinheit bedeutet bei einem Lebewesen ein Herzschlag dieses Lebewesens. Das Leben eines Planeten beträgt 2'700'000'000 Herzschläge. Danach stirbt der Planet, doch mit dem Tode eines Planeten werden andere geboren. Auch ein Mensch lebt 2'700'000'000 Herzschläge lang und ebenso das kleinste Insekt. Ein Insekt, auch wenn es nur vierundzwanzig Stunden lebt, weist während dieser Zeit 2'700'000'000 Herzschläge auf. Ein Planet kann vielleicht alle 27'000 Jahre einen Herzschlag haben, doch das variiert natürlich von Planet zu Planet und dann wird diese Welt von einem Beben erschüttert, und während sie sich einer Wandlung unterzieht, macht sie sich für den nächsten Herzschlag bereit. Also alles, was lebt», fuhr er fort, «weist dieselbe Lebensdauer auf, aber es gibt Lebewesen, deren Herzschläge sich von anderen unterscheiden. Die Lebewesen auf der Erde zum Beispiel, der Elefant, die Schildkröte, die Ameise und der Hund, sie alle leben gleich lang, was die Anzahl Herzschläge betrifft. Nur dass bei allen das Herz unterschiedlich schnell schlägt. Deshalb scheint es, dass ein Geschöpf länger lebt als das andere.»

Jigme und ich fanden das sehr interessant. Es erklärte uns so vieles, was wir in unserem Heimatland Tibet auch schon gelernt hatten. Im Potala hatten wir von Schildkröten gehört, die sehr alt werden konnten, und von Insekten, die nur einen Sommerabend lang lebten. Nun begriffen wir, dass deren Wahrnehmung beschleunigt sein musste, um mit der Geschwindigkeit ihres Herzens Schritt halten zu können.

Der kleine Mann betrachtete uns aufmerksam und fuhr fort: «Ja, aber das ist noch nicht alles. Viele Tiere verkörpern auch verschiedene Körperfunktionen. Die Kuh zum Beispiel ist, wie jeder sehen kann, bloß ein wandelndes Milchdrüsenorgan. Die Giraffe verkörpert den Hals. Ein Hund – nun ja, jeder weiß, woran ein Hund ständig denkt – er nimmt Witterung nach

Neuigkeiten auf, da seine Sehkraft schwach ist. Diesbezüglich kann der Hund als Nase bezeichnet werden. Andere Tiere haben eine ähnliche Anlehnung an unsere verschiedenen anatomischen Körperteile. So kann der südamerikanische Ameisenbär als Zunge betrachtet werden.»

Eine Zeitlang unterhielten wir uns telepathisch weiter, und wir erfuhren manch Seltsames. Wir lernten in Gedankengeschwindigkeit, so wie man das in der Astralebene zu tun pflegt. Schließlich erhob sich der Lama Mingyar Dondup und sagte: «Es ist Zeit zum Aufbrechen.»

Als wir zurückkehrten, schimmerten unter uns die goldenen Dächer des Potala frostig im Sonnenlicht. Unsere Körper waren steif vor Kälte. Es war schwierig und schwer, die halbgefrorenen Glieder wieder in Gang zu bringen.

«Und nun», dachten wir, als wir uns strauchelnd erhoben, «sind wir wieder um eine Erfahrung reicher. Eine weitere Reise ist zu Ende. Was wird als Nächstes folgen?»

Eine Wissenschaft, die uns Tibeter besonders auszeichnet, ist das Heilen mit Kräutern. Immer schon, bis jetzt, war Tibet für Ausländer gesperrt gewesen, und unsere Flora und Fauna konnte bisher nie von ihnen erforscht werden. Auf Tibets Hochplateaus im Gebirge wachsen sehr seltene Pflanzen. Kurare und das erst kürzlich entdeckte Meskalin, zum Beispiel, sind in Tibet schon seit Jahrhunderten bekannt. Wir könnten viele im Westen auftretende Krankheiten heilen, aber dafür müssten die Menschen im Westen erst etwas mehr Vertrauen haben. Doch die meisten westlichen Menschen sind ohnehin nicht ganz bei Trost, also warum sich darüber Gedanken machen?

Jedes Jahr durften Studentengruppen, die ihr Studium besonders gut abgeschlossen hatten, an einer Kräutersammel-Expedition teilnehmen. Pflanzen, Blüten, Blütenpollen, Wurzeln und Samen wurden sorgfältig gesammelt, verarbeitet und in Yakhaut-Säcken gut verpackt. Ich liebte dieses Fach und lernte fleißig. Nun habe ich festgestellt, dass die Heilkräuter, die ich so gut kannte, hier gar nicht erhältlich sind.

Schließlich wurde ich als bereit angesehen, mich der Zeremonie des «Kleinen Todes» zu stellen, worüber ich im «Das dritte Auge» geschrieben habe. In einer Kammer weit unter dem Potala wurde ich mithilfe von besonderen Riten in einen kataleptischen, todähnlichen Starrezustand versetzt, wonach ich der Akasha-Chronik entlang in die Vergangenheit reiste. Ich reiste auch auf der Erde und besuchte deren Länder. Ich werde nun beschreiben, wie es damals für mich war, als ich zurückkehrte.

Der unterirdische Gang, der etwa hundert Meter unterhalb des gefrorenen Erdbodens durch den nackten Felsen führte, war feucht, nass und dunkel, so dunkel wie die Gruft selbst. Ich schwebte ihm in meiner Astralgestalt entlang und trieb in der Dunkelheit wie Rauch dahin. Nachdem sich meine Augen langsam an die Dunkelheit gewöhnt hatten, bemerkte ich, zuerst nur sehr undeutlich, die grünliche, an den Felswänden wuchernde und phosphoreszierende Vegetation. Ab und zu war dort, wo das Licht besonders hell war, das Wachstum besonders üppig. Ich konnte ein gelbes Leuchten einer Goldader sehen, die sich der ganzen Länge des felsigen Tunnels entlang zog.

Geräuschlos schwebte ich weiter, ohne dass ich mir der Zeit bewusst wurde. Nur eines lag im Vordergrund meiner Gedanken, dass ich weiter und tiefer in das Erdinnere vordringen musste. Denn dies war ein Tag von höchster Wichtigkeit. Es war der Tag, an dem ich nach drei Tagen astraler Reise zurückkehren würde. Die Zeit verstrich. Ich wurde mir gewahr, dass ich mich schon sehr tief unten in der Dunkelheit der unterirdischen Kammer befand. Eine Dunkelheit, die zu tönen und zu vibrieren schien.

In meiner Fantasie konnte ich mir nochmals die Welt über mir vorstellen. Die Welt, in die ich demnächst physisch wieder zurückkehren würde. Ich konnte mir die vertrauten Szenen vorstellen, die jetzt aufgrund der völligen Dunkelheit noch ausgeblendet waren. Ich wartete. Ich verweilte wie eine Weihrauchwolke in einem Tempel an Ort und Stelle in der Luft.

Nach und nach, so langsam, dass es eine Weile dauerte, bis ich es überhaupt wahrnahm, drangen Klänge vom Tunnelgang zu mir herunter. Anfangs waren sie kaum hörbar, doch allmählich verstärkten sie sich. Ein

Gesang und das Klingeln von Silberglocken erklangen, begleitet von dem gedämpften Schlurfen von Ledersandalen. Schließlich tauchte an den Tunnelwänden ein unheimlich flackerndes Licht auf, während die Klänge lauter wurden. Ich wartete und verharrte schwebend über einer Steinplatte in der Dunkelheit.

Nach und nach und so schrecklich langsam und bedächtig bewegten sich die Gestalten vorsichtig den Tunnelgang hinunter in meine Richtung. Als sie näherkamen, sah ich, dass es gelbgekleidete Mönche waren, die flackernde Fackeln in die Höhe hielten. Kostbare Fackeln, die sie dem Tempel über mir entnommen hatten. Sie bestanden aus seltenen Harzen und verbreiteten zusammen mit dem daran befestigten Räucherwerk einen Wohlgeruch, um den hier herrschenden Toten- und Verwesungsgeruch zu vertreiben. Die hellen Lichter lösten die Dunkelheit auf und ließ das unheilvolle Schimmern der wuchernden Vegetation unsichtbar werden.

Langsam betraten die Priester die unterirdische Kammer. Zwei von ihnen begaben sich links und rechts des Eingangs zu einer Nische im Felsen, um Butterlampen zu entnehmen. Bald darauf flackerte eine Butterlampe nach der anderen auf. Nun war die Kammer besser beleuchtet, und ich nutzte die Gelegenheit, sie genauer zu betrachten, was mir drei Tage zuvor nicht möglich gewesen war.

Schließlich, auf ein Zeichen eines alten Mannes hin, hoben sechs Mönche ächzend und stöhnend den Steindeckel des Sarges ab. Als ich hinabsah, erblickte ich im Sarg meinen eigenen physischen Körper, gehüllt in die Robe eines Priesters im Rang eines Lama. Die Gesänge der Mönche wurden nun noch lauter: «Oh Geist des astralreisenden Lama, der du über das Antlitz der Welt über uns wandelst, kehre zurück. Der dritte Tag ist gekommen, und er ist dabei, zur Neige zu gehen. Ein erstes Räucherstäbchen wird entfacht, auf dass es den Geist des astralreisenden Lama herbeirufe.»

Ein Mönch trat vor und entfachte ein rötlich gefärbtes und süßlich riechendes Räucherstäbchen. Dann nahm er ein weiteres aus einer Schachtel, während die anderen Priester sangen: «Oh Geist des astralreisenden Lama, kehre zu uns hierher zurück. Beeile dich, denn die Stunde deines Erwachens naht. Ein zweites Räucherstäbchen wird entfacht, um deine Rückkehr zu beschleunigen.»

Als der Mönch feierlich ein weiteres Räucherstäbchen aus der Schachtel nahm, rezitierte der Priester: «Oh Geist des astralreisenden Lama, wir erwarten dich, um deinen irdischen Körper wiederzubeleben und dich zu nähren. Beeile dich, denn die Stunde ist gekommen, und mit deiner Wiederkehr hierher hast du einen weiteren Tempelgrad deiner Ausbildung erreicht. Ein drittes Räucherstäbchen wird entfacht, um dich zurückzurufen.»

Als der Rauch allmählich nach oben wirbelte und meine Astralgestalt einhüllte, zitterte ich aus Furcht. Es fühlte sich an, als würden unsichtbare Hände mich nach unten ziehen, als ob sie an meiner Silberschnur zögen und mich gewaltsam in diesen kalten, leblosen physischen Körper hineinzwängen. Die Kälte des Todes durchdrang mich. Mein Körper schlotterte, und ich spürte, wie meine Astralsehkraft schwand. Mein Körper begann unkontrolliert zu zittern, während ich tief nach Luft rang. Hochrangige Priester beugten sich in den Steinsarg hinunter, hoben meinen Kopf und meine Schultern an und zwängten mir etwas Bitteres zwischen meine fest zusammengepressten Lippen.

«Aha», dachte ich, «zurück in diesem Körper, wieder zurückgekehrt in dieses einengende Ding.»

Es schien, als brenne Feuer in meinen Venen. Venen, die seit drei Tagen inaktiv gewesen waren. Langsam halfen mir die Priester aus dem Sarg. Sie stützten mich und hielten mich auf den Beinen, indem sie mir unter die Arme griffen. Sie gingen mit mir in der Kammer auf und ab und knieten sich vor mir nieder. Sie warfen sich vor meine Füße und rezitierten ihre Mantras. Sie beteten, zündeten ihre Räucherstäbchen an und flößten mir Wasser ein und gaben mir Nahrung und wuschen und trockneten mich und meine Robe wurde gewechselt.

Nachdem mein Bewusstsein wieder ganz in meinen physischen Körper zurückgekehrt war, wanderten meine Gedanken aus einem seltsamen Grund zu dem Zeitpunkt zurück, als drei Tage zuvor eine ähnliche Prozedur abgehalten worden war.

An jenem Tag half man mir, mich in denselben Steinsarg zu legen. Ein Lama nach dem anderen hatte mich angesehen. Darauf hatten sie den Deckel auf den Steinsarg gelegt und die Räucherstäbchen gelöscht. Feierlich waren sie mit ihren Lichtern in den Händen hinaus und den Steinkorridor hinaufgegangen, während ich ziemlich verängstigt in dem Steinsarg lag. Verängstigt, trotz meiner ganzen Ausbildung. Verängstigt, obwohl ich genau wusste, was geschehen würde. Ich war allein in der Dunkelheit, in der Totenstille. Stille? Nein, nicht ganz, denn meine akustische Wahrnehmung war so geschärft, dass ich noch immer ihren Atem hören konnte. Geräusche des Lebens, die mit ihnen langsam dahinschwanden. Ich konnte noch ihr Davonschlurfen hören, das immer leiser und leiser wurde. Dann Finsternis, Ruhe, Stille – und dann nichts mehr.

Der Tod selbst konnte nicht schlimmer sein als dies, dachte ich. Die Zeit kroch endlos dahin, und während ich so da lag, wurde mir immer kälter und kälter. Plötzlich explodierte die Welt, so als wäre sie in eine goldene Flamme getaucht. Ich verließ die Grenzen meines Körpers. Ich verließ die Dunkelheit des steinernen Grabes und die unterirdische Kammer. Ich trieb aufwärts durch die Erde, durch die gefrorene Erde und in die kalte, reine und klare Luft hinaus. Ich glitt hoch über den hochaufragenden Himalaya hinweg, reiste weit und überquerte Länder und Ozeane, und begab mich in Gedankengeschwindigkeit bis ans Ende der Welt. Ich reiste allein im Astral, feinstofflich und äthergleich. Ich wählte Orte und Bildungsstätten auf der Erde aus, wo ich mein Wissen mehren und andere beobachten konnte. Nicht einmal die geheimsten Tresorräume blieben vor mir verschlossen. Ich konnte mich so frei bewegen wie ein Gedanke. Ich konnte mich in jedes Regierungsgebäude dieser Welt begeben. Die Präsidenten aller Länder zogen an mir vorbei wie ein immerwährender Rundblick, deren Gedanken meinem prüfenden Blick unverhüllt preisgegeben waren.

«Und jetzt», dachte ich, noch etwas benommen, während ich, gestützt von den Lamas, stolpernd auf die Füße kam. «Jetzt muss ich noch Bericht erstatten über alles, was ich gesehen und erfahren habe. Und dann? Vielleicht werde ich mich schon bald wieder einer weiteren ähnlichen Prüfung unterziehen müssen. Danach werde ich in den Westen reisen, um die vorhergesagten Mühsale zu erdulden.»

Nach einer intensiven und anspruchsvollen Ausbildung verließ ich Tibet, um weiterzulernen und natürlich noch mehr zu leiden. Als ich zurückschaute, bevor ich den Himalaya überquerte, sah ich die frühmorgentlichen Sonnenstrahlen hinter den Bergen hervorspähen. Sie streiften sanft die goldenen Dächer der Heiligen Gebäude und verwandelten sie in ein Traumbild atemberaubender Schönheit. Das Lhasatal schien noch zu schlafen, und selbst die Gebetsfahnen hingen schlaff und schläfrig an ihren Masten. Beim Pargo Kaling konnte ich gerade noch eine Yakkarawane ausmachen. Die Händler, Frühaufsteher wie ich, machten sich auf den Weg nach Indien, während ich Chungking zustrebte (heutige Schreibweise: Chongqing; Anm.d.Ü.).

Wir, meine Begleiter und ich, überquerten die Höhenzüge und folgten den Pfaden der Händler, die Tee nach Tibet brachten. Teeziegel aus China. Tee vermischt mit Tsampa war eines der Hauptnahrungsmittel der Tibeter. Es war das Jahr 1927, als wir Lhasa verließen und uns auf den Weg nach Chotang machten, einer kleinen Stadt am Brahmaputra-Fluss. Weiter ging es hinunter ins Tiefland nach Kanting, durch dichte Wälder, durch Täler, deren Vegetation vor Feuchtigkeit dampfte. Auf unserer Weiterreise litten wir sehr unter Atembeschwerden. Wir waren nur die dünne Luft in Höhen von viertausend Metern und höher gewohnt. Das schwere Klima der Tiefebene setzte uns stark zu und drückte auf unsere Stimmung. Es fühlte sich an, als würden unsere Lungen zusammengepresst, und wir hatten das Gefühl, an der Luft zu ersticken. Tag für Tag setzten wir unsere Reise fort, bis wir endlich die Randbezirke der chinesischen Stadt Chungking erreichten, tausendfünfhundert Kilometer oder mehr von Zuhause entfernt.

In der letzten gemeinsamen Nacht saßen wir noch einmal beisammen. Am nächsten Morgen reisten meine Gefährten wieder ab und kehrten in unser geliebtes Lhasa zurück. Traurig darüber unterhielten wir uns ein letztes Mal, und es bedrückte mich sehr, dass meine Gefährten, meine moralische Unterstützung, mich bereits als jemanden behandelten, der für die Welt tot war, der dazu verdammt war, sein Leben in den Tieflandstädten zu verbringen. Und so begab ich mich am nächsten Morgen nach ihrer Abreise zur Universität von Chungking. Eine Universität, in der fast alle Professoren und Mitarbeiter bemüht waren, den Studenten einen erfolgreichen Abschluss zu sichern. Sie halfen uns auf jede nur erdenkliche Weise. Es gab nur eine sehr verschwindend kleine Minderheit, die uns Schwierigkeiten bereitete oder unkooperativ war oder unter Fremdenfeindlichkeit litt.

In Chungking studierte ich Medizin, um Allgemeinmediziner und Chirurg zu werden. Weiter ließ ich mich zum Piloten ausbilden, da mein Leben vorgezeichnet war, vorausgesagt bis ins kleinste Detail. Ich wusste, dass ich später viel mit der Luftfahrt und der Medizin zu tun haben würde, wie das ja auch der Fall gewesen war. Von einem bevorstehenden Krieg waren in Chungking nur immer Gerüchte zu hören. Doch die meisten Menschen dieser alten und gleichzeitig modernen Stadt lebten davon unberührt weiter ihren Alltag mit seinen gewöhnlichen Annehmlichkeiten und verrichteten ihre täglichen Pflichten.

Dies war mein erster körperlicher Besuch in einer Großstadt, mein erster wirklicher Besuch einer Stadt, Lhasa ausgenommen, obwohl ich die meisten Großstädte der Welt schon in meiner Astralgestalt aufgesucht hatte, wie das jeder Mensch auch tun könnte, wenn er es übte. Das Astralreisen ist nicht schwierig, es ist nichts Magisches daran, es ist so einfach wie das Gehen. Es ist sogar noch leichter als Radfahren, weil man beim Radfahren das Gleichgewicht halten muss. Im Astral dagegen muss man nur die Fähigkeiten und die Talente nutzen, die uns durch unser Geburtsrecht verliehen wurden.

Während ich noch an der Universität von Chungking studierte, wurde ich nach Lhasa zurückgerufen. Der Dreizehnte Dalai Lama lag im Sterben.

Ich kam dort noch rechtzeitig an und nahm an den Begräbnisfeierlichkeiten teil, die nach seinem Tode folgten. Nachdem ich noch einige Angelegenheiten in Lhasa erledigt hatte, kehrte ich wieder nach Chungking zurück. Bei einer späteren Unterredung mit einem höheren Abt, namens T'ai Shu, ließ ich mich überzeugen, mich der chinesischen Luftwaffe anzuschließen und nach Shanghai überzusiedeln. Es war ein Ort, von dem ich wusste, dort hingehen zu müssen, aber abgesehen davon übte Shanghai keinerlei Reiz auf mich aus. So wurde ich einmal mehr entwurzelt und machte mich auf den Weg in mein neues Zuhause. Hier inszenierten am 7. Juli 1937 die Japaner einen Zwischenfall an der Marco-Polo-Brücke. Dies war der eigentliche Auslöser des Japanisch-Chinesischen Krieges, der die Sache für uns sehr schwierig machte. Ich musste meine gutgehende Praxis in Shanghai aufgeben und mich eine Zeitlang der Stadtbehörde von Shanghai als Arzt zur Verfügung stellen. Danach flog ich Notfalleinsätze für die chinesische Luftwaffe. Ich und andere flogen an Orte, wo dringend chirurgische Hilfe benötigt wurde. Wir flogen mit alten, ausgedienten und für andere Einsätze nicht mehr tauglichen Flugzeuge. Doch für uns, die nicht kämpften, waren sie noch gut genug, um bei Notfällen Verletzte behandeln zu können.

Nach dem Abschuss unseres Flugzeugs, wurde ich von den Japanern gefangen genommen. Ich war der einzige Überlebende. Sie behandelten mich ausgesprochen roh. Ich sah nicht wie ein Chinese aus, sie wussten nicht, woher ich stammte, doch aufgrund meiner Uniform und meines militärischen Ranges führten sie sich ausgesprochen widerwärtig auf.

Mir gelang die Flucht und ich machte mich auf den Weg zurück zu den chinesischen Streitkräften. Ich hoffte, meine Arbeit fortsetzen zu können. Vorerst aber wurde ich krankgeschrieben und nach Chungking geschickt, um mich zu erholen, bevor ich wieder in den Aktivdienst zurückkehrte. Chungking hatte sich inzwischen stark verändert und war nicht mehr das Chungking, das ich kannte. Es gab neue Gebäude, oder besser gesagt, einige der alten Gebäude hatten zum Teil neue Fassaden bekommen, weil auch Chungking bombardiert worden war. Der Ort war völlig überlaufen. Es hatten sich hier vielerlei Geschäfte niedergelassen. Geschäftsleute aus anderen chinesischen Großstädten waren hierhergezogen, in der Hoffnung, den Verwüstungen des Krieges zu entgehen, der anderswo wütete.

Nachdem ich mich einigermaßen erholt hatte, wurde ich an die Küste verlegt. Dort war ich dem Kommando von General Yo unterstellt. Ich wurde als Militärarzt eingesetzt, der für das «Krankenhaus» verantwortlich war. Doch dieses «Krankenhaus» bestand nur aus ein paar mit Wasserlachen bedeckten Reisfeldern. Bald trafen die Japaner ein. Sie nahmen uns gefangen und töteten alle Patienten, die nicht aufstehen oder gehen konnten. Als sie mich als entflohenen Gefangenen erkannten, wurde ich wieder abgeführt und ausgesprochen schlecht behandelt. Wenn die Japaner etwas nicht mochten, dann waren es geflohene Gefangene.

Nach einer gewissen Zeit wurde ich als Gefangenenarzt in ein Frauen-Gefangenenlager aller Nationalitäten verlegt. Dort konnte ich nur dank meiner Spezialausbildung und Kenntnisse in der Pflanzenheilkunde den besten Nutzen aus den natürlichen Ressourcen der im Lager vorkommenden Pflanzen ziehen. Ich behandelte die Patientinnen damit, denen jegliche andere medizinische Hilfe verweigert wurde. Die Japaner dachten, ich täte zu viel für die Gefangenen und ließe zu wenig sterben. Also brachten sie mich in ein anderes Lager nach Japan. Ein Lager für Gefangene, die nach Ansicht der Japaner, Terroristen waren. Ich wurde mit anderen zusammengepfercht auf einem undichten Schiff über das Japanische Meer geschippert, und während der Überfahrt wurden wir auf übelste Weise behandelt. Im Lager angekommen wurde ich von den Japanern grausam gefoltert und ihre ununterbrochenen Folterungen führten zu einer Lungenentzündung. Sie wollten aber nicht, dass ich sterbe, also kümmerten sie sich um mich und versorgten mich auf ihre Weise. Als ich immer noch dabei war, mich davon zu erholen – ich ließ die Japaner nicht wissen, wie gut – da wankte plötzlich die Erde. Ich dachte, es wäre ein Erdbeben. Dann schaute ich aus dem Fenster und sah, dass die Japaner voller Panik um ihr Leben rannten. Der ganze Himmel färbte sich rot und die Sonne verdunkelte sich. Obwohl ich es nicht wusste, war dies der Tag, an dem in Hiroshima die erste Atombombe fiel. Es war der 6. August 1945.

Jetzt hatten die Japaner keine Zeit mehr für mich, denn jetzt mussten sie sich um sich selbst kümmern. Es gelang mir eine Uniform, eine Mütze und ein Paar große Sandalen zu ergattern. Dann torkelte ich nach draußen ins Freie und durch ein unbewachtes schmales Tor. Von dort aus schaffte ich es gerade noch bis zum Strand hinunter, wo ich ein Fischerboot fand. Offenbar war der Besitzer vor Angst davongerannt, als die Bombe fiel, denn weit und breit war niemand zu sehen. Das Boot schaukelte gemächlich an seiner Vertäuung. Auf dem Bootsboden lagen ein paar verdorbene Fischstücke, die bereits nach Verwesung rochen. Daneben stand eine ausrangierte Büchse mit abgestandenem Wasser. Es war gerade noch trinkbar, aber nur knapp. Ich schaffte es, das dürftige Seil durchzuschneiden, das das Boot am Ufer festhielt, und stieß ab. Nach vielen Stunden gelang es mir endlich, das Segel zu hissen. Der Wind füllte das zerfledderte Segel, und das Boot segelte ins Unbekannte hinaus. Die Anstrengung war zu viel für mich. Ich sank auf den Bootsboden und fiel in eine tiefe Ohnmacht.

Sehr viel später, wie lange genau, kann ich nicht sagen, am ehesten konnte ich es noch am Zerfall der Fischstücke messen, erwachte ich in der Morgendämmerung. Das Boot war weiterhin in Fahrt. Die kleinen Wellen brachen sich vor dem Bug. Ich war aufgrund der Lungenentzündung zu krank und nicht in der Lage, das Wasser aus dem Boot zu schöpfen. Mir blieb nichts anderes übrig als mit den Schultern und dem Rumpf im Salzwasser und in all den Abfällen, die um mich herumschwammen, liegenzubleiben. Später am Tag, als die Sonne unbarmherzig und mit stechender Kraft vom Himmel schien, hatte ich das Gefühl, mein Hirn würde in meinem Kopf gekocht und meine Augen würden ausgebrannt. Ich hatte den Eindruck, als würde meine Zunge zur Größe meines Armes anschwellen, sie war trocken und schmerzte. Meine Lippen waren aufgesprungen und die Wangen rissig. Die Schmerzen waren zu viel für mich. Ich spürte, dass meine Lungen wieder zu kollabieren drohten. Mir war bewusst, dass die beidseitige

Lungenentzündung mich wieder fest im Griff hatte. Das Tageslicht schwand, und ich sank erneut bewusstlos ins Schlagwasser zurück.

Die Zeit hatte keine Bedeutung mehr. Zeit war nur noch eine Reihe roter Flecken, die durch die Dunkelheit unterbrochen wurde. Schmerzen rasten durch meinen Körper. Ich schwebte am Rande von Leben und Tod. Plötzlich gab es einen heftigen Ruck. Ich hörte das Kratzen von Steinen unter dem Kiel. Der Mast schwankte, als würde er brechen, und das zerfledderte Segel flatterte wild in der steifen Brise. Ich kroch auf dem Bootsboden nach vorn und fiel bewusstlos in das stinkende Wasser.

«He, Hank, Donnerwetter, sieh mal, da liegt ein Schlitzauge auf dem Boden. Sieht mir ganz schön steif aus!»

Die nasale Stimme weckte mich einen kurzen Moment auf. Ich lag da, außerstande mich zu bewegen und unfähig zu zeigen, dass ich noch lebte.

«Was'n los mit dir? Hast'e schiss vor'nem Toten? Wir woll'n ja nur das Boot, nicht wahr? Hilf mir. Den schmeißen wir raus!»

Schwere Schritte brachten das Boot ins Wanken und mein Schädel drohte dabei zu zerplatzen.

«Mann», sagte die erste Stimme, «der arme Kerl hat sicher 'nen Hitzschlag erwischt. Vielleicht atmet er noch, Hank, was glaubst du?»

«Ach, hör auf darüber nachzudenken. Der ist so gut wie tot. Schmeiß ihn raus. Wir dürfen keine Zeit verlieren!»

Starke, grobe Hände packten mich am Kopf und an den Füßen. Ich wurde einmal, zweimal hin und her geschwungen, und dann ließen sie mich los. Ich segelte über die Seite des Bootes und schlug mit einem schmerzhaften Krachen auf dem Kieselstrand auf. Ohne noch einmal einen Blick zurückzuwerfen, machten sich die beiden Männer an dem gestrandeten Boot zu schaffen. Sie hievten, zerrten und hantierten fluchend herum und scharrten ärgerlich die Steine und Kiesel unter dem Boot beiseite. Schließlich hatten sie das Boot freibekommen. Mit einem letzten kratzenden Geräusch schoben sie es langsam rückwärts ins Wasser hinaus. Wie in Panik und

überstürzt kletterten die beiden Männer an Bord und paddelten mit unge-
schickten Ruderschlägen davon. Weshalb sie es so eilig hatten, wusste ich
nicht.

Die Sonne brannte weiter. Kleine Tiere im Sand zwickten mich. Ich erlitt
die Qualen der Verdammten. Allmählich verging der Tag, bis endlich die
Sonne blutrot und bedrohlich unterging. Wasser umspülte meine Füße, stieg
langsam höher bis zu meinen Knien und noch höher. Mit verzweifelter Anstrengung kroch ich, die Ellenbogen in den Sand grabend, ein paar Meter
vorwärts. Ich wand mich hin und her und kämpfte mich voran. Dann wusste
ich nichts mehr.

Stunden später, es konnten auch Tage gewesen sein, erwachte ich und
stellte fest, dass helles Sonnenlicht auf mich schien. Zittrig drehte ich den
Kopf, um zu sehen, wo ich mich befand. Die Umgebung war mir völlig unbekannt. Ich lag in einer kleinen Einraumhütte. In einiger Entfernung
schimmerte und glänzte das Meer. Als ich meinen Kopf auf die andere Seite
drehte, sah ich einen alten buddhistischen Priester, der mich beobachtete.
Er lächelte, kam auf mich zu und setzte sich neben mich auf den Boden.
Etwas stockend und mit ziemlichen Schwierigkeiten gelang es uns schließlich, eine Unterhaltung zu führen. Unsere Sprachen waren ähnlich, aber
nicht identisch. Durch wiederholte Bemühungen und Ersatzworten besprachen wir die Lage.

«Schon seit einiger Zeit», sagte der Priester, «wusste ich, dass mich jemand von hohem Rang besuchen würde, einer mit großen Aufgaben im Leben. Obwohl ich schon alt bin, habe ich zugewartet, bis meine Aufgabe
erfüllt sein würde.»

Der Raum war sehr ärmlich ausgestattet, aber sehr sauber. Der alte Priester war offenbar nahe am Verhungern. Er sah ausgemergelt aus. Seine
Hände zitterten vor Schwäche und Alter. Seine verblichene alte Robe war
mit zierlichen Stichen dort, wo der Stoff aus Unachtsamkeit zerrissen oder
dünn geworden war, fein säuberlich geflickt worden.

«Wir haben gesehen, wie sie dich aus dem Boot geworfen haben», sagte er. «Lange dachten wir, du seist tot, aber wir konnten aufgrund der plündernden Banden hier in der Gegend nicht an den Strand gehen, um uns davon zu vergewissern. Nach Einbruch der Dunkelheit gingen zwei Männer aus dem Dorf nachschauen und brachten dich hierher zu mir. Das war vor fünf Tagen. Du warst wirklich sehr, sehr krank. Wir wissen, dass du überleben wirst. Du wirst weit reisen, und dein Leben wird hart sein.»

Hart! Warum mussten mir das alle immer wieder sagen, dass mein Leben hart sein würde? Meinten sie etwa, ich fände das lustig? Es war eindeutig hart, und das war es schon immer. Ich hasste Mühsale, wie jeder andere auch.

«Du befindest dich hier am Stadtrand von Najin», fuhr der Priester fort. «Sobald es dir wieder etwas besser geht und du in der Lage dazu bist, musst du gehen, denn mein eigener Tod ist nahe.»

In den nächsten zwei Tagen spazierte ich vorsichtig umher und versuchte, wieder etwas Kraft zu schöpfen, um den Faden des Lebens wieder aufzunehmen. Ich war schwach und ausgezehrt. Es war mir fast schon egal, ob ich lebte oder starb. Ein paar alte Freunde des Priesters besuchten mich. Sie besprachen mit mir die Route, die ich nehmen sollte. Als ich am dritten Morgen erwachte, sah ich, dass der alte Priester steif und kalt neben mir lag. Er hatte während der Nacht den Griff seines Lebens losgelassen und war verschieden. Mit der Hilfe eines alten Freundes von ihm hoben wir ein Grab aus und beerdigten ihn. Ich wickelte die kleinen Essensreste in ein Tuch ein und brach mit einem kräftigen Stock als Stütze auf.

Ich hatte noch nicht einmal einen halben Kilometer zurückgelegt, da war ich schon völlig erschöpft. Meine Beine zitterten. In meinem Kopf schien sich alles zu drehen, und vor meinen Augen verschwamm alles. Eine Weile legte ich mich etwas abseits der Küstenstraße hin, damit ich von den Vorübergehenden nicht gesehen werden konnte. Ich war gewarnt worden, dass dies eine gefährliche Gegend sei, besonders für Fremde. Hier, so sagte man mir, gäbe es bewaffnete Banditen, die die ganze Gegend terrorisierten. Ein

Mann konnte nur schon sein Leben lassen, wenn einem von ihnen sein Gesichtsausdruck nicht gefiel.

Schließlich setzte ich meine Reise fort und machte mich auf den Weg nach Unggi. Meine Informanten hatten mir klare Anweisungen gegeben, wie ich die Grenze überqueren könne, um auf russisches Gebiet zu gelangen. Ich war in einer schlechten Verfassung. Immer wieder musste ich Pausen einlegen. Bei einer solchen Gelegenheit saß ich wieder einmal etwas abseits der Straße und beobachtete müßig den regen Verkehr. Meine Augen wanderten von Gruppe zu Gruppe, bis ich auf fünf schwer bewaffnete russische Soldaten aufmerksam wurde, die drei große Mastiffs bei sich hatten. Zufällig blickte einer der Soldaten zu mir hinüber. Ein rascher Wortwechsel mit seinen Kameraden – dann ließen sie ihre Hunde los. Zähnefletschend und knurrend vor wilder Erregung kamen sie auf mich zugestürzt. Die Soldaten rückten ebenfalls vor, die Finger am Abzug ihrer Maschinenpistolen. Als die Hunde angestürzt kamen, schickte ich ihnen freundliche und wohlgesinnte Gedanken entgegen. Tiere hatten noch nie Angst oder eine Abneigung vor mir. Plötzlich waren sie über mir, wedelten mit den Schwänzen, leckten mich ab und sabberten mich voll. Sie brachten mich vor lauter Freundschaftsbeweisen fast um, denn ich war immer noch sehr schwach. Ein scharfes Kommando, und die Hunde kauerten sich zu Füßen der Soldaten, die nun über mir standen.

«Aha», sagte der verantwortliche Gefreite, «du musst ein guter Russe sein oder ein Einheimischer, sonst hätten dich die Hunde in Stücke gerissen. Sie sind darauf gedrillt. Schau nur eine Weile zu und du wirst es gleich sehen.»

Sie gingen weg und mussten die widerstrebenden Hunde von mir wegziehen, die lieber bei mir geblieben wären. Ein paar Minuten später sprangen die Hunde eilig auf und schossen ins Unterholz neben der Straße. Von dort drangen schreckliche Schreie herüber, die plötzlich in einem geifernden Blubbern erstickten. Ich vernahm ein Rascheln hinter mir, und als ich mich umdrehte, ließ einer der Hunde eine blutende, am Handgelenk abgebissene Hand vor meine Füße fallen, während er schwanzwedelnd vor mir stand.

«Genosse», sagte der Gefreite, der herüber geschlendert kam, «du musst wirklich in Ordnung sein, wenn Serge sich so verhält. Wir fahren nach Kraskino zu unserem Stützpunkt. Bist du auf Achse? Möchtest du mit uns und den fünf Leichen mitfahren?»

«Ja, Genosse Gefreiter, dafür wäre ich dir sehr dankbar», erwiderte ich.

Er ging voraus, während die schwanzwedelnden Hunde neben mir herliefen. Er führte mich zu einem Halbkettenfahrzeug mit Anhänger. Aus einer Anhängerecke rann eine dünne Blutspur herab, die unansehnlich auf den Boden tropfte. Nur flüchtig warf er einen Blick auf die toten Körper, die dort aufgestapelt lagen. Nach nochmaligem und genauerem Hinsehen bemerkte er, dass sich ein sterbender Mann noch schwach bewegte. Er zog seinen Revolver aus dem Halfter und schoss ihm durch den Kopf. Dann steckte er die Waffe ein und stieg in das Fahrzeug, ohne sich noch einmal umzudrehen. Sie boten mir auf dem Rücksitz einen Platz an. Die Soldaten waren in guter Stimmung und prahlten damit, dass kein Fremder die Grenze passieren könne, wenn sie Dienst hätten. Sie erzählten mir stolz, dass ihre Kompanie mit dem «Roten Stern» für ihre Tüchtigkeit ausgezeichnet worden sei. Ich erzählte ihnen, ich sei auf dem Weg nach Wladiwostok, um mir zum ersten Mal diese Großstadt anzusehen, und dass ich hoffte, dort nicht auf Sprachschwierigkeiten zu stoßen.

«Ah!», lachte der Gefreite, «morgen fährt ein Versorgungslastwagen dorthin, der die Hunde zum Ausruhen mitnimmt. Wenn sie zu viel Menschenblut riechen, werden sie zu wild, dass nicht einmal wir sie mehr in den Griff kriegen. Du kannst mit ihnen umgehen, dich um sie kümmern, und wir werden dich morgen nach Wladi fahren. Wenn du uns verstehen kannst, wird man dich überall in dieser Gegend verstehen – hier ist schließlich nicht Moskau!»

Und so verbrachte ich, als überzeugter Hasser des Kommunismus, die Nacht als Gast bei den Soldaten des russischen Grenzschutzes. Man bot mir Wein, Weib und Gesang an, aber ich schützte Krankheit und Alter vor. Mit einem sehr guten einfachen Mahl in mir, das Beste seit Langem, legte ich mich auf den Boden zum Schlafen hin und schlief mit einem ungetrübten Gewissen ein.

Am Morgen brachen wir nach Wladiwostok auf, der Gefreite, ein Mann einer anderen Einheit, die drei Hunde und ich. Und nur dank der Freundschaft dieser wilden Tiere gelangte ich ohne Probleme nach Wladiwostok, musste nicht zu Fuß gehen und bekam erst noch gutes Essen.

Kapitel 3

Die Straße war staubig und voller Schlaglöcher. Während der Fahrt kamen wir an Gruppen von Arbeiterinnen vorbei, die von bewaffneten Aufsehern bewacht wurden. Sie füllten die größten Löcher in der Straße mit Steinen oder mit etwas aus, das gerade so herumlag. Bei unserer Vorbeifahrt grölten die Soldaten neben mir anzüglich, wobei sie eindeutige Handbewegungen machten.

Wir fuhren durch ein dicht besiedeltes Gebiet, bis wir schließlich bei düster aussehenden Gebäuden ankamen, die vermutlich einst als Gefängnisse gedient hatten. Das Halbkettenfahrzeug fuhr weiter in einen Hof hinein, der mit Kopfsteinpflaster ausgelegt war. Niemand war zu sehen. Die Männer schauten sich konsterniert um. Als der Fahrer den Motor abstellte, hörten wir plötzlich einen Riesenlärm, ein Geschrei von Männern und ein wildes Hundegebell. Wir eilten in Richtung der Lärmquelle und ich den Grenzsoldaten hinterher. Wir traten durch eine offene Tür, die durch eine hohe Steinmauer führte, wo wir auf ein großes, stark vergittertes Gehege trafen, in dem sich etwa fünfzig Mastiffs befanden.

Schnell erzählte uns ein Mann am Rande der versammelten Grenzsoldaten vor dem Gehege, was passiert war. Die Hunde seien, blutrünstig nach Menschenblut, völlig außer Kontrolle geraten und hätten zwei ihrer Wärter getötet und gefressen. Die Menschenmenge geriet plötzlich in Aufruhr und bewegte sich unruhig hin und her. Ich sah einen dritten Mann, der hoch oben am Gitterzaun hing. Er verlor seinen Griff am Gitter und stürzte mitten in die Hunde. Ein entsetzlicher Schrei war zu hören, der einem das Blut in den Adern gefrieren ließ! Dann war nur noch eine geifernde Hundemeute zu sehen.

Der Gefreite drehte sich um und sagte zu mir: «He, du! Du kannst doch Hunde zähmen!» Dann wandte er sich an einen Grenzsoldaten neben ihm und sagte: «Geh und sag dem Genossen Hauptmann, er soll herkommen. Sag ihm, wir haben hier einen Mann, der die Hunde beruhigen kann.»

Als der Grenzsoldat davoneilte, fiel ich vor Schreck beinahe in Ohnmacht. Ich? Warum traf es bei Schwierigkeiten und Gefahren immer mich? Aber als ich mir die Hunde so ansah, dachte ich: «Warum eigentlich nicht? Diese Tiere sind nicht so wild wie die tibetischen Doggen, und diese Soldaten hier riechen ja förmlich nach Angst und deshalb greifen sie an.»

Ein arrogant aussehender Hauptmann schritt durch die Menge, die sich respektvoll vor ihm teilte. Er blieb einen halben Meter vor mir stehen und musterte mich von oben bis unten. Ein höhnisches Grinsen überzog sein Gesicht. «Pfui, Gefreiter», sagte er hochnäsig, «was haben wir denn da? Ein ungebildeter, einheimischer Priester?»

«Genosse Hauptmann», sagte der Gefreite, «dieser Mann wurde von unseren Hunden nicht angegriffen. Serge biss einem, der die Grenze überqueren wollte, die Hand ab und legte sie ihm vor die Füße. Schicken Sie ihn ins Gehege, Genosse Hauptmann.»

Der Hauptmann runzelte die Stirne, scharrte mit den Füssen im Staub und kaute nervös an seinen Fingernägeln herum. Schließlich schaute er auf. «Also gut, ihr habt meine Einwilligung», sagte er. «Moskau ließ uns wissen, dass keine Hunde mehr erschossen werden dürfen. Aber niemand sagt mir, was ich tun soll, wenn die Hunde zu blutgierig werden. Sollte dieser Mann sterben – nun ja, dann war es eben ein Unfall. Sollte er überleben, was sehr unwahrscheinlich ist, werden wir ihn belohnen.»

Er drehte sich um und schritt auf und ab. Dann blieb er stehen und schaute zu den Hunden hinüber, die an den Knochen der drei Wärter nagten, die sie getötet hatten. Er wandte sich an den Gefreiten und sagte: «Kümmere dich darum, Gefreiter. Wenn er Erfolg hat, wirst du Unteroffizier.» Nach diesen Worten schritt er weg.

Einen Moment lang stand der Gefreite da und machte große Augen. «Ich werde Unteroffizier? Mann!» Und an mich gewandt, sagte er: «Du bändigst die Hunde und jeder hier von der Grenzwache wird dein Freund sein. Geh rein.»

«Genosse Gefreiter», erwiderte ich, «ich würde gerne die drei Hunde mitnehmen. Sie kennen die anderen Hunde dort drin und mich auch.»

«So soll es sein», antwortete er. «Komm, wir holen sie.»

Wir gingen zum Anhänger unseres Fahrzeugs zurück. Ich streichelte die drei Hunde und ließ mich von ihnen ablecken, um ihren Geruch an mir zu haben. Dann ging ich mit den drei dicht an mich gedrängten Hunden zur verschlossenen Tür des Geheges. Bewaffnete Wärter standen daneben, um zu schießen, falls einer entwischen sollte. Schnell wurde das Tor einen kleinen Spalt geöffnet, und ich wurde von hinten grob hineingeschoben.

Von überall her stürzten die Hunde auf mich zu. Das heftige Zähnefletschen meiner drei Begleithunde entmutigte jedoch die meisten, näher an mich heranzukommen. Doch – eine riesige, wilde Bestie, offenbar der Leithund des Rudels, sprang blutrünstig nach meiner Kehle. Darauf war ich gut vorbereitet. Ich trat rasch einen Schritt zur Seite und verpasste ihm blitzschnell einen Schlag in den Nacken. Ein Judo- oder Karateschlag, wie man es heute nennt, der ihn tötete noch bevor er den Boden berührte. In einem wilden Durcheinander fiel die ganze Meute über seinen toten Körper her, wobei mir kaum Zeit blieb, um auf die Seite zu springen. Die knurrenden und schnappenden Geräusche klangen abscheulich.

Ich wartete eine Weile, unbewaffnet, wehrlos und sandte den Hunden freundliche und wohlwollende Gedanken zu. Ich ließ sie gedanklich wissen, dass ich keine Angst vor ihnen habe, und dass ich ihr Meister sei. Darauf ließen sie von dem Kadaver ab. Einen Augenblick lang erfasste mich Ekel, als ich das blanke Hundeskelett sah, das noch vor wenigen Minuten ihr Leittier gewesen war. Die Hunde drehten sich um. Ich setzte mich auf den Boden und befahl ihnen, das gleiche zu tun. Sie kauerten sich im Halbkreis vor mich hin, die Pfoten ausgestreckt, sie jaulten auf und hechelten mit heraushängender Zunge und wedelten mit den Schwänzen.

Ich stand auf und rief Serge an meine Seite. Ich legte meine Hand auf seinen Kopf und sagte laut: «Von jetzt an, Serge, bist du der Anführer von all diesen Hunden. Du wirst mir gehorchen und dafür sorgen, dass auch die anderen mir gehorchen.»

Von außerhalb des Geheges folgte ein spontaner geräuschvoller Applaus. Ich hatte die Grenzsoldaten ganz vergessen! Als ich mich umsah, hoben sie die Hände und winkten mir freundschaftlich zu. Der Hauptmann, dessen Gesicht vor Aufregung glänzte, trat nahe an das Gehege heran und schrie: «Bring die Körper der Wärter oder ihre Skelette mit raus.»

Mich sträubend, ging ich zum ersten Körper. Eine zerfetzte blutige Masse mit angenagten blanken Brustknochen. Ich packte ihn am Arm und zog, aber der Arm löste sich aus der Schulter. Dann zog ich den Mann am Kopf, dessen Eingeweide heraushingen und mitgeschleift wurden. Plötzlich stockte mir der Atem vor Schreck, als ich Serge mit dem Arm des Mannes im Maul neben mir hergehen sah. Unter großer Anstrengung entfernte ich alle drei Körper oder das, was von ihnen noch übriggeblieben war. Dann ging ich völlig erschöpft zum Tor und wurde herausgelassen.

Der Hauptmann stand vor mir. «Du stinkst», sagte er. «Geh und wasch dir die Sauerei der Toten herunter. Du kannst einen Monat hierbleiben und dich um die Hunde kümmern. Nach einem Monat gehen sie wieder zu ihren Wachstationen zurück, dann darfst auch du gehen. Du erhältst den Sold eines Gefreiten.» Darauf wandte er sich an den Gefreiten und sagte: «Wie versprochen, du bist ab jetzt Unteroffizier.» Er machte kehrt und ging davon, offensichtlich über den Ausgang der Geschichte sehr erfreut.

Der frischgebackene Unteroffizier sah mich freudenstrahlend an. «Du bist ein Zauberer! Nie werde ich vergessen, wie du den Hund getötet hast. Nie werde ich das Bild des Hauptmannes vergessen, der ganz aufgeregt das Ganze gefilmt hat. Du hast ein Riesending vollbracht. Letztes Mal, als wir einen Hundeaufstand hatten, verloren wir sechs Männer und vierzig Hunde. Moskau hatte dem Hauptmann einen schweren Verweis erteilt. Die haben ihm schon gesagt, was passieren würde, wenn er noch mehr Hunde verliert.

Er wird dich gut behandeln. Du darfst jetzt bei uns auch mitreden. Wir stellen keine Fragen. Doch komm, du stinkst wirklich, wie der Hauptmann gesagt hat. Wasch dir das Zeug runter. Ich habe Andrei immer gesagt, er esse zu viel und rieche schlecht und jetzt, wo ich ihn in Stücke gesehen habe, weiß ich, dass ich recht hatte.» Ich war so müde und erschöpft, dass mich nicht einmal mehr dieser makabre Humor schockierte.

In der Offiziersmesse lachten die Gefreiten laut, und einer sagte etwas zum neu ernannten Unteroffizier. Schallend vor Lachen kam er zu mir geeilt. «Ha, ha, ha! Genosse Priester», brüllte er, und seine Augen glänzten vor Heiterkeit. «Sie sagen, du hättest so viel von Andreis Innerem an deinem Äußeren, dass du sein ganzes Eigentum haben sollst, jetzt, wo er tot ist. Er hat keine Verwandten. Wir werden dich Genosse Gefreiter Andrei nennen, solange du hier bist. Alles, was ihm gehört, soll jetzt dir gehören. Außerdem habe ich durch dich viele Rubel gewonnen, denn als du im Zwinger warst, habe ich auf dich gewettet. Du bist mein Freund.»

Unteroffizier Boris war im Grunde seines Herzens ein netter Kerl. Trotz seiner etwas ungehobelten Art und seiner rohen Manieren, die auf keine Erziehung schließen ließen, brachte er mir eine tiefe Freundschaft entgegen, weil er durch mich befördert wurde. «Ich wäre mein ganzes Leben lang Gefreiter geblieben», hatte er gesagt, und er hätte durch mich eine große Summe Rubel gewonnen. Viele hatten gemeint, ich würde nicht lebend aus dem Zwinger kommen. Boris hatte das gehört und gesagt: «Mein Mann ist großartig. Ihr hättet ihn sehen sollen, als wir die Hunde auf ihn hetzten. Der hat sich nicht von der Stelle gerührt. Er saß da wie eine Statue. Die Hunde dachten, er wäre einer von ihnen. Der kann die Meute bändigen. Ihr werdet es schon sehen.»

«Wollen wir wetten, Boris?», hat jemand geschrien.

«Dazu brauchst du drei Monate, um mir das bezahlen zu können», antwortete Boris. Als unmittelbare Folge aller Wetten, die er eingegangen war, hatte er etwa dreieinhalb Jahresgehälter gewonnen und war mir sehr dankbar.

Diese Nacht schlief ich, nach einem sehr reichlichen Abendessen – denn Grenztruppen lebten sehr gut – in einer warmen Hütte neben dem Hundegehege. Die Matratze war mit getrocknetem Steppengras gut gestopft, und man brachte mir auch neue Wolldecken. Ich hatte allen Grund, dankbar für meine Ausbildung zu sein, die mir ein so großes Verständnis für die Natur der Tiere gebracht hat.

Bei Tagesanbruch zog ich mich an und ging hinaus, um nach den Hunden zu sehen. Man hatte mir gezeigt, wo sie das Futter aufbewahrten. Nun sah ich, dass es von sehr guter Qualität war.

Die Hunde umringten mich, wedelten mit den Schwänzen, und immer wieder mal richtete sich einer auf und legte mir die Pfoten auf die Schultern. Bei einer solchen Gelegenheit sah ich mich zufällig einmal um. Von außerhalb der Umzäunung natürlich, beobachtete mich der Hauptmann.

«Ah, Priester!», sagte er. «Ich kam nur nachsehen, warum die Hunde so ruhig sind. Normalerweise herrschte hier immer ein wildes Treiben und Kämpfen zur Fütterungszeit. Der Hundewärter stand immer draußen und warf das Futter hinein, und die Hunde kämpften erbittert und wild um ihren Anteil. Ich stelle dir keine Fragen, Priester. Du musst mir nur versprechen, dass du die vier oder fünf Wochen hierbleibst, bis die Hunde wegmüssen. Dann kannst du deinen Dienst quittieren und in die Stadt gehen, wenn du willst.»

«Genosse Hauptmann», erwiderte ich, «dieses Versprechen gebe ich Ihnen gerne. Ich bleibe hier, bis alle diese Hunde gehen müssen. Dann mache auch ich mich wieder auf den Weg.»

«Noch etwas, Priester», sagte der Hauptmann. «Bei der nächsten Fütterung bringe ich meine Filmkamera mit. Ich möchte die Fütterung aufnehmen, damit meine Vorgesetzten sehen können, wie gut hier die Hunde versorgt werden. Geh zum Quartiermeister und hol dir eine neue Uniform und wenn du Leute finden kannst, die dir zur Hand gehen, beauftrage sie, das Gehege ordentlich sauber zu machen. Aber wenn alle Angst haben, mach's allein.»

«Ich mache es lieber allein, Genosse Hauptmann», sagte ich, «das regt die Hunde weniger auf.»

Der Hauptmann nickte kurz und ging weg, offenbar war er sehr glücklich darüber, dass er nun zeigen konnte, wie gut «er» die blutrünstigen Hunde im Griff hatte!

Die nächsten drei Tage entfernte ich mich nicht weiter als hundert Meter vom Hundegehege. Diese Grenzwächter waren alle schiesswütig. Sie dachten sich nichts dabei, wenn sie gelegentlich in die Büsche schossen, «im Falle sich dort Spione versteckten», wie sie es ausdrückten.

Drei Tage lang ruhte ich mich aus und kam wieder zu Kräften. Ich mischte mich unter die Männer und lernte sie und ihre Gewohnheiten kennen. Andrei hatte etwa meine Größe, deshalb passten mir seine Kleider ziemlich gut. Alles, was ihm gehörte, musste jedoch mehrmals gewaschen werden, da er nicht gerade für Sauberkeit bekannt gewesen war. Sehr oft kam der Hauptmann zu mir und versuchte, mich in ein Gespräch zu verwickeln. Aber gerade, weil er sich so sehr für mich zu interessieren schien und freundlich war, durfte ich meine Rolle als einfacher Priester nicht vergessen. Ein Priester, der sich nur auf buddhistische Schriften verstand – und selbstverständlich auf Hunde! Er spottete über die Religion und sagte, es gäbe kein Leben nach dem Tode, keinen Gott, nichts, nur Väterchen Stalin. Ich zitierte aus den Heiligen Schriften und überschritt nie das Wissen, das ein armer Dorfpriester wissen konnte.

Einmal bei einer solchen Diskussion war Boris zugegen. Er lehnte lässig am Hundegehege und kaute müßig an einem Grashalm.

«Unteroffizier», sagte der Hauptmann etwas barsch, «der Priester war noch nie außerhalb unseres kleinen Dorfes gewesen. Nimm ihn mit und zeige ihm die Stadt. Nimm ihn mit auf Patrouille nach Artjom und nach Razdol'noye. Zeig ihm das Leben. Er kennt sich nur mit dem Tod aus und meint, das sei das richtige Leben.» Er spuckte auf den Boden, zündete sich eine geschmuggelte Zigarette an und stolzierte davon.

«Ja, klar kannst du mitkommen, Priester. Du bist nun schon so lange bei den Hunden, dass du fast schon selbst wie einer aussiehst. Aber ich muss zugeben, du hast sie gut erzogen, und durch dich habe ich eine Menge Geld gewonnen. Ich schwimme förmlich im Geld, Priester, und ich muss es ausgeben, bevor ich sterbe.»

Er ging voraus zu einem Auto, stieg ein und gab mir ein Handzeichen, ebenfalls einzusteigen. Er startete den Motor, kuppelte, schaltete und löste die Bremse. Wir fuhren los über holprige und unebene Straßen und durch die engen Gassen von Wladiwostok. Unten am Hafen lagen viele Schiffe vor Anker, weit mehr Schiffe, als ich auf dieser Welt je vermutet hätte. «Pass auf, Priester», sagte Boris, «diese Schiffe hier haben beschlagnahmte Güter geladen. Die Waren wurden von den Amerikanern als Leihgabe an andere Länder verschickt, und nun meinen sie, die Japaner hätten sie geraubt. Wir verschicken sie nun in Kisten mit der Transsibirischen Eisenbahn nach Moskau. Dort nehmen dann die Parteifunktionäre das, was sie haben möchten, von dem sie glauben, sie könnten als erste aussuchen. Wir aber können zuerst aussuchen, weil wir ein stilles Abkommen mit der Hafenbehörde haben. Wir drücken bei dem, was sie treiben, ein Auge zu, und sie machen es umgekehrt genauso. Hast du je eine Armbanduhr besessen, Priester?»

«Nein», antwortete ich, «ich habe in meinem Leben noch nie viel besessen. Ich kenne die Uhrzeit am Stand der Sonne und daran, wie die Schatten fallen.»

«Du musst unbedingt eine Uhr haben, Priester!» Boris beschleunigte das Auto. Kurz darauf hielten wir am Hafen längsseits der Anlegestelle eines Frachtschiffes an. Das Schiff war vor Rost rot gestreift und die getrockneten Salzspritzer funkelten darauf. Die Reise um das Goldene Horn herum war rau und hart gewesen. Kräne schwenkten ihre langen Auslegerarme und löschten Güter aus aller Herren Länder. Männer schrien und gestikulierten und handhabten geschickt die Netze voller Frachtgüter und zogen an den Trossen. Boris sprang aus dem Auto. Er schleppte mich mit und sprang übermütig die Landungsbrücke hinauf, immer noch mit mir im Schlepptau.

«Wir woll'n Uhren, Käpt'n!», brüllte er, als er den ersten Mann in Uniform sah. «Armbanduhren!»

Ein Mann erschien, der eine noch reicher verzierte Uniform trug als der andere. Er bat uns in seine Kabine.

«Wir wolle'n Uhren, Käpt'n!», wiederholte Boris laut. «Eine für ihn, zwei für mich. Dafür kannst du an Land gehen, Käpt'n? Amüsiere dich. Du kannst tun und lassen, was du willst. Frauen, dich betrinken, wir machen keine Kontrolle. Wir wollen nur Uhren.»

Der Kapitän lächelte und goss uns einen Drink ein. Boris trank seinen geräuschvoll aus und ich schob ihm meinen auch noch hinüber.

«Er trinkt keinen Alkohol, Käpt'n. Er ist Priester der Hundeaufseher wurde. Er ist ein sehr guter Hundeaufseher und ein guter Genosse noch dazu», sagte Boris.

Der Kapitän ging zu seiner Koje und holte unter ihr eine Schachtel hervor. Er öffnete sie und legte vielleicht ein duzend Armbanduhren aus. Fast schneller als das Auge sehen konnte, wählte Boris zwei goldene Uhren aus und streifte sie sich über, an jeden Arm eine, ohne sie aufzuziehen.

«Nimm eine Uhr», befahl Boris.

Ich griff nach einer, und nahm eine aus Chrom.

«Diese hier ist besser, Priester», meinte der Kapitän. «Sie ist aus rostfreiem Stahl. Eine wasserdichte Omega Uhr. Viel besser als die andere.»

«Danke, Kapitän», erwiderte ich, «wenn Sie meinen, schließe ich mich Ihrer Empfehlung an.»

«Ich glaube, du spinnst, Priester», sagte Boris, «du wählst'ne Uhr aus Stahl aus, wenn du eine Goldene haben kannst!»

Ich lachte. «Stahl ist gut genug für mich. Du bist schließlich Unteroffizier und ich nur Gefreiter auf Zeit.»

Als wir vom Schiff gingen, machten wir uns auf zu den Gleisen der Transsibirischen Eisenbahn. Arbeiterkolonnen beluden emsig die kostbarsten Güter von den Schiffen in die Waggons. Von hier fuhr der Zug nach Moskau, zehntausend Kilometer weiter entfernt. Während wir dastanden, rollte der erste Zug davon. Zwei Lokomotiven mit je fünf Rädern an den Seiten zogen eine lange, lange Reihe Waggons hinter sich her. Riesige Güterzüge, die von der Besatzung sehr gut gewartet und fast wie ein Lebewesen betrachtet wurde.

Boris fuhr neben den Güterwagen her. Überall standen Grenzwachen. In ausgehobenen Gräben standen bewaffnete Männer und suchten die Unterseite des langsam anfahrenden Zuges ab, um blinde Passagiere zu entdecken.

«Ihr scheint ziemlich Angst davor zu haben, dass jemand illegal mit den Zügen fährt?», sagte ich. «Ich verstehe das nicht so ganz. Was macht es denn schon aus, wenn ein paar Leute mitfahren?»

«Priester», meinte Boris betrübt, «du hast, so wie es der Hauptmann schon sagte, keine Ahnung vom Leben. Feinde der Partei, Saboteure und kapitalistische Spione würden sich sonst in unsere Städte einschleichen. Kein ehrlicher Russe reist, wenn sein Politkommissar es ihm nicht befiehlt.»

«Aber gibt es denn wirklich so viele, die mitzufahren versuchen? Was macht ihr mit ihnen, wenn ihr sie entdeckt?»

«Was wir mit ihnen machen? Warum? Erschießen, selbstverständlich! Hier gibt's nicht so viele blinde Passagiere, aber morgen fahre ich nach Artjom und nehme dich mit. Dort wirst du sehen, was wir mit solchen Staatsfeinden machen. Wenn das Bahnpersonal jemand erwischt, fesseln sie ihm die Hände und binden ihm einen Strick um den Hals und werfen ihn vom Zug. Die Sauerei, die es auf den Schienen hinterlässt, lockt dann die Wölfe an.»

Boris ließ sich auf den Fahrersitz fallen. Seine Augen suchten die schwer beladenen und entlangrollenden Güterwagen ab. Wie elektrisiert setzte er sich plötzlich kerzengerade auf und trat das Gaspedal bis zum Anschlag durch. Das Auto raste los und fuhr in einem Höllentempo bis zur Zugspitze und an ihr vorbei. Boris trat hart auf die Bremse, sprang aus dem Auto, schnappte sich seine Maschinenpistole und ging neben dem Auto in Deckung. Langsam rollte der Zug vorbei. Ich erhaschte einen flüchtigen Blick von jemandem, der zwischen zwei Waggons mitfuhr. Dann war das Geratter seiner Maschinenpistole zu hören, und der Körper fiel zwischen die Geleise zu Boden.

«Hab ihn erwischt!», triumphierte Boris, während er sorgfältig eine Kerbe in den Holzschaft seiner Waffe ritzte. «Jetzt sind es schon dreiundfünfzig Einkerbungen, Priester, dreiundfünfzig Staatsfeinde erledigt.»

Ich wandte mich ab. Mir war schwer ums Herz. Ich hatte Angst, dass man es mir ansah, denn Boris würde mich genauso schnell erschießen wie eben den Mann, wenn er wüsste, dass ich kein gewöhnlicher Dorfpriester war. Der Zug fuhr vorbei und Boris ging zu dem durchlöcherten und blutenden Körper. Er drehte ihn mit seinem Fuß um, schaute in das Gesicht und sagte: «Oh, den kenne ich. Er war Bahnarbeiter. Er hätte halt nicht dort sitzen sollen. Vielleicht sollte ich ihm gleich ins Gesicht schießen, um mir unnötige Fragen zu ersparen.»

Mit diesen Worten setzte er auch schon die Mündung seiner Waffe nahe an das Gesicht des toten Mannes und drückte ab. Er ließ den nun kopflosen Körper liegen und kehrte zum Auto zurück und wir fuhren davon.

«Ich bin noch nie Zug gefahren, Boris», sagte ich.

«Nun», erwiderte er, «morgen fahren wir nach Artjom zu den Güterzügen. Dort kannst du sie dir ansehen. Ich hab ein paar gute Freunde dort, die ich treffen möchte, jetzt wo ich Unteroffizier bin.»

Schon lange hatte ich mit dem Gedanken gespielt, mich an Bord eines Schiffes zu schleichen, um so nach Amerika zu gelangen. Deshalb brachte ich dieses Blinde-Passagier-Thema gegenüber Boris zur Sprache.

«Boris», sagte ich, «du verbringst doch die ganze Zeit damit, Leute an der Grenze aufzuhalten und sicherzustellen, dass keine blinden Passagiere in den Zügen mitfahren. Aber was ist denn mit all den Schiffen? Da kann doch jeder einfach an Bord steigen und mitfahren?»

Boris lehnte sich zurück und brach in ein schallendes Lachen aus.

«Oh, Priester», lachte er, «was bist du doch für ein Einfaltspinsel! Die Wasserpolizei kommt doch nach ein paar Kilometern an Bord und überprüft die ganze Besatzung. Dann verriegeln sie alle Luken, und stellen die Ventilatoren ab und sprühen Zyankaligas in den Frachtraum und in andere Zwischenräume. Sie lassen nicht einmal die Rettungsboote aus. Das bringt 'ne Menge steife Leichen ein. Reaktionäre, die das nicht ahnen konnten.»

Mir wurde speiübel, mit welcher Gleichgültigkeit diese Männer die ganze Angelegenheit wie ein Sport betrieben. Schnellstens änderte ich meine Meinung, mich an Bord eines Frachtschiffes schleichen zu wollen!

Hier befand ich mich in Wladiwostok. Laut Prophezeiung hatte ich eine Aufgabe in meinem Leben, die mich zuerst nach Amerika, dann nach England und wieder zurück auf den nordamerikanischen Kontinent führen würde. Das Problem war nur, wie ich aus dieser Ecke der Welt herauskam. Ich beschloss, so viel wie möglich über die Transsibirische Eisenbahn in Erfahrung zu bringen, wo die Kontrollen und die Durchsuchungen aufhörten und was mich am Ende in Moskau erwartete.

Am nächsten Tag stand ich schon sehr früh auf und fütterte die Hunde. Nachdem sie gut versorgt waren, machte ich mich zusammen mit Boris und drei anderen Grenzwächtern auf den Weg. Wir fuhren etwa achtzig Kilometer zu einem Außenposten, wo die drei Grenzwächter drei andere ablösen mussten. Während der ganzen Fahrt unterhielten sie sich, wie viele «Flüchtlinge» sie erschossen hatten. Ich brachte dadurch eine ganze Menge nützlicher Informationen in Erfahrung. Ich erfuhr den Namen des Ortes, hinter dem keine Kontrollen mehr stattfanden und dass, wenn man vorsichtig war, die Vororte Moskaus erreichen konnte, ohne erwischt zu werden.

Ich verdiente mir etwas dazu, indem ich mich für andere Menschen einsetzte, ihre Krankheiten heilte und dank ihrer Empfehlungen behandelte ich bald auch die reicheren Parteigenossen in der Stadt. Wie alle anderen suchte ich die Schiffe auf und bekam meinen Anteil an der Beute aus den Ladungen. Meine gesamten «Prämien» setzte ich in Rubel um. Ich bereitete mich vor, Russland zu durchqueren.

Nicht ganz fünf Wochen später teilte mir der Hauptmann mit, dass die Hunde zu ihren Wachstationen zurückkehren müssten. Ein neuer

Kommissar hätte sich angekündigt, und bevor der käme, müsse ich abreisen. Wohin ich denn gehen wolle, fragte er mich. Da ich meine Pappenheimer kannte, erwiderte ich: «Ich bleibe in Wladiwostok, Genosse Hauptmann, mir gefällt es hier.»

Sein Gesicht drückte Besorgnis aus. «Du musst morgen aus der Gegend verschwinden.»

«Aber Genosse Hauptmann, ich weiß nicht, wo ich hingehen soll, und Geld habe ich auch keines», sagte ich.

«Man wird dir Rubel, Essen und Kleidung geben und dich aus diesem Bezirk herausbringen.»

«Aber Genosse Hauptmann», widerholte ich, «ich weiß wirklich nicht, wo ich hingehen soll. Ich habe hier schwer gearbeitet und möchte in Wladiwostok bleiben.»

Der Hauptmann blieb unerbittlich. «Morgen verlegen wir einige Männer an die äußerste Grenze unseres Einzugsgebiets, an die Grenze von Woroschilow (heutiges Ussurijsk; Anm.d.Ü.). Man wird dich dorthin bringen und dort kannst du bleiben. Ich werde dir ein Schreiben mitgeben, dass du uns geholfen und mit unserer Einwilligung diesen Ort aufgesucht hast. Dann wird die Polizei in Woroschilow dich nicht festnehmen.»

Das war ein weit besseres Angebot, als ich zu hoffen gewagt hatte. Ich wollte sowieso nach Woroschilow, weil das der Ort war, wo ich beabsichtigte, den Zug zu besteigen. Ich wusste, dass, wenn ich auf die andere Seite der Stadt käme, ich so ziemlich sicher wäre.

Am nächsten Tag kletterte ich mit einigen anderen Männern auf einen Truppentransporter, und schon fuhren wir mit hoher Geschwindigkeit über die Straße nach Woroschilow. Diesmal trug ich gute Kleider. Ich hatte einen großen Rucksack dabei, der mit persönlichen Sachen bepackt war. Außerdem hatte ich noch eine Umhängetasche voller Lebensmitteln. Wegen den Kleidern, die einmal einem blinden Passagier auf einem Schiff gehört hatten, der jetzt tot war, machte ich mir keine Gedanken.

«Ich weiß zwar nicht, wo du hingehst, Priester», sagte Boris, «aber der Hauptmann hat herumerzählt, ‹er› hätte die Hunde trainiert. Deshalb musstest du gehen. Du kannst heute Nacht noch hier bei uns schlafen und dich morgen auf den Weg machen.»

Diese Nacht schlief ich unruhig. Ich hatte es satt, und es widerte mich an, ständig von Ort zu Ort ziehen zu müssen. Ich hatte genug und war es leid, ständig den Tod im Nacken zu spüren. Ich fühlte mich sehr einsam unter diesen Leuten, die mir so fremd und von meiner friedlichen Lebenseinstellung das völlige Gegenteil waren.

Am Morgen nach dem Frühstück verabschiedete ich mich von Boris und den anderen, schulterte mein Gepäck und stapfte davon. Ich ließ Kilometer um Kilometer hinter mir. Ich vermied die Hauptstraßen und versuchte, Woroschilow zu umrunden. Plötzlich vernahm ich ein heranbrausendes Fahrzeug hinter mir. Bremsen quietschten und ich schaute in den Lauf einer Maschinenpistole.

«Wer bist du? Wohin gehst du?», schnauzte ein finster aussehender Gefreiter.

«Ich bin auf dem Weg nach Woroschilow», sagte ich. «Ich habe hier ein Schreiben vom Genossen Hauptmann Wassili.»

Er entriss mir den Brief, zerrte ihn auf, und las ihn konzentriert und stirnrunzelnd. Dann grinste er über das ganze Gesicht. «Wir kommen gerade von Unteroffizier Boris», sagte er. «Steig ein, wir nehmen dich mit nach Woroschilow und lassen dich raus, wo du willst.»

Das war ein Ärgernis! Hatte ich doch extra die Stadt zu umgehen versucht! Aber ich kletterte in den Einsatzwagen und wir fuhren mit rasantem Tempo nach Woroschilow. In der Nähe des Polizeipräsidiums stieg ich aus. Kaum war der Einsatzwagen aus der Garage losgebraust, trabte ich wieder zügig stadtauswärts. Ich wollte versuchen, noch so viele Kilometer wie nur möglich hinter mich zu bringen, bevor es dunkel wurde. Mein Plan war, in der Nähe der Bahnlinie mein Lager aufzuschlagen, um die ganzen

Zugsbewegungen einen Tag und eine Nacht lang zu beobachten, bevor ich auf einen Zug klettern würde.

Die Personenzüge hielten in Woroschilow an und wurden durchsucht. Die Güterzüge mussten schon vor der Stadt anhalten, wahrscheinlich, dass die lokale Bevölkerung nicht mitbekam, wie viele blinde Passagiere erschossen wurden. Ich beobachtete alles äußerst aufmerksam. Meine einzige Chance bestand darin, genau in dem Augenblick auf den Zug aufzuspringen, wenn er gerade losfuhr.

In der zweiten Nacht hielt ein solch begehrenswerter Zug an, einer, der meiner Erfahrung nach mit einer großen Ladung «Leihfracht» beladen war. Den darf ich mir nicht entgehen lassen, dachte ich, als ich entlang der Gleise schlich, unter die Wagen spähte und überprüfte, ob die Türen verschlossen waren. Jene, die nicht verschlossen waren, öffnete ich. Hin und wieder fiel ein Schuss, wonach ein dumpfer Aufprall eines Körpers zu hören war. Hunde wurden hier keine eingesetzt, aus Angst sie könnten unter die Räder geraten. Ich wälzte mich im Staub und machte mich so schmutzig wie möglich, um mich zu tarnen.

Die Wachen schritten vorbei, die im starken Taschenlampenschein ihre Augen nur auf die Zugwagen gerichtet hielten. Sie unterhielten sich lautstark miteinander, und keinem kam es in den Sinn, auch mal neben dem Zug über die Böschung zu schauen. Nur der Zug selbst wurde genauestens überprüft. Ich lag bäuchlings hinter ihnen im Gebüsch auf dem Boden, und ich dachte: «Meine Hunde wären viel aufmerksamer gewesen. Die hätten mich sofort entdeckt!»

Zufrieden mit ihrer Suchaktion entfernten sich die Männer. Ich rollte mich seitwärts an die Bahngeleise heran und huschte zwischen die Räder eines Güterwagens. Schnell kletterte ich auf eine Radachse und verknotete an einer hervorstehenden, mit Löchern versehenen Eisenstrebe mein Seil, das ich schon bereit hatte. Ich zog es auf die andere Seite, befestigte es und zog mich daran hoch, um mich dann unter dem Wagenboden festzubinden. Es war die einzige Position, in der ich vor den prüfenden Blicken sicher war.

Dieses Vorgehen hatte ich einen ganzen Monat lang geplant und geübt. Der Zug fuhr mit einem Ruck an, der mich fast wieder losgerissen hätte. Und genau wie ich es geahnt hatte, fuhr ein Jeep mit einem Seitenlicht entlang des Güterzuges, und bewaffnete Grenzsoldaten spähten auf die Achsenstangen. Ich zog mich noch dichter und fester an den Zugsboden heran und fühlte mich wie ein Nackter vor einer Schar Nonnen!

Der Jeep rauschte weiter, wendete, kam wieder zurück, fuhr vorbei, aus meiner Sicht und aus meinem Leben. Der Zug rumpelte weiter. Verbissen hielt ich mich die nächsten acht bis zehn Kilometer noch in dieser schmerz-vollen Position fest. Als ich dachte, dass die Gefahr vorbei war, löste ich mich langsam aus dem Seil und schaffte es, auf einer der Achsenabdeckun-gen das Gleichgewicht zu halten.

Dort ruhte ich mich, so gut es eben ging, eine Zeitlang aus, und nach und nach kehrte langsam wieder das Gefühl in meine verkrampften und schmer-zenden Glieder zurück. Dann rückte ich langsam und vorsichtig vor bis zum Ende des Eisenbahnwagens. Ich schaffte es, eine Stange zu fassen und mich auf die Kupplung hochzuziehen, wo ich etwa eine halbe Stunde lang sitzen-blieb. Dann richtete ich mich auf der schaukelnden Standfläche auf und tas-tete blind am Wagenende herum, und von dort kletterte ich weiter auf das Dach. Es war schon recht dunkel, außer dem Sternenlicht. Der Mond war noch nicht aufgegangen. Ich wusste, ich musste mich beeilen und mich an die Arbeit machen, um schnell in das Wageninnere zu kommen, bevor mich ein kontrollierender Bahnarbeiter im sibirischen Mondlicht entdeckte. Auf dem Dach band ich das Seil um mich, das andere Ende befestigte ich am Dachgeländer. Vorsichtig ließ ich mich über die Seite nach unten gleiten, indem ich mich Stück für Stück am Seil herunterließ. Ich baumelte hin und her und scheuerte über harte Kanten. Bald gelang es mir, die Tür mit einem Schlüssel zu öffnen, den ich für diesen Zweck in Wladiwostok erhalten habe. Ein Schlüssel, der zu allen Güterwagen passte! Es erwies sich als enorm schwierig, die Tür aufzuschieben, weil ich hin und her pendelte. Die ersten hellen Mondstrahlen ließen mich meine Bemühungen noch verstärken.

Endlich glitt die Tür auf und ich kroch völlig erschöpft hinein. Ich ließ das Seilende los und ruckte und zog solange daran, bis ich das ganze Seil in den Händen hielt. Zitternd vor Erschöpfung zog ich die Schiebetür zu und ließ mich zu Boden fallen.

Zwei oder drei Tage später, man verliert unter solchen Bedingungen jedes Zeitgefühl, spürte ich wie sich der Zug verlangsamte. Ich eilte zur Tür, öffnete sie einen Spalt und spähte hinaus. Außer Schnee gab es weit und breit nichts zu sehen. Ich hastete auf die andere Seite. Dort sah ich Zugbewacher hinter einer Gruppe Flüchtenden herjagen. Offensichtlich war eine große Durchsuchung im Gange. Ich sammelte meine Habseligkeiten ein und ließ mich auf der Seite des Wagens hinunter in den Schnee fallen. Ich fing gleich an, von Wagenrad zu Wagenrad ein völlig entstelltes Bild meiner Schneespuren zu legen. Und während ich immer noch dabei war, begann der Zug sich langsam wieder in Bewegung zu setzen. Verzweifelt griff ich nach der nächstliegenden, vereisten Kupplung. Nur dank viel Glück, gelang es mir die Arme um sie zu schlingen. Ich hing dort mit den Beinen nach unten hängend, bis ich mit einem schnellen Ruck auch die Beine hochnehmen konnte.

Als ich aufstand, stellte ich fest, dass ich mich hinten am Waggonende befand. Der Waggon war mit einer steifgefrorenen Plane zugedeckt. Die Knoten der Seile waren dick vereist, und die schwere Verdeckplane glich einer Eisenplatte. Ich stand auf der schwankenden, eisbedeckten Kupplung und mühte mich mit den vereisten Knoten ab. Ich hauchte sie an und hoffte, sie so auftauen zu können, doch mein Atem gefror unmittelbar wieder ein und machte das Eis noch dicker. Ich rieb das Seil vorwärts und rückwärts gegen eine Metallkante des Güterwagens. Es wurde gerade dunkel, als der letzte ausgefranste Strang riss. Nur mit äußerster Anstrengung gelang es mir, eine Ecke der Verdeckplane hochzuheben und hineinzuklettern. Als ich zu Boden sprang, stürzte sich auch schon ein Mann auf mich, der mit einem scharfen Gegenstand nach meinem Hals zielte. Instinkt und Gewohnheit retteten mich. Denn bald hielt der Mann jammernd seinen gebrochenen

Arm fest. Zwei weitere Männer kamen lauernd näher, einer mit einer Eisenstange bewaffnet und der andere mit einem abgeschlagenen Flaschenhals in der Hand. Für jemand mit meiner Ausbildung boten sie kein echtes Problem. Bald waren Sie entwaffnet. Hier herrschte das Gesetz des Dschungels. Der Stärkste war der König! Jetzt, wo ich sie besiegt hatte, waren sie meine Diener.

Der Wagen war mit Getreide beladen. Wir aßen es, so wie es war. Zum Trinken sammelten wir Schnee oder lutschten Eis, das wir von der Plane abbrachen. Wir konnten uns nicht aufwärmen, weil es nichts Brennbares gab. Obendrein hätte Rauch nur die Aufmerksamkeit des Zugpersonals auf uns gezogen. Ich konnte mit der Kälte umgehen. Der Mann mit dem gebrochenen Arm erfror eines Nachts, und wir mussten ihn über die Seite aus dem Waggon werfen.

Sibirien besteht nicht nur aus Schneelandschaften. Zum Teil ist es gebirgiger als in den kanadischen Rockies und anderen Orts zum Teil so grün wie in Irland. Jetzt aber bereitete uns der Schnee große Schwierigkeiten, denn zum Reisen war dies die schlechteste Jahreszeit.

Das Getreide, das wir aßen, vertrugen wir schlecht. Es blähte uns auf und führte zu schwersten Durchfällen. Bald waren wir so geschwächt, dass es uns egal war, ob wir lebten oder starben. Schließlich legte sich die Diarrhöe und wir litten unter schwersten Hungerschmerzen. Ich ließ mich an meinem Seil über den Wagenrand hinuntergleiten, um das Schmierfett aus den Achsenkästen zu kratzen. Das aßen wir, obwohl es uns schrecklich würgte.

Der Zug ratterte weiter und umrundete am Ende des Baikalsees den See, bevor er weiter nach Omsk fuhr. Hier, so wusste ich, würde der Zug erneut rangiert und neu zusammengestellt werden. Ich musste also den Zug verlassen, bevor ich die Stadt erreichte, und dann auf einen anderen Zug aufspringen, der schon fertig rangiert und zur Abfahrt bereit war. Es macht wenig Sinn, hier die Schwierigkeiten und Einzelheiten des Zugwechsels zu beschreiben. Doch zusammen mit einem Russen und einem Chinesen gelang es uns, in einen Waggon eines schnellen Güterzugs nach Moskau zu steigen.

Der Zug war in einem guten Zustand. Mit meinem sorgsam gehüteten Schlüssel öffnete ich einen Waggon, und wir kletterten in einer mondlosen Nacht im Schutze der Dunkelheit hinein. Der Güterwagen war voll beladen, und wir mussten uns regelrecht hineinzwängen. Es gab keinen Lichtschimmer, und wir hatten keine Ahnung, was hier geladen war. Am Morgen erlebten wir eine angenehme Überraschung. Wir litten unter Hunger und durchsuchten die Ladung, um zu sehen, ob wir vielleicht etwas Essbares finden konnten. Plötzlich entdeckte ich in einer Ecke des Waggons Rotkreuz-Pakete, schön aufgestapelt. Offenbar hatten sie ihr Ziel nicht erreicht, sondern waren von den Russen beschlagnahmt worden. Nun ging es uns gut. Wir hatten Schokolade, Essen in Büchsen, Kondensmilch, alles war vorhanden. Wir fanden sogar in einem Paket einen kleinen Herd und rauchlosen Brennstoff.

Beim genauen Untersuchen der gestapelten Bündel fanden wir Kleider und andere Artikel, die aus geplünderten Geschäften in Shanghai hätten stammen können: Kameras, Feldstecher, Uhren. Wir kleideten uns neu ein mit guten Kleidern, denn unsere waren in einem sehr bedenklichen Zustand. Immer noch litten wir unter Wassermangel. Wir mussten mit dem Schnee auskommen, den wir von den Waggonleisten abkratzten.

Vier Wochen und zehntausend Kilometer später, nachdem ich Wladiwostok verlassen hatte, näherte sich der Zug Noginsk, das etwa fünfzig bis sechzig Kilometer vor Moskau liegt. Wir drei besprachen die Lage. Es schien uns das Klügste zu sein, abzuspringen, denn die Zugsbesatzung begann langsam aktiv zu werden – wir hörten sie bereits über unser Dach laufen. Sorgfältig begutachteten wir uns gegenseitig, um sicher zu gehen, dass wir nicht irgendwie verdächtig aussahen, dann bedienten wir uns noch mit einer guten Portion Essen und «Schätzen» für den Tauschhandel. Der Chinese sprang als erster und noch während wir die Türe schlossen, hörten wir

Gewehrfeuer. Drei oder vier Stunden später sprang der Russe ab. Eine halbe Stunde danach folgte ich.

Ich stapfte durch die Dunkelheit. Über die Route wusste ich Bescheid, denn der Russe, ein gebürtiger Moskauer, den man nach Sibirien verbannt hatte, gab uns genaue Anweisungen. Am nächsten Morgen hatte ich schon gut dreißig Kilometer zurückgelegt. Meine Beine und Füße, die mir im Gefangenenlager so übel zugerichtet worden waren, bereiteten mir starke Schmerzen.

In einer Essensausgabestelle legte ich meine Ausweispapiere als Gefreiter der Grenztruppe vor. Es waren die Ausweispapiere von Andrei. Als ich seine Sachen erhielt, hatte niemand daran gedacht, zu sagen: «… außer den amtlichen Ausweispapieren und dem Personalausweis.»

Die Kellnerin musterte mich zweifelnd. Sie rief einen Polizisten, der draußen herumstand. Er kam herein, und es gab eine große Diskussion. Nein, ich hätte keine Essensrationskarte, ich hätte sie versehentlich in Wladiwostok gelassen. Das Essen sei für Grenztruppen nicht rationiert. Der Polizist sah meine Ausweispapiere durch und meinte: «Du musst dich auf dem Schwarzmarkt ums Essen kümmern, bis du beim Versorgungsbüro eine andere Karte erhältst. Die aber müssen sich zuerst mit Wladiwostok in Verbindung setzen.» Damit drehte er sich um und ging.

Die Kellnerin zuckte mit den Achseln. «Egal was du nimmst, Genosse, es kostet dich das Fünffache des offiziellen Preises.»

Sie brachte mir saures Schwarzbrot und einen schrecklich aussehenden und noch schlimmer schmeckenden Brei. Mein Zeichen für Trinken verstand die Bedienung falsch. Sie brachte mir Fusel, der mich auf der Stelle fast umgehauen hätte. Ein Schluck davon und ich dachte schon, ich sei vergiftet. Ich hatte nur einen Schluck davon genommen, doch die Kellnerin berechnete mir das ganze «Wasser» und trank dann dieses scheußliche Gebräu selbst aus, für das ich so viel bezahlt hatte. Als ich ging, wartete draußen der Polizist auf mich. Er ging beim Weitergehen neben mir her.

«Das ist ordnungswidrig, Genosse, mit einem Rucksack unterwegs zu sein. Ich frage mich, ob ich dich nicht besser auf die Wache zum Verhör mitnehmen soll. Hast du eine Armbanduhr für mich übrig, Genosse, dann werde ich meine Pflicht vergessen?»

Schweigend kramte ich in meiner Hosentasche herum und brachte eine der Uhren zum Vorschein, die ich aus dem Zug mitgenommen hatte. Der Polizist nahm sie, prüfte sie und meinte: «Moskau – immer geradeaus weiter. Wenn du die Hauptstraße meidest, wirst du durchkommen.»

Dann drehte er sich um und ging weg.

Ich benutzte die Nebenstraßen und hielt ständig Ausschau nach Polizisten, die vielleicht wieder Uhren verlangen könnten. Es schien mir, dass die Russen meiner Erfahrung nach ein unbändiges Verlangen nach Uhren hatten. Viele konnten nicht mal die Uhrzeit ablesen, aber allein die Tatsache, im Besitze einer Uhr zu sein, schien sie eigenartigerweise zu befriedigen. Vor mir lief ein ausgemergelter Mann, der plötzlich schwankte und mit dem Gesicht neben der Straße in den Schmutz fiel. Fußgänger, die vorbeigingen, warfen nicht einmal einen Blick auf ihn, sondern gingen einfach an ihm vorbei. Ich wollte schon zu ihm hinlaufen, als ein alter Mann direkt hinter mir murmelte: «Vorsichtig, Genosse Fremdling! Wenn die Polizei dich sieht, denkt sie, du willst ihn plündern. Er ist sowieso tot. Verhungert. So ergeht es hier täglich Hunderten.»

Zum Dank nickte ich und ging geradeaus weiter. Das ist ja ein schreckliches Land, dachte ich. Hier scheint ja jeder gegen jeden zu sein. Das kommt sicherlich daher, weil sie keine Religion haben, die sie leiten könnte.

In dieser Nacht schlief ich in Gesellschaft mit etwa dreihundert anderen hinter einer bröckelnden Mauer in einer herrenlosen Kirche. Mein Rucksack war mein Kopfkissen. Während der Nacht bemerkte ich tastende Hände, die die Schnalle lockern wollten. Ein kurzer Schlag auf den Nacken des Möchtegern-Diebes ließ ihn nach Luft schnappen, und er fiel nach hinten. Danach belästigte mich keiner mehr.

Am Morgen kaufte ich auf dem Schwarzmarkt Lebensmittel ein, der in Russland die Regierung betrieb. Dann setzte ich meinen Weg fort. Der Russe im Zug hatte mir geraten, mich wie ein Tourist zu benehmen und mir eine Kamera um den Hals zu hängen (die ich aus dem Zug mitnahm). Ich besaß keinen Film. Ich wusste ja damals kaum, wo bei einer Kamera vorne oder hinten war.

Bald befand ich mich in einem besseren Viertel von Moskau. In dem Stadtviertel, das normalerweise der gewöhnliche Tourist sieht, denn der gewöhnliche Tourist durfte nie hinter die Kulissen schauen. Er bekam nie die Armut und die Krankheit in den Elendsvierteln und den Tod in den Nebenstraßen zu sehen. Die Moskwa, der Moskau-Fluss, lag vor mir. Ich schlenderte eine Weile an dessen Ufer entlang, bevor ich zum Roten Platz abbog. Der Kreml und das Lenin-Mausoleum beeindruckten mich überhaupt nicht. Ich war den herrlichen Anblick des Potala gewohnt. Neben einem Eingang in den Kreml wartete eine kleine Gruppe Menschen. Sie sahen apathisch und schlampig aus, so als wären sie wie eine Herde Vieh dorthin getrieben worden. Auf einmal fuhren drei große schwarze Limousinen mit rasantem Tempo aus der Einfahrt heraus, überquerten den Platz und verschwanden in der Düsterkeit der Straßen. Als die Leute abgestumpft in meine Richtung blickten, hob ich nur ganz leicht meine Kamera an. Plötzlich spürte ich einen gewaltigen Schmerz durch meinen Kopf schießen. Einen Moment lang glaubte ich, ein Gebäude sei mir auf den Kopf gefallen. Ich stürzte zu Boden und die Kamera fiel mir aus den Händen und zerschmetterte.

Über mir ragten drei Sowjetpolizisten. Einer trat mir gezielt und gefühllos in die Rippen, um mich zum Aufstehen zu bewegen. Halb betäubt, wie ich war, fiel mir das Aufstehen schwer. Also griffen zwei Polizisten grob nach mir und zerrten mich auf die Füße. Sie bombardierten mich mit Fragen, aber sie sprachen so schnell, dass ich kein Wort des Moskauer Akzentes verstand. Schließlich waren sie es leid, mir Fragen zu stellen, ohne eine Antwort zu bekommen. Sie führten mich über den Roten Platz, einen Polizisten auf jeder Seite und einen hinter mir, der mir schmerzhaft seinen Revolver in den Rücken drückte.

Wir blieben bei einem abscheulich aussehenden Gebäude stehen und betraten es durch die Kellertür. Ich wurde roh hineingeschoben – gestoßen wäre der bessere Ausdruck – wonach sie mich einige Steinstufen hinunter in einen kleinen Raum führten. An einem Tisch saß ein Polizeioffizier. Hinter ihm an der Wand postiert, standen zwei bewaffnete Wachen. Der ranghöhere der Polizisten, holte zu einer längeren Erklärung aus und stellte meinen Rucksack neben sich auf den Fußboden. Der Offizier schrieb etwas auf, offensichtlich eine Empfangsbestätigung für mich und meine Habe. Dann drehte sich der Polizist um und verließ den Raum.

Ich wurde grob in einen anderen sehr großen Raum geschubst. Vor einem ausladenden Schreibtisch ließ man mich stehen. Zu beiden Seiten von mir stand je eine bewaffnete Wache. Eine kurze Zeit später betraten drei Männer den Raum und setzten sich hinter den Schreibtisch und durchsuchten meinen Rucksack. Einer läutete nach einem Gehilfen, und als er hereinkam, übergab er ihm meine Kamera mit einer strikten Anweisung. Der Mann drehte sich um und ging mit der harmlosen Kamera wieder hinaus, die er mit allergrößter Vorsicht trug, so als wäre sie eine Bombe, die gleich explodieren würde.

Fragen über Fragen prasselten auf mich ein, die ich nicht verstand. Schließlich rief man einen Übersetzer, dann einen weiteren und noch einen anderen, bis sie endlich einen fanden, der mich verstehen konnte. Ich musste meine Kleider ausziehen und wurde von einem Arzt untersucht. Alle Säume der Kleidung wurden geprüft und teils aufgerissen. Danach warfen sie mir meine Kleider ohne Knöpfe, ohne Gürtel und ohne Schnürsenkel vor die Füße. Auf einen Befehl drängten mich die Wachen aus dem Raum. Sie trugen meine Kleider und marschierten mit mir von einem Korridor in den nächsten. Sie verursachten keine Geräusche. Sie trugen Fellschuhe und sprachen kein Wort miteinander und schon gar nicht mit mir. Als wir lautlos entlang marschierten, zerriss plötzlich ein markerschütternder Schrei die

Stille, der erstickt wieder endete. Unwillkürlich verlangsamte ich meinen Schritt, doch die Wache hinter mir verpasste mir mit aller Kraft einen Schlag zwischen die Schultern, dass ich glaubte, mein Genick würde brechen.

Zuletzt blieben wir vor einer roten Tür stehen. Eine Wache schloss sie auf, und ich wurde hineingestoßen – kopfvoran flog ich die drei Steinstufen hinunter. Die Zelle war düster und äußerst feucht, mit ungefähr zwei auf vier Metern Größe. Auf dem Fußboden lag eine verfaulte, übelriechende Matratze. Eine unbestimmte Zeit verblieb ich in der Dunkelheit. Ich wurde immer hungriger und hungriger, und ich fragte mich, warum die Menschen eine solch grausame Natur hatten.

Nach einer sehr langen Zeit wurden mir ein dickes Stück saures Schwarzbrot und ein kleiner Becher mit leicht salzigem Wasser hineingereicht. Die stumme Wache deutete mir an, das Wasser sofort zu trinken. Kaum hatte ich einen Schluck genommen, entriss er mir den Becher und schüttete das Wasser auf den Boden und ging hinaus. Die Tür schloss sich leise. Es war kein Laut zu hören, außer gelegentlich die schrecklichen Schreie, die sofort und gewaltsam unterdrückt wurden. Die Zeit kroch dahin. Ich knabberte an meinem sauren Schwarzbrot. Ich war hungrig und dachte, ich könnte alles essen, nur nicht dieses Brot. Es war schlicht schrecklich und stank, als wäre es durch eine Jauchegrube gezogen worden.

Nach einer ewig langen Zeit, so lange, dass ich beinahe schon fürchtete, man hätte mich vergessen, kamen leise bewaffnete Wachen in meine Zelle. Es wurde kein Wort gesprochen. Sie forderten mich mit Gesten auf, ihnen zu folgen. Da ich keine andere Wahl hatte, ging ich mit ihnen mit. Wieder stapften wir durch die endlosen Korridore, die mir den Eindruck vermittelten, als gingen wir immer wieder im Kreis, um dadurch eine Ungewissheit zu erwirken. Schließlich führte man mich in einen langen Raum, an dessen Ende sich eine helle, weiß gestrichene Wand befand. Grob fesselten mir die Wachen meine Hände hinter meinem Rücken. Ich musste mich umdrehen und mit dem Gesicht zur weißen Wand stehen. Lange geschah nichts. Dann wurden sehr starke, gleißend helle Lampen eingeschaltet, die sich an der weißen Wand reflektierten. Mir war, als würden mir meine Augenäpfel selbst bei geschlossenen Augen versengt. Die Wachen trugen schwarze Brillen. Das Licht schoss in Wellen auf mich ein, und ich hatte das Gefühl, als würden Nadeln in meine Augen gestochen.

Leise öffnete sich eine Tür, die ebenso leise wieder geschlossen wurde. Stühle scharrten. Papier raschelte. Eine mit tiefen Stimmen geführte Unterhaltung war im Gange, die ich nicht verstand. Dann begann nach einem Schlag mit dem Gewehrkolben zwischen meine Schulterblätter das Verhör. Warum befand sich in der Kamera kein Film? Weshalb trug ich die Ausweispapiere von einem stationierten Grenzsoldaten aus Wladiwostok auf mir? Wie? Warum? Wann? Stunde um Stunde stellten sie mir immer wieder dieselben dummen Fragen. Das Licht blendete weiter und löste rasende Kopfschmerzen aus. Wenn ich nicht gleich antwortete, folgte ein Schlag mit dem Gewehrkolben. Die einzige Verschnaufpause, die es gab, waren die wenigen Minuten alle zwei Stunden, wenn die Wachen und die Verhörenden abgelöst wurden, denn die hellen Lichter erschöpften auch die Wachen.

Nach scheinbar endlosen Stunden, die in Wirklichkeit jedoch nicht mehr als sechs gewesen sein konnten, brach ich zusammen. Wachen fingen an, mich gefühllos mit ihren spitzen Bajonetten zu stechen. Ich quälte mich ab. Mit den Händen auf dem Rücken gefesselt auf die Füße zu kommen, war sehr schwierig. Ich versuchte es immer und immer wieder. Als ich ohnmächtig wurde, gossen sie eimerweise Sickergrubenwasser über mich. Das Verhör ging stundenlang weiter. Meine Beine begannen anzuschwellen. Es bildeten sich Stauungsödeme, und meine Knöchel wurden dicker als meine Oberschenkel.

Immer wieder stellten sie mir die gleichen Fragen, immer wieder gingen sie mit der gleichen Brutalität vor. Sechzig Stunden stehen. Siebzig Stunden. Die Welt bestand jetzt nur noch aus einem roten Nebel. Ich stand da wie tot auf meinen Beinen. Kein Essen, keine Pause, keine Erleichterung. Ich bekam nur eine mir aufgezwungene, schlafverhindernde Droge zu trinken. Fragen. Fragen über Fragen. Zweiundsiebzig Stunden lang. Ich hörte und ich sah nichts mehr. Die Fragen, das Licht, die Schmerzen – alles schwand dahin und es gab nur noch Dunkelheit.

Eine unbestimmte Zeit verging. Von Schmerzen gepeinigt erlangte ich das Bewusstsein wieder. Ich lag auf dem Rücken auf dem kalten, nassen Boden einer stinkenden Zelle. Jede Bewegung löste qualvolle Schmerzen aus. Mein Körper fühlte sich durchnässt an, und es schien, als bestünde das Rückgrat meines Rückens nur noch aus zersplittertem Glas. Es war kein Geräusch zu hören, das noch anderes Leben verriet. Kein Lichtschimmer ließ erkennen, ob es Tag oder Nacht war. Nichts – es gab nur eine Endlosigkeit, die aus Schmerzen, Durst und Hunger bestand. Irgendwann drang ein wenig Licht herein, als eine Wache grob einen Teller Essen über den Boden schob. Daneben wurde eine überschwappende Blechdose Wasser hingestellt. Die Türe wurde geschlossen, und ich war mit meinen Gedanken wieder allein im Dunkeln.

Sehr viel später kamen die Wachen wieder. Man schleifte mich, ich konnte nicht mehr gehen, zum Verhörzimmer. Dort musste ich sitzen und meine Lebensgeschichte aufschreiben. Fünf Tage lang geschah das gleiche. Man brachte mich in ein Zimmer, dort gab man mir einen Bleistiftstummel und Papier und hieß mich, alles aufzuschreiben. Drei Wochen lang blieb ich in meiner Zelle, wo ich mich nur sehr langsam wieder etwas erholte.

Einmal mehr wurde ich in einen Raum geführt, dort stand ich vor drei hohen Polizeifunktionären. Einer warf einen flüchtigen Blick auf die anderen und schaute auf ein Schreiben in seiner Hand. Er sagte, gewisse einflussreiche Leute in Wladiwostok hätten bestätigt, dass ich ihnen geholfen hätte, und jemand anderer hätte bezeugt, dass seine Tochter dank meiner Hilfe aus dem japanischen Kriegsgefangenenlager entkommen konnte.

«Sie werden entlassen», sagte der Funktionär, «und nach Stryj gebracht. Eine Truppeneinheit fährt demnächst dorthin und Sie fahren mit.»

Ich kam zurück in eine Zelle, diesmal in eine bessere, um wieder genug Kräfte für die Reise sammeln zu können. Endlich schritt ich durch das Tor des Lubjanka-Gefängnisses in Moskau und war auf dem Weg in den Westen.

Kapitel 4

Draußen vor der Lubjanka warteten drei Soldaten. Der Gefängniswärter, der mich durch das offene Tor führte, übergab einem älteren Soldaten, einem Gefreiten, Papiere in die Hand. «Unterschreib hier, Genosse. Du bestätigst nur die Entgegennahme eines Deportierten.» Der Gefreite kratzte sich zweifelnd am Kopf, leckte den Bleistift ab und wischte sich die Handfläche über die Hose, bevor er zögernd seinen Namen darunter kritzelte. Der Gefängniswärter drehte sich wortlos um, und das Tor der Lubjanka schlug zu – glücklicherweise stand ich dieses Mal draußen.

Der Gefreite blickte mich finster an und meinte: «Jetzt musste ich nur wegen dir diese Papiere unterschreiben. Nur Lenin weiß, was geschehen wird. Ich könnte jederzeit genauso wie du in der Lubjanka landen. Komm, los geht's. Marsch!»

Der Gefreite schritt vor mir her, und zu beiden Seiten von mir je ein Soldat. Ich marschierte in ihrer Mitte durch die Straßen von Moskau zum Bahnhof. Ich musste nichts tragen. Alles, was ich besaß, meine Kleider, trug ich am Leibe. Die Russen hatten meinen Rucksack, meine Uhr und alles andere, was ich besessen hatte, beschlagnahmt. Und diese Kleider, die ich auf mir trug, bestanden nur aus schweren Schuhen mit Holzsohlen, einer Hose, einer Jacke und nichts anderem. Keine Unterwäsche, kein Geld, kein Essen und sonst nichts! Doch, es gab noch etwas! In meiner Jackentasche steckte ein Schreiben, das besagte, dass ich aus Moskau ausgewiesen würde und dass es mir freigestellt sei, in das russisch besetzte Deutschland zu reisen, wo ich mich bei der nächsten Polizeiwache melden sollte.

Am Moskauer Bahnhof setzten wir uns hin und warteten in der Eiseskälte auf den Zug. Ein Soldat nach dem anderen verzog sich und kehrte zurück, damit ein anderer gehen konnte. Ich saß auf dem Steinboden des Bahnsteigs und zitterte. Ich war hungrig. Ich fühlte mich krank und schwach. Viel später traf ein Unteroffizier mit etwa hundert Mann ein. Der

Unteroffizier kam dem Bahnsteig entlanggelaufen und schaute mich an. «Wollt ihr ihn umbringen?», schrie er den Gefreiten an. «Wir müssen ihn lebend in Lvov abliefern (Lvov, Lemberg, heutige Ukraine; Anm.d.Ü.). Sieh zu, dass er etwas zu essen bekommt. Wir haben noch sechs Stunden Zeit bis der Zug abfährt.»

Der Gefreite und ein gewöhnlicher Soldat zogen mich je an einem Arm auf die Beine. Der Unteroffizier schaute mich an und sagte: «Hmmm, du siehst nicht aus, als wärst du ein schlechter Kerl. Hör zu, mach uns keinen Ärger, und wir machen dir auch keinen.» Er sah sich meine Papiere an, die der Gefreite bei sich trug. «Mein Bruder war auch in der Lubjanka», sagte er, nachdem er sich vergewissert hatte, dass sich keiner seiner Männer in Hörweite befand. «Er hat auch nichts verbrochen. Sie haben ihn nach Sibirien verbannt. Jetzt werde ich veranlassen, dass man dich zum Essen mitnimmt. Schlag dir den Bauch voll, denn nachdem wir Lvov erreicht haben, wirst du auf dich allein gestellt sein.»

Er drehte sich um und rief zwei Gefreite herbei: «Sorgt dafür, dass er reichlich zu essen und zu trinken bekommt. Er muss uns in guter Verfassung verlassen, sonst wird uns der Kommissar beschuldigen, wir würden unsere Gefangenen umbringen.»

Müde machte ich mich zwischen den beiden Gefreiten auf den Weg. In einem kleinen Lokal außerhalb des Bahnhofs bestellte der ältere Gefreite große Schüsseln Kohlsuppe und Schwarzbrotscheiben. Das Zeug stank nach verfaultem Gemüse. Doch es gelang mir, es dennoch hinunterzuschlingen, so hungrig wie ich war. Ich dachte dabei an die «Suppe», die wir in den japanischen Gefangenenlagern bekommen hatten, in der Knorpelstücke herumschwammen, die die Japaner ausgespuckt hatten. Es war Essen, das aus den gesammelten Essensresten bestand und zu einer «Suppe» für die Gefangenen zubereitet wurde. Nachdem wir gegessen hatten und wieder bereit waren zu gehen, verlangte ein Gefreiter noch mehr Brot und drei Ausgaben der Prawda Zeitung. Wir wickelten unsere Brote in die Zeitungen ein, mussten uns aber vorher erst vergewissern, dass wir kein Bild von Stalin schändeten. Danach kehrten wir zum Bahnhof zurück.

Die Warterei war schrecklich. Sechs Stunden lang saßen wir in der Eiseskälte auf dem Bahnsteig auf dem Steinboden. Endlich fuhr der schwerfällige alte Zug ein. Wir wurden alle hineingetrieben und fuhren los nach Kiew. In dieser Nacht schlief ich abgestützt zwischen zwei schnarchenden russischen Soldaten. Es gab für keinen von uns genügend Platz zum Liegen. Wir waren sehr eng zusammengepfercht. Die harten Holzsitze waren unbequem, und ich wünschte mir, ich könnte auf dem Boden sitzen. Der Zug ratterte weiter, und immer dann, so schien es, wenn ich gerade eingenickt war, kam er mit quietschenden Bremsen zum Stehen.

In der folgenden Nacht erreichten wir nach einer unangenehmen und mühevollen Reise von fast achthundert Kilometern den Zweitklasse-Bahnhof von Kiew. Hier kam Betrieb auf. Befehle wurden geschrien. Danach marschierten wir alle zur örtlichen Kaserne, um dort die Nacht zu verbringen. Ich wurde in eine Zelle gesperrt. Ein paar Stunden später erwachte ich aus dem Schlaf, als ein Kommissar und sein Assistent meine Zelle betraten. Sie verhörten mich, und stellten mir endlose Fragen. Nach etwa zwei oder zweieinhalb Stunden gingen sie wieder.

Eine Zeitlang wälzte ich mich herum, um noch etwas Schlaf zu finden. Kräftige Hände schlugen mir ins Gesicht. Jemand schrie: «Wach auf, wach auf, oder bist du tot? Hier ist dein Essen. Beeil dich, du hast nur noch wenige Minuten, gleich geht's weiter!»

Essen? Noch mehr Kohlsuppe. Noch mehr saures Schwarzbrot und etwas Wasser zum Trinken. Ich schlang das Zeug hinunter, weil ich befürchtete, dass ich gehen müsste, bevor ich dieses widerliche Essen beendet hatte. Ich würgte es hinunter und wartete. Ich wartete – Stunden. Spät an diesem Nachmittag kamen zwei Militärpolizisten herein. Sie verhörten mich noch einmal und nahmen mir einmal mehr die Fingerabdrücke ab. Dann sagte einer: «Wir sind spät dran. Zum Essen hast du jetzt keine Zeit mehr. Vielleicht kriegst du am Bahnhof noch etwas.»

Draußen vor den Kasernen warteten drei Truppentransporter. Vierzig Soldaten und ich mussten uns, fast unglaublich, in einen Einzigen hineinzwängen. Die anderen stiegen in die beiden anderen Fahrzeuge. Wir fuhren los. Die Fahrt zum Bahnhof war absolut halsbrecherisch. Ich konnte kaum atmen, so dicht gedrängt standen wir da. Der Fahrer unseres Transporters schien wahnsinnig zu sein. Er fuhr den beiden anderen weit voraus. Er raste, als seien alle Teufel des Kommunismus hinter ihm her. Wir wurden hinten alle hin und her geschüttelt und stießen aneinander. Alle standen, denn zum Sitzen gab es keinen Platz. In einem Höllentempo raste er die Straße hinunter. Ein Plötzliches und überhastetes Bremsmanöver ließ den Transporter seitlich ausbrechen. Mit hoher Geschwindigkeit prallten wir gegen eine dicke Steinmauer, wobei vor mir, funkensprühend die Seite aufriss. Schreie, Rufe und Flüche, Blut spritzte. Ich flog durch die Luft. Im Fluge konnte ich unter mir noch den verwüsteten Transporter sehen, der lichterloh brannte. Ein Gefühl des Fallens, ein zerschmetterndes Bersten und – Dunkelheit.

«Lobsang!», sagte eine mir vertraute und geliebte Stimme. Die Stimme meines Mentors, dem Lama Mingyar Dondup. «Du bist sehr schwer verletzt worden, Lobsang. Dein physischer Körper befindet sich immer noch auf der Erde, aber du bist jetzt hier bei uns in einer Welt jenseits der Astralebene. Wir versuchen dir zu helfen, denn deine Aufgabe auf der Erde ist noch nicht beendet.»

Mingyar Dondup? Lächerlich! Er wurde von den hinterhältigen Kommunisten getötet, als er versucht hatte, für Tibet eine friedliche Lösung auszuhandeln. Ich hatte doch die schrecklichen Wunden gesehen, die ihm zugefügt wurden, als er von hinten erstochen wurde. Danach war er mir aber noch mehrfach erschienen, nachdem er in die himmlischen Gefilde eingegangen war.

Das Licht schmerzte meine geschlossenen Augen. Ich glaubte, wieder vor der weißen Wand im Lubjanka-Gefängnis zu stehen und dass mich die Soldaten bald wieder mit den Gewehrkolben zwischen die Schulterblätter schlagen würden. Aber dieses Licht war anders, dieses schmerzte meine

Augen nicht. Das waren wohl nur meine Assoziationen davon, dachte ich betrübt.

«Lobsang, öffne deine Augen und sieh mich an!» Die freundliche Stimme meines Mentors erwärmte mich und ließ ein wohliges Freudengefühl durch mein ganzes Sein strömen. Ich öffnete die Augen und schaute mich um. Über mich gebeugt, sah ich den Lama. Er sah viel besser aus, als ich ihn je auf der Erde gesehen hatte. Sein Gesicht wirkte zeitlos, und seine Aura strahlte in den reinsten Farben, frei von jeglichem Groll gegen die Menschen auf der Erde. Seine safrangelbe Robe schien aus keinem irdischen Material zu bestehen. Sie leuchtete eindeutig, als ob sie von einem Eigenleben durchdrungen wäre. Er lächelte mich an und sagte mitleidig: «Mein armer Lobsang, die Unmenschlichkeit der Menschen gegenüber Menschen wurde in deinem Fall auf beispiellose Weise demonstriert. Denn das, was du überlebt hast, hätte andere mehrfach getötet. Du bist hier, um dich auszuruhen, Lobsang. Du befindest dich hier im Land des Goldenen Lichts, wie wir es nennen. Hier befinden wir uns jenseits der Reinkarnationsstufe. Unsere Arbeit besteht darin, vielen verschiedenen Welten und vielen Menschen zu helfen, nicht nur den Menschen auf der sogenannten Erde. Deine Seele ist angeschlagen, und dein physischer Körper ist schwer verletzt und in einem sehr schlechten Zustand. Wir müssen dich wiederherstellen, Lobsang, damit du diese wichtige und große Aufgabe beenden kannst, denn für dich gibt es keinen Ersatz.»

Ich sah mich um und bemerkte, dass ich mich offenbar in einer Klinik befand. Von dort aus, wo ich lag, konnte ich einen wunderschönen Park überblicken. In einiger Entfernung konnte ich grasende oder miteinander spielende Tiere sehen. Es schienen Hirsche und Löwen zu sein, sowie andere Tiere, die auf der Erde nicht friedlich nebeneinanderher leben könnten. Hier waren sie Freunde. Hier tollten sie zusammen herum, so als wären sie alle Mitglieder einer Familie.

Eine raue Zunge leckte an meiner schlaffen rechten Hand, die auf der Bettkante hing. Als ich hinsah, erblickte ich Sha-Lu, den mächtigen

Wächterkater aus dem Chakpori Lamakloster, einem meiner ersten Freunde dort. Er zwinkerte mir zu, und mir lief eine Gänsehaut über den Rücken, als er sagte: «Ach, Lobsang, mein Freund, wie schön, dich wiederzusehen, wenn auch nur kurz. Denn du musst nochmals zur Erde zurück. Doch in ein paar Jahren wirst du für immer hierher zurückkehren.»

Eine sprechende Katze? Mit Katzen telepathisch kommunizieren konnte ich gut, und ich verstand sie. Doch dieser Kater teilte sich mir wirklich in Worten mit, und nicht nur telepathisch. Ein lautes Gekicher meines Mentors veranlasste mich, aufzublicken. Natürlich amüsierte er sich wieder einmal auf meine Kosten, dachte ich. Meine Kopfhaut kribbelte wieder. Sha-Lu stand auf seinen Hinterbeinen neben dem Bett und stützte seine Vorderpfoten neben mir auf. Er und der Lama schauten zuerst mich an, dann sich gegenseitig, und dann fingen beide an zu lachen. Beide lachten – ich schwöre es!

«Lobsang», sagte mein Mentor, «du weißt, es gibt keinen Tod. Du weißt, dass die Seele nach dem Verlassen der Erde, beim sogenannten ‹Tod›, sich nur auf eine andere Ebene begibt. Dort ruht sie sich eine Weile aus. Dann bereitet sie sich auf eine erneute Inkarnation vor, in einen Körper, der ihr die Möglichkeit bietet, weitere Lektionen zu lernen und sich immer weiter aufwärts zu entwickeln. Hier befinden wir uns auf einer Ebene, von wo aus keine Reinkarnationen mehr stattfinden. Hier leben wir in Einklang und in Frieden miteinander, wie du sehen kannst, und mit der Fähigkeit, überallhin und in jede Zeit zu reisen. Wir nennen es ‹Superastralreisen›. Hier unterhalten sich die Tiere und Menschen und auch andere Spezies sowohl sprachlich miteinander als auch telepathisch. In der Nähe verwenden wir die Sprache, für die Ferne die Telepathie.»

Im Hintergrund lief leise Musik. Musik, die selbst mir verständlich war. Meine Musiklehrer im Chakpori hatten sich vor langer Zeit einmal sehr über meine Unfähigkeit zu singen oder zu musizieren beschwert. Sie hätten bestimmt Freude, dachte ich, wenn sie mich jetzt so sehen könnten, wie sehr mich diese Klänge erfreuten. Über den strahlend blauen Himmel tanzten und bewegten sich Farben zum Klang der Musik. Hier, in dieser herrlichen Landschaft, war das Grün noch grüner und das Wasser noch blauer als auf der Erde. Hier gab es keine kranken, knorrigen Bäume und keine vom Brand befallenen Blätter. Hier gab es nur Perfektion.

Perfektion? Aber, weshalb war ich überhaupt hier? Ich war ja alles andere als perfekt, das wusste ich nur zu gut.

«Du hast den guten Kampf gekämpft, Lobsang. Du bist hier, um dich zu erholen. Du wirst nach Leistung beurteilt und entsprechend ermutigt.» Mein Mentor lächelte mir während des Sprechens wohlwollend zu.

Ich lehnte mich zurück. Plötzlich fuhr ich erschrocken hoch. «Mein Körper, wo ist mein irdischer Körper?»

«Ruh dich aus, Lobsang, ruh dich aus», erwiderte der Lama. «Erhole dich, und sobald du wieder etwas mehr bei Kräften bist, werden wir dir vieles zeigen.»

Langsam veränderte sich das Licht im Zimmer von Gold in einen beruhigenden purpurnen Dunst. Ich spürte eine kühle starke Hand, die mir auf die Stirn gelegt wurde, und auf der rechten Hand ruhte eine weiche fellige Pfote, dann wusste ich nichts mehr.

Mir träumte, dass ich wieder auf der Erde war. Ich blickte emotionslos nach unten und beobachtete, wie russische Soldaten in dem zerstörten Truppentransporter nach Verletzten suchten. Sie zogen verbrannte Körper und Körperteile heraus. Ich sah einen Mann, der nach oben schaute und hinauf zeigte. Köpfe folgten seiner Geste. Ich schaute auch. Dort lag auf einer hohen Mauer mein schwerverletzter Körper und wippte hin und her. Blut rann ihm aus Mund und der Nase. Ich beobachtete, wie mein Körper von der Mauer heruntergeholt und in einen Krankenwagen geladen wurde. Als der Krankenwagen ins Krankenhaus fuhr, schwebte ich über ihm und verfolgte alles mit. Meine Silberschnur war noch intakt, bemerkte ich. Sie glänzte wie ein blauer Morgendunst in den Tälern.

Russische Sanitäter zogen, ohne besondere Vorsicht, die Trage heraus. Dabei stießen sie überall an und brachten mich in den Operationssaal, wo sie meinen Körper auf einen Tisch hoben. Krankenschwestern schnitten mir meine blutverklebten Kleider vom Leibe und warfen sie in einen Eimer. In der Röntgenabteilung wurden Bilder gemacht. Ich sah, dass ich drei gebrochene Rippen hatte. Eine davon hatte meinen linken Lungenflügel durchstochen. Mein linker Arm war an zwei Stellen gebrochen, und mein linkes Bein wieder einmal am Knie und am Knöchel. Eine abgebrochene Bajonettspitze von einem Soldaten hatte meine linke Schulter durchbohrt und nur ganz knapp eine lebenswichtige Arterie verfehlt.

Die Chirurgin seufzte schwer und machte sich Gedanken, wo sie beginnen sollte. Ich schwebte über dem Operationstisch und sah zu. Ich fragte mich, ob ihre Geschicke ausreichen mochten, um mich wieder zusammenzuflicken. Ein sanftes Ziehen an meiner Silberschnur machte sich bemerkbar, und ich spürte, wie ich durch die Decke nach oben schwebte. Während meines Aufsteigens sah ich in den oberen Krankenstationen die Patienten in ihren Betten liegen. Ich trieb davon, immer höher hinauf, hinaus in den Weltraum, mitten unter die endlosen Sterne. Über die Astralebene hinaus und durch eine Ätherebene nach der anderen, bis ich schließlich das «Land des Goldenen Lichts» erreichte.

Ich schreckte auf und versuchte, durch den feinen purpurnen Dunst zu blicken. «Er ist wieder zurück», sagte eine sanfte Stimme, und der feine Dunst löste sich auf und wich wieder dem herrlichen Licht. Mein Mentor, der Lama Mingyar Dondup, stand neben meinem Bett und sah mich an. Sha-Lu lag neben mir auf dem Bett und schnurrte leise. Zwei weitere hohe Persönlichkeiten befanden sich im Raum. Als ich sie erspähte, schauten sie gerade aus dem Fenster und beobachteten die Leute, die weit unten herumschlenderten.

Als ich erstaunt aufatmete, drehten sie sich um und lächelten mich an. «Du hast so schwere Verletzungen davongetragen, Lobsang», sagte einer, «dass wir schon fürchteten, dein Körper würde sie nicht überstehen.»

Der andere, den ich sehr gut kannte, nahm, ungeachtet seiner gehobenen Stellung, die er auf der Erde innehatte, meine Hände zwischen die seinen.

«Du hast vieles erdulden müssen, Lobsang. Die Welt war zu grausam zu dir. Wir haben diese Angelegenheit miteinander besprochen, und wir sind übereingekommen, dass du vielleicht erwägen möchtest, von deiner Aufgabe zurückzutreten. Es würde noch viel mehr Leid auf dich zukommen, wenn du weitermachst. Du kannst, wenn du willst, jetzt deinen Körper verlassen und für immer hierbleiben. Möchtest du das?»

Mein Herz hüpfte vor Freude. Endlich Frieden nach all meinem Leiden. Leiden, die ohne meine harte und strenge Spezialausbildung meinem Leben schon viele Jahre früher ein Ende gesetzt hätten. Aber, wozu dann diese ganze Spezialausbildung? Damit ich mir die Aura der Menschen ansehen konnte und in der Lage wäre, richtungsweisenden Einfluss auf die Auraforschung zu nehmen. Und wenn ich jetzt aufgäbe – wer würde diese Aufgabe dann fortsetzen?

«Die Welt war viel zu grausam zu dir. Es ist keine Schande, wenn du aufgibst.» Hier musste ich vorsichtig sein und gut überlegen. Keine Schande, ja – für andere, doch ich müsste durch die ganze Ewigkeit hindurch mit einem schlechten Gewissen leben, aufgegeben zu haben. Was war schon das Leben auf der Erde? Nur ein paar weitere Jahre Elend, Mühsale, Leiden und Missverständnisse, und dann, vorausgesetzt ich hätte alles getan, was möglich ist, könnte ich Frieden mit meinem Gewissen schließen – für alle Ewigkeit.

«Verehrter Herr», antwortete ich, «Sie haben mich vor die Wahl gestellt. Ich werde solange weitermachen, wie mein physischer Körper es zulässt. Im Augenblick ist er nur ziemlich lädiert und angeschlagen», fügte ich hinzu. Ein glückliches Lächeln der Zustimmung zeigte sich auf den Gesichtern der versammelten Männer. Sha-Lu schnurrte laut und biss mich vor Liebe zart und spielerisch in die Hand.

«Dein irdischer Körper ist, wie du selbst gesagt hast, durch das ertragene Leid und die Mühsale in einem sehr bedenklichen Zustand», sagte der hochrangige Mann. «Aber bevor du dich endgültig entscheidest, müssen wir dich noch über Folgendes aufklären: Wir haben in England einen Körper ausfindig gemacht, dessen Besitzer danach trachtet, ihn vorzeitig zu verlassen. Seine Aura harmoniert grundsätzlich mit deiner. Später, wenn die Umstände es erfordern, kannst du diesen Körper übernehmen.»

Ich fiel vor Schreck fast aus dem Bett. Ich! Ich sollte einen anderen Körper übernehmen? Mein Mentor lachte: «Aber, Lobsang, wo bleibt denn deine ganze Ausbildung? Es ist doch nur so, als würdest du die Robe einer anderen Person anziehen. Nach sieben Jahren würde der Körper dann Molekül für Molekül sowieso dir gehören mit den gleichen Narben an den gleichen Stellen. Zuerst wird es dir etwas ungewohnt vorkommen, ähnlich wie damals, als du zum ersten Mal westliche Kleidung getragen hast. Ich erinnere mich noch gut daran, Lobsang.»

Die hohe Persönlichkeit unterbrach nochmals: «Du hast die Wahl, Lobsang. Du kannst mit gutem Gewissen deinen physischen Körper jetzt aufgeben und hierbleiben. Solltest du aber auf die Erde zurückkehren, dann bedeutet das nicht gleich, dass du umgehend den Körper wechseln musst. Der Zeitpunkt ist noch nicht gekommen. Doch bevor du eine Entscheidung triffst, möchte ich dir mitteilen: Solltest du zurückkehren, wirst du weiterhin mit Not, Unverständnis, Unglauben und echtem Hass konfrontiert sein. Denn es gibt eine Macht des Bösen, die alles Gute in der menschlichen Entwicklung zu verhindern versucht. Du wirst dich also weiterhin gegen böse Kräfte behaupten müssen.»

«Ich habe mich entschieden», antwortete ich. «Sie haben mir die Wahl gelassen. Ich werde weitermachen, bis meine Aufgabe erfüllt ist, und wenn ich einen anderen Körper übernehmen muss, nun, dann soll es so sein.»

Eine schwere Schläfrigkeit überkam mich, und trotz meiner Gegenwehr fielen mir die Augen zu. Die Szene schwand dahin und ich fiel in eine Bewusstlosigkeit.

Die Welt schien sich zu drehen. Etwas dröhnte in meinen Ohren. Ich hörte ein Stimmengewirr. Ich konnte mir das nicht erklären. Ich schien irgendwie gefesselt zu sein. War ich wieder im Gefängnis? Hatten mich die

Japaner wieder erwischt? War meine Reise durch Russland nur ein Traum gewesen? War ich wirklich im «Land des Goldenen Lichts» gewesen?

«Er kommt zu sich», sagte eine herbe Stimme. «He! Aufwachen!», schrie mir jemand ins Ohr. Benommen öffnete ich meine schmerzenden Augen. Eine finster dreinblickende russische Frau starrte mir ins Gesicht. Neben ihr stand eine übergewichtige Ärztin, die sich mit versteinertem Gesicht im Krankensaal umblickte. Krankensaal? Ich befand mich zusammen mit etwa vierzig oder fünfzig anderen Männern im gleichen Raum. Dann setzten die Schmerzen ein. Mein ganzer Körper wurde von einem Flammenmeer von Schmerzen ergriffen. Ich konnte kaum atmen und mich fast nicht bewegen.

«Ach, der wird schon wieder werden», sagte die Ärztin mit dem versteinerten Gesicht. Darauf drehte sie und die Krankenschwester sich um und verließen den Saal. Ich lag nach Atem ringend da. Mein Atem kam aufgrund der Schmerzen auf der linken Seite nur in kurzen Stößen. Hier wurden keine Schmerzmittel verabreicht. Hier überlebte man nur aus eigener Kraft oder man starb. Hier durfte man weder Mitleid noch Erleichterung von den Qualen erwarten.

Schwergewichtige Krankenschwestern stapften vorbei, deren schwere Schritte das ganze Bett erschütterten. Jeden Morgen rissen grobe Finger die Verbände weg und ersetzten sie durch neue. Für die sonstigen Bedürfnisse war man auf den guten Willen der Mitpatienten angewiesen, die gehen konnten. Zwei Wochen lang lag ich von den Krankenschwestern und den Ärzten so gut wie vernachlässigt da. Hilfe leisteten mir die anderen Patienten, so gut es eben ging. Ich litt unter Qualen, wenn sich niemand um meine Bedürfnisse kümmern konnte oder wollte.

Nach zwei Wochen kam die Ärztin mit dem versteinerten Gesicht wieder, begleitet von einer schwergewichtigen Krankenschwester. Roh rissen sie mir die Pflaster von meinem linken Arm und meinem linken Bein. Noch nie zuvor hatte ich eine derart grobe Behandlung von Patienten gesehen, und als ich beim Aufstehen einen kurzen Schwächeanfall erlitt, packte mich die robuste Krankenschwester an meinem gebrochenen linken Arm.

Während der nächsten Wochen humpelte ich herum und half den anderen Patienten, so gut ich konnte. Ich hatte nichts zum Anziehen, nur ein Betttuch, das ich um mich schlagen konnte. Ich fragte mich, woher ich neue Kleider bekommen könnte. Am zweiundzwanzigsten Tag meines Aufenthaltes im Krankenhaus kamen zwei Polizisten auf die Abteilung. Sie rissen mir die Decke weg, warfen mir Kleider hin, und einer brüllte: «Beeil dich, du wirst deportiert, du hättest schon vor drei Wochen gehen sollen.»

«Aber wie hätte ich denn gehen können? Ich war bewusstlos, und das ohne mein Verschulden?» widersprach ich.

Ein Schlag ins Gesicht war die einzige Antwort, und der zweite Polizist lockerte drohend seine Pistole in seinem Halfter. Sie drängten mich die Treppe hinunter in das Büro des Politkommissars.

«Du hast uns nicht gesagt, dass du ein Ausschaffungshäftling bist, als du hier eingeliefert worden bist», sagte er wütend. «Du bist hier unter Vortäuschung falscher Tatsachen behandelt worden und wirst dafür bezahlen müssen.»

«Genosse Kommissar», erwiderte ich, «ich wurde hier bewusstlos eingeliefert. Durch die schlechte Fahrweise eines russischen Soldaten sind mir schwere Verletzungen zugefügt worden. Ich habe deshalb große Schmerzen und großen Schaden erlitten.»

Der Kommissar fuhr sich nachdenklich über sein Kinn. «Hmm», sagte er, «wie kannst du das alles wissen, wenn du bewusstlos warst? Ich muss mir das genau überlegen.» Er drehte sich zu einem der Polizisten um und befahl: «Nimm ihn mit und verwahre ihn in einer Zelle in eurer Polizeistation, bis ihr wieder von mir hört.»

Einmal mehr marschierte ich als Verhafteter durch belebte Straßen. Auf der Polizeistation wurden mir wieder einmal die Fingerabdrücke abgenommen, und man brachte mich in eine Zelle tief unten im Keller. Eine lange Zeit geschah nichts. Dann brachte mir eine Wache Kohlsuppe, schwarzes Brot und einen sehr künstlich schmeckenden Eichelkaffee. Das Licht im Flur brannte Tag und Nacht. Man konnte deshalb nicht sagen, ob es Tag oder Nacht war, oder wie viele Stunden vergangen waren. Schließlich führte man mich in einen Raum, wo ein streng aussehender Mann in seinen Unterlagen wühlte und mich über seine Brille hinweg ansah.

«Du wurdest für schuldig befunden», sagte er, «dich unerlaubterweise in Russland aufgehalten zu haben, obwohl du zur Ausreise verurteilt worden bist. Es stimmt zwar, dass du unverschuldet in einen Unfall verwickelt wurdest, aber du hättest die Krankenhausleitung sofort darüber informieren sollen, nachdem du das Bewusstsein wiedererlangt hast. Deine Behandlung hat Russland eine Menge Geld gekostet», fuhr er fort, «doch Russland ist gnädig. Du wirst zwölf Monate lang beim Straßenbau arbeiten müssen, um deine ärztliche Behandlung abzubezahlen.»

«Eigentlich müssten Sie mich bezahlen», antwortete ich erbost. «Durch das Verschulden eines russischen Soldaten wurde ich schwer verletzt.»

«Der Soldat ist nicht hier. Er kann sich nicht verteidigen. Er war unverletzt und so erschossen wir ihn. Dein Urteil steht fest. Morgen wirst du ausgeschafft, wo du beim Straßenbau arbeiten kannst.» Eine Wache packte mich am Arm und brachte mich wieder in die Zelle zurück.

Am nächsten Tag wurden zwei weitere Männer und ich aus den Zellen geholt, und wir marschierten zum Bahnhof. Eine Weile standen wir unter Bewachung von Polizisten herum. Dann traf eine Einheit Soldaten ein. Der Polizist, der uns beaufsichtigte, ging zu einem Unteroffizier, der für die Einheit zuständig war, und händigte ihm ein Papier zum Unterschreiben aus. Einmal mehr befand ich mich in Gewahrsam der russischen Armee!

Nach einem elend langen Warten kam endlich der Zug, der uns schließlich nach Lvov bringen sollte, und wir stiegen ein.

Lvov war ein düsterer Ort. Die Landschaft war mit Ölbohrtürmen bestückt. Die Straßen waren aufgrund der schweren Militärfahrzeuge in einem bedenklichen Zustand. An den Straßen arbeiteten Männer und Frauen. Sie brachen Steine, füllten Löcher und versuchten, Leib und Seele bei diesen Hungerrationen zusammenzuhalten. Die beiden entlassenen Männer, die von Kiew mit mir gereist waren, waren völlig verschieden. Jakob war charakterlich ein gemeiner Typ, der mit jeder Geschichte, die er melden konnte, zu den Aufsehern lief. Josef war ganz anders. Auf ihn konnte man sich verlassen und er erfüllte sein Arbeitssoll. Weil meine Beine so schlecht waren und ich nicht lange stehen konnte, wurde mir eine Arbeit zugewiesen, bei der ich neben der Straße sitzen und Steine brechen konnte. Offensichtlich hatte man meinen gebrochenen linken Arm und die kaum verheilten Rippen und die Lungen dabei nicht berücksichtigt. Einen Monat lang hielt ich durch, nur für mein Essen zu schuften. Selbst den hier arbeitenden Frauen bezahlte man zwei Zloty für jeden Kubikmeter gebrochenen Stein.

Am Monatsende brach ich zusammen und hustete Blut. Josef kam herbeigeeilt und missachtete das Kommando der Wachen, um mir Hilfe zu leisten, als ich neben der Straße lag. Einer der Soldaten hob das Gewehr und schoss. Ein Streifschuss erwischte Josef am Nacken. Zum Glück wurden keine lebenswichtigen Gefäße getroffen. Wir lagen nebeneinander auf der Straße, bis ein Bauer mit seinem Pferdegespann vorbeikam. Eine Wache hielt ihn an, und wir wurden unzimperlich auf seinen Karren mit Flachs geworfen. Die Wache stieg auf und setzte sich neben den Bauern, und wir rollten davon ins Gefängniskrankenhaus. Über Wochen lag ich auf den Holzbrettern, die mir als Bett dienten. Dann teilte mir der Gefängnisarzt mit, dass ich entlassen würde. Ich würde nicht mehr lange leben, hatte er gesagt, und wenn diesen Monat noch mehr Gefangene sterben würden, würde er seine Auflage überschreiten und in Schwierigkeiten geraten.

Darauf kam es in meiner Krankenhauszelle zu einer ungewöhnlichen Besprechung, bei der der Gefängnisdirektor, der Arzt und der Kommandeur der Wachen anwesend waren. «Du wirst nach Stryj verlegt», sagte der Gefängnisdirektor. «Dort geht es nicht so streng zu und her wie hier, und auf dem Land ist es gesünder.»

«Aber Herr Direktor», erwiderte ich, «warum muss ich schon wieder woanders hingehen? Ich bin grundlos im Gefängnis. Ich habe überhaupt nichts verbrochen. Wenn ich jetzt gehen muss, werde ich über das, was hier vorgefallen ist, bestimmt nicht schweigen. Ich werde jedem, den ich treffe, erzählen, was hier abgelaufen ist.»

Es folgte eine laut geführte Auseinandersetzung und sie zankten sich. Letztlich schlug ich, als Gefangener, ihnen eine Lösung vor. «Herr Direktor», begann ich, «ihr wollt mich draußen haben, damit ihr gut dasteht. Ich aber werde nicht stillschweigend in ein anderes Gefängnis wechseln. Wenn ihr wollt, dass ich darüber schweige, dann lasst Josef Kochino und mich als freie Männer nach Stryj reisen. Gebt uns Kleider, damit wir anständig aussehen. Gebt uns etwas Geld, damit wir uns Essen kaufen können. Wir schweigen über alles und reisen auf direktem Weg weiter über die Karpaten.»

Der Gefängnisdirektor murrte und fluchte. Alle verließen meine Zelle. Am nächsten Tag kam der Direktor zurück und sagte mir, er hätte meine Akten studiert und gesehen, dass ich «ein ehrbarer Mann» sei, wie er es ausdrückte, der zu Unrecht eingesperrt worden sei. Er würde das, was ich vorgeschlagen hätte, gutheißen.

Eine Woche lang geschah nichts. Es wurde kein Wort mehr darüber verloren. Am achten Tag um drei Uhr morgens kam ein Wachmann in meine Zelle, weckte mich unsanft und sagte mir, ich würde im Büro erwartet. Schnell zog ich mich an und folgte dem Wachmann ins Büro. Er öffnete die Türe und schob mich hinein. Ein Aufseher saß dort. Auf einem Tisch befanden sich zwei Stapel Kleider und zwei russische Armeetornister und einige Lebensmittel.

Der Aufseher gab mir ein Zeichen, leise zu sein und näher zu kommen. «Ihr werdet nach Stryj gebracht», flüsterte er. «Wenn ihr in der Nähe seid, fragt den Polizisten – es ist nur einer – ob er euch noch etwas weiter fahren kann. Sobald ihr Außerorts auf einer einsamen Straße seid, entwaffnet ihn, fesselt ihn und setzt ihn neben der Straße ab. Du hast mir bei meiner Krankheit geholfen und deshalb verrate ich dir, dass geplant ist, euch als entflohene Sträflinge zu erschießen.»

Die Tür wurde geöffnet, Josef kam herein. «Esst euer Frühstück», sagte der Wachmann, «und beeilt euch. Hier habt ihr etwas Geld für unterwegs.»

Es war eine ansehnliche Summe. Ich durchschaute den Plan: Der Gefängnisdirektor würde nachher behaupten, wir hätten ihn beraubt und wären geflohen. Nach dem Frühstück gingen wir hinaus zu einem vierradangetriebenen Jeep. Ein missmutiger Polizist saß hinter dem Steuer, neben ihm auf dem Beifahrersitz lag sein Revolver. Er wies grob nach hinten und forderte uns auf einzusteigen. Er ließ die Kupplung kommen und fuhr mit hoher Geschwindigkeit aus dem offenen Gefängnistor hinaus. Nach knapp sechzig Kilometern, etwa acht Kilometer vor Stryj, dachte ich, es sei Zeit zu handeln. Schnell lehnte ich mich nach vorn und versetzte dem Fahrer einen gezielten Schlag unter die Nase, mit der anderen Hand fasste ich nach dem Lenkrad. Der Polizist kippte vornüber, den Fuß immer noch hart auf dem Gaspedal. Eiligst stellte ich den Motor ab und steuerte das Fahrzeug an den Straßenrand. Josef sah dem Treiben mit offenem Mund zu. Rasch berichtete ich ihm von der Falle.

«Schnell Josef», sagte ich. «Runter mit den Kleidern, zieh seine an. Du wirst jetzt Polizist spielen.»

«Aber Lobsang», jammerte Josef, «ich kann nicht fahren, und du siehst nicht wie ein Russe aus.»

Wir schafften den Polizisten auf den Beifahrersitz. Ich setzte mich ans Steuer, ließ den Motor an und wir fuhren weiter, bis wir einen unebenen und furchigen Feldweg erreichten. Wir fuhren ein kleines Stück dem Weg entlang und hielten an. Der Polizist regte sich wieder. Wir richteten ihn auf, und ich hielt ihm den Revolver an die Schläfe.

«Wachmann», sagte ich, so grimmig ich konnte, «wenn dir dein Leben lieb ist, wirst du tun, was ich dir sage. Du fährst uns um Stryj herum und weiter Richtung Skol'ye (dt. Transkr.: Skole; Anm.d.Ü.). Dort lassen wir dich gehen.»

«Ich werde alles tun, was ihr sagt», wimmerte er, «aber wenn ihr über die Grenze geht, nehmt mich mit, oder ich werde erschossen.»

Josef saß auf dem Rücksitz des Jeeps und hielt wachsam den Revolver auf den Nacken des Polizisten gerichtet. Ich saß neben dem Fahrer im Falle er versuchen würde, uns hereinzulegen, so zum Beispiel einen anderen Weg einzuschlagen oder den Zündschlüssel wegzuwerfen. Wir fuhren weiter und mieden die Hauptstraßen. Die Landschaft wurde immer hügeliger, je weiter wir in die Karpaten hinaufkamen. Es gab hier dichtere Wälder und die boten uns einen besseren Unterschlupf. An einem geeigneten Platz legten wir einen Halt ein, um uns die Beine zu vertreten. Das Essen teilten wir mit dem Polizisten. Bei Vel'ke-Berezni (dt. Transkr.: Welykyj Beresnyj; Anm.d.Ü.) hatten wir fast kein Benzin mehr. Wir hielten an und versteckten den Jeep. Zu Fuß gingen wir verstohlen weiter, den Polizisten in unserer Mitte. Wir befanden uns im Grenzgebiet und mussten deshalb sehr vorsichtig sein. Aber jeder mit gesundem Menschenverstand kann eine Grenze überqueren, es braucht dazu lediglich ein wenig Einfallsreichtum und Mut. Ich hatte nie die geringsten Schwierigkeiten, illegal eine Grenze zu überqueren. Ich hatte nur immer dann Schwierigkeiten, wenn ich eine Grenze mit einem ganz legalen Pass passierte. Pässe bereiten den arglosen Reisenden nur immer Komplikationen und zwingen sie, sich einer lächerlichen Bürokratie unterzuordnen. Das Fehlen eines Passes hat noch nie eine Person daran gehindert, eine Grenze zu überqueren, wenn sie es aus irgendeinem Grund tun musste. Wie auch immer, wahrscheinlich muss es Pässe geben, damit man harmlose Reisende belästigen und einer ganzen Horde von oft sehr unfreundlichen Beamten Arbeit verschaffen kann. Das soll aber nicht etwa eine Abhandlung sein, wie man illegal eine Grenze überqueren kann. Ich wollte damit nur sagen, dass wir drei ohne Schwierigkeiten in die Tschechoslowakei einreisten. Der Polizist ging seines Wegs, und wir gingen den unseren.

«Ich wohne in Levice», sagte Josef. «Ich möchte gerne nach Hause gehen. Du kannst bei uns bleiben, solange du willst.»

Zusammen machten wir uns auf den Weg nach Košice, Zvolen und weiter nach Levice. Wir gingen zu Fuß, per Anhalter oder mit der Bahn. Josef kannte sich in seiner Heimat gut aus und wusste, wo er Kartoffeln, Rote Bete oder sonst irgendetwas Essbares bekommen konnte.

Endlich erreichten wir Levice. Wir liefen auf einer schäbigen Straße auf ein kleines Haus zu. Josef klopfte. Als niemand darauf reagierte, klopfte er nochmals. Mit größter Vorsicht wurde eine Gardine zwei, drei Zentimeter zur Seite geschoben. Der Beobachter sah uns und erkannte Josef. Die Tür schwang auf, er wurde ins Haus gezerrt und genau vor meiner Nase fiel sie wieder ins Schloss. Unruhig ging ich draußen auf und ab. Schließlich wurde die Haustür wieder geöffnet. Josef kam heraus. Er sah sehr besorgt aus und sagte, was ich nicht für möglich hielt: «Meine Mutter will dich nicht hereinlassen. Sie sagt, es gäbe in der Gegend zu viele Spione. Wenn herauskommt, dass wir hier jemanden verstecken, würden wir alle verhaftet. Es tut mir leid.» Ganz beschämt machte er kehrt und ging wieder ins Haus zurück.

Eine Weile stand ich wie betäubt da. Ich hatte dafür gesorgt, dass Josef aus dem Gefängnis kam. Ich hatte ihn vor dem Erschießen gerettet. Dank meiner Hilfe war er hier angekommen. Jetzt hatte er sich gegen mich gestellt und mich einfach meinem weiteren Schicksal überlassen. Traurig drehte ich mich um und ging auf die Straße zurück, und von dort lief ich auf der langen geraden Straße weiter. Ich hatte kein Geld. Kein Essen. Ich verstand nicht einmal die Sprache. Ich marschierte weiter ins Ungewisse. Ich war tieftraurig über den Vertrauensbruch von jemandem, den ich als Freund bezeichnet hatte.

Stundenlang trottete ich am Rand der Hauptstraße entlang. Die wenigen vorbeifahrenden Autos beachteten mich nicht. Es waren zu viele Menschen unterwegs, als dass ich ihre Aufmerksamkeit erregt hätte. Wenige Kilometer später stillte ich meinen Hunger mit ein paar halbverfaulten Kartoffeln, die ein Bauer seinen Schweinen vorgeworfen hatte. Etwas zum Trinken zu bekommen, war kein Problem. Es gab überall Bäche. Vor langer Zeit einmal hatte ich gelernt, dass das Wasser aus Bächen trinkbar war und nur die Flüsse verschmutzt wären.

Weit vorn vor mir auf der geraden Straße sah ich ein ziemlich großes Fahrzeug stehen. Aus der Entfernung sah es wie ein Polizei-Lastwagen oder eine Straßensperre aus. Ich setzte mich einige Minuten neben die Straße und beobachtete alles aufmerksam. Es schien nicht nach Polizei oder Soldaten auszusehen. Also setzte ich meinen Weg fort, behielt jedoch alles im Auge. Als ich näherkam, sah ich einen Mann, der versuchte, etwas am Motor zu reparieren. Bei meinem Erscheinen schaute er auf und sagte etwas, doch ich verstand ihn nicht. Er wiederholte es in einer anderen Sprache, und dann nochmals in einer anderen. Endlich konnte ich das, was er sagte, ungefähr verstehen. Der Motor hatte ausgesetzt, und er brachte ihn nicht mehr zum Laufen. Er fragte mich, ob ich etwas von Motoren verstünde. Ich untersuchte den Motor und überprüfte die verschiedenen Teile. Ich kontrollierte die Kontakte und den Anlasser. Benzin war noch genügend da. Als ich unter die Verkleidung schaute, entdeckte ich an zwei Drähten eine Stelle, wo sich die Isolation gelöst hatte.

Die Zündung war vermutlich unterbrochen worden, als er mit dem Lastwagen in ein Schlagloch geriet und die blanken Drähte aufeinanderstießen. Er hatte weder Isolierband noch Werkzeug dabei. Doch es war nur eine Sache von wenigen Minuten die beiden Drähte mit kleinen Stoffstreifen zu umwickeln und sie sicher zu fixieren. Der Motor sprang wieder an und schnurrte reibungslos. «Etwas stimmt hier nicht», dachte ich. «Dieser Motor läuft viel zu gut, als dass dieser Lastwagen einem armen Bauern gehören könnte.»

Der Mann hüpfte vor Freude auf und ab. «Bravo, bravo», rief er immer wieder aus. «Sie haben mich gerettet.» Verdutzt schaute ich ihn an, wie, ich hatte ihn «gerettet»? Nur weil ich seinen Lastwagen wieder in Gang gebracht hatte. Er betrachtete mich eingehend. «Irgendwo habe ich Sie schon mal gesehen», sagte er. «Sie haben in Levice zusammen mit einem anderen Mann die Hron-Flussbrücke überquert.»

«Ja», erwiderte ich, «und jetzt bin ich allein unterwegs.» Mit einer Geste forderte er mich zum Einsteigen auf. Während der Fahrt erzählte ich ihm alles, was mir widerfahren war. Seiner Aura konnte ich entnehmen, dass er ein aufrichtiger Mann mit guten Absichten war.

«Der Krieg zwang mich, meinen Beruf aufzugeben», erzählte er. «Doch von etwas muss ich Leben, um meine Familie zu ernähren. Sie scheinen sich gut mit Fahrzeugen auszukennen. Ich suche einen Fahrer, der nicht auf den Straßen steckenbleibt. Wir transportieren Lebensmittel und einige Luxusartikel von einem Land in ein anderes. Alles, was Sie tun müssten, wäre zu fahren und den Lastwagen instand zu halten.»

Ich schaute ihn skeptisch an. Schmuggelware? Ich hatte noch nie etwas mit Schmuggelwaren in meinem Leben zu tun gehabt. Der Mann sah mich an und sagte: «Es sind keine Drogen im Spiel, keine Waffen, nichts Gefährliches, nur Lebensmittel, um Menschen am Leben zu erhalten und ein paar Luxusartikel für Frauen, um sie glücklich zu machen.»

Das schien mir recht merkwürdig zu sein. Die Tschechoslowakei wirkte auf mich nicht wie ein Land, aus dem man Lebensmittel und Luxusartikel exportieren könnte, und ich sprach ihn darauf an.

Er pflichtete mir bei und erwiderte: «Sie haben vollkommen recht, die Waren kommen natürlich alle aus einem anderen Land. Wir transportieren sie nur weiter. Die Russen stehlen fast alles aus den besetzten Gebieten, und rauben ihnen ihr ganzes Hab und Gut. Alles, was wertvoll ist, verladen sie in Züge und senden diese Güter nach Russland an die hohen Parteifunktionäre. Wir fangen diese Züge ab, aber nur die, in denen sich Lebensmittel von guter Qualität befinden, die wir dann in andere notleidende Länder umverteilen können. Alle Grenzschutzbeamten machen mit. Sie müssten mich nur fahren als Ihren Beifahrer.»

«Also gut», sagte ich, «darf ich mir die Waren ansehen, die Sie geladen haben. Wenn Sie keine Drogen mitführen oder sonst irgendetwas Unerlaubtes, dann werde ich Sie fahren, wohin Sie wollen.»

Er lachte und sagte: «Kommen Sie, steigen Sie hinten auf. Schauen Sie sich ruhig um, solange Sie wollen. Mein Fahrer, der sonst unterwegs ist, ist krank geworden. Ich dachte, ich könnte den Laster selbst übernehmen. Doch das war keine gute Idee, weil ich von Motoren rein gar nichts verstehe.

Ich war vor dem Krieg ein bekannter Anwalt in Wien, doch der Krieg hat mich um meine Stelle gebracht.»

Ich durchsuchte die Ladung und drehte alles um. Und wie er bereits gesagt hatte, waren nur Lebensmittel geladen und ein paar Kleidungsstücke aus Seide für Frauen. «Ich bin einverstanden», sagte ich. «Ich werde Sie fahren.»

Er forderte mich auf, auf dem Fahrersitz Platz zu nehmen, und wir fuhren los. Die Fahrt führte mich durch Bratislava, nach Österreich, durch Wien und Klagenfurt und schließlich nach Italien, wo die Reise in Verona endete.

An den Grenzen hielten uns die Zöllner an und taten so als würden sie die Fracht kontrollieren, und wenn dann ein kleiner Briefumschlag die Hände gewechselt hatte, winkten sie uns durch. Einmal überholte uns ein Polizeiauto, das plötzlich vor uns bremste und mich zu einer Vollbremsung zwang. Zwei Polizisten sprangen heraus und kamen mit gezogenen Revolvern auf uns zu. Nach dem Aushändigen der Frachtpapiere, gingen sie, offenbar verlegen, wieder davon und entschuldigten sich mehrmals.

Mein neuer Arbeitgeber schien mit mir sehr zufrieden zu sein, denn er sagte: «Ich kann Sie mit einem Mann in Kontakt bringen, der Lastwagen in die Schweiz überführt, nach Lausanne. Wenn er genauso zufrieden ist mit Ihnen, wie ich es bin, dann kann er Sie wieder jemandem weiterempfehlen, der Sie nach Ludwigshafen in Deutschland bringen wird.»

Eine Woche lang faulenzten wir in Venedig. Unterdessen wurde unsere Fracht ausgeladen und andere Güter aufgeladen. Auch wir brauchten nach dieser erschöpfenden Fahrt eine Ruhepause. Venedig war ein schrecklicher Ort für mich. Ich hatte auf dieser Meereshöhe Mühe mit dem Atmen, und der Ort kam mir wie eine offene Kloake vor.

Von Venedig fuhren wir mit einem anderen Lastwagen nach Padua, dann nach Vicenza und schließlich nach Verona. Bei allen Beamten waren wir allgemein als Wohltäter bekannt, und ich fragte mich, wer wohl mein Arbeitgeber in Wirklichkeit war. Seiner Aura konnte ich entnehmen, und die Aura kann nicht lügen, dass er offensichtlich ein guter Mensch war. Ich stellte ihm keine Fragen, da es mich nicht wirklich interessierte. Alles, was ich wollte, war vorankommen. Ich wollte in meiner eigenen Aufgabe im Leben weiterkommen. Ich wusste, meine Aufgabe fing erst dann an, wenn ich mich sesshaft irgendwo niedergelassen hatte und nicht mehr von Land zu Land reisen musste.

Mein Arbeitgeber betrat mein Hotelzimmer in Verona und teilte mir mit, dass er einen Mann kenne, den er mir gerne vorstellen möchte. «Er kommt heute Nachmittag bei Ihnen vorbei. Ach, und Lobsang, es wäre besser, Sie würden sich Ihren Bart abrasieren. Amerikaner scheinen keine Bärte zu mögen, und dieser Mann ist Amerikaner. Er repariert und überholt Lastwagen und Autos und verschiebt sie von Land zu Land. Wie wär's damit?»

«Werter Herr», entgegnete ich, «wenn die Amerikaner oder sonst wer meinen Bart nicht mögen, dann werden sie damit leben müssen. Mein Kiefer wurde durch japanische Stiefel gebrochen, deshalb trage ich einen Bart, um meine Narben zu verbergen.»

Mein Arbeitgeber unterhielt sich noch ziemlich lange mit mir, und bevor wir auseinandergingen, überreichte er mir einen großzügigen Geldbetrag. Er versicherte mir, jeder von uns hätte seinen Anteil aus dem Geschäft erhalten.

Der Amerikaner, der bei mir vorbeikam, war ein sehr auffälliger Typ. Ständig rollte er eine dicke Zigarre zwischen seinen dicken Lippen hin und her. Seine Zähne waren reichlich mit Gold gefüllt, und die Prunkhaftigkeit seiner Kleider verblüfften mich wirklich. Besondere Aufmerksamkeit genoss er von einer künstlich wirkenden Blondine, deren knappe Bekleidung kaum ihre Formen verbarg, wie es doch sonst nach westlicher Sitte üblich ist.

«Sag mal», quiekte sie, als sie mich betrachtete. «Is' er nicht süß? Is' er nicht ein Schnuckelchen?»

«Ach, halt die Klappe, Baby», sagte der Amerikaner, der für ihren Unterhalt sorgte. «Mach dich dünn, Baby, geh spazier'n. Das hier is' geschäftlich.» Mit einem Schmollmund und Hüfteschwingen, sodass alles an ihr gefährlich wackelte und dem enganliegenden dünnen Kleid alles abverlangte, stolzierte das «Baby» auf der Suche nach einem Drink aus dem Raum.

«Wir ham'nen piekfeinen Mercedes zum Ausliefern», sagte der Amerikaner. «Er wird nich' hier verkauft. Er bringt außer Landes viel mehr ein. Er gehörte'nem großen Tier von Musso. Wir ham ihn erworben und umgespritzt. Ich hab'nen großartigen Kontakt in Deutschland, in Karlsruhe. Wenn ich ihn dorthin schaffen könnte, bringt er mir 'ne ordentliche Stange Geld ein.»

«Warum fahren Sie ihn nicht selbst?», fragte ich. «Ich kenne mich weder in der Schweiz noch in Deutschland aus.»

«Um Himmelswillen, ich und fahr'n? Ich hab's schon zu oft gemacht. Alle Zöllner kennen mich.»

«Dann wollen Sie also, dass ich geschnappt werde?», erwiderte ich. «Jetzt bin ich schon so weit gekommen. Das Ganze ist mir zu gefährlich, um schon wieder aufgehalten zu werden. Nein, den Job möchte ich nicht.»

«He, Mann! Das is doch'n Kinderspiel für Sie. Sie seh'n ehrlich aus, und ich kann Ihnen alle Ausweispapiere besorgen, die bezeugen, dass der Wagen Ihnen gehört und dass Sie ein Tourist sind. Ganz sicher, ich kann Ihnen alle Ausweispapiere beschaffen.» Er griff in seine große Aktenmappe, die er bei sich trug und schob mir ein ganzes Bündel Unterlagen herüber. Gemächlich schaute ich sie durch. Schiffsmaschinist! Ich sah, dass die Dokumente einem Mann, einem Schiffsmaschinisten, gehörten. Seine Gewerkschaftskarte, alles war vorhanden. Schiffsmaschinist! Wenn ich diese Dokumente hätte, könnte ich an Bord eines Schiffes gehen. Ich hatte in Chungking sowohl Maschinentechnik studiert als auch Allgemeinmedizin und Chirurgie. Ich hatte den Ingenieurtitel, war qualifizierter Pilot … meine Gedanken rasten wie wild.

Ich sagte: «Nun, gerade begeistert von dem Job bin ich nicht, viel zu riskant. Diese Ausweise tragen nicht mein Foto. Woher soll ich denn wissen, dass nicht der rechtmäßige Besitzer der Papiere genau im falschen Moment auftaucht?»

«Der Typ is' tot. Tot und beerdigt. Er war betrunken und mit seinem Fiat zu schnell unterwegs. Ich nehme an, er is' dabei eingeschlafen. Egal, er is' in die Seite einer Betonbrücke gekracht. Wir ham' davon gehört und seine Dokumente mitgehenlassen.»

«Und wenn ich zustimme, wie viel bezahlen Sie mir? Und kann ich diese Ausweispapiere behalten? Sie würden mir helfen, den Atlantik zu überqueren.»

«Klar, Kumpel, sicher. Ich geb' dir zweihundertfünfzig Dollar, Spesen inbegriffen und die Ausweispapiere kannst du alle behalten. Wir bringen anstelle von seinem dein Foto an. Ich hab' Beziehungen. Das geht in Ordnung!»

«Sehr gut», erwiderte ich, «ich werde für Sie das Auto nach Karlsruhe fahren.»

«Nimm das Mädchen mit, sie wird dir Gesellschaft leisten, so hab' ich'se vom Hals. Ich hab' was Frisches aufgerissen.» Einige Augenblicke sah ich ihn entgeistert an. Offensichtlich missverstand er meinen Gesichtsausdruck. «Ach, sie is' für jedes Spielchen zu haben», sagte er, «du wirst viel Spaß mit ihr haben.»

«Nein!», rief ich aus. «Ich will diese Frau auf gar keinen Fall dabeihaben. Mit der verbringe ich keine Sekunde in dem Auto. Wenn Sie mir nicht trauen, dann vergessen wir die ganze Sache, oder von mir aus können Sie mir auch einen Mann mitgeben oder zwei, aber keine Frau.»

Er lehnte sich in seinem Stuhl zurück und brüllte vor Lachen, und dabei riss er den Mund so weit auf, dass mich dieses zur Schau gestellte Gold an die aufgestellten goldenen Objekte in den Tempeln von Tibet erinnerte. Seine Zigarre fiel zu Boden und erlosch in einem Funkenregen.

«Diese Dame», sagte er, als er endlich wieder sprechen konnte, «kostet mich fünfhundert Dollar die Woche. Ich biet'se dir für die Reise an, und jetzt willst'se nich' haben. Nu, das is' ja ein Ding!»

Zwei Tage später waren die Ausweispapiere fertig. Mein Foto hatte man angebracht, und befreundete Beamte hatten sie sorgfältig geprüft und mit den nötigen amtlichen Stempeln versehen. Der große Mercedes glänzte unter der italienischen Sonne. Ich kontrollierte wie gewöhnlich das Benzin, das

Öl und das Wasser. Ich stieg ein und startete den Motor. Als ich wegfuhr, winkte mir der Amerikaner freundlich hinterher.

An der Schweizer Grenze überprüften die Zöllner eingehend meine Ausweispapiere. Dann richteten sie ihre ganze Aufmerksamkeit auf das Fahrzeug. Sie steckten eine Sonde in den Tank und stellten fest, dass es keine zweite zusätzliche Kammer gab, dann klopften sie die Karosserie ab, um sich zu vergewissern, dass es keine Verstecke unter dem Blech gab. Zwei weitere Zöllner schauten unter den Wagen und hinter das Armaturenbrett, ja sogar den Motor schauten sie an. Nachdem sie mir die Genehmigung zur Weiterfahrt erteilt hatten und ich schon losgefahren war, hörte ich hinter mir ein lautes Rufen. Schnell bremste ich. Ein Zöllner kam angerannt und fragte keuchend: «Wäre es Ihnen möglich, einen Mann nach Martigny mitzunehmen? Er müsste in einer sehr dringenden Angelegenheit dorthin.»

«Ja», antwortete ich, «wenn er reisefertig ist, nehme ich ihn mit.»

Der Zöllner winkte, und gleich darauf kam ein Mann aus dem Zollgebäude herbeigeeilt. Er verbeugte sich kurz vor mir, öffnete die Wagentür und setzte sich neben mich auf den Beifahrersitz. Seiner Aura konnte ich entnehmen, dass er ein Beamter war und sehr misstrauisch. Offensichtlich wunderte er sich darüber, warum ich allein reiste und keine Freundin dabeihatte.

Er war ein guter Unterhalter, aber er nahm sich auch genügend Zeit, um mir Fragen zu stellen. Fragen, die ich beantworten konnte.

«Keine Frauen, mein Herr?», fragte er. «Das ist sehr ungewohnt. Aber vielleicht liegen Ihre Interessen ja woanders?»

Ich lachte und erwiderte: «Hier denkt jeder nur an Sex. Ein Mann, der ohne Frau reist, wird gleich verdächtigt oder als Sonderling abgestempelt. Ich bin Tourist, um mir Sehenswürdigkeiten anzusehen. Frauen kann ich überall haben.»

Er schaute mich verständnisvoll an, und ich sagte: «Ich werde Ihnen eine Geschichte erzählen, eine von der ich weiß, dass sie wahr ist. Es ist eine andere Version der Legende vom Garten Eden oder Paradies.» Und so erzählte ich dem Beamten die folgende Geschichte:

In der gesamten dokumentierten Geschichte haben sich in allen Religionen Legenden verbreitet, die von einigen geglaubt wurden, während andere mit größerer Einsicht erkannten, dass diese Legenden oft dazu dienten, bestimmtes Wissen zu verbergen, das nicht für jeden bestimmt ist. Denn solches Wissen kann in den falschen Händen sehr gefährlich sein.

Eine solche Geschichte oder Legende ist die von Adam und Eva im Garten Eden. Dort wurde Eva von einer Schlange versucht und dazu verleitet, die Frucht vom Baum der Erkenntnis zu kosten. Und nachdem beide vom Baume der Erkenntnis gegessen hatten, blickten sie einander an und sahen, dass sie nackt waren. Und weil sie dieses verbotene Wissen erlangt hatten, durften sie nicht länger im Garten Eden bleiben. Der Garten Eden gilt selbstverständlich als das glückselige Land der Unwissenheit, in dem man sich vor nichts fürchtet, weil man nichts versteht und in jeder Hinsicht wie ein unschuldiges Kind ist.

Doch hier ist die esoterische Version der Geschichte: Männer und Frauen bestehen nicht nur aus einem Körper, der sich aus Zellen und einem Knochengerüst zusammensetzt. Der Mensch ist, oder kann, viel mehr sein als das. Hier auf der Erde sind wir nichts weiter als die Marionetten unseres Überselbsts. Das Überselbst, das sich vorübergehend in der Astralebene aufhält und das Erfahrungen durch einen physischen Körper sammelt, der sowohl die «Marionette» als auch das Instrument der Astralwelt ist.

Physiologen und andere haben den menschlichen Körper seziert und ihn auf seine muskuläre und knöcherne Struktur reduziert. Sie können über verschiedene Knochen oder Organe diskutieren, doch das ist lediglich das Materielle. Was sie dagegen nicht herausgefunden haben, und auch nicht versucht haben, herauszufinden, ist das Geheimere, das Immaterielle, wovon die Inder, die Chinesen und die Tibeter seit vielen Jahrhunderten schon vor dem Christentum Kenntnisse hatten.

Die Wirbelsäule hat in der Tat eine sehr wichtige Funktion. Sie beherbergt das Rückenmark, ohne das der Mensch gelähmt und nutzlos wäre. Doch die Wirbelsäule ist noch weit wichtiger als das. Im Rückenmark befindet sich der Zentralkanal des Spinalnervs, der sich bis in eine andere Dimension erstreckt. Es ist eine Bahn, durch die die Kraft, die als Kundalini bekannt ist, fließen kann, wenn sie erweckt wird. An der Basis der Wirbelsäule befindet sich das Schlangenfeuer, wie es im Osten genannt wird. Es ist der Sitz des Lebens selbst.

Bei der durchschnittlichen Person im Westen ist diese große Kraft untätig, sie schläft und ist aufgrund des Nichtgebrauchs fast wie gelähmt. Eigentlich ist sie wie eine eingerollte Schlange, die an der Basis der Wirbelsäule ruht. Eine Schlange von unermesslicher Kraft und Energie, die sich aber aus verschiedenen Gründen nicht frei entfalten kann, bevor ihre Zeit gekommen ist. Diese mystische Schlangendarstellung ist als Kundalini bekannt. Beim erweckten Menschen im Osten kann diese Schlangenkraft durch den Kanal des Spinalnervs aufsteigen und weiter direkt ins Gehirn und bis in die Astralebene und darüber hinaus. Während ihres Aufstiegs aktiviert ihre ungeheure Kraft jedes Chakra oder Kraftzentrum, so wie zum Beispiel, das Nabelchakra, das Halschakra und verschiedene andere mehr. Wenn diese Zentren erweckt sind, wird diese Person energievoll, machtvoll und dominant.

Wenn man volle Kontrolle über diese Schlangenkraft erlangt, dann kann man beinahe alles vollbringen. Man kann Berge versetzen, über das Wasser laufen, levitieren, oder sich unter der Erde in einem versiegelten Raum begraben lassen, aus dem man zu gegebener Zeit wieder unversehrt herauskommen kann.

Und so steht in der Legende von Adam und Eva geschrieben, dass Eva von der Schlange verführt wurde. Mit anderen Worten: Eva hat auf irgendeine Weise Kenntnisse von der Kundalinikraft erlangt. Es gelang ihr, die an ihrer Wirbelsäulenbasis aufgerollte Schlangenkraft zu befreien. Diese stieg auf und drängte durch die Wirbelsäule und erweckte ihr Gehirn und verlieh ihr Wissen. Daher kann man gemäß der Legende sagen, dass sie vom Baum der Erkenntnis aß, oder von dessen Frucht. Als sie dieses Wissen hatte, konnte sie die Aura, das Kraftfeld rund um den menschlichen Körper herum sehen. Sie konnte die Aura von Adam sehen, seine Gedanken lesen und seine Absichten erkennen, und auch Adam, durch Eva verführt, hatte seine Kundalini erweckt, und danach konnte auch er Eva so sehen, wie sie wirklich war.

Die Wahrheit ist, dass beide auf die Aura des anderen blickten. Sie sahen voneinander den nackten Astralkörper, der nicht vom irdischen Körper verhüllt wurde. Dadurch konnten sie jeden Gedanken, jeden Wunsch und jedes Wissen des anderen erkennen. Dies sollte jedoch auf der Evolutionsstufe von Adam und Eva noch nicht möglich sein.

Die alten Priester von einst wussten, dass man die Aura unter gewissen Bedingungen sehen konnte. Sie wussten, dass die Kundalini durch Geschlechtsverkehr erweckt werden konnte. Deshalb predigten die Priester in den alten Tagen, dass Sex sündhaft und die Wurzel allen Übels sei.

Und weil Eva Adam verführte, galt Sex als Sündenfall der Welt. Sie lehrten dies, weil manchmal, wie ich schon sagte, der Geschlechtsverkehr die Kundalini stimulieren kann, die bei den meisten Menschen inaktiv an der Wirbelsäulenbasis ruht.

Die Kundalinikraft ist wie eine eng aufgewickelte und gespannte Uhrfeder. Sie ist eine ungeheure Kraft und kann, genauso wie eine plötzlich herausspringende Uhrfeder, Schaden anrichten. Diese spezielle Kraft liegt an der Wirbelsäulenbasis, wovon ein Teil sogar bis in die Geschlechtsorgane hineinreicht. Die Menschen des Ostens haben dies erkannt. Manche Hindus setzen deshalb bei ihren religiösen Zeremonien den Geschlechtsverkehr ein. Sie benutzen eine andere Form der sexuellen Manifestation und eine andere Sexstellung, um dieses spezielle Ergebnis zu erzielen – und sie erreichen dieses Ergebnis auch. In der Vorzeit, vor vielen Jahrhunderten, wurde der Sexualverkehr verehrt. Sie kamen zu phallischen Anbetungen zusammen. Sie feierten in den Tempeln bestimmte Zeremonien, die dem Ziel dienten, die

Kundalini zu erwecken, die ihnen Hellsichtigkeit, Telepathie und viele andere esoterische Kräfte verlieh.

Sex, richtig und auf eine bestimmte Art und Weise in der Liebe eingesetzt, kann die Schwingungen des Menschen erhöhen. Er kann bewirken, dass sich das, was die Menschen im Osten «die Lotusblume» nennen, öffnet. Damit kann man die Welt des Geistes umfangen. Sex kann bewirken, dass die Kundalini aufsteigt und bestimmte Zentren erweckt. Doch die Sexualität und die Kundalini sollten nie missbraucht werden. Man sollte sich ergänzen und vervollständigen. Die Religionen, die predigen, dass es zwischen Ehemann und Ehefrau kein Sexualleben geben sollte, liegen damit gänzlich falsch. Dies wird oft von vielen zweifelhaften christlichen Sekten befürwortet. Die Römisch-katholische Kirche kommt der Wahrheit schon etwas näher, wenn sie den Ehepaaren zu sexuellen Erfahrungen rät. Aber sie empfiehlt es blind und ohne zu wissen, warum, und meint, der Sexualakt diene nur dem Zweck der Fortpflanzung. Das ist aber nicht der Hauptzweck der Sexualität, obwohl das die meisten Menschen glauben.

Diese Religionen also, die erklären, man solle sich sexuellen Erfahrungen enthalten, versuchen sowohl die individuelle Entwicklung als auch die Evolution der menschlichen Rasse aufzuhalten. Und diese funktioniert so: In der Eigenschaft des Magnetismus sind bei einem starken Magneten alle Moleküle in eine Richtung ausgerichtet. Im Gegensatz dazu sind bei einem Stück Eisen die Moleküle zufällig angeordnet, ähnlich einer unorganisierten Menschenmenge, die sich in alle Richtungen verteilt. Doch wenn eine bestimmte Kraft (im Falle des Eisens eine magnetische Kraft) übertragen wird, dann richten sich alle Moleküle in eine Richtung aus. Auf diese Weise entsteht eine starke Magnetkraft, die für die Funk- und Elektrizitätserzeugung sowie für Straßen-, Eisenbahn- und Lufttransporte unerlässlich ist.

Wenn die Kundalini im Menschen erwacht, wenn das Schlangenfeuer lebendig wird, dann zeigen auch hier alle Moleküle des Körpers in eine Richtung, denn die Kundalinikraft richtet alle Moleküle aus. Dann sprüht der menschliche Körper förmlich vor Leben und Gesundheit. Die Person wird durch das Wissen mächtig, weil sie alles sehen kann.

Es gibt verschiedene Methoden die Kundalini vollständig zu erwecken, doch dies sollte nie praktiziert werden, ausgenommen davon sind nur die Menschen, die geistig genügend entwickelt sind, da eine vollständige Erweckung der Kundalini einer Person eine gewaltige Macht und Herrschaft über andere verleiht. Macht, die missbraucht und für etwas Schlechtes verwendet werden könnte. Doch die Kundalini kann auch nur teilweise erweckt werden. Sie kann durch die Liebe zwischen einem verheirateten Paar gewisse Zentren anregen.

Bei der echten Liebesekstase richten sich die Moleküle des Körpers so aus, dass viele von ihnen in eine Richtung zeigen, und dadurch werden diese beiden Personen zu Menschen mit einer großen Antriebskraft.

Erst wenn alle falschen Schamgefühle und sämtliche falschen Lehren über die Sexualität beseitigt sind, wird sich der Mensch einmal mehr zu einem großartigen Geschöpf erheben. Wieder einmal wird der Mensch in der Lage sein, seinen Platz als Reisender zu den Sternen einzunehmen.

Kapitel 5

Der Wagen lief gleichmäßig und kraftvoll weiter. Kein Bergpass konnte ihn aufhalten oder behindern. Mein Reisegefährte saß schweigend neben mir. Er sprach nur noch gelegentlich, um ab und zu auf die überwältigende Schönheit der Natur hinzuweisen. Als wir die Stadtgrenze von Martigny erreichten, meinte er: «Als scharfsinniger Mensch, der Sie sind, haben Sie gewiss schon erkannt, dass ich ein Zollbeamter bin. Würden Sie mir die Ehre erweisen, mit mir essen zu gehen?»

«Ja, sehr gerne», gab ich erfreut zur Antwort. «Eigentlich hatte ich vor, ohne Halt bis Aigle durchzufahren, aber so bleibe ich stattdessen hier in dieser Stadt.»

Wir fuhren weiter. Er lotste mich zu einem erstklassigen Hotel. Mein Gepäck wurde hineingetragen, während ich das Auto vor die Garage fuhr und eine kurze Anweisung dazu gab.

Das Abendessen war vorzüglich. Mein ehemaliger Mitreisender und nun Gastgeber war ein interessanter Erzähler, jetzt nachdem er sein Misstrauen mir gegenüber abgelegt hatte. Nach dem Motto einer alten tibetischen Regel, dass «derjenige, der am besten zuhört, am meisten lernt», überließ ich ihm das Reden. Er diskutierte mit mir über Zollfälle. Er erzählte mir von einem Fall, der sich erst kürzlich ereignet hatte, wo ein teures Auto falsche Zwischenwände aufwies, in denen sie Narkotika fanden.

«Ich bin nur ein gewöhnlicher Tourist», sagte ich, «aber, wenn ich etwas verabscheue in meinem Leben, dann sind es Drogen. Wäre es Ihnen möglich, meinen Wagen untersuchen zu lassen, ob sich falsche Zwischenwände darin befinden? Sie haben mir doch gerade von dem Fall erzählt, dass der Besitzer des Wagens davon nichts geahnt hatte.»

Auf mein Drängen hin wurde das Auto zur örtlichen Polizeistation gebracht und dort über Nacht zur Untersuchung belassen. Am Morgen begrüßte man mich wie ein alter, vertrauter Freund. Der Wagen war gründlichst untersucht worden, Zentimeter um Zentimeter. Es wurde nichts gefunden. Ich fand, dass die Schweizer Polizei Touristen gegenüber sehr höflich, angenehm und hilfsbereit waren.

Ich fuhr weiter, wieder allein mit meinen Gedanken. Ich fragte mich, was die Zukunft mir wohl bringen würde. Weitere Schwierigkeiten und Mühsale, das wusste ich, denn alle Seher hatten mir das regelrecht eingepaukt! Hinter mir, im Gepäckraum, lag das Gepäck eines Mannes, dessen Ausweispapiere ich übernommen hatte. Er hatte offenbar keine Verwandten. Er schien, wie ich, allein auf der Welt gewesen zu sein. In seinen, oder jetzt in meinen, Koffern lagen ein paar Bücher über den Schiffsmaschinenbau. Ich hielt den Wagen an und holte das Handbuch hervor. Während meiner Weiterfahrt prägte ich mir die verschiedenen Regeln ein, die ich als Schiffsmaschinist wissen musste. Ich plante, auf einem Schiff anzuheuern, das eine andere Route fuhr. Das Seemannsbuch würde mir verraten, welche Schiffe ich besser mied, um nicht entlarvt zu werden.

Hinter mir zurrten die Kilometer ab. Aigle, Lausanne und weiter über die Grenze nach Deutschland. Die deutschen Zöllner waren sehr gründlich, durchsuchten alles, überprüften sogar den Motor und die Reifennummern. Obendrein waren sie völlig humorlos und stur.

Ich setzte meine Fahrt fort und fuhr weiter. In Karlsruhe fuhr ich zu der angegebenen Adresse. Dort sagte man mir, ich müsse nach Ludwigshafen fahren, weil der Mann, den ich suchte, dort sei. Also fuhr ich weiter nach Ludwigshafen. Schließlich traf ich den Amerikaner im besten Hotel.

«Ach, du meine Güte, Kumpel», sagte er, «ich hätt' das Auto nich' über die Berge fahr'n können, meine Nerven sind zu schlecht. Zu viel gesoffen, denk' ich.»

Das gleiche dachte ich auch. Sein Hotelzimmer glich einer sehr gut ausgestatteten Bar, inklusive Bardame! Diese hatte mehr vorzuzeigen, und sie zeigte auch mehr als die andere, die er in Italien zurückgelassen hatte. In ihrem Kopf kreisten nur drei Gedanken: Deutsche Mark, Alkohol und Sex, und zwar in dieser Reihenfolge. Der Amerikaner war sehr zufrieden mit dem

Zustand des Autos. Es hatte keinen Kratzer und war makellos sauber. Er brachte seine Zufriedenheit zum Ausdruck, indem er sich bei mir mit einer ansehnlichen Summe amerikanischer Dollars erkenntlich zeigte.

Ich arbeitete drei Monate für ihn, fuhr immens große Lastwagen in verschiedene Städte und brachte andere Autos zurück, die überholt oder umgebaut werden mussten. Ich wusste nicht wozu, und ich weiß es bis heute nicht, doch ich wurde gut bezahlt, und ich hatte Zeit, meine Schiffsmaschinenbaubücher zu studieren. In verschiedenen Städten besuchte ich die örtlichen Museen, und sah mir sorgfältig alle Schiffsmodelle und deren Motoren an.

Drei Monate später stattete der Amerikaner mir in meinem armseligen, kleinen Zimmer, das ich gemietet hatte, einen Besuch ab. Er warf sich auf mein Bett und verqualmte mir mit seiner stinkenden Zigarre das ganze Zimmer. «He, Kumpel», sagte er, «du stehst wohl nich' auf Luxus, wie? Ne Knastzelle in den Staaten is' gemütlicher als dies hier. Ich hab'n Job für dich, 'n Riesending. Willst'n.»

«Gerne, wenn er mich näher ans Meer bringt, nach Le Havre oder nach Cherbourg», sagte ich.

«Nun, der bringt dich nach Verdun und is' völlig legal. Ich hab' da'n Ungetüm stehen mit mehr Räder, als 'ne Raupe Beine hat. Was ganz Verrücktes zu fahr'n. Aber's steckt'n Haufen Dollars drin.»

«Erzähl mir mehr darüber», antwortete ich. «Ich habe dir schon gesagt, ich kann alles fahren. Hast du dafür die Einfuhrpapiere nach Frankreich?»

«Klar», meinte er, «hab' drei Monate drauf gewartet. Wir ham' dich deshalb hingehalten und dich mit Jobs versorgt, dass du dir etwas Taschengeld verdienen kannst. Hätt' aber nie gedacht, dass du in so 'nem Loch, wie dem hier wohnst.»

Er erhob sich und forderte mich auf, ihm zu folgen. Vor der Tür stand sein Wagen samt Freundin. «Du fährst», sagte er, während er sich zu der Frau auf den Rücksitz setzte. «Ich sag' dir den Weg.» Bei einem ausgedienten Flugplatz, außerhalb von Ludwigshafen, ließ er mich anhalten. Dort in einem riesengroßen Hangar stand die sonderbarste Maschine, die ich je gesehen hatte. Sie schien hauptsächlich aus gelben Längsträgern zu bestehen, die über eine Reihe von Rädern führten, deren Durchmesser ungefähr zwei Meter vierzig waren. Lachhaft hoch über dem Boden befand sich eine kleine verglaste Führerkabine. Auf der Rückseite der Maschine befanden sich eine Reihe von Gitterrosten und eine riesige Stahlschaufel. Vorsichtig kletterte ich zum Führerstand hinauf.

«Sag mal», schrie der Amerikaner, «willst'de nich' das Handbuch mitnehmen?» Er streckte es mir in die Höhe und reichte mir die Bedienungsanleitung für dieses Ungetüm hinauf. «Ich hatte mal'n Typ», sagte er, «der 'ne Straßenkehrmaschine ausliefern musste, 'ne ganz neue. Er wollte die Anleitung nich' lesen. Als er ankam, hat er festgestellt, dass er die ganze Zeit mit den ausgefahrenen Bürst'n gefahren war und sie völlig abgenutzt hatte. Ich möchte daher nich', dass du die Straße von hier bis nach Verdun demolierst.»

Ich schlug das Handbuch auf und brachte den Motor bald zum Laufen. Er machte einen Lärm wie ein startendes Flugzeug. Vorsichtig ließ ich die Kupplung kommen und die Mammutmaschine rumpelte schwerfällig aus der Flugzeughalle auf die einstige Landebahn hinaus. Ich fuhr mit der Maschine ein paar Mal auf und ab, um mich an deren Bedienung zu gewöhnen. Als ich wendete, um zur Halle zurückzufahren, kreuzte ein deutscher Polizeiwagen auf. Ein Polizist stieg aus. Ein grimmiger Typ, der aussah, als hätte er sein Gestapo-Dienstabzeichen verloren. «Diese Maschine dürfen Sie nur in Begleitung einer Person fahren», kläffte er.

«Einer Begleitperson?», dachte ich. «Glaubt der etwa, ich brauche einen Aufpasser?» Ich fuhr neben ihn. «Na und, wo liegt das Problem?», rief ich. «Das hier ist ein Privatgrundstück. Verschwinden Sie!» Zu meiner großen Verwunderung tat er es! Er stieg in sein Auto und fuhr vom Gelände herunter, wo er anhielt. Der Amerikaner ging zu ihm hin und fragte: «Wo drückt der Schuh, Mann?»

«Ich habe den Auftrag, Ihnen mitzuteilen, dass diese Maschine auf den Straßen nur mit einer Begleitperson gefahren werden darf. Die zweite Person, die hinten sitzt, hat die Aufgabe, den Verkehr im Auge zu behalten, insbesondere beim Überholen. Die Maschine darf nur nachts gefahren werden, es sei denn vorne und hinten fährt ein Polizeifahrzeug mit.» Für einen Moment dachte ich, er würde noch «Heil Hitler» sagen, aber dann drehte er sich um, stieg ein und fuhr davon.

«Verdammt!», sagte der Amerikaner, «Das is' ja der Gipfel! Aber ganz sicher! Mal überlegen, ich kenn' da'nen Deutschen, er heißt Ludwig, der ...»

«Ohne mich», rief ich augenblicklich dazwischen. «Kein Deutscher, die sind mir zu großspurig.»

«Okay, Mann, is' ja gut, is' ja gut. Dann halt kein Sauerkraut. Reg dich ab. Ich kenn' da noch'nen kleinen Franzosen, den wirst de' mögen. Er heißt Marcel. Komm. Wir fahr'n zu ihm.» Ich fuhr die Maschine in den Hangar zurück, kontrollierte, ob alles ausgeschaltet war, kam heraus und schloss die Türe. «Dich bringt offenbar nichts aus der Ruhe, wie?», sagte der Amerikaner, «dann wär's besser, du fährst uns.»

Marcel musste aus einer Bar geholt werden. Im ersten Moment, als ich sein Gesicht sah, dachte ich, er müsse einmal von einem Pferd getreten worden sein. Auf den zweiten Blick erkannte ich, dass sein Gesicht besser aussehen würde, wenn er wirklich von einem Pferd getreten worden wäre. Marcel war hässlich. Sehr hässlich sogar, doch er hatte etwas an sich, das mich ihn sofort mögen ließ. Wir saßen eine Weile im Auto und besprachen die Einzelheiten. Dann fuhr ich zur Maschine zurück, um sie zu fahren und mich an sie zu gewöhnen. Als ich auf der Piste langsam herumtuckerte, sah ich ein zerbeultes altes Auto näherkommen. Marcel sprang heraus und winkte aufgeregt. Ich brachte die Maschine neben ihm zum Stehen. «Ich hab' sie, ich hab' sie», schrie er ganz aufgeregt. Er gestikulierte lebhaft, drehte sich zur Autotür um und köpfte sich beinahe selbst am Dach der niederen Türöffnung. Fluchend rieb er sich den Kopf und schimpfte fürchterlich über die Hersteller kleiner Autos. Er rumorte auf dem Rücksitz herum und tauchte mit einer großen Schachtel in der Hand wieder auf. «Eine Gegensprechanlage», schrie er. Er schrie immer, selbst wenn er nur wenige Zentimeter von jemandem entfernt stand. «Eine Gegensprechanlage. Wir sprechen. Ja? Du da, ich hier, Kabel dazwischen. Wir sprechen die ganze Zeit. Gut?» Er sprach immer noch in voller Lautstärke, während er auf den Radlader stieg und dabei ein langes Kabel abrollte, und die Gegensprechanlage einrichtete. «Willst du Kopfhörer, nein?», rief er. «Hörst mich dann besser. Ich, ich nehme Mikro.» Aus dem ganzen Trubel, den er veranstaltete, schloss ich, dass eine Gegensprechanlage eigentlich gar nicht nötig war. Seine Stimme übertönte sogar den Motorenlärm der riesigen Maschine.

Ich fuhr weiter umher, übte Kurven und machte mich mehr und mehr mit der Maschine vertraut. Marcel kletterte unterdessen plappernd auf der Maschine von vorne nach hinten und wickelte das Kabel rund um die Träger herum ab. Er kam zu meinem «Führerhaus», streckte einen Arm durch das offene Fenster, klopfte mir auf die Schulter und brüllte: «Die Kopfhörer, setz sie auf, ja? Du hörst dann gut. Wart, ich geh' nach hinten!» Er balancierte den Trägern entlang und ließ sich am Ende der Maschine auf seinen Sitz fallen und schrie ins Mikrofon: «Du hörst mich? Ja? Ich komme!» In der Aufregung hatte er ganz vergessen, dass auch ich ein Mikrofon hatte. Ich konnte kaum meine Gedanken richtig ordnen, da war er schon wieder zurück und klopfte gegen das Fenster. «Gut? Gut? Du hörst gut?»

«Hört her ihr Zwei», sagte der Amerikaner. «Ihr fahrt heute Nacht los. Hier sind alle Dokumente und Begleitpapiere. Marcel weiß, wo er dich hinbringen kann, damit du nach Paris kommst. Wenn'de Glück hast, kannst'de noch'n paar Francs dazu verdienen. War nett, dich kennengelernt zu haben.»

Der Amerikaner ging davon und aus meinem Leben. Vielleicht liest er diese Zeilen ja einmal und nimmt über meinen Verleger Kontakt mit mir auf. Ich ging zurück in mein abgeschiedenes Zimmer. Marcel zog los in eine örtliche Kneipe. Den Rest des Tages verschlief ich.

Bei Einbruch der Dunkelheit aß ich zu Abend und fuhr mit dem Taxi zum Hangar. Mein Gepäck, jetzt auf ein Minimum beschränkt, verstaute ich in der Führerkabine hinter meinem Sitz. Der Motor sprang an, der Druck war in Ordnung, die Benzinuhr zeigte voll an, und das Fahrzeuglicht funktionierte. Ich rollte die Maschine hinaus ins Freie und fuhr mit ihr auf der Piste herum, um sie aufzuwärmen. Der Mond stieg höher und höher. Von Marcel war keine Spur zu sehen! Ich schaltete den Motor ab, stieg aus und lief hin und her. Endlich nach langer Zeit fuhr ein Auto auf das Gelände. Marcel stieg aus. «Party!», schrie er. «Abschiedsfest! Wir fahren jetzt, ja?»

Angewidert startete ich den Motor wieder und schaltete die starken Lichter ein und rollte hinaus auf die Straße. Marcel plapperte hinten in einer Lautstärke so viel herum, dass ich die Kopfhörer herunternahm und sie nur um den Hals legte und ihn vergaß. Einige Kilometer weiter überholte mich ein deutsches Polizeiauto und stoppte vor mir. «Ihr Aufpasser schläft. Sie verstoßen gegen die Regeln. Sie fahren, ohne dass hinten jemand aufpasst.» Marcel kam herbeigelaufen. «Ich? Geschlafen? Sie sehen wohl nicht richtig, Herr Polizist. Nur weil ich da hinten bequem sitze, brauchen Sie nicht gleich einen Aufstand zu machen.» Der Polizist kam näher. Er roch nach meinem Atem. «Nee, der ist ein Heiliger», sagte Marcel. «Er trinkt nicht. Er steht auch nicht auf Frauen», fügte er als nachträglichen Gedanken noch hinzu.

«Ihre Papiere!», befahl der Polizist. Sorgfältig überprüfte er sie und suchte nach einem Vorwand, uns Schwierigkeiten zu bereiten. Dann sah er meine amerikanischen Ausweispapiere als Schiffsmaschinisten. «So, so, Sie sind Amerikaner? Gut, wir wollen mit Ihrem Konsul keinen Ärger. Sie können weiterfahren.» Er schob mir die Ausweispapiere wieder zu, so als wären sie von einem Pestbazillus verseucht, hastete zu seinem Auto zurück und brauste davon.

Ich sagte Marcel, was ich von ihm hielt und schickte ihn zurück auf seinen Platz. Wir fuhren weiter durch die Nacht. Bei dreißig Stundenkilometern, die wir laut Anweisungen fahren sollten, schienen die über hundert Kilometer bis zur französischen Grenze unendlich lang. Kurz vor Saarbrücken fuhr ich von der Straße, um den Verkehr nicht weiter zu behindern und hielt an. Wir wollten den Tag hier verbringen. Nach dem Essen ging ich mit unseren Ausweis- und Ausfuhrpapieren zur Ortspolizei, um die Genehmigung für den Grenzübertritt zu erhalten. Begleitet von je einem Polizisten auf einem Motorrad vorne und hinten fuhren wir durch Nebenstraßen, bis wir den Zollposten erreichten.

Marcel war in seinem Element und diskutierte angeregt mit seinen französischen Landsleuten. Es sah beinahe so aus, als hätten er und einer der Zöllner, den er aus der «Resistance» kannte, allein den Krieg gewonnen! Nach der Passkontrolle durften wir auf französisches Staatsgebiet fahren. Der freundliche Zöllner nahm Marcel für den Rest des Tages mit. Ich legte mich neben die Träger der Maschine und schlief.

Tatsächlich sehr, sehr spät kam Marcel in der Obhut zweier französischer Polizisten zurück. Nach einem eindeutigen Handzeichen in meine Richtung schnallten sie ihn hinten auf seinem Sitz fest. Er war stockbesoffen. Dann lotsten sie mich angeheitert auf die Straße. Ich fuhr dröhnend weiter durch die Nacht, mit dieser riesigen Maschine unter mir und einem betrunkenen «Aufpasser» hinter mir. Ich hielt ständig Ausschau nach Streifenwagen. Einmal kam einer angeflitzt, ein Polizist lehnte sich aus dem Fenster, machte eine verrenkte Geste in Richtung Marcel, winkte freundlich und brauste weiter.

Metz lag schon weit hinter mir, und immer noch war kein Lebenszeichen von Marcel zu vernehmen. Ich fuhr von der Straße, stieg aus und ging nach hinten, um nach ihm zu sehen. Er schlief tief und fest. Alles Rütteln und Schütteln, um ihn aufzuwecken, hatte nichts gebracht, also fuhr ich weiter. Im Morgengrauen fuhr ich durch die Straßen von Verdun und weiter auf einen großen Parkplatz, der mein Ziel war.

«Lobsang», rief eine schläfrige Stimme von hinten, «wenn du nicht bald losfährst, kommen wir zu spät.»

«Zu spät?», sagte ich. «Wir sind in Verdun!»

Totenstille – dann folgte explosionsartig: «In Verdun?»

«Hör zu, Marcel», sagte ich. «Man brachte dich völlig betrunken und zu nichts mehr fähig zu mir zurück. Sie banden dich auf deinem Sitz fest. Ich habe die ganze Arbeit gemacht und musste den Weg allein finden. Jetzt mach dich auf die Beine und hol mir wenigstens das Frühstück. Los, beeile dich!» Ein zerknirschter Marcel wankte die Straße hinunter, um schließlich irgendwann mit dem Frühstück wiederzukommen.

Fünf Stunden später fuhr ein kleiner, dunkelhäutiger Mann in einem alten Renault vor und stieg aus. Ohne ein Wort zu uns zu sagen, ging er um den mächtigen Radlader herum und sah ihn sich gründlich an. Er suchte nach Kratzern oder einem Vorwand, um sich beschweren zu können. Seine dicken Augenbrauen trafen sich wie Balken über der Nasenwurzel und über einer Nase, die irgendwann einmal gebrochen und schlecht gerichtet worden war. Schließlich kam er auf uns zu und fragte: «Wer von euch ist der Fahrer?»

«Ich», sagte ich.

«Du bringst ihn wieder zurück nach Metz», befahl er.

«Nein», antwortete ich, «man hat mich dafür bezahlt, ihn hierher zu bringen. Alle Ausfuhrpapiere sind für hierher ausgestellt. Meine Arbeit ist hiermit beendet.» Sein Gesicht verzog sich vor Wut, und zu meiner Überraschung zog er ein Klappmesser aus seiner Tasche. Ich konnte ihn leicht entwaffnen. Das Messer flog über meine Schulter, und der dunkelhäutige Mann lag flach auf dem Rücken. Als ich mich wieder umsah, bemerkte ich überrascht, dass sich eine ganze Schar Arbeiter um uns versammelt hatte.

«Er hat den Boss umgehauen», sagte einer.

«Er muss ihn überrumpelt haben», murmelte ein anderer.

Ungestüm sprang der dunkelhäutige Mann wie ein hüpfender Gummiball vom Boden auf. Er rannte in die Werkstatt, griff nach einem Brecheisen, mit dem man Kisten öffnete, sprang wieder heraus und schwang es unter Fluchen nach mir und versuchte, mir den Hals damit aufzuschlitzen. Ich ließ mich auf die Knie fallen, schnappte mir seine Knie und zog kräftig daran. Er schrie wie am Spieß, und mit einem gebrochenen linken Bein krachte er zu Boden. Das Brecheisen fiel ihm aus seiner kraftlosen Hand, schlitterte über den Boden und schlug gegen etwas Metallenes.

«Hör zu, Boss», sagte ich, als ich aufstand. «Mein Boss bist du nicht! Kapiert? Entschuldige dich jetzt anständig, oder du kriegst noch was obendrauf. Du hast versucht, mich umzubringen.»

«Holt einen Arzt, holt einen Arzt», stöhnte er, «ich sterbe!»

«Zuerst entschuldigst du dich», sagte ich drohend, «oder du brauchst einen Totengräber.»

«Hey, was ist hier los? Was gibt's?» Zwei französische Polizisten schoben sich durch die Menge und schauten auf den am Boden liegenden «Boss» und brachen in ein schallendes Gelächter aus. «Hahaha!», brüllte einer. «Endlich ist er mal auf einen Stärkeren gestoßen! Das ist der ganze Ärger wert, den wir mit ihm hatten.»

Die Polizisten betrachteten mich respektvoll und baten dann um meine Ausweispapiere. Nachdem alles in Ordnung war und sie sich den Hergang der Anwesenden angehört hatten, gingen sie weg. Der Ex-Boss entschuldigte sich unter Tränen, die Todesangst verrieten. Ich kniete mich neben ihn, richtete sein Bein und befestigte zwei Latten einer Kiste als Schienen. Marcel war verschwunden. Er war vor den Schwierigkeiten und aus meinem Leben davongerannt.

Meine beiden Koffer waren schwer. Ich holte sie vom Radlader herunter und ging die Straße entlang. Eine weitere Etappe meiner Reise hatte begonnen. Ich hatte keine Arbeit und kannte niemanden. Marcel hatte sich als zerbrochenes Schilfrohr erwiesen mit einem in Alkohol eingelegten Gehirn.

Verdun reizte mich im Augenblick überhaupt nicht. Ich hielt einen Passanten nach dem anderen an und fragte nach dem Bahnhof, um dort meine Koffer einzustellen. Doch jeder schien zu denken, ich sollte mir lieber die Schlachtfelder ansehen, als den Bahnhof zu suchen. Doch schließlich hatte ich Glück und erfuhr die Richtung. Ich stapfte die Rue Poincaré entlang und musste die Koffer immer wieder absetzen. Ich überlegte, was ich wegwerfen könnte, um das Gewicht meiner Koffer etwas zu reduzieren. Bücher? Nein, diese musste ich unbedingt behalten. Die Uniform der Handelsmarine? Ganz sicher nicht. Ich sah langsam ein, dass ich wirklich nur das

Allernötigste dabeihatte. Ich stapfte weiter bis zum Place Chevert. Dort bog ich nach rechts ab und kam zum Quai de la République. Dort beobachtete ich den Schiffsverkehr auf dem Maaskanal und dachte über Schiffe nach. Dann entschied ich, hier eine Weile sitzenzubleiben und auszuruhen.

Langsam fuhr ein großer Citroën heran, verlangsamte und hielt neben mir an. Ein großgewachsener, dunkelhaariger Mann schaute mich eine Weile an. Dann stieg er aus, kam auf mich zu und fragte: «Sind Sie der Mann, dem wir zu Dank verpflichtet sind, weil er «den Boss» verprügelt hat?»

«Ja, der bin ich», erwiderte ich. «Braucht er noch ein bisschen mehr?»

Der Mann lachte und antwortete: «Schon seit Jahren terrorisiert er die ganze Gegend hier. Selbst die Polizei fürchtet ihn. Er hätte Großartiges im Krieg geleistet, behauptet er. Möchten Sie gerne einen Job?»

Ich musterte den Mann eingehend, bevor ich antwortete: «Ja, aber nur, wenn er legal ist.»

«Den Job, den ich Ihnen anbieten kann, ist völlig legal», sagte er und schwieg einen Augenblick. Dann lächelte er mich an und fuhr fort: «Wissen Sie, ich weiß alles über Sie. Marcel hatte den Auftrag, Sie zu mir zu bringen, doch der hat sich verdrückt. Ich weiß über Ihre Reise durch Russland und Ihre weitere Reiseroute Bescheid. Marcel übergab mir einen Brief vom ‹Amerikaner› über Sie, dann hat er sich, wie bei Ihnen, aus dem Staub gemacht.» Was für ein Netzwerk, dachte ich. Wie auch immer, ich beschwichtigte mich damit, dass die Europäer die Dinge eben anders handhaben als wir im Osten.

Der Mann bat mich, einzusteigen und sagte: «Laden Sie Ihre Koffer hinten ins Auto. Ich lade Sie zum Mittagessen ein, wo wir uns weiter unterhalten können.» Das machte Sinn. Zumindest würde ich diese fürchterlich schweren Koffer eine Zeitlang los sein. Dankbar verstaute ich sie im Gepäckraum, und setzte mich neben ihn auf den Beifahrersitz. Er fuhr zum besten Hotel, dem «Du Coq Hardi», wo er offenbar bestens bekannt war. Nach vielen lautstarken Einwänden gegen meine bescheidene Bestellung im Speisesaal kam er zur Sache.

«Zwei ältere Damen, die eine ist vierundachtzig und die andere neunundsiebzig», begann er, und schaute sich vorsichtig um. «Sie möchten gerne den Sohn der einen Frau besuchen, der in Paris lebt. Beide fürchten sich jedoch sehr vor Banditen – alte Leute haben solche Ängste, wissen Sie. Haben sie doch schon zwei schlimme Kriege hinter sich. Sie suchen nun einen zuverlässigen Mann, der sie beschützen kann. Sie bezahlen auch sehr gut.»

Frauen? Alte Frauen? Besser als junge, dachte ich. Doch die Vorstellung mochte ich nicht so recht. Dann dachte ich an meine schweren Koffer. Ich hatte mir sowieso schon überlegt, wie ich weiter nach Paris käme. «Es sind zwei großzügige alte Damen», versicherte mir der Mann. «Die Sache hat nur einen kleinen Haken. Sie dürfen nicht schneller fahren als sechzig Stundenkilometer.» Vorsichtig schaute ich mich in dem großen Speisesaal um. Zwei alte Damen! Da saßen sie, drei Tische weiter. «Beim Zahn des heiligen Buddha», dachte ich, «auf was hast du dich da wieder eingelassen?» Ein Bild der Koffer stieg wieder vor meinem geistigen Auge auf. Schwere Koffer, deren Gewicht ich nicht reduzieren konnte. Auch Geld, natürlich, je mehr Geld ich hätte, desto einfacher wäre es, in Amerika Fuß zu fassen, solange ich mich dort nach Arbeit umsah. Ich seufzte ergeben und sagte: «Sie bezahlen gut, sagten Sie. Und wie ist es mit dem Auto? Ich habe nicht vor, wieder hierher zurückzukommen.»

«Ja, mein Freund, sie zahlen außerordentlich gut. Die Gräfin ist eine vermögende Frau. Das Auto? Es ist ein neuer Fiat, den sie ihrem Sohn schenken will. Kommen Sie, ich möchte sie Ihnen vorstellen.» Er stand auf und ging auf die beiden alten Damen zu. Seine tiefe Verbeugung erinnerte mich an die Pilger auf dem Heiligen Pfad in Lhasa. Dann stellte er mich ihnen vor. Die Gräfin betrachtete mich hochmütig über ihre Stilbrille hinweg.

«So, so», meinte sie, «Sie halten sich also für fähig, uns sicher nach Paris zu chauffieren, guter Mann?»

Ich schaute sie ebenso hochmütig an und erwiderte: «Madame, ich bin nicht Ihr ‹guter Mann›. Und was die Sicherheit angeht, ist mir mein Leben genauso viel wert, wie offensichtlich Ihnen das Ihrige. Man hat mir bisher nur vorgeschlagen, die Fahrt mit Ihnen zu besprechen, aber ich muss gestehen, dass ich jetzt so meine Zweifel habe.»

Einen Moment lang sah sie mich eisig an, dann entspannten sich ihre Wangenknochen wieder und sie brach in ein mädchenhaftes Lachen aus. «Ach», rief sie aus, «ich mag es, wenn jemand geistreich ist! Das ist so selten in dieser schwierigen Zeit. Wann können wir losfahren?»

«Wir haben uns noch nicht über die Bedingungen geeinigt, und auch Ihr Auto habe ich noch nicht gesehen. Wann möchten Sie denn gerne fahren, falls ich zustimme? Und warum wollen Sie ausgerechnet mich als Fahrer nehmen? Sicherlich gibt es genügend Franzosen, die das gerne übernehmen würden?»

Das Angebot, das sie mir nun machte, war großzügig, auch ihre Gründe waren einleuchtend: «Ich bevorzuge einen unerschrockenen Mann. Einen Mann von Geist, einer, der die Welt und das Leben kennt. Wann können wir fahren? Hoffentlich passt es Ihnen bald.»

Zwei Tage gab ich ihnen Zeit. Dann brachen wir in einem Fiat de Luxe auf. Wir fuhren auf der Strecke, die nach Reims führte, das etwa hundertdreißig Kilometer entfernt lag. Dort übernachteten wir. Mit einer Reisegeschwindigkeit von etwa fünfzig bis sechzig Stundenkilometer zu fahren, bot mir die Gelegenheit, die Landschaft zu betrachten und meine Gedanken zu sammeln, die mit meinen bisherigen Reisen kaum mithalten konnten. Am folgenden Tag fuhren wir gegen Mittag weiter und erreichten Paris zum Nachmittagskaffee. Das Haus ihres Sohnes lag in einem Vorort. Ich fuhr das Auto in die Garage und stapfte wieder mit meinen beiden Koffern in der Hand davon. Diese Nacht schlief ich in Paris in einer billigen Pension. Am nächsten Morgen hielt ich Ausschau nach irgendeiner Transportgelegenheit, die mich nach Cherbourg oder Le Havre bringen würde.

Autohändler, waren meine erste Wahl. Vielleicht brauchten sie jemanden, der ein Auto dorthin überführen müsste? Ich ließ Kilometer um Kilometer hinter mir und klapperte einen Händler nach dem anderen ab. Nein, keiner brauchte meine Dienste. Gegen Ende des Tages kehrte ich in die billige kleine Pension zurück, und als ich dort ankam, lief ich direkt an ein Unfallgeschehen: Ein Mann wurde gerade von einem Polizisten und einem anderen Gast ins Haus getragen. Neben der Straße lag ein völlig demoliertes Fahrrad mit verdrehtem Vorderrad. Der Mann, der von der Arbeit nach Hause fuhr, hatte nach hinten geschaut, und in diesem Augenblick verfing sich sein Vorderrad in einem Ablaufschacht. Er war über den Lenker geflogen und erlitt starke Prellungen am rechten Fußknöchel. «Ich werde meinen Job verlieren, ich werde meinen Job verlieren», jammerte er. «Ich sollte morgen Möbel in Caen abliefern.»

Caen? Der Name kam mir irgendwie bekannt vor. Caen? Ich schaute nach. Es war eine Stadt etwa zweihundert Kilometer von Paris entfernt auf der Strecke nach Cherbourg. Caen lag etwa hundertzwanzig Kilometer davor. Ich dachte darüber nach, dann ging ich zu ihm hin.

«Ich möchte nach Cherbourg oder Le Havre kommen», sagte ich. «Ich würde Ihren Job übernehmen und mit dem Möbelwagen mitfahren, wenn es jemanden gibt, der den Wagen wieder hierher zurückfährt. Das Geld dafür können Sie behalten. Mir reicht die Mitfahrgelegenheit.»

Freudig schaute er mich an. «Aber sicher, das kann organisiert werden. Mein Kollege fährt. Ihr müsstet morgen aus einem großen Haus hier die Möbel ausräumen, sie nach Caen liefern und dort wieder ausladen.» Schnell war die Angelegenheit geklärt. Also dann würde ich am nächsten Tag ein unbezahlter Gehilfe eines Umzugsunternehmens sein.

Henri, der Fahrer, hätte leicht eine Auszeichnung als unfähigster Mann verdient. Nur in einer Sache war er ein wahrer Könner. Er kannte jede nur erdenkliche Ausrede, um sich vor jeder Arbeit zu drücken. Kaum waren wir außerhalb der Sichtweite des Hauses, hielt er an und sagte: «Du fährst, ich bin müde.» Er ging nach hinten und legte sich auf das bequemste Möbelstück, das er finden konnte und schlief. Ich fuhr weiter.

In Caen meinte er: «Fang schon mal an abzuladen. Ich muss die Papiere hier abzeichnen lassen.» Als er endlich wiederkam, war alles schon im Haus, außer den sperrigen Möbeln, die man zu zweit tragen musste. Er schlurfte davon und kehrte mit dem Gärtner zurück, der mir beim Hineintragen half. Er dirigierte uns, damit wir die Wände nicht verschrammten! Als das Auto entladen war, stieg ich auf der Fahrerseite ein. Henri setzte sich gedankenlos neben mich. Ich wendete den Möbelwagen und fuhr zum Bahnhof, der sich, wie ich unterwegs bemerkt hatte, etwas weiter oben in der Straße befand. Dort hielt ich an, nahm meine beiden Koffer und sagte zu Henri: «Jetzt fährst du!» Mit diesen Worten drehte ich mich um und ging zum Bahnhof.

Zwanzig Minuten später fuhr ein Zug nach Cherbourg. Ich kaufte eine Fahrkarte, aß eine Kleinigkeit, dann fuhr der Zug auch schon ein. Ratternd fuhr er in die zunehmende Dämmerung hinein. In Cherbourg angekommen, stellte ich im Hauptbahnhof meine beiden Koffer ein und schlenderte zum Quai de l'Entrepot hinunter, um mir eine Bleibe zu suchen. Endlich fand ich etwas, eine Pension für Seemänner. Ich ging hinein, buchte ein sehr bescheidenes Zimmer, bezahlte im Voraus und holte mein Gepäck. Müde stieg ich ins Bett und schlief.

Am Morgen schloss ich mich, soweit das möglich war, den anderen hier untergebrachten Seemännern und Matrosen an, die auf Schiffe warteten. Mit großem Glück konnte ich während der nächsten Tage die Maschinenräume verschiedener Schiffe im Hafen ansehen. Die ganze Woche über klapperte ich die Schiffsagenturen ab, um eine Heuer auf einem Schiff zu finden, das mich über den Atlantik bringen würde. Die Vermittler blätterten in meinen Ausweispapieren, prüften mein Seemannsbuch und meinten: «So, so, ist Ihnen das Geld im Urlaub ausgegangen? Und nun wollen Sie das mit einer Einfachfahrt alles wieder herbeischaffen? Okay, wir werden an Sie denken und es Sie wissen lassen, falls etwas anfällt.»

Ich mischte mich immer mehr unter die Seemänner, eignete mir ihre Ausdrucksweise an und studierte ihre Mentalität. Vor allem aber lernte ich: Je weniger man sprach und je mehr man zuhörte, desto eher bekam man den Ruf, ein intelligenter Mensch zu sein.

Endlich, nach zehn Tagen, wurde ich ins Heuerbüro einer Schiffsagentur gerufen. Ein kleiner, stämmiger Mann saß beim Vermittler.

«Es steht Ihnen frei, heute Nacht auszulaufen. Passt Ihnen das?», fragte mich der Vermittler.

«Ich bin unabhängig und kann jederzeit losfahren», erwiderte ich.

Der kleine stämmige Mann musterte mich eingehend. Dann ließ er einen Schwall von Fragen auf mich niederprasseln dessen Akzent ich schwer folgen konnte. Der Vermittler übersetzte: «Der Chef hier ist Schotte, sein dritter Maschinist ist krank geworden und liegt im Krankenhaus. Er möchte, dass Sie jetzt gleich mit ihm an Bord gehen.» Nur mit größter Konzentration konnte ich dem weiteren Redefluss des Schotten folgen und ihm seine Fragen befriedigend beantworten. «Hol dein Stauholz», sagte er schließlich, «und komm mit an Bord.»

In der Seemannspension bezahlte ich schnell meine Rechnung, hob mein Gepäck auf und mietete ein Taxi, das mich zum Hafen fuhr. Das Schiff war ein von Rost zerfressener und ziemlich heruntergekommener alter Kahn, der dringend einen neuen Anstrich gebraucht hätte und erbärmlich klein wirkte für eine Atlantiküberfahrt.

«Aye, aye», sagte ein Mann am Hafen. «Die erste Fahrt hat sie schon längst hinter sich, weißte. Auf offener See aber wälzt sie sehr gut und gibt alles, was in ihr steckt!»

Ich eilte den Schiffssteg hinauf, ließ mein Gepäck neben den Kombüsen stehen und kletterte die Metallleiter hinunter in den Maschinenraum, wo der MacChef schon wartete. Er besprach die Maschinen mit mir und war mit meinen Antworten zufrieden.

«Okay, Bursche», sagte er schließlich, «gehen wir und unterschreiben den Heuervertrag. Der Steward wird dir deine Kabine zeigen.» Wir gingen zügig zum Reedereibüro zurück, unterschrieben den Heuervertrag und kehrten zum Schiff zurück. «Dein Dienst beginnt gleich sofort, Bursche», sagte Mac. So geschah es wohl zum ersten Mal in der Geschichte, dass sich ein tibetischer Lama als Amerikaner ausgab, um an Bord eines Schiffes seinen Dienst als Maschinisten anzutreten. Die ersten acht Stunden Maschinenwache, solange das Schiff noch vor Anker lag, waren ein Segen für mich. Mein intensives Studium wurde nun durch praktische Erfahrungen ergänzt, und ich fühlte mich völlig sicher.

Ein Klingelton ertönte, gefolgt von einem geräuschvollen Druckluftzischen. Große, glänzende Stahlstangen begannen sich auf und ab zu bewegen. Die Antriebsräder drehten sich immer schneller und schneller und erweckten das Schiff zum Leben. Ein Geruch von erhitztem Öl und heißem Dampf lag in der Luft. Für mich ein sehr befremdliches Leben, genauso befremdlich wie wahrscheinlich das Leben in einem Lamakloster für Mac gewesen wäre, der nun behäbig mit seiner Pfeife zwischen den Zähnen dastand. Eine Hand ruhte leicht auf einem stählernen, glänzenden Stellrad. Es klingelte erneut, der Maschinentelegraf zeigte «Halbe Kraft zurück» an.

Mit einem flüchtigen Blick drehte Mac am Stellrad und legte den Hebel des Maschinentelegrafen zur Quittierung um. Das Maschinendröhnen verstärkte sich, und der ganze Rumpf vibrierte leicht. «Halt!», zeigte der Maschinentelegraf an, gefolgt von einem schnell nachfolgenden «Halbe Kraft voraus», und noch ehe Mac das Stellrad drehen konnte, klingelte es erneut für «Volle Kraft voraus». Ohne Widerstand kam das Schiff voran. Mac kam zu mir und sagte: «So, Bud, deine acht Stunden sind um. Du kannst gehen. Sag dem Steward, wenn du bei ihm vorbeikommst, ich hätte gerne meinen Kakao.»

Kakao? Essen! Das erinnerte mich daran, dass ich seit mehr als zwölf Stunden nichts mehr gegessen hatte. Schnell kletterte ich die Stahlleitern hinauf und erreichte das Deck und die frische Luft. Das Wasser brach sich am Bug und spritzte dabei auf. Das Schiff tauchte etwas ab, als wir auf die offene See hinausfuhren, während hinter mir die Lichter der französischen Küste in der Dunkelheit dahinschwanden. Eine scharfe Stimme hinter mir brachte mich umgehend wieder in die Gegenwart zurück. «Wer bist du?» Ich drehte mich um, und sah den ersten Offizier neben mir stehen.

«Dritter Maschinist, Sir», antwortete ich.

«Warum tragen Sie keine Uniform?»

«Ich bin Aushilfsmaschinist, Sir. Ich wurde in Cherbourg angeheuert und hatte gleich Maschinenwache.»

«Hmm», sagte der Offizier. «Zieh sofort deine Uniform an. Hier wird streng auf Ordnung geachtet.» Mit diesen Worten stolzierte er davon, als sei er der Erste Offizier der königlichen Flotte statt eines verdreckten, alten, rostigen Trampschiffes.

An der Bordküchentüre gab ich Mac's Bestellung auf. «Bist du der neue Dritte?», fragte mich eine Stimme hinter mir. Ich drehte mich um und sah den zweiten Maschinisten, der gerade hereingekommen war.

«Ja, Sir», erwiderte ich. «Ich wollte mir nur erst meine Uniform anziehen und dann werde ich essen gehen.»

Er nickte. «Ich komme mit dir. Der erste Offizier hat sich vorhin bei mir beschwert, weil du ohne Uniform herumläufst. Er sagte, er hätte gedacht, du wärst ein blinder Passagier. Ich habe ihm gesagt, du hättest eben erst angeheuert und musstest gleich den Dienst antreten.» Er ging neben mir her und erklärte, dass meine Kabine direkt gegenüber der seinen lag. «Rufe, wenn du fertig bist», sagte er, «und wir gehen zusammen essen.»

Ich musste die Uniform umändern lassen, damit sie mir passte. Und so stand ich nun gekleidet als Offizier der Handelsmarine da und überlegte, was wohl mein Mentor, der Lama Mingyar Dondup, dazu sagen würde, wenn er mich jetzt so sehen könnte. Ich kicherte bei dem Gedanken kurz auf, was für eine Sensation das wäre, wenn ich so gekleidet in Lhasa erschiene. Ich rief dem zweiten Maschinisten, und wir gingen zusammen in die Offiziersmesse zum Abendessen. Der Kapitän, der bereits an seinem Tisch saß, blickte uns finster unter seinen buschigen Augenbrauen an.

«Pfui», sagte der zweite Maschinist, als man den ersten Gang vor ihn hinstellte. «Was? Schon wieder derselbe alte Schweinefraß! Gibt es denn hier nie eine Abwechslung?»

«Mister!» Die Stimme des Kapitäns hob uns fast von den Sitzen. «Mister! Ständig beschweren Sie sich. Sie sollten in New York besser das Schiff wechseln.»

Jemand begann zu kichern, das sich jedoch sofort in ein verlegenes Hüsteln verwandelte, als der Kapitän erbost in seine Richtung blickte. Der Rest des Essens vollzog sich schweigend, bis der Kapitän hinausging, der vor uns fertig war. Ein «Höllenschiff», sagte ein Offizier. «Der Alte war während des Krieges Hänschen-der-Erste bei der britischen Marine. Er war auf einem Truppentransportschiff, und jetzt kommt er davon nicht mehr los.»

«Ach, ihr Kerle seid alles Hohlköpfe, immer wird gemeckert», sagte eine andere Stimme.

«Nein», flüsterte der Zweite mir zu. «Der Typ ist nicht mal Amerikaner, nur Puerto-Ricaner, der zu viele Filme gesehen hat.»

Ich war müde und ging noch einmal über Deck, bevor ich hineinging. Etwas weiter vorne auf der windabgewandten Seite kippten Männer die heiße Asche ins Meer und entledigten sich auch sonst noch des Drecks, der sich während des Aufenthalts im Hafen angesammelt hatte. Das Schiff schaukelte hin und her, und ich ging in meine Kabine. Die Wände hingen voller Pin-up-Girls, die ich herunterriss und in den Papierkorb warf. Als ich mich ausgezogen hatte und in meine Koje fiel, wusste ich, ich würde meine Pflichten erfüllen können.

«Die Zeit ist um!», schrie eine Stimme, während eine Hand die Tür öffnete und das Licht anschaltete. «Schon wieder Zeit?», dachte ich. Es kam mir vor, als wäre ich gerade erst eingeschlafen. Ich warf einen Blick auf meine Uhr und rollte mich aus der Koje. Waschen, anziehen und schon war ich unterwegs zum Frühstück. Die Schiffsmesse war leer. Ich aß allein und beeilte mich. Mit einem kurzen Blick hinaus auf die ersten Lichtstrahlen quer über die Seite des Schiffes kletterte ich eilig die Metallleiter hinunter in den Maschinenraum. «Du bist pünktlich», sagte der Zweite. «Das mag ich! Es gibt nichts Neues, außer dass zwei Leute zum Schmieren im Schacht sind. Also dann gehe ich jetzt», sagte er, und gähnte tief.

Die Maschinen dröhnten rhythmisch und monoton weiter. Jede Umdrehung brachte uns New York etwas näher. Draußen im Heizraum versorgte die «schwarze Truppe» das Feuer, schürte und füllte den Ofen mit Kohle nach und hielten den Dampfdruck knapp vor der roten Markierung. Aus dem Antriebswellen-Schacht tauchten zwei verschwitzte, dreckige Männer auf. Das Glück war auf meiner Seite, die Richtwerttemperaturen waren normal. Es gab nichts zu vermelden. Sie schoben mir ihre schmuddeligen Papiere zu, die den Kohleverbrauch, den CO_2 Wert und noch andere Daten lieferten. Ich unterschrieb, setzte mich hin und trug meinen Dienst in das Logbuch des Maschinenraums ein.

«Alles klar bei dir?», fragte Mac, als er klappernd die Niedergangstreppe in den Maschinenraum herunterkam.

«Alles klar», sagte ich, «alles normal.»

«Gut», sagte Mac. «Ich wünschte, ich könnte diesen … Kapitän zur Vernunft bringen. Er hat gesagt, wir hätten bei der letzten Fahrt zu viel Kohle verbraucht. Was soll ich jetzt tun? Ihm sagen, dass wir rudern sollen?» Er seufzte tief, setzte seine runde Nickelbrille auf, las das Logbuch und unterschrieb.

Das Schiff drängte vorwärts immer weiter vorwärts über den rauen Atlantik. Die Tage vergingen in eintöniger Monotonie. Die Stimmung an Bord war schlecht. Die Deckoffiziere verhöhnten die Maschinenmannschaft, und der Kapitän, ein trübsinniger Mann, glaubte, er kommandiere ein Atlantik-Linienschiff statt eines maroden, alten Frachtschiffs. Selbst das Wetter war mies. Eines Nachts, als ich bei starkem Seegang nicht schlafen konnte, ging ich an Deck. Der Wind heulte mit einem beklemmenden Klagen durch die Takelage, das mich unweigerlich an die Zeit erinnerte, als ich zusammen mit dem Lama Mingyar Dondup und Jigme, auf dem Dach des Chakpori-Lamaklosters stand, und wir uns gemeinsam auf eine Astralreise begaben. In der Mitte des Schiffs, auf der Leeseite, klammerte sich jemand krampfhaft an der Reling fest und «kotzte fast sein Herz heraus», wie er sich später ausdrückte. Ich war so ziemlich immun gegen die Seekrankheit. Aber einen Seemann zu sehen, der sein Leben lang zur See fuhr und sich noch immer derart heftig übergeben musste, fand ich dennoch belustigend. Die Navigationsbeleuchtung auf der Brücke warf einen schwachen Schein aufwärts. Die Kajüte des Kapitäns lag im Dunkeln. Sprühregen schoss über den Bug und spritzte bis zu mir hinüber, wo ich stand. Das Schiff stampfte und wankte wie wild hin und her, während die Masten durch ihr Schwanken wunderliche Bögen am Nachthimmel abzeichneten. Weit weg auf der Steuerbordseite kam uns mit wellenförmigen Bewegungen ein hell erleuchtetes Atlantik-Linienschiff entgegen, dessen Passagiere über den starken Wellengang bestimmt nicht glücklich waren. Mit dem Wind im Rücken machte es dennoch gute Fahrt, denn ihr riesiger Oberbau wirkte wie ein Segel. «Es wird sicher bald in Southampton Road ankommen», dachte ich. Darauf wandte ich mich um und ging nach unten.

Auf dem Höhepunkt des Sturms, verstopfte eine der Bilgenpumpen durch etwas, das sich durch die heftigen Schiffsbewegungen losgerissen hatte. Ich musste weit hinunter in den Kielraum gehen und die Männer beaufsichtigen, die an der Reparaturarbeit waren. Der Lärm war schrecklich. Die Antriebswelle vibrierte, wenn die Schiffsschraube mit hoher Geschwindigkeit drehte, während das Heck des Schiffs in der Luft lag. Dann erbebte sie erneut, wenn das Heck ins Wasser eintauchte und auf den nächsten Wellenkamm prallte.

Im Frachtraum arbeitete die Deckmannschaft fieberhaft. Sie mussten eine losgerissene schwere Kiste mit Maschinenteilen absichern. Es befremdete mich sehr, dass auf diesem Schiff so viele Spannungen untereinander herrschten. Jeder verrichtete doch seine Arbeit nach bestem Wissen und nach seinen Fähigkeiten. Was spielt es für eine Rolle, ob man untertags im Maschinenraum arbeitete, während andere über das Deck schritten oder auf der Brücke standen und dabei das Wasser beobachteten, das an der Seite des Schiffs vorbeizog?

Arbeit? Hier gab es genug Arbeit. Pumpen mussten gewartet, aufgerissene Kisten erneut verpackt und Schlauchanschlüsse überprüft werden. Außerdem waren Reparaturen an den Schiffsseilen erforderlich, damit wir später sicher in New York anlegen konnten.

MacChef war ein guter Arbeiter, und er war fair. Er liebte seine Maschinen wie eine Mutter ihr Erstgeborenes. Eines Nachmittags saß ich auf einem Gitterrost und wartete bis meine Schicht begann. Leichte Sturmwolken zogen über den Himmel und ließen schweren Regen erahnen, der bald folgen würde. Ich saß im Schutze einer Lüftungsanlage und las. Plötzlich legte sich eine schwere Hand auf meine Schulter und eine dröhnende schottische Stimme sagte: «Na, Buddy, ich hab' mich schon gewundert, was 'de so in deiner Freizeit machst. Was liest' denn da? Westernromane? Sexgeschichten?»

Lächelnd übergab ich ihm das Buch. «Schiffsmaschinen», sagte ich, «die sind viel interessanter als Westernromane oder Sexgeschichten!»

Er brummte zustimmend, als er durch das Buch blätterte und es mir wieder zurückgab. «Gut für dich, Bud», sagte er. «Jetzt werden wir einen richtigen Maschinisten aus dir machen, und bald wirste' selbst Chef sein, wenn 'de dran bleibst.» Er schob seine alte abgenutzte Pfeife wieder in den Mund, nickte mir freundlich zu und sagte: «Du kannst übernehmen, Bud.»

Im Schiff kam eine Hektik auf. «Kapitänskontrolle, Dritter», flüsterte der Zweite. «Er ist ein verrückter Kerl. Er glaubt, er befände sich auf einem Passagierschiff. Er kontrolliert das ganze Schiff, Kabinen und alles, auf jeder Fahrt.»

Ich stand neben meiner Koje, als der Kapitän hereinkam, gefolgt vom ersten Offizier und dem Zahlmeister. «Hm», murmelte er. Herablassend sah er sich um. «Keine Pin-up-Girls?», fragte er. «Ich dachte, alle Amerikaner seien verrückt nach Mädchenbeinen!» Er warf einen Blick auf meine technischen Bücher, und ein zynisches Lächeln umspielte seinen Mund. «Oder versteckst du in diesen technischen Büchern vielleicht Schnulzenromane?», fragte er. Ohne ein Wort zu sagen, trat ich nach vorn und öffnete jedes Buch aufs Geratewohl. Der Kapitän strich mit dem Finger mal hier über eine Querstange, dann unter die Koje und schließlich über den Türrahmen hinweg. Anschließend betrachtete er seine immer noch sauberen Fingerspitzen

und nickte enttäuscht, bevor er hinausstolzierte. Der Zweite grinste anerkennend. «Dem hast du's diesmal gezeigt. Er ist ein Neugieriger …!»

Erwartung lag in der Luft. Die Männer holten ihre Ausgangsklamotten
hervor, machten sich zurecht und überlegten, wie sie ihre Pakete durch den
Zoll bekämen. Die Männer sprachen von ihren Familien, von ihren Freun-
dinnen. Alle Zungen waren gelöst, die Hemmnisse abgelegt. Bald würden
sie an Land gehen zu ihren Freunden und Geliebten. Nur ich konnte nirgendwo hingehen. Ich kannte niemanden, über den ich etwas hätte erzählen
können. Nur ich würde in New York als Fremder an Land gehen, ohne
Freunde und unbekannt.

Am Horizont zeichneten sich die Hochhäuser von Manhattan ab. Sie
glänzten, von einem Regenguss gereinigt, im Sonnenschein. Vereinzelte
Fenster warfen die Sonnenstrahlen zurück, nachdem sie sich in ein pures
Gold verwandelt hatten. Die Freiheitsstatue ragte vor uns auf – ich bemerkte, dass sie mit ihrem Rücken Amerika zugewandt dastand. «Halbe
Kraft voraus», meldete der Maschinentelegraf. Das Schiff verlangsamte die
Fahrt, und die kleinen Bugwellen erstarben, als unser Schwung nachließ.
«Halt», zeigte der Maschinentelegraf an, als wir auf den Ankerplatz zusteu-
erten. Trosse wurden geworfen, gefangen, und das Schiff wurde einmal
mehr an Land vertäut. «Maschinen aus», war der letzte Befehl. Der Dampf
in den Rohren erstarb mit einem klagenden Zischen. Die riesigen Kolben-
stangen kamen zum Stillstand, und das Schiff schaukelte sanft an ihrer Vertäuung, das nur durch das Kielwasser vorbeifahrender Schiffe leicht gestört
wurde. Wir schlossen die Ventile und setzten den Hilfsgenerator in Betrieb
und erweckten die Winden und Kräne zum Leben.

Oben auf Deck hasteten die Männer umher und klopften die Klemm-
keile aus den Ladelukenabdeckungen. Sie zogen und schleppten die Abdeck-
planen darüber hinweg und öffneten die Laderäume. Die Schiffsagenten
kamen an Bord, gefolgt von den Hafenarbeitern. Bald glich das Schiff einem
Tollhaus. Raue Stimmen brüllten Kommandos. Die Kräne ratterten und ras-
selten, und ununterbrochen war ein Schlurfen von schwerem Schuhwerk zu

hören. Der Stellvertreter des Hafenarztes sah sich den Mannschaftsbericht an. Die Polizei kam an Bord und führte einen armen blinden Passagier ab, von dem wir im Maschinenraum nichts mitbekommen hatten. Der Unglückliche wurde in Handschellen von zwei stämmigen, grob aussehenden Polizisten abgeführt, die ihn zu einem wartenden Polizeiauto brachten und ihn unsanft hineinstießen.

Wir standen Schlange und kassierten unsere Heuer ein, unterschrieben dafür und gingen weiter, um unsere Entlassungspapiere abzuholen. Mac-Chef hatte bei mir hineingeschrieben: «Zeigt großes Interesse im Dienst. Tüchtig in allen Bereichen. Ich werde ihn als Seemann jederzeit wieder willkommen heißen.»

«Wie schade», dachte ich, «dass ich das alles aufgeben muss und nicht weitermachen kann.»

Ich ging zurück in meine Kabine und räumte auf, faltete die Decken zusammen und legte sie beiseite. Ich packte meine Bücher ein, zog die Zivilkleider an und verstaute mein Hab und Gut in die beiden Koffer. Mit einem letzten Rundumblick ging ich hinaus und schloss die Tür hinter mir.

«Willst's dir nich' nochmal überlegen?», fragte der MacChef. «Bist ein guter Matrose. Ich wär' froh, einen wie dich als Zweiten für die Weiterfahrt zu haben.»

«Nein, Chef», antwortete ich, «ich möchte noch eine Weile herumreisen und mehr Erfahrungen sammeln.»

«Erfahrungen sin'ne gute Sache. Dann wünsch' ich dir viel Glück!»

Ich ging mit meinen beiden Koffern in der Hand den Landungssteg hinunter und lief auf der Seite des verankerten Schiffes entlang. Ein neues Leben lag vor mir. Wie ich doch diese ganze Herumreiserei hasste, diese ständige Ungewissheit und ohne jemand «Freund» nennen zu können.

«Wo sind Sie geboren?», fragte der Zöllner. «In Pasadena», sagte ich, und dachte an den Pass in meiner Hand. «Was zu verzollen?», wollte er wissen. «Nein, nichts», sagte ich zu ihm. Er schaute mich eingehend an. «Okay, öffnen!», knurrte er. Ich stellte die Koffer vor ihn hin und öffnete sie. Er stöberte und wühlte darin herum. Dann kippte er alles aus und untersuchte die Nähte. «Sie können alles wieder einpacken», sagte er beim Weggehen und ließ mich stehen.

Ich packte meine Koffer wieder ein und ging durch die Tür hinaus. Draußen in dem verrückten Verkehrslärm blieb ich stehen, um mich kurz zu orientieren und durchzuatmen.

«Was ist los mit dir, Typ. Das ist New York hier!», sagte eine rohe Stimme hinter mir. Ich drehte mich um und sah einen Polizisten, der mich anstarrte.

«Ist Stehenbleiben etwa ein Verbrechen?», fragte ich ihn.

«Ach mach, dass du weiterkommst!», brüllte er.

Langsam hob ich meine Koffer auf und ging der Straße nach. Ich staunte über die von Menschen erbauten Hochhäuser in Manhattan. Noch nie zuvor hatte ich mich einsamer gefühlt als jetzt. Dieser Teil der Welt war mir so völlig fremd. Hinter mir schnauzte der brüllende Polizist einen anderen Unglücklichen an: «Lass das. Nicht hier in New York. Verdufte!» Die Leute sahen gehetzt und angespannt aus. Mit großer Geschwindigkeit rasten Autos vorbei. Ständig quietschten Autoreifen und es roch nach verbranntem Gummi.

Ich ging weiter. Schließlich sah ich vor mir ein Schild «Seemanns-Herberge». Dankbar trat ich durch die Tür. «Ausfüllen», sagte eine kalte, unpersönliche Stimme. Sorgfältig füllte ich das Formular aus, das mir unhöflich zugeschoben worden war, und gab es mit einem «Dankeschön» zurück. «Sie brauchen mir nicht zu danken», fauchte mich die kalte Stimme an. «Ich tu' Ihnen keinen Gefallen, ich mach nur mein Job.» Ich stand da und wartete. «Na, was ist los?», fragte die Stimme. «Zimmer Dreihundertdrei, so steht's auf dem Formular geschrieben und auch auf dem Schlüsselanhänger.»

Ich wandte mich ab. Wie konnte man auch mit einem menschlichen Automaten sprechen? Ich ging hinüber zu einem Mann, der offensichtlich ein Seemann war. Er saß in einem Sessel und las ein Herrenmagazin. «Wir Männer geraten schnell mal in Jennys Haare», sagte er, bevor ich sprechen konnte. «Welche Zimmernummer haben Sie?»

«Dreihundertdrei», antwortete ich verstimmt. «Ich bin zum ersten Mal hier.»

«Im dritten Stock, das dritte Zimmer, Steuerbord», sagte er.

Ich bedankte mich bei ihm, und ging hinüber zu einer Tür, über der «Fahrstuhl» stand.

«Auf den Knopf drücken», rief der Mann im Sessel. Ich tat es, und kurz darauf öffnete sich die Tür. Ein schwarzer Junge winkte mich heran. «Nummer?», fragte er.

«Drei-Null-Drei», sagte ich. Er drückte den Knopf, und der kleine Fahrraum bewegte sich schnell aufwärts und hielt plötzlich an. Der schwarze Junge öffnete die Tür und sagte: «Dort.»

Die Tür schloss sich hinter mir, und wieder stand ich allein da. Fummelnd schaute ich nochmals auf den Schlüsselanhänger, um mich der Nummer zu vergewissern. Dann ging ich den Flur entlang und suchte nach meinem Zimmer. Ja, da war es, über der dritten Tür rechts nach dem Fahrstuhl stand auf einem kleinen Schild die Nummer 303 geschrieben. Ich steckte den Schlüssel ins Schloss und drehte. Ich öffnete die Türe und betrat den Raum. Was ich sah, war ein ziemlich kleines Zimmer, etwa so groß wie eine Schiffskabine. Als ich die Türe schloss, bemerkte ich die Hausordnung. Ich las sie sorgfältig durch und erfuhr, dass ich nur vierundzwanzig Stunden hierbleiben konnte, es sei denn, ich wartete auf ein Schiff. Dann durfte man höchstens achtundvierzig Stunden hierbleiben. Vierundzwanzig Stunden! Also gab es selbst hier keinen Frieden. Ich setzte mich auf einen meiner Koffer, bürstete mir den Staub ab und ging hinaus, um mir etwas zu Essen und Zeitungen zu holen. Vielleicht würde ich bei den Stellenanzeigen eine passende Stelle für mich finden.

Kapitel 6

New York schien ein sehr unfreundlicher Ort zu sein. Leute, die ich ansprach, um nach dem Weg zu fragen, sahen mich erschrocken an und eilten weiter. Nach einer Nacht Schlaf frühstückte ich und bestieg einen Bus in die Bronx. Beim Lesen der Zeitungen hatte ich den Eindruck gewonnen, dass ich dort billig wohnen könnte. Als ich in der Nähe des Bronx-Parks ausstieg, schlenderte ich den Bürgersteig entlang und suchte nach einem Schild mit der Aufschrift «Zimmer frei». Ein Auto raste auf der falschen Seite zwischen zwei Lastwagen hindurch, geriet ins Schleudern, überfuhr die Bordsteinkante und prallte gegen meine linke Seite. Wieder einmal hörte ich meine Knochen brechen. Als ich zu Boden glitt, und noch bevor ich in die erlösende Ohnmacht fiel, sah ich einen Mann, der sich meine beiden Koffer schnappte und mit ihnen verschwand.

Die Atmosphäre war erfüllt von Musik. Ich fühlte mich wohl und glücklich nach Jahren voller Mühsale. «Ah!», rief die Stimme des Lama Mingyar Dondup. «So, hat es dich wieder einmal hierher verschlagen?» Ich öffnete die Augen. Er sah lächelnd auf mich herab. Seine Augen waren voller Mitleid. «Das Leben auf der Erde ist wirklich hart und bitter. Du hast Erfahrungen gemacht, die den meisten Menschen glücklicherweise erspart bleiben. Es ist nur ein Zwischenspiel, Lobsang, nur ein sehr, sehr unerfreuliches Zwischenspiel. Nach der langen Nacht wird der Tag der Vollendung kommen, an dem du erwachst und weder auf die Erde noch auf irgendeine andere niedere Welt zurückkehren musst.» Ich seufzte. Es war sehr schön hier, was die Härte und die Ungerechtigkeit des Erdenlebens noch mehr hervorhob. «Du, mein lieber Lobsang», sagte mein Mentor, «lebst dein letztes Leben auf der Erde. Du merzt dein ganzes Karma aus und erfüllst gleichzeitig eine bedeutsame Aufgabe. Eine Aufgabe, die böse Kräfte zu verhindern versuchen.»

Karma! Das erinnerte mich lebhaft an die Lektion, die ich in meinem geliebten und weitentfernten Lhasa gelernt hatte.

Die kleinen Silberglocken klangen gerade aus, und die lauten, klaren Langhorn-Trompetenklänge, die über das Lhasatal hinwegdröhnten, verstummten. Um mich herum herrschte eine unheimliche Stille, eine Stille, die es eigentlich nicht geben dürfte. Ich wurde aus meiner Träumerei gerissen, als die Mönche im Tempel mit ihren tiefen Stimmen die Totenlitanei anstimmten. Die Totenlitanei? Ach ja, natürlich, es war die Litanei für den alten Mönch, der kürzlich verstorben war. Gestorben nach einem Leben voller Leid, im Dienste für die anderen. Er hatte sich immer missverstanden gefühlt und war ohne Dank geblieben.

«Was für ein schreckliches Karma muss er gehabt haben», sagte ich zu mir. «Was für ein schlimmer Mensch muss er in seinem früheren Leben gewesen sein, um ein solches Leben verdient zu haben.»

«Lobsang!» Die Stimme hinter mir klang wie ein entfernter Donnerschlag. Die Schläge, die nun auf meinen eingezogenen Körper niederprasselten, zeigten, dass die Stimme leider doch nicht ganz so weit entfernt war. «Lobsang! Du versteckst dich hier und zeigst unserem verstorbenen Bruder gegenüber keinerlei Respekt. Nimm das und das!» Plötzlich hörten die Schläge und die Hiebe wie durch ein Wunder auf. Ich drehte meinen malträtierten Kopf herum und blickte zu der riesigen Gestalt hinauf, die über mir ragte und immer noch den schweren Knüppel in der erhobenen Hand hielt.

«Tempelwächter», sagte eine mir vertraute und geliebte Stimme, «das war aber eine sehr harte Strafe für einen kleinen Jungen. Was hat er getan, um derart bestraft zu werden? Hat er den Tempel entweiht? Hat er sich den goldenen Statuen gegenüber ungebührlich benommen? Sprecht und erklärt mir eure Grausamkeit!»

«Ehrenwerter Herr Mingyar Dondup», klagte der großgewachsene Tempelwächter, «der Junge hat hier herumgeträumt, statt sich zusammen mit seinen Brüdern an der Totenlitanei zu beteiligen.»

Der Lama Mingyar Dondup, selbst kein kleiner Mann, schaute traurig zu dem über zwei Meter großen Mann aus Kham hinauf, der vor ihm stand. Mit fester Stimme sagte der Lama: «Sie können gehen, Tempelwächter. Ich werde mich selbst darum kümmern.»

Nachdem sich der Wächter respektvoll verbeugt hatte und gegangen war, wandte sich mein Mentor an mich: «Komm, Lobsang, lass uns in mein Zimmer gehen, damit du mir die Geschichte deiner zahlreichen, gutbestraften Sünden erzählen kannst.» Nach diesen Worten beugte er sich vor und half mir auf die Beine. In meinem kurzen Leben hatte mir bisher niemand so viel Güte gezeigt wie mein Mentor, und es fiel mir schwer, die Tränen der Dankbarkeit und Liebe zurückzuhalten.

Der Lama machte kehrt und schritt langsam durch den langen leeren Korridor. Ich folgte ihm ergeben, ja sogar gerne, denn ich wusste, dass von diesem großartigen Mann niemals Unrecht ausgehen würde.

Am Eingang zu seinem Zimmer hielt er an, drehte sich um und legte mir die Hand auf die Schulter und sagte: «Komm, Lobsang, du hast kein Verbrechen begangen. Komm herein und erzähle mir von deinen Schwierigkeiten.» Mit diesen Worten schob er mich vor sich her und forderte mich auf, Platz zu nehmen. «Essen, Lobsang, Essen, an das denkst du doch auch gerade. Wir müssen etwas zu Essen und Tee haben, während wir uns unterhalten.» Gemächlich läutete er seine Silberglocke, und ein Bediensteter trat ein.

Bis uns das Essen und Trinken gebracht wurde, saßen wir schweigend da. Ich dachte darüber nach, mit welcher Gewissheit immer alle meine Vergehen entdeckt und bestraft wurden, kaum dass ich sie begangen hatte. Einmal mehr unterbrach eine Stimme meine Gedanken. «Lobsang! Du träumst ja schon wieder! Essen, Lobsang, das Essen steht vor dir, und ausgerechnet du, hast es nicht bemerkt.» Die freundlich neckende Stimme brachte mich wieder zurück und ich griff fast automatisch nach einem dieser süßen, gezuckerten Kekse, die ich so sehr liebte. Kekse, die aus dem fernen Indien für den Dalai Lama hierhergebracht worden waren, und die mir dank seiner Freundlichkeit ebenfalls zuteilwurden.

Eine ganze Weile saßen wir da und aßen, oder besser gesagt, ich aß, und der Lama lächelte mich gütig an. «Nun, Lobsang», sagte er, als es den Anschein machte, dass mein Magen voll war, «worum ging es vorhin?»

«Herr Lehrer», fing ich an, «ich habe über das schreckliche Karma des verstorbenen Mönchs nachgedacht. Er muss in vielen seiner vergangenen Leben ein sehr schlechter Mensch gewesen sein. Und während ich über das nachgedacht habe, habe ich völlig die Tempelandacht vergessen, und der Tempelwächter kam, bevor ich fliehen konnte.»

Er brach in ein Lachen aus. «So, so, Lobsang, du wolltest also versuchen, deinem Karma zu entkommen, wenn du gekonnt hättest!» Ich schaute ihn verdrießlich an. Ich wusste, dass nur wenige den athletischen Wächtern entwischen konnten, die trotz ihrer Größe sehr schnell zu Fuß waren.

«Lobsang, diese Sache mit dem Karma. Oh, wie sehr sie doch missverstanden wird, selbst von einigen in diesen Tempeln hier. Mach es dir bequem. Wir werden uns jetzt ausführlich darüber unterhalten.»

Ich rutschte ein wenig hin und her und tat so, als würde ich es mir bequem machen. Eigentlich wäre ich viel lieber draußen bei den anderen gewesen. Mir war jetzt nicht nach Herumsitzen zumute und einem Vortrag zuzuhören. Denn selbst ein Vortrag von einem noch so ranghohen Mann wie dem Lama Mingyar Dondup war eben nur ein Vortrag und Medizin mit einem angenehmen Geschmack war eben auch nur Medizin.

«Eigentlich weißt du das alles schon, Lobsang», fing er an, «oder du solltest es wissen, wenn du deinen Lehrern aufmerksam zugehört hättest (was ich bezweifle), aber ich werde es dir noch einmal erklären, obwohl ich fürchte, dass es dir im Augenblick immer noch an der nötigen Aufmerksamkeit fehlt.» Nach diesen Worten warf er mir einen besonders eindringlichen Blick zu und fuhr fort: «Wir kommen auf die Erde wie in eine Schule. Wir kommen hierher, um unsere Lektionen zu lernen. Beim Eintritt in die Schule befinden wir uns zuerst in der ersten und niedrigsten Klasse, weil wir unwissend sind und bis jetzt noch nichts gelernt haben. Am Ende des Schuljahres bestehen wir das Examen oder wir fallen durch. Wenn wir das Examen bestehen, gehen wir nach den Schulferien weiter in die nächsthöhere Klasse. Wenn wir durchgefallen sind, kehren wir wieder in dieselbe alte Klasse zurück. Wenn wir vielleicht nur in einem Fach durchgefallen sind, dann können wir dennoch in die nächsthöhere Klasse aufsteigen, müssen jedoch das Fach nachholen, in dem wir versagt haben.»

Er erklärte es mir so deutlich, dass ich es sehr gut verstand. Mir selbst ist dasselbe schon einmal passiert: Ich fiel bei einer Prüfung in einem Fach durch und wechselte dann in die nächsthöhere Klasse, wo ich mich mit älteren Jungen messen musste und gleichzeitig mein Versäumnis nachholen musste – in der Zeit, die eigentlich meine Freizeit gewesen wäre. Ich wusste, wie es war, unter den Adleraugen eines verstaubten, alten Lamalehrers zu studieren, eines Lehrers, der so alt war, dass er seine eigene Kindheit vergessen hatte.

Plötzlich ein Krachen – ich hob fast vom Boden ab! «Aha, Lobsang, bekomme ich doch noch eine Reaktion von dir», sagte mein Mentor und lachte, während er die Silberglocke wieder an ihren Platz zurückstellte, die er eben hinter mich geworfen hatte. «Ich sprach dich mehrmals an, doch du warst mit den Gedanken ganz woanders.»

«Es tut mir leid, ehrwürdiger Lama», sagte ich, «aber ich dachte gerade darüber nach, wie verständlich Ihr Vortrag ist.»

Der Lama unterdrückte ein Lächeln und fuhr fort: «Wir kommen auf diese Erde wie Kinder in ein Klassenzimmer. Wenn wir in unserem Leben gut vorankommen und das lernen, wozu wir gekommen sind, entwickeln wir uns weiter und erreichen eine höhere Ebene des Lebens. Wenn wir jedoch unsere Lektionen nicht lernen, kehren wir wieder in einen fast ähnlichen Körper und zu fast den gleichen Bedingungen auf die Erde zurück. Nehmen wir den Fall eines Mannes, der sich in einem früheren Leben anderen Menschen gegenüber sehr grausam verhalten hat; dann muss er auf diese Erde zurückkehren und versuchen, seine Missetaten wiedergutzumachen. Er muss zurückkehren und anderen Gutes erweisen. Viele der großen Reformatoren waren vormals Missetäter. So dreht sich das Rad des Lebens und bringt dem einen Reichtum und dem anderen Armut. Der Bettler von heute kann der Prinz von morgen sein, und so geht es von Leben zu Leben weiter.»

«Aber, ehrwürdiger Lama», unterbrach ich ihn, «heißt das, dass ein Mann, der ein Bein verloren hat und jetzt Bettler ist, in einem anderen Leben jemanden um sein Bein gebracht hat?»

«Nein, Lobsang, das heißt es nicht. Es bedeutet, dass der Mann seine Lektion durch Armut und durch den Verlust seines Beines lernen muss. Wenn du Rechnen lernst, verwendest du deine Schiefertafel und deinen Abakus. Wenn du Schnitzen lernst, benutzt du ein Messer und ein Stück Holz. Du benutzt Werkzeuge, die dir bei der jeweiligen Aufgabe helfen. Ähnlich ist es mit den körperlichen Gebrechen, die wir haben. Der physische Körper und unsere Lebensumstände sind am besten für die Aufgaben geeignet, die wir zu überwinden haben.»

Ich dachte an den alten Mönch, der gestorben war. Er hatte immer sein «schlechtes Karma» beweint und sich gefragt, was er denn getan haben mag, um ein solch hartes Leben zu verdienen. «Ach ja, weißt du, Lobsang», sagte mein Mentor, der meine Gedanken gelesen hatte, «die Unwissenden beweinen immer die Wirkung des Karmas. Sie realisieren nicht, dass sie manchmal nur Opfer der schlechten Taten anderer sind. Sie denken, sie würden jetzt zu Unrecht leiden, doch in einem späteren Leben werden sie dafür die volle Entschädigung erhalten. Ich möchte daher nochmals betonen, Lobsang, dass man die Entwicklung eines Menschen nicht nach seinem gegenwärtigen Status auf der Erde beurteilen kann. Noch darf man jemanden als schlecht verurteilen, nur weil er in Schwierigkeiten zu stecken scheint. Man sollte auch niemanden verurteilen, bevor man nicht alle Fakten kennt, die man in diesem Leben ohnehin nicht wissen kann, weil man keinen umfassenden Überblick hat.»

Der Klang der Tempeltrompeten hallte durch die Hallen und Korridore, unterbrach unser Gespräch und rief uns zur Abendandacht. Doch war es wirklich der Klang der Tempeltrompeten oder ein tiefer Gong? Es schien, als dröhnte der Gong in meinem Kopf weiter, ließ mich zusammenzucken und brachte mich wieder ins Leben auf der Erde zurück.

Müde öffnete ich die Augen. Um mein Bett herum waren Wandschirme aufgestellt, und in der Nähe stand eine Sauerstoffflasche. «Er ist aufgewacht, Doktor», sagte eine Stimme. Schlurfende Schritte kamen näher, die vom Rascheln eines gutgestärkten Kittels begleitet wurden. Ein rotes Gesicht kam in mein Blickfeld. «Aha», sagte der amerikanische Arzt. «So, Sie sind wieder ins Leben zurückgekehrt! Man hat Sie schwer verletzt bei uns eingeliefert!» Ich schaute ihn ausdruckslos an.

«Meine Koffer?», fragte ich. «Sind sie hier?»

«Nein, ein Mann hat sich damit aus dem Staub gemacht. Die Polizei hat ihn noch nicht ausfindig machen können.»

Später an diesem Tag kam ein Polizist an mein Bett und wollte weitere Informationen. Meine Koffer waren gestohlen worden. Der Mann, der mich umgefahren und schwer verletzt hatte, war nicht versichert. Er war ein arbeitsloser Schwarzer. Einmal mehr hatte ich meinen linken Arm, vier Rippen und beide Füße gebrochen.

«In einem Monat werden Sie wieder draußen sein», sagte der Doktor aufmunternd. Doch es kam eine doppelseitige Lungenentzündung hinzu. Neun Wochen lang lag ich im Krankenhaus. Als ich wieder aufstehen konnte, stand die Frage der Bezahlung an. «Wir haben in Ihrer Brieftasche zweihundertsechzig Dollar gefunden. Zweihundertfünfzig davon werden wir Ihnen für den Aufenthalt hier nehmen müssen.» Entsetzt schaute ich den Mann an. «Aber ich habe keinen Job, nichts», sagte ich. «Wie soll ich denn von zehn Dollar leben?»

Der Mann zuckte mit den Schultern und meinte: «Oh, dann müssen Sie den Schwarzen verklagen. Sie sind hier behandelt worden und dieser

Aufenthalt muss bezahlt werden. Der Unfall hat mit uns nichts zu tun. Verklagen Sie den Mann, der das verschuldet hat.»

Noch zittrig und unsicher auf den Beinen ging ich die Treppe hinunter und wankte auf die Straße. Ich hatte kein Geld, außer den zehn Dollar. Ich hatte keine Arbeit und keine Bleibe. Wovon sollte ich jetzt leben, das war das Problem. Der Pförtner deutete mit dem Daumen die Straße hinauf. «Weiter oben ist 'ne Stellenvermittlung, geh mal dahin.» Ich nickte stumm und humpelte davon und machte mich auf die Suche, was meine einzige Hoffnung zu sein schien. In einer heruntergekommenen Nebenstraße sah ich ein abgewetztes Schild mit der Aufschrift «Stellenvermittlung». Das Treppensteigen bis in den dritten Stock war beinahe zu viel für mich. Oben angekommen, hielt ich mich keuchend am Treppengeländer fest, bis ich mich einigermaßen wieder etwas erholt hatte.

«Kannst'e schrubben, Mann?», fragte der Typ mit den gelben Zähnen und rollte eine zerfledderte Zigarre zwischen seinen dicken Lippen hin und her. Er musterte mich von oben bis unten. «Schätze, du kommst gerade aus'nem Knast oder aus'm Krankenhaus», sagte er. Ich erzählte ihm, was mir widerfahren war und wie man mich um mein ganzes Hab und Gut und mein Geld gebracht hatte. «Dann brauchst'e ja die Kohle ziemlich schnell», sagte er. Er griff nach einer Karte und füllte sie aus. Er gab sie mir und sagte, ich solle sie in einem sehr namhaften Hotel vorzeigen. Es war das Hotel der Hotels! Ich zog los und gab kostbare Cents für den Bus aus.

«Zwanzig Dollar die Woche und eine Mahlzeit pro Tag», ließ mich der Personalleiter wissen. So kam es, dass ich für zwanzig Dollar und eine Mahlzeit am Tag zehn Stunden lang täglich Berge von schmutzigen Tellern wusch und endlose Treppen schrubbte.

Zwanzig Dollar pro Woche und eine Mahlzeit. Die Mahlzeiten, die man dem Personal vorsetzte, waren nicht von gleicher Qualität wie die für die Gäste. Das Essen für das Personal wurde streng kontrolliert und überwacht. Mein Lohn war so gering, dass ich mir kein Zimmer leisten konnte. Ich fand mein Zuhause in den Parks, unter Brücken und Arkaden, und lernte, mich nachts davonzustehlen, bevor die Polizisten auf Streife mit ihren harten Schlagstöcken auftauchten und in Befehlsform sagten: «Mach, dass du weiterkommst!» Ich lernte, meine Kleider mit Zeitungspapier auszustopfen, um die bitterkalten Winde abzuhalten, die nachts durch die fast menschenleeren Straßen von New York fegten. Mein einziger Anzug war vom vielen Reisen abgetragen und durch die Arbeit verschmutzt. Ich hatte auch keine Unterwäsche zum Wechseln. Um diese zu waschen, schloss ich mich in die Männertoilette ein. Dort zog ich die Unterwäsche aus und zog die Hosen wieder an. Dann wusch ich sie im Waschbecken aus und trocknete sie an den Dampfrohrleitungen. Ich konnte nicht hinausgehen, bevor sie nicht trocken waren. Meine Schuhe hatten Löcher in den Sohlen. Ich flickte sie, indem ich Kartonstücke hineinlegte, während ich die Mülltonnen durchsuchte, um ein Paar bessere zu finden, die vielleicht ein Gast entsorgt hatte. Aber es gab viele wachsame Augen und viele flinke Hände, die den Gästemüll durchsuchten, bevor er mich erreichte. Ich lebte und arbeitete von einer Mahlzeit am Tag und von sehr viel Wasser. Nach und nach hatte ich etwa hundert Dollar zusammengespart, damit ich mir neue Kleider, einen Anzug und ein Paar Schuhe aus zweiter Hand kaufen konnte.

Eines Tages als ich gerade in der Nähe eines Diensteinganges arbeitete, hörte ich dem Gespräch zweier Gäste zu. Sie unterhielten sich über eine Stellenanzeige, die sie aufgegeben hatten, um eine bestimmte Person zu finden, die sie bräuchten, aber sich darauf niemand gemeldet hatte. Ich arbeitete langsamer und langsamer. Ich hörte: «Sie müsste Kenntnisse über Europa haben. Eine gute Stimme, Funkerfahrung …» Etwas geschah mit mir. Ich eilte hinter der Tür hervor und sagte hastig: «Das alles kann ich!» Die Männer sahen mich zunächst verblüfft an, dann brachen sie in ein schallendes Gelächter aus. Der Oberkellner und ein anderer Kellner sprangen mit wutentbrannten Gesichtern herbei. «Hinaus!», befahl der Oberkellner, wobei er mich heftig am Kragen packte und mein altes Jackett von oben bis unten zerriss. Ich drehte mich um und warf ihm die beiden Jacketthälften ins Gesicht. «Zwanzig Dollar die Woche geben Ihnen noch lange nicht das

Recht, so mit mir umzuspringen!», sagte ich erbittert. Einer der beiden Herren schaute mich entsetzt an: «Zwanzig Dollar die Woche, sagten Sie?»

«Ja, Sir, das ist hier die Bezahlung und eine Mahlzeit pro Tag. Ich schlafe in den Parks. Ich werde von der Polizei von Ort zu Ort gehetzt. Ich kam in dieses ‹Land der unbegrenzten Möglichkeiten› und schon am nächsten Tag überfuhr mich ein Mann mit seinem Auto. Als ich bewusstlos war, raubte mir jemand mein ganzes Gepäck, das ich besaß. Beweise, Sir? Ich kann es Ihnen beweisen. Sie können meine Geschichte überprüfen!»

Der Betriebsleiter des Hotels eilte herbei, rang die Hände und weinte fast. Er führte uns in sein Büro. Die anderen setzten sich. Mich ließ man stehen. Der ältere der beiden Gäste telefonierte währenddessen mit dem Krankenhaus, und nach einigen Verzögerungen wurde meine Geschichte Wort für Wort bestätigt. Der Betriebsleiter drückte mir einen Zwanzig-Dollar-Schein in die Hand. «Kaufen Sie sich ein neues Jackett», sagte er, «und jetzt raus mit Ihnen.» Ich drückte ihm das Geld wieder in seine schlaffe Hand zurück. «Behalten Sie es», sagte ich. «Sie werden es nötiger brauchen als ich.»

Ich drehte mich um und ging zur Tür. Als ich sie erreicht hatte, schoss eine Hand in die Höhe und eine Stimme rief: «Halt!» Der ältere Mann schaute mir direkt in die Augen. «Ich denke, Sie könnten zu uns passen. Wir wollen das abklären. Kommen Sie morgen nach Schenectady. Hier ist meine Visitenkarte.» Ich nahm sie, drehte mich um und wollte gehen. «Warten Sie», rief er hinter mir her, «hier sind fünfzig Dollar, damit Sie auch kommen.»

«Sir», sagte ich und lehnte das angebotene Geld ab, «ich komme zu Ihnen mit eigenen Mitteln. Ich nehme kein Geld, bevor Sie nicht sicher sind, dass Sie mit mir zufrieden sind. Ich kann Ihnen das Geld nicht zurückzahlen, wenn Sie mich nicht wollen.»

Ich machte kehrt und verließ den Raum. Aus meinem Schrank im Personalraum holte ich meine spärlichen Sachen und trat auf die Straße hinaus. Ich konnte nirgend wohin gehen, nur in den Park, wo ich mich auf eine Parkbank setzte. Ich hatte kein Dach über dem Kopf, und niemanden, von dem ich mich verabschieden konnte. In der Nacht regnete es in Strömen und durchnässte mich bis auf die Haut. Zum Glück blieb mein neuer Anzug einigermaßen trocken, weil ich mich auf ihn gesetzt hatte.

Am Morgen trank ich einen Kaffee und aß ein Sandwich. Ich fand heraus, dass ich von New York nach Schenectady am billigsten mit dem Bus reisen konnte. Ich kaufte eine Fahrkarte und machte es mir auf dem Sitz bequem. Ein Fahrgast hatte die «Morning Times» auf dem Sitz liegengelassen, also las ich sie, um mich vom Brüten über meine ungewisse Zukunft abzuhalten. Der Bus brummte weiter und ließ Kilometer um Kilometer hinter sich. Gegen Mittag kam ich in der Stadt an. Ich ging in die öffentliche Badeanstalt, zog mir die sauberen Kleider an und machte mich so kleidsam wie nur möglich. Dann machte ich mich auf den Weg.

Im Radiostudio erwarteten mich die beiden Männer. Stunde um Stunde überhäuften sie mich mit Fragen. Ein Mitarbeiter nach dem anderen kam herein und ging wieder. Am Ende kannten sie meine ganze Geschichte. «Sie sagen, Ihre Ausweispapiere seien bei einem Freund in Shanghai deponiert?», sagte der ältere der Herren. «Dann werden wir Sie vorübergehend einstellen. Schicken Sie ein Telegramm nach Shanghai und lassen Sie Ihre Dokumente und das andere Gepäck hierherkommen. Sobald wir diese gesehen haben, gehören Sie zur festen Belegschaft. Fürs Erste bekommen Sie hundertzehn Dollar pro Woche, und wenn wir Ihre Unterlagen gesehen haben, sprechen wir über mehr. Lassen Sie alles auf unsere Kosten herschicken.»

Der zweite Mann meinte: «Er kann sicher einen Vorschuss gebrauchen.»

«Gib ihm einen Monat im Voraus», sagte der erste Mann. «Übermorgen kann er bei uns anfangen.»

So begann eine glückliche Zeit in meinem Leben. Ich mochte die Arbeit und führte sie zur vollen Zufriedenheit aus. Im Laufe der Zeit kamen meine Ausweispapiere, meine uralte Kristallkugel und das andere Gepäck an. Die beiden Männer prüften meine Dokumente und gaben mir fünfzehn Dollar mehr die Woche. Das Leben begann mir zuzulächeln, dachte ich.

Nach einiger Zeit, in der ich den größten Teil meines Lohnes gespart hatte, erwuchs in mir das Gefühl, dass ich nirgendwo hinkomme. Ich kam mit meiner mir zugewiesenen Lebensaufgabe nicht vorwärts. Der ältere Mann war sehr mit mir zufrieden. Ich ging zu ihm und erzählte ihm mein Problem, erzählte, dass ich aussteigen würde, sobald sie einen passenden Ersatz für mich gefunden hätten. Danach blieb ich noch drei Monate dort.

Unter meinen eingetroffenen Ausweispapieren befand sich auch mein englischer Pass, den mir die britische Behörde in Shanghai entgegenkommenderweise ausgestellt hatte. In jenen längst vergangenen Kriegstagen hatten mich die Briten sehr geschätzt, da ich stets zu ihren Diensten stand. Jetzt aber, als ich mit meinem Pass und den anderen Dokumenten aufs britische Konsulat in New York ging, dachten sie offenbar, es gäbe nichts mehr für sie zu gewinnen. Nach zahlreichen Schwierigkeiten und erheblichen Verzögerungen erhielt ich schließlich ein Visum und eine Arbeitserlaubnis für England.

Schließlich wurde ein Ersatzmann für mich gefunden. Ich blieb noch zwei weitere Wochen, um ihn einzuarbeiten, dann ging ich.

Amerika ist sicher einmalig für jemand, der weiß, wie er völlig umsonst überallhin reisen kann. Ich blätterte durch verschiedene Zeitungen, bis ich unter der Rubrik «Transporte» folgendes fand:

Autoüberführungen:
California · Seattle · Boston · New York
Benzin gratis · Telefon: 000000 XXX

Firmen in Amerika beliefern den ganzen Kontinent mit ihren Autos. Für viele Autofahrer, die kein eigenes Auto besitzen und gerne reisen möchten, ist das eine sehr gute und billige Methode. Man setzt sich mit der Autotransportfirma in Verbindung, absolviert ein paar einfache Fahrtests und bekommt dann Benzingutscheine für bestimmte Tankstellen auf der Route.

Ich rief die XXX Autotransportfirma an und erkundigte mich, ob sie ein Fahrzeug hätten, das nach Seattle gebracht werden muss. «Das ist kein Problem», sagte der Mann mit dem irischen Akzent. «Ich suche einen guten Fahrer, der mir einen Lincoln dorthin bringt. Fahren Sie mich mal rum, damit ich sehen kann, ob Sie dazu geeignet sind.» Als ich ihn herumfuhr, gab er mir noch viele nützliche Tipps. Er schien mich zu mögen. Dann sagte er: «Ich erkenne Ihre Stimme. Waren Sie nicht Rundfunksprecher?» Ich bestätigte es ihm. Er sagte weiter: «Ich habe zu Hause ein Kurzwellenradio. Ich benutze es, um in Verbindung mit meiner alten Heimat zu bleiben. Irgendetwas ist kaputtgegangen. Ich erhalte keinen Kurzwellenempfang mehr. Die Leute hier kennen sich mit diesem Radiotyp nicht aus. Sie vielleicht?»

Ich versprach ihm, ich würde es mir ansehen, und er lud mich am Abend zu sich nach Hause ein. Er lieh mir sogar ein Auto, damit ich zu ihm fahren konnte. Seine ebenfalls aus Irland stammende Frau war außerordentlich nett. Sie beide hinterließen in mir ein sehr freundschaftliches Gefühl für Irland, das noch stärker wurde, als ich später dort lebte.

Das Radio war ein sehr bekanntes englisches Modell, ein besonders schöner Eddystone Kurzwellenapparat, wie man ihn heute selten mehr findet. Das Glück war mir hold. Der Ire hob eine der Radioempfangsspulen auf, und ich sah ihm zu, wie er sie hielt. «Können Sie mir die Spule mal hinüberreichen, bitte», sagte ich, «und hätten Sie vielleicht noch ein Vergrößerungsglas?» Das war schnell zur Hand. Eine rasche Überprüfung zeigte mir, dass durch eine falsche Handhabung an einem der Stifte ein Draht abgebrochen war. Ich zeigte es ihm. «Haben Sie einen Lötkolben und Lötzinn?», fragte ich ihn. Nein, aber sein Nachbar. Er eilte davon und war kurz darauf wieder zurück. Innerhalb von Minuten war der Draht angelötet und das Radio lief wieder. Ein paar einfache Einstellungen an den Reglern und schon funktionierte es noch besser. Bald lauschten wir der BBC in London, England.

«Ich hatte bereits vor, den Apparat nach England zu schicken, um ihn dort reparieren zu lassen», sagte der Ire. «Ich möchte nun etwas für Sie tun. Der Besitzer des Lincolns wollte, dass einer von unseren festangestellten

Mitarbeitern den Wagen nach Seattle fährt. Er ist ein reicher Mann. Ich werde Sie jetzt auf unsere Gehaltsliste setzen, und Sie werden für die Fahrt bezahlt. Wir geben Ihnen achtzig Dollar und berechnen ihm Hundertzwanzig dafür. Abgemacht?»

Abgemacht! Selbstverständlich, das passte mir ausgezeichnet.

Am folgenden Morgen fuhr ich los. Pasadena war mein erstes Ziel. Ich wollte mich dort vergewissern, dass der Schiffsmaschinist, dessen Papiere ich benutzt hatte, wirklich keine Verwandten hatte. New York, Pittsburgh, Columbus, Kansas City, die Kilometer schnurrten ab. Ich beeilte mich nicht und ließ mir eine ganze Woche Zeit für die Fahrt. Nachts schlief ich in dem großen geräumigen Auto, um die Hotelausgaben zu sparen. Ich fuhr von der Straße ab, wann immer ich es für richtig hielt. Bald erreichte ich die Vorberge der amerikanischen Rocky Mountains. Hier genoss ich die bessere Luft und fühlte mich umso wohler, je höher ich mit dem Wagen fuhr. Einen ganzen Tag lang verbrachte ich hoch oben in den Bergen. Dann fuhr ich weiter nach Pasadena. Meine akribischen Nachforschungen vor Ort bestätigten mir, dass der Maschinist wirklich keine Verwandten hatte. Er schien ein griesgrämiger Mann gewesen zu sein, der es vorgezogen hatte, niemanden, außer sich selbst, in seiner Nähe zuzulassen.

Ich fuhr durch den Yosemite Nationalpark, den Crater Lake Nationalpark, durch Portland und schließlich erreichte ich Seattle. Ich brachte den Wagen in die Autowerkstatt, wo er gründlich überprüft, geschmiert und gewaschen wurde. Dann wurde der Käufer vom Geschäftsführer informiert. «Kommen Sie», sagte er zu mir, «er möchte gerne, dass wir ihm das Auto vorbeibringen.» Ich fuhr den Lincoln, während der Geschäftsführer ein anderes Auto fuhr, um sicherzustellen, dass wir zurückkommen konnten. Gemeinsam fuhren wir die großzügige Einfahrt eines großen Anwesens hinauf. Drei Männer erschienen. Der Geschäftsführer verhielt sich sehr respektvoll dem Käufer des Lincolns gegenüber, der mit einem abweisenden Gesicht dastand. Die beiden anderen Männer bei ihm waren Automechaniker, die den Lincoln gründlichst überprüften. «Der Wagen ist sehr schonend eingefahren worden», bemerkte der ältere der beiden. «Sie können den gelieferten Wagen ohne Bedenken übernehmen.»

Der Mann mit dem abweisenden Gesicht nickte mir herablassend zu. «Kommen Sie mit in mein Arbeitszimmer», sagte er. «Sie kriegen einen Bonus von hundert Dollar, nur für Sie, weil Sie ihn so schonend gefahren haben.»

«Mann, oh Mann!», sagte der Geschäftsführer danach, «das war aber eine sehr großzügige Geste von ihm. Da haben Sie aber einen Treffer gelandet.»

«Ich bräuchte noch einen Job, der mich nach Kanada bringt», sagte ich zu ihm. «Könnten Sie mir dabei helfen?»

«Nun», sagte der Geschäftsführer. «Sie möchten wahrscheinlich nach Vancouver gehen, aber in diese Richtung habe ich nichts. Es gibt nur jemand, der einen neuen DeSoto haben will. Er wohnt in Oroville, das ist direkt an der Grenze. Er will selbst nicht so weit fahren. Er wäre wahrscheinlich sehr froh, wenn ihm jemand den Wagen liefern könnte. Seine Kreditwürdigkeit ist gut. Ich werde ihn gleich anrufen.»

«Du meine Güte, Hank!», sagte der Geschäftsführer zu seinem Gesprächspartner am Telefon. «Lass jetzt das Feilschen und sag mir, ob du den DeSoto noch haben willst?» Er hörte eine Weile zu, dann unterbrach er ihn: «Hab' ich dir das nicht eben gesagt? Ich hab' hier ein Mann, der auf seinem Weg nach Kanada an Oroville vorbeikommt. Er hat gerade einen Lincoln aus New York hier abgeliefert. Was meinst du, Hank?» Hank, in Oroville, setzte sein Gespräch noch eine Weile fort, dessen Stimme in einem wirren Ton zu mir herüberdrang. Der Geschäftsführer seufzte ärgerlich. «Das ist ja zum Haare raufen», meinte er. «Du kannst das Finanzielle doch über die Bank abwickeln, schätze ich. Ich kenne dich jetzt schon seit zwanzig Jahren oder mehr, und ich habe keine Angst, dass du mir davonrennst.» Er hörte noch eine Weile zu. «Also gut», sagte er abschließend, «ich werde das erledigen. Okay, ich schreibe es mit auf die Rechnung.» Er legte den Hörer auf und atmete geräuschvoll aus.

«Sagen Sie», fragte er mich, «kennen Sie sich mit Frauen aus?» Mit Frauen? Was dachte er wohl, was ich über Frauen wusste? Wer weiß denn schon etwas über Frauen? Die sind sich doch selbst ein Rätsel! Der Geschäftsführer sah meinen erstaunten Blick. «Hank ist schon seit vierzig Jahren Junggeselle, soviel ich weiß. Nun bittet er mich, ihm ein paar Frauenkleider mitzuschicken. Sieh an, sieh an, ich dachte schon immer, der Kerl sei schwul. Ich werde meine Frau fragen, was man da so mitgibt.»

Ein paar Tage später fuhr ich mit einem nagelneuen DeSoto und einigen Frauenkleidern nach Seattle. Die Frau des Geschäftsführers hatte einfühlsam mit Hank telefoniert und herausbekommen, was ihm da so vorschwebte! Von Seattle fuhr ich nach Wenatchee und weiter nach Oroville. Hank war zufrieden. Ich verlor dort nicht viel Zeit, sondern machte mich gleich auf den Weg nach Kanada. Ein paar Tage verbrachte ich in Osoyoos. Mit ziemlich viel Glück gelang es mir Kanada zu durchqueren, von Trail nach Ottawa über Montreal und Québec. Es macht wenig Sinn, hier darauf einzugehen, da die Reise so ungewöhnlich war, dass es vielleicht einmal ein weiteres Thema für ein Buch sein könnte.

Québec ist eine sehr schöne Stadt, mit einem einzigen Nachteil, dass wenn man in einigen Stadtteilen nicht Französisch sprach, nicht sehr beliebt war. Meine eigenen Französischkenntnisse reichten gerade mal aus, um mich durchzuschlagen! Ich ging regelmäßig zum Hafen hinunter, und es gelang mir, eine Mitgliedskarte der Marinegewerkschaft zu erwerben. Ich heuerte auf einem Schiff als Deckhandlanger an. Keine hochbezahlte Arbeit, aber eine, die es mir ermöglichte, wieder einmal den Atlantik zu überqueren. Das Schiff war ein altes schmutziges Trampschiff. Der Kapitän und seine Mannschaft hatten schon längst jede Begeisterung für das Meer und für ihr Schiff verloren. Es wurden kaum noch Reinigungsarbeiten durchgeführt. Ich war unbeliebt, weil ich weder spielte noch über Frauen sprach. Ich war auch gefürchtet, weil der größte Schläger auf dem Schiff, der seine körperliche Überlegenheit an mir hatte testen wollen, schließlich um Gnade flehen musste. Zwei seiner Leute erging es noch schlimmer. Deshalb wurde ich vor den Kapitän zitiert und getadelt, weil ich Mitglieder der Besatzung arbeitsunfähig geschlagen hatte. Er vergaß dabei völlig, dass ich mich nur verteidigte! Doch von diesen kleinen Vorfällen einmal abgesehen, verlief die Reise ereignislos. Bald fuhr das Schiff langsam den englischen Kanal hinauf.

Ich hatte dienstfrei und war auf Deck, als wir «The Needles» hinter uns ließen und in den Solent-Kanal einliefen, der Wasserarm, der an die Insel Wight und das Festland grenzte. Langsam fuhren wir am Netley Krankenhaus vorbei mit seinen wunderschönen Parkanlagen. Weiter hinauf, vorbei an den geschäftigen Fähren bei Woolston und in den Hafen von Southampton. Der Anker fiel klatschend ins Wasser und die Kette rasselte durch die Klüse. Das Schiff drehte es mit dem Bug voraus herum gegen den Strom. Der Maschinentelegraf verstummte, und das leichte Vibrieren der Antriebsmaschine erstarb. Zollbeamte kamen an Bord, überprüften die Schiffspapiere und durchsuchten die Mannschaftsunterkünfte. Der Hafenarzt erklärte uns für gesund. Danach dampfte das Schiff langsam an seinen Anlegeplatz. Als Mannschaftsmitglied blieb ich an Bord, bis das Schiff gelöscht war. Ich bekam meine Heuer und ging mit meinem spärlichen Hab und Gut an Land.

«Etwas zu verzollen?», fragte der Zöllner

«Nichts, nein», sagte ich, und öffnete, wie befohlen, meinen Koffer. Er sah meine wenigen Sachen durch, schloss den Koffer und machte sein Kreidezeichen darauf.

«Wie lange bleiben Sie hier?», fragte er.

«Ich habe im Sinn, mich hier niederzulassen, Sir», sagte ich.

Er schaute meinen Pass, das Visum und die Arbeitsgenehmigung an. Nach seiner Zustimmung mit einem «okay», winkte er mich durch. Ich ging weiter und drehte mich um, um einen letzten Blick auf das Schiff zu werfen, das ich gerade verlassen hatte. Ein heftiger Stoß warf mich beinahe zu Boden. Schnell wandte ich mich um. Ein anderer Zollbeamter war in mich geprallt. Er kam von der Straße her angerannt, weil er zu spät zum Dienst war. Jetzt saß er halb benommen am Boden. Einen Augenblick lang blieb er sitzen, dann ging ich auf ihn zu, um ihm auf die Beine zu helfen. Wütend schlug er nach mir. Also hob ich meinen Koffer auf, um weiterzugehen.

«Halt», schrie er.

«Es ist alles in Ordnung, Sir», sagte der Zöllner, der mich abgefertigt hatte. «Er hat nichts zu verzollen, und seine Papiere sind auch in Ordnung.»

«Das werde ich selbst nochmals überprüfen», sagte der Oberzollbeamte. Neben mir standen zwei weitere Zöllner, deren Gesichter echte Besorgnis zeigten. Einer wollte etwas erwidern, doch ihm wurde schroff gesagt, er solle die Klappe halten.

Man führte mich in einen Raum, und bald erschien der zornige Zollbeamte. Er durchsuchte mein Koffer und warf meine Sachen auf den Boden. Er prüfte die Nähte und den Boden meines abgewetzten alten Koffers. Verärgert darüber, dass er nichts finden konnte, verlangte er meinen Pass. «Aha!», rief er aus. «Sie haben ein Visum und eine Arbeitsbewilligung. Der Beamte in New York war nicht bevollmächtigt, Ihnen beides auszustellen. Dazu sind nur wir hier in England befugt.» Triumphierend schaute er mich an und riss mit einer theatralischen Geste meinen Pass entzwei und warf ihn in den Mülleimer. Auf einen Impuls hin holte er die Fetzen wieder heraus und steckte sie in seine Tasche. Er läutete eine Glocke und zwei Männer kamen aus dem äußeren Büro herein. «Dieser Mann hier hat keine Ausweispapiere», sagte er. «Er muss ausgewiesen werden. Bringt ihn in die Abschiebezelle.»

«Aber Sir!», widersprach einer der Zöllner. «Ich habe die Ausweispapiere selbst gesehen, sie waren völlig in Ordnung.»

«Zweifeln Sie etwa an meinen Fähigkeiten?», schrie der Oberzollbeamte. «Tun Sie gefälligst, was ich Ihnen sage!»

Ein Mann nahm mich betrübt am Arm. «Kommen Sie», sagte er. Ich wurde abgeführt und in eine leere Zelle weggesperrt.

«Mein Gott, alter Junge!», sagte sehr viel später der aufgeweckte junge Mann vom Auswärtigen Amt, als er meine Zelle betrat. «Das ist aber eine schreckliche Geschichte, nicht wahr?» Er strich sich über sein babyglattes

Kinn und seufzte laut. «Sehen Sie, alter Knabe, Ihre Lage ist hoffnungslos verfahren! Sie müssen Ausweispapiere besessen haben, sonst hätten die Typen in Québec Sie gar nicht erst an Bord gelassen. Doch jetzt stehen Sie ohne Papiere da, und das bedeutet, sie müssen an Bord verloren gegangen sein. Quod erat demonstrandum, alter Knabe, nicht wahr? Ich will damit nur sagen …»

Ich blickte ihn finster an. «Meine Ausweispapiere sind vorsätzlich zerrissen worden. Ich verlange, dass ich freigelassen werde und hier rauskomme», unterbrach ich ihn.

«Ja, ja», erwiderte der aufgeweckte junge Mann. «Aber, können Sie das beweisen? Es ist mir zu Ohren gekommen, was genau passiert ist. Wir müssen aber zu unseren uniformierten Beamten stehen, oder die Presse läge uns ständig in den Ohren. Es gilt also vorrangig den Loyalitäts- und Korpsgeist zu wahren.»

«So, Sie wissen also, dass mein Pass zerrissen worden ist», sagte ich, «und trotzdem können Sie in diesem viel gepriesenen ‹Land der Freiheit› einem solchen Tun seelenruhig zusehen?»

«Mein lieber Mann, Sie besaßen lediglich den Pass eines Einwohners eines annektierten Staates. Sie sind kein gebürtiger Commonwealth-Bürger. Ich fürchte, Sie stehen weit außerhalb unseres Zuständigkeitsbereiches. Nein, alter Knabe, wenn Sie nicht zustimmen, dass Ihre Ausweispapiere, nun ja, über Bord gegangen sind, dann müssen wir gegen Sie wegen illegaler Einwanderung prozessieren. Das könnte Ihnen gut und gerne zwei Jahre Knast einbringen. Wenn Sie mitspielen, werden Sie lediglich wieder nach New York zurückgeschickt.»

«Nach New York? Warum New York?», fragte ich.

«Wenn Sie nach Québec zurückgehen, könnten Sie uns einige Schwierigkeiten bereiten. Wir aber können beweisen, dass Sie aus New York kamen. Alles hängt von Ihnen ab. New York – oder zwei Jahre unfreiwilliger Gast Ihrer Majestät.» Er fügte als nachträglichen Gedanken noch hinzu: «Und selbstverständlich würden Sie nach Ihrer abgesessenen Strafe des Landes verwiesen, und die Behörde würde mit Freude Ihr Geld konfiszieren, das Sie bei sich haben. Unser Vorschlag macht es Ihnen zumindest möglich, es zu behalten.»

Der aufgeweckte junge Mann stand auf und wischte sich den unsichtbaren Staub von seiner makellosen Jacke. «Überlegen Sie es sich, alter Knabe, überlegen Sie es sich, wir bieten Ihnen einen prima Ausweg an.» Mit diesen Worten drehte er sich um und ließ mich in der Zelle allein zurück.

Man brachte mir fades englisches Essen herein, und ich bemühte mich, es mit dem stumpfsten Messer, das ich je gesehen hatte, zu zerschneiden. Vielleicht glaubten sie, ich würde an Selbstmord denken, doch mit einem solchen Messer, würde das ganz bestimmt niemand versuchen.

Der Tag schwand dahin. Ein netter Wärter warf mir ein paar Zeitungen herein. Nach einem kurzen Blick darauf schob ich sie beiseite, denn soweit ich sehen konnte, enthielten sie nur Sex und Skandale. Als es dunkel wurde, brachte man mir eine große Tasse Kakao, eine Scheibe Brot und Margarine. Die Nacht war kühl und feucht, das mich an Gräber und an verwesende Leichen erinnerte.

Der Wärter, der am Morgen Dienst hatte, grüßte mich mit einem Lächeln, das sein steinernes Gesicht fast zerbrechen ließ. «Morgen verlassen Sie uns», sagte er. «Ein Schiffskapitän ist gewillt, Sie mitzunehmen, wenn Sie für Ihre Überfahrt arbeiten. Bei der Ankunft in New York werden Sie der Polizei übergeben.»

Später am Vormittag kam eine Amtsperson vorbei und teilte mir das Gleiche noch einmal offiziell mit. Sie informierte mich weiter darüber, dass ich auf dem Schiff die härteste Arbeit verrichten müsste: Kohle auf einem uralten Frachter ohne arbeitserleichternde Einrichtung zu verkleinern. Ich würde keine Bezahlung erhalten und sollte den Vertrag unterschreiben, dass ich mit diesen Bedingungen einverstanden sei. Am Nachmittag wurde ich nach unten zu einer Schiffsagentur geführt, wo ich in Gegenwart des Kapitäns den Vertrag unterschrieb.

Vierundzwanzig Stunden später wurde ich abgeführt, immer noch unter Bewachung. Man brachte mich auf das Schiff und sperrte mich in eine kleine Kajüte ein. Mir wurde gesagt, ich müsse dortbleiben, bis das Schiff sich außerhalb des Hoheitsgewässers befände. Bald weckte das Dröhnen der alten Motoren das Schiff zu trägem Leben. Über mir war schweres Getrampel von festem Schuhwerk zu vernehmen, und das auf und ab Schaukeln des Decks verriet mir, dass wir hinaus auf die offene raue See fuhren. Erst als Portland Bill weit hinter Steuerbord zurücklag und in der Ferne verschwand, wurde ich herausgelassen.

«Leg los, Kumpel», sagte der Heizer, der mir eine zerbeulte Schippe und eine Harke in die Hand drückte. «Putz zuerst dort die Schlacke raus. Bring'se auf Deck und werf'se über Bord. Los, beweg dich!»

«Ach, sieh mal einer an!», grölte ein Hüne von Mann auf dem Vorderdeck, als ich später dort vorbeiging. «Wen'ham'mer denn da, ein Schlitzauge, oder ein Chinese oder Japser. He du», sagte er, und schlug mich ins Gesicht. «Erinnerst'de dich noch an Pearl Harbor?»

«Lass ihn, Butch», sagte ein anderer Mann, «die Bullen sin' hinter ihm her.»

«Haha!», brüllte Butch. «Aber erst braten wir ihm noch eins über wegen Pearl Harbor.» Er ging auf mich los, seine Fäuste schlugen zu wie Kolben, die immer wilder wurden, weil mich keiner seiner Schläge trafen. «Du schlüpfriger Aal», knurrte er. Er sprang wild auf mich zu und versuchte, meinen Hals in den Würgegriff zu nehmen. Der alte Tzu und andere im weit entfernten Tibet hatten mich für solche Fälle gut vorbereitet. Ich bückte mich geschickt, und die Fliehkraft ließ Butch vornüber schießen. Er stolperte und fiel über mich hinweg und krachte mit dem Gesicht in die Kante eines Tisches auf dem Vorderdeck. Er brach sich den Kiefer und sein Ohr wurde ihm an einem Krug während des Fallens fast abgetrennt. Von da an hatte ich nie mehr Ärger mit der Mannschaft.

Langsam tauchte New York am Horizont auf, während wir weiterstampften und eine schwarze Rauchfahne aus der minderwertigen Kohle hinter uns ließen. Ein ostindischer Heizer blickte ängstlich über die Schulter und kam auf mich zu. «Die Bullen werd'n dich bald holen kommen», sagte er. «Du bist ein guter Mann, ich habe gehört, wie das der Käpt'n zum Chef gesagt hat. Sie woll'n sich die Finger nich' schmutzig machen.» Er reichte mir einen Ölhauttabakbeutel herüber. «Steck dein Geld da rein, und lass dich über die Seite des Polizeibootes fallen, bevor'se dich an Land bringen.» Er sprach leise und vertrauensvoll mit mir. Er verriet mir, wo das Polizeiboot anlegen würde, wo ich mich verstecken sollte, so wie er es in der Vergangenheit auch getan hatte. Ich hörte ihm mit großer Aufmerksamkeit zu, als er mir erklärte, wie man der Polizeiverfolgung entkommen konnte, nachdem man über Bord gesprungen war. Er gab mir Namen und Adressen von Personen, die mir helfen würden, und er versprach mir, er würde, sobald er an Land sei, Kontakt mit mir aufnehmen. «Ich war auch schon, wie du jetzt, in Schwierigkeiten», sagte er. «Mich ham'se wegen meiner Hautfarbe grundlos beschuldigt.»

«He, du», brüllte eine Stimme von der Brücke herunter. «Der Käpt'n will dich sprechen. Spute dich!» Ich eilte auf die Brücke, der Steuermann zeigte mit dem Daumen in Richtung Navigationsraum. Der Kapitän saß an einem Tisch und schaute auf einige Unterlagen. «Ah!», sagte er, als er zu mir aufblickte. «Ich muss dich der Polizei übergeben. Hast du mir vorher noch etwas zu sagen?»

«Sir», antwortete ich, «meine Ausweispapiere waren alle in Ordnung, doch ein Zollbeamter hat sie zerrissen.»

Er sah mich an und nickte, dann schaute er wieder auf seine Unterlagen und fasste offenbar einen Entschluss. «Ich kenne den Mann, den du meinst. Ich hatte selbst schon Ärger mit ihm. Das Beamtentum will ihr Gesicht wahren, egal, wie viel Leid das für andere bedeutet. Ich weiß, dass deine Geschichte wahr ist. Ich habe einen Freund, der beim Zoll arbeitet, und er hat sie mir bestätigt.» Er schaute wieder nach unten und blätterte in den Unterlagen. «Ich habe hier eine Anzeige gegen dich, in der behauptet wird, dass du ein blinder Passagier bist.»

«Aber Sir!», rief ich. «Die britische Botschaft in New York kann bestätigen, wer ich bin. Auch die Schiffsagenturen in Québec können das.»

«Mein guter Mann», sagte der Kapitän betrübt. «Du kennst die Methoden im Westen nicht. Es werden keine Nachforschungen angestellt. Man bringt dich an Land, steckt dich in eine Zelle und verurteilt dich. Du wirst für schuldig befunden und landest im Gefängnis. Dann vergisst man dich, und wenn die Zeit deiner Entlassung naht, wird sie so lange verlängert, bis du nach China abgeschoben werden kannst.»

«Das ist mein sicherer Tod, Sir», sagte ich.

Er nickte. «Ja, aber man hat sich an die Dienstvorschriften gehalten. Uns ist das an Bord dieses Schiffes auch schon widerfahren, zu Zeiten der Prohibition. Wir wurden nur aufgrund von Verdächtigungen festgenommen und schwer bestraft, obwohl wir völlig unschuldig waren.»

Er öffnete die Schublade vor sich und nahm einen kleinen Gegenstand heraus. «Ich werde der Polizei sagen, dass du hereingelegt worden bist. Ich will dir helfen, so gut ich kann. Man wird dich in Handschellen legen, aber nicht durchsuchen, das erfolgt erst an Land. Hier ist ein Schlüssel, der für die Polizei-Handschellen passt. Ich werde ihn dir nicht aushändigen, aber ich lege ihn auf den Tisch und drehe mich weg.» Er legte den glänzenden Schlüssel vor mich hin, stand vom Tisch auf und wandte sich einer Karte an der Wand hinter ihm zu. Ich griff nach dem Schlüssel und steckte ihn in meine Hosentasche.

«Vielen Dank, Sir», sagte ich, «ich fühle mich jetzt besser, weil Sie mir vertrauen.»

In der Ferne sah ich das Polizeiboot auf uns zukommen, vor dessen Bug das Wasser weiß aufspritzte. Gekonnt führte es eine halbe Drehung aus und fuhr neben unserem Schiff her. Die Leiter wurde heruntergelassen. Zwei Polizisten stiegen an Bord. Sie überquerten das Schiff mitten durch die missmutigen Blicke der Mannschaft und stiegen zur Brücke hinauf. Der Kapitän begrüßte sie und bot ihnen Getränke und Zigarren an. Dann übergab er ihnen die Unterlagen. «Dieser Mann hat sehr gut gearbeitet. Er ist meiner

Meinung nach von einem britischen Behördenmitglied hereingelegt worden. Geben Sie ihm die Chance die britische Botschaft anzurufen, so könnte er seine Unschuld beweisen.»

Der ältere der beiden Polizisten schaute ihn zynisch an und sagte: «Alle diese Typen sind unschuldig. Die Gefängnisse sind voller Unschuldiger, die man hereingelegt hat, wenn man ihnen so zuhört. Alles, was wir wollen, ist ihn so schnell wie möglich in einer schönen Zelle unterzubringen, und dann haben wir Feierabend. Los komm!», sagte er zu mir. Ich wandte mich um, um meinen Koffer aufzuheben. «Ach, den wirst du kaum brauchen», sagte er und drängte mich hinaus. Nach kurzem Nachdenken ließ er die Handschellen um meine Handgelenke schnappen.

«Aber die braucht er doch nicht», rief der Kapitän. «Er kann doch hier nirgendwohin hinrennen, und wie soll er damit in Ihr Boot hinuntersteigen?»

«Wenn er in die Brühe fällt, fischen wir ihn schon wieder raus», erwiderte der Polizist mit einem bösartigen Lachen.

Es war nicht leicht, mit Handschellen die Leiter hinunterzuklettern. Aber ich schaffte es ohne Missgeschick, sehr zum Missfallen der Polizisten. Auf dem Polizeiboot schenkten sie mir keine Beachtung mehr. Mit hohem Tempo fuhren wir an vielen Schiffen vorbei und näherten uns sehr schnell dem Polizeihafen. «Jetzt ist es an der Zeit zu handeln», dachte ich, und mit einem schnellen Satz sprang ich über die Seite des Bootes und ließ mich so tief wie möglich hinabsinken. Mit den allergrößten Schwierigkeiten steckte ich den Schlüssel ins Schloss und drehte. Die Handschellen schnappten auf und sanken in die Tiefe. Langsam, ganz langsam ließ ich mich wieder an die Oberfläche treiben. Das Polizeiboot war schon ziemlich weit weg, als mich die Männer entdeckten und zu schießen begannen. Kugeln klatschten rund um mich herum, als ich wieder abtauchte. Ich schwamm mit kräftigen Zügen, bis meine Lungen fast zu bersten drohten. Dann tauchte ich langsam wieder auf. Die Polizisten waren weit weg. Sie suchten die Stelle ab, an der sie mich vermuteten, dass ich dort an Land gehen würde. Ich aber kroch an einer ganz anderen Stelle an Land, bei der man es am wenigsten vermutet hätte. Ich werde sie nicht verraten, um einem anderen Unglücklichen diese Chance zur Flucht nicht zu nehmen.

Stundenlang lag ich auf einem halbversunkenen Holzbalken, wo das schlammige Wasser mich umspülte. Ich zitterte und hatte Schmerzen. Dann hörte ich Rudergeräusche und ein Plätschern von Ruderblättern im Wasser. Ein Ruderboot kam in mein Blickfeld, in dem sich drei Polizisten befanden. Ich glitt sachte vom Balken ins Wasser und tauchte so weit unter, dass nur noch meine Nase herausschaute. Obwohl ich hinter dem Balken verdeckt war, hielt ich mich zu einer sofortigen Flucht bereit. Die Männer im Boot ruderten auf und ab. Endlich, nach einer langen Zeit sagte eine heisere Stimme: «Schätze, der ist inzwischen längst steif. Seine Leiche finden wir auch später noch. Komm, geh'n wir'nen Kaffee trinken.» Das Boot entschwand in der Entfernung. Nach einer längeren Zeit wuchtete ich meinen schmerzenden und fast unkontrollierbar zitternden Körper wieder auf den Balken hinauf.

Der Tag ging zu Ende. Verstohlen schob ich den Balken mit Paddelbewegungen langsam vorwärts an eine halbverrottete Leiter heran. Vorsichtig kletterte ich sie hinauf, und als ich niemanden sah, rannte ich in den Schutz eines Schuppens. Ich zog die Kleider aus und wrang sie so gut es ging aus. Weit vorne am Ende der Werft erschien ein Mann. Es war der Ostinder. Er kam heruntergeschlendert, und als er auf meiner Höhe war, pfiff ich leise. Er blieb stehen und setzte sich auf einen Poller.

«Du kannst herauskommen», sagte er. «Du bist hier vor den Bullen sicher, die sind auf der anderen Seite. Mann, die hast'e ganz schön reingelegt.» Er stand auf, streckte und sah sich um. «Komm mit», sagte er, «aber ich weiß nich', ob sie dich doch noch schnappen werden. Ein Schwarzer mit 'nem Lastwagen wartet. Wenn wir dort sind, kletterst du hinten rauf und deckst dich mit der Plane zu.»

Er entfernte sich, und ich ließ ihm genügend Zeit, bevor ich ihm folgte. Ich schlich mich von einem Schatten eines Gebäudes in den nächsten. Das rund um die Pfähle herum schwappende Wasser und das Heulen einer

Polizeisirene in der Ferne waren die einzigen Geräusche, die die Ruhe störten. Plötzlich wurde der Motor eines Lastwagens gestartet. Vor mir, etwas weiter vorne, leuchteten Rücklichter auf. Ein großgewachsener Schwarzer nickte dem Ostinder zu und winkte auch mir freundlich zu, als ich hinter ihm folgte, und deutete an, hinten auf die Ladefläche zu steigen. Unter großen Schmerzen kletterte ich hinauf und zerrte die alte Plane über mich. Der Lastwagen fuhr los und hielt wieder an. Die beiden Männer stiegen aus. «Wir müss'n noch was' zuladen, rück noch ein Stück weiter nach vorn», sagte einer. Ich kroch in Richtung Fahrerkabine und hörte das klappernde Geräusch von Kisten, die aufgeladen wurden.

Der Lastwagen fuhr weiter über holprige Straßen. Bald hielt er wieder an, und eine derbe Stimme rief: «Was habt ihr da geladen, Leute?»

«Nur Abfall, Sir», antwortete der Schwarze. Ich vernahm schwere Schritte neben mir, die dem Lastwagen entlanggingen. Mit etwas stocherte er in den Abfällen vor mir herum. «Okay», sagte die Stimme, «ihr könnt weiterfahren.»

Das Klappern von einem Tor war zu hören. Der Schwarze legte den Gang ein und wir fuhren weiter durch die Nacht. Wir schienen stundenlang zu fahren, dann bog der Laster scharf ab, bremste und hielt an. Die Plane wurde weggezogen. Da standen der Ostinder und der Schwarze und grinsten auf mich herab. Müde bewegte ich mich und griff nach meinem Geld. «Ich bezahle euch», sagte ich.

«Du bezahlst gar nix», sagte der Schwarze.

«Butch wollte mich töten, bevor wir in New York ankämen», sagte der Ostinder. «Du hast mich gerettet, jetzt rette ich dich, und wir kämpfen gemeinsam gegen die Rassendiskriminierung. Komm, wir gehen ins Haus.»

«Rasse, Glaube und Hautfarbe spielen keine Rolle», dachte ich. «Alle Menschen haben rotes Blut.» Sie führten mich in eine warme Stube, wo zwei hellhäutige schwarze Frauen beschäftigt waren. Bald war ich in heiße Tücher eingepackt und aß eine warme Mahlzeit. Dann zeigten sie mir meinen Schlafplatz, und ich schlief ein.

Kapitel 7

Zwei Tage und zwei Nächte lang schlief ich. Mein erschöpfter Körper schwebte zwischen zwei Welten. Das Leben war immer schon hart zu mir gewesen, und immer schon von Leid und großen Missverständnissen geprägt. Jetzt aber schlief ich.

Ich ließ meinen physischen Körper hinter mir. Ich ließ ihn auf der Erde zurück. Als ich aufwärts schwebte, sah ich, dass eine der dunkelhäutigen Frauen voller Mitleid auf meine leere körperliche Hülle schaute. Dann wandte sie sich ab, setzte sich ans Fenster und schaute auf die schmutzige Straße hinaus. Befreit von den Fesseln des Körpers konnte ich die astralen Farben noch klarer sehen. Diese Leute, diese Schwarzen, die mir halfen, waren gute Menschen, die weiße Rasse dagegen konnte nur schikanieren und verfolgen. Das Leid, die Mühsale und die Nöte der Schwarzen hatten ihr Ich geläutert, und ihr unbekümmertes Auftreten war nur eine Täuschung, um ihre inneren Gefühle zu verbergen. Mein ganzes erspartes Geld, alles, was ich unter harten Bedingungen und Leiden und Verzicht verdient hatte, lag unter meinem Kopfkissen so sicher verwahrt wie auf der sichersten Bank.

Ich schwebte aufwärts und immer weiter aufwärts. Ich verließ die Grenzen von Raum und Zeit und betrat eine Astralebene nach der anderen. Zuletzt erreichte ich das Land des Goldenen Lichts, wo mein Mentor, der Lama Mingyar Dondup, mich bereits erwartete.

«Du hast sehr gelitten», sagte er, «doch alles, was du ertragen hast, diente einem guten Zweck. Durch dich haben wir die Menschen auf der Erde studiert, insbesondere jene, die sich diesem eigenartigen politischen Kult angeschlossen haben, sowie diejenigen, die dich verfolgt haben und weiterhin verfolgen werden, da ihnen Einsicht und Verständnis fehlen. Doch jetzt müssen wir über deine Zukunft sprechen. Dein derzeitiger Körper nähert sich dem Ende seines tragbaren Lebens, und bald müssen wir die Pläne verwirklichen, die wir für diesen Fall vorgesehen haben.»

Er spazierte mit mir am Ufer eines wunderschönen Flusses entlang. Das Wasser funkelte und es schien, als lebte es. Zu beiden Seiten des Flusses erstreckten sich derart schöne Gärten, dass ich meinen Augen kaum traute. Die Luft selbst schien vor Leben nur so zu vibrieren. In der Ferne sahen wir eine Menschengruppe. Alle gekleidet in tibetischen Roben und sie bewegten sich langsam auf uns zu. Mein Mentor lächelte mich an. «Dies ist ein bedeutendes Treffen», sagte er, «denn wir müssen deine Zukunft planen. Wir müssen überlegen, wie wir die Erforschung der menschlichen Aura anregen können, denn wir haben festgestellt, dass die meisten Menschen versuchen, das Thema zu wechseln, wenn das Wort ‹Aura› auf der Erde fällt.»

Die Gruppe kam näher. Ich erkannte einige unter ihnen, zu denen ich einst mit großer Ehrfurcht aufgeschaut hatte. Nun lächelten sie mich wohlwollend an und begrüßten mich als einer der Ihresgleichen. «Kommt, wir gehen hinein», sagte einer, «wo wir es uns bequemer machen und uns in aller Ruhe über diese Angelegenheit unterhalten können.»

Wir schlenderten den Pfad weiter in die Richtung, von wo die Männer hergekommen waren. Wir folgten den Windungen des Pfades und näherten uns einem Gebäude von solch überragender Schönheit, dass ich unwillkürlich stehenblieb und vor Begeisterung hörbar einatmete. Die Wände schienen aus klarstem Kristall zu bestehen, deren zarte Pastellfarbtöne und Farbnuancen je nachdem, wie man sie betrachtete, wechselten. Der Pfad unter meinen Füßen fühlte sich weich an, und mein Mentor musste mich ein wenig drängen, hineinzugehen.

Wir gingen in den Tempel, in dem es nichts Dunkles gab. Er war einfach makellos, und seine Atmosphäre gab einem schlicht das Gefühl, dass dies das Leben selbst war. Wir querten das Hauptgebäude, bis wir einen Raum erreichten, den ich auf der Erde als Amtssitz eines Abtes bezeichnet hätte. Hier herrschte eine bequeme, schlichte Einfachheit. An der Wand hing ein einziges Bild, das die Größere Wirklichkeit zeigte. Lebende Pflanzen zierten die Wände, und durch die großen Fenster konnte man den wunderschönen, ausgedehnten Park überblicken.

Wir setzten uns auf Kissen, die wie in Tibet auf dem Boden lagen. Ich fühlte mich zuhause und war restlos zufrieden. Einzig der Gedanke an meinen Körper auf der Erde störte mich, denn solange die Silberschnur noch intakt war, musste ich wieder zu ihm zurückkehren.

Der Abt, ich will ihn einmal so nennen, obwohl er einen sehr viel höheren Rang innehatte, sah in die Runde und fing zu sprechen an: «Von hier aus haben wir alles, was dir auf der Erde widerfahren ist, mitverfolgt. Wir wollen dich zunächst noch einmal daran erinnern, dass du nicht wegen deines Karmas leidest, sondern nur weil du für unsere Untersuchungen als Instrument handelst. Für all das Schlechte, das du jetzt erleidest, wirst du deine Belohnung erhalten.» Er lächelte mich an und fügte hinzu: «Obwohl dir das im Augenblick keine große Hilfe ist, solange du auf der Erde leidest! Wie auch immer», fuhr er fort, «wir haben dadurch sehr viel gelernt und in Erfahrung gebracht, aber es gibt noch gewisse Aspekte, die noch weiterverfolgt werden sollten. Dein gegenwärtiger irdischer Körper hat zu viel gelitten und wird nicht mehr lange durchhalten! Wir haben daher wieder Kontakt zu dieser Person in England aufgenommen, die gerne ihren Körper verlassen möchte. Wir haben den Mann auf die Astralebene geholt und mit ihm die ganze Angelegenheit besprochen. Er ist fest entschlossen, seinen Körper zu verlassen, und er ist zu allem bereit, was wir von ihm verlangen. Auf unseren Wunsch hat er seinen Namen ändern lassen, einer, der besser zu dir passt. Sein bisheriges Leben verlief nicht besonders glücklich. Er war gewillt, sämtliche Verbindungen zu seiner Verwandtschaft abzubrechen. Freunde hatte er nie gehabt. Er harmoniert grundsätzlich mit dir. Im Augenblick aber wollen wir nicht weiter über ihn diskutieren, da du später, bevor du seinen Körper übernimmst, noch einen kleinen Ausschnitt aus seinem Leben sehen wirst. Deine gegenwärtige Aufgabe besteht jetzt darin, nach Tibet zurückzukehren, damit dein physischer Körper dort konserviert werden kann. Dank deiner Sparsamkeit hast du fast genügend Geld beisammen, sodass du nur noch wenig mehr brauchst, um deine Reisekosten zu decken. Ohne große Mühe wirst

173

du es bald erhalten. Doch genug davon. Erfreue dich deines Besuches hier, bevor du wieder in deinen Körper zurückkehrst.»

Ich genoss es wirklich, mit meinem Mentor zusammen zu sein, nicht mehr wie damals als Kind, sondern als Erwachsener, der die außergewöhnlichen Fähigkeiten und den Charakter dieses großartigen Mannes zu schätzen wusste. Wir saßen allein auf einem moosigen Hügel, von dem aus wir eine Bucht mit stahlblauem Wasser überblicken konnten. Durch die Bäume wehte eine sanfte Brise und blies uns den Duft von Zedern und Pinien entgegen. Stundenlang verweilten wir dort und sprachen und diskutierten über die Vergangenheit. Meine ganze Geschichte war für ihn wie ein offenes Buch. Jetzt erzählte er mir die seine. So verging der Tag, und als das purpurne Zwielicht über uns hereinbrach, wusste ich, dass es Zeit war zu gehen. Dass es Zeit für mich war, wieder auf die mühevolle Erde zurückzukehren, mit ihren hartherzigen Bewohnern und ihren boshaften Zungen. Zungen, die für das Böse auf der Welt sorgten.

«Hank! Oh, Hank! Er ist aufgewacht!»

Ein Stuhl schabte quietschend über den Fußboden, und als ich die Augen öffnete, sah ich den großgewachsenen Schwarzen auf mich herabblicken. Jetzt lächelte er nicht, sein Gesicht, voller Respekt, zeigte sogar Ehrfurcht. Die Frau bekreuzigte sich und verbeugte sich leicht, als sie zu mir hinübersah.

«Ist etwas? Ist etwas passiert?», fragte ich.

«Wir haben ein Wunder gesehen. Wir alle», sagte der großgewachsene Schwarze mit leiser Stimme.

«Habe ich euch irgendwelche Schwierigkeiten bereitet?», fragte ich.

«Nein, Herr, Sie haben uns nur Freude bereitet», erwiderte die Frau.

«Ich würde euch gerne ein Geschenk machen», sagte ich und griff nach meiner Geldbörse.

Der Schwarze sagte sanft: «Wir sind zwar arme Leute, aber von dir nehmen wir kein Geld an. Fühle dich bei uns wie zu Hause, bis du gehen musst. Wir wissen, was du tust.»

«Aber ich möchte euch meine Dankbarkeit zeigen», antwortete ich. «Ohne euch wäre ich gestorben.»

«Und in die Größere Herrlichkeit eingegangen», sagte die Frau. Sie fügte hinzu: «Herr, Sie könnten uns etwas viel Größeres schenken als Geld. Bitte bringen Sie uns bei, wie man richtig betet.»

Einen Augenblick schwieg ich. Diese Bitte erstaunte mich.

«Ja», sagte ich, «ich werde euch das Beten lehren, so wie es mir beigebracht wurde.» Und so erklärte ich es ihnen.

«Alle Religionen glauben an die Macht der Gebete, aber nur sehr wenige Menschen verstehen den dahinterstehenden Mechanismus. Nur sehr wenige Menschen verstehen, warum Gebete bei den einen funktionieren und bei anderen offenbar nicht. Die meisten Menschen im Westen glauben, dass die Menschen im Osten entweder Götzenbilder anbeten oder überhaupt nicht beten. Beide Standpunkte sind falsch. Ich werde euch jetzt erklären, wie man ein Gebet aus der Mystik und dem Aberglauben herauslöst und es anwendet, um anderen zu helfen, denn ein Gebet ist etwas sehr Reales. Es ist eine der größten Kräfte auf dieser Erde, wenn es mit der richtigen Absicht angewendet wird.

Die meisten Religionen vertreten den Glauben, dass jede Person einen Schutzengel oder jemanden hat, der auf ihn aufpasst. Das ist zwar wahr, doch der Schutzengel ist man selbst, es ist das andere Ich – das, was sich auf der anderen Seite des Lebens befindet. Nur sehr wenige Menschen können diesen Schutzengel, ihren Beschützer, sehen, während sie auf der Erde sind. Doch jene, die ihn sehen können, können ihn in allen Einzelheiten beschreiben.

Dieser Schutzengel (wir müssen ihn irgendwie benennen, also nennen wir ihn Schutzengel), besitzt keinen materiellen Körper, so, wie wir ihn auf der Erde haben. Er ist eine feinstoffliche Erscheinung. Manchmal kann ein Hellseher ihn als eine etwas größer als lebensgroße blaue, schillernde Gestalt sehen, die mit dem physischen Körper durch eine Schnur verbunden ist, die als Silberschnur bekannt ist. Diese Schnur pulsiert und schimmert nur so vor Leben, wenn Botschaften zwischen den beiden verbundenen Wesen übermittelt werden. Der Schutzengel hat also keinen irdischen Körper, aber er ist genauso in der Lage, Dinge zu verrichten, wie es auch der irdische Körper vermag. Zusätzlich kann er jedoch auch noch einiges mehr vollbringen, wozu der irdische Körper nicht in der Lage ist. Zum Beispiel kann sich der Schutzengel schneller als der Blitz zu irgendeinem Ort dieser Welt begeben. Er ist es, der astralreist und dem physischen Körper durch die Silberschnur das weitergibt, was benötigt wird.

Wenn man betet, betet man zu sich selbst, zu seinem anderen Selbst, zu seinem Hohen Selbst. Wenn man richtig beten kann, schickt man die Gebete durch die Silberschnur. Doch weil diese ‹Telefonleitung›, diese Verbindung, anfällig für Fehler ist, muss man jedes Gebet öfter wiederholen, damit die Botschaft auch wirklich ankommt. Beim Beten muss man also so sprechen, als würde man ein Ferngespräch führen. Man muss mit allergrößter Deutlichkeit sprechen und dabei ganz genau an das denken, was man sagt. Der Fehler, das sollte ich noch hinzufügen, liegt immer an uns, liegt bei dem unvollkommenen Körper, den wir auf dieser Welt haben. Sucht also nicht den Fehler bei euerem Schutzengel. Betet in einer einfachen Sprache und achtet darauf, dass eure Bitten immer etwas Gutes wollen und nie das Schlechte.

Nachdem man das Gebet formuliert hat, ist es wichtig zu überprüfen, ob es ausschließlich Gutes beabsichtigt und jegliche Möglichkeit eines Missverständnisses ausschließt. Dann sollte das Gebet mindestens dreimal wiederholt werden. Nehmen wir zum Beispiel an, man kennt eine Person, die krank ist und leidet. Man möchte ihr gerne helfen und etwas für sie tun, dann sollte man für diese leidende Person um Gesundheit bitten. Man sollte dreimal beten, wobei man beachten muss, dass der Wortlaut bei jedem Gebet unverändert bleibt. Man sollte sich bildhaft vorstellen, wie das Hohes Selbst, diese geisterhafte Figur, dieses Wesen ohne Substanz, sich augenblicklich zum Haus des Kranken begibt, die Straße entlanggeht, genau wie man es selbst tun würde, das Haus betritt und dem Kranken die Hand auflegt und so die Heilung bewirkt. Ich werde gleich nochmals auf dieses besondere Thema zurückkommen, doch zuerst möchte ich noch festhalten, dass man das so oft wie nötig wiederholen muss, und wenn man wirklich daran glaubt, dann wird eine Verbesserung eintreten.

Nun zum Thema, ob und wie sich eine Heilung vollzieht. Es ist offensichtlich, dass wenn einer Person ein Bein amputiert wurde, auch kein Gebet dieses Bein zurückbringen wird. Leidet jedoch eine Person an Krebs oder einer anderen schweren Krankheit, dann kann diese Krankheit aufgehalten werden. Es liegt auf der Hand, dass Krankheiten, die weniger schwerwiegend sind, für gewöhnlich einfacher zu heilen sind. Jeder hat schon Berichte von Wunderheilungen gehört, egal zu welcher Zeit in der Weltgeschichte. Lourdes und viele andere Orte sind für ihre Heilungen berühmt, und diese Heilungen werden durch das Hohe Selbst, durch den Schutzengel der betreffenden Person, in Verbindung mit diesem berühmten Ort, erwirkt.

Lourdes zum Beispiel ist weltweit als ein Ort für Wunderheilungen bekannt. Deshalb pilgern die Menschen dorthin, völlig zuversichtlich, dass sie geheilt werden. Und sehr oft wird diese große Zuversicht dem Schutzengel der Person übermittelt, und so kann sich eine Heilung ganz leicht vollziehen. Manche Menschen glauben, dass diese Heilungen auf einen Heiligen, einen Engel oder eine Heiligenreliquie zurückzuführen sind. In Wirklichkeit jedoch heilt jeder Mensch sich selbst. Wenn sich ein Heiler in Verbindung mit einer Person setzt, um diese kranke Person zu heilen, wird diese Heilung nur durch den Schutzengel der kranken Person erwirkt. Es kommt, wie ich bereits gesagt habe, auf einen selbst an, auf das wahre Ich, das man ist, wenn man dieses Schattenleben hier verlässt und in die Höhere Wirklichkeit eingeht. Solange wir hier auf dieser Erde sind, neigen wir alle dazu zu glauben, dass dieses Leben hier das Einzige ist, was zählt. Doch es ist nicht die Erde, nicht diese Welt, die zählt – nein. Diese Welt ist die Welt der Illusion. Sie ist die Welt der Mühsale, in die wir kommen, um unsere Lektionen zu lernen, die wir nicht so leicht in der freundlicheren und menschlicheren Welt lernen würden, in die wir zurückkehren werden!

Man hat hier auf der Erde vielleicht gesundheitliche Probleme und ist krank, oder es fehlt einem die esoterische Kraft, die man gerne hätte. Das kann geheilt werden, das kann überwunden werden, wenn man es glaubt und es wirklich möchte. Angenommen, man hätte den großen Wunsch und ein sehr starkes Verlangen, anderen Menschen zu helfen. Man möchte vielleicht gerne Heiler werden. Dann sollte man sich zum Beten in einen Privatraum, vielleicht in sein eigenes Schlafzimmer zurückziehen. Man sollte sich hinsetzen und sich so gut es geht entspannen, vorzugsweise mit den Füßen zusammen und die Finger müssen ineinander verschränkt sein, das heißt, nicht so wie ihr es üblicherweise beim Beten gewohnt seid. Auf diese Weise bewahrt und verstärkt man den magnetischen Kreislauf des Körpers: Die Aura wird stärker, und die Silberschnur ist besser in der Lage, die Botschaften genauer zu übermitteln. Nachdem man die richtige Haltung eingenommen hat und sich in der richtigen Geistesverfassung befindet, sollte man beten.

Ihr könnt zum Beispiel beten: «Gib mir Heilkräfte, damit ich andere heilen kann. Gib mir Heilkräfte, damit ich andere heilen kann. Gib mir Heilkräfte, damit ich andere heilen kann.» Dann verweilt ihr einige Augenblicke in dieser entspannten Haltung, und stellt euch bildlich den eigenen Körper in feinstofflichen, schemenhaften Umrissen vor.

Wie ich bereits erwähnt habe, ist es wichtig, sich den Weg zum Haus der kranken Person vorzustellen. In der Vorstellung leitet man diesen feinstofflichen, schemenhaften Körper zur Person, die man heilen möchte. Stellt euch selbst vor, wie ihr, euer Überselbst, das Haus der Person erreicht, und wie ihr in der Gegenwart der Person angekommen seid, der ihr helfen möchtet. Stellt euch weiter vor, wie ihr den Arm und die Hand ausstreckt, die Person berührt und euch vorstellt, wie ein lebensspendender Energiefluss dem Arm entlang und durch die Finger hindurch in den Körper der anderen Person fließt – ein lebendiges blaues Licht. Stellt euch weiter vor, wie die Person allmählich geheilt wird. Mit Vertrauen und ein klein wenig Übung kann das vollbracht werden, so wie es tagtäglich im Fernen Osten vollbracht wird.

Es wäre hilfreich, in der Vorstellung eine Hand auf den Nacken der Person zu legen und die andere Hand auf der erkrankten Körperstelle zu platzieren. Man muss die Gebete mehrmals am Tag in Gruppen von jeweils drei Gebeten zu sich selbst sprechen, bis man das gewünschte Ergebnis erzielt hat. Nochmals, wenn ihr daran glaubt, dann werdet ihr Ergebnisse erzielen. Doch ich möchte euch nachdrücklich warnen: Man kann Gebete nicht dazu verwenden, um damit sein Einkommen aufzustocken. Es gibt ein uraltes okkultes Gesetz, das verhindert, sich durch Gebete zu bereichern. Man kann nichts für sich selbst tun, es sei denn, man glaubt aufrichtig, dass es anderen hilft.

In diesem Zusammenhang kenne ich einen wahren Fall: Ein Mann mit einem normalen Einkommen, der gut davon leben konnte, überlegte sich, dass er anderen helfen würde, wenn er im Toto des irischen Pferderennens (Irish Sweepstake) gewänne. Er sah sich schon als großer Wohltäter der Menschheit. Er kannte sich ein klein wenig in der Metaphysik aus, aber nicht genug. Er schmiedete große Pläne darüber, was er mit dem Gewinn alles tun würde. Er fing mit einem sorgfältig durchdachten Programm von Gebeten an. Er betete, wie in diesem Kapitel beschrieben, etwa zwei Monate lang. Er betete darum, den Hauptgewinn beim irischen Pferderennen zu gewinnen. Zwei Monate lang sprach er seine Gebete in einer Dreierserie, dreimal täglich, also insgesamt neun Gebete pro Tag. Und genau so, wie er es sich in Bildern vorgestellt hatte, gewann er einen der höchsten Preise im irischen Pferderennen.

Schließlich hatte er das Geld, und es stieg ihm zu Kopfe. Er vergaß alle seine guten Absichten, all seine Versprechen – er vergaß einfach alles. Doch nun verfügte er über dieses Vermögen und konnte damit machen, was er wollte. Er gab das Geld für sich und sein Vergnügen aus. So verbrachte er ein paar wundervolle Monate, während derer er immer gefühlloser und hartherziger wurde, und dann schlug das unerbittliche Gesetz zu. Statt mit dem

Geld anderen zu helfen, verlor er nicht nur alles, was er gewonnen hatte, sondern auch alles, was er vorher besaß. Letzten Endes starb er und bekam ein Armenbegräbnis.

Ich sage euch, wenn ihr die Kräfte des Gebetes richtig anwendet, ohne Gedanken an Selbstgewinn oder Selbstverherrlichung, dann habt ihr eine der größten Kräfte der Erde angezapft. Eine Kraft, die so groß ist, dass, wenn nur ein paar wenige aufrichtige Menschen zusammenkämen und für den Frieden beteten, es Frieden geben würde. Es gäbe keine Kriege mehr, ja nicht einmal mehr einen Gedanken an einen Krieg.»

Eine ganze Weile schwiegen sie, während sie das verarbeiteten, was ich ihnen erzählt hatte. Dann sagte die Frau respektvoll: «Ich wünschte, Sie könnten noch eine Weile bei uns bleiben und uns unterweisen! Wir haben ein Wunder gesehen, aber jemand kam und sagte uns, wir dürften nicht darüber sprechen.»

Ich ruhte mich noch ein paar Stunden aus, dann zog ich mich an und schrieb einen Brief an meine Freunde bei der Behörde in Shanghai, um sie über den Verlust meiner Ausweispapiere zu informieren. Sie stellten mir umgehend einen neuen Pass aus, der per Luftpost zugestellt wurde und mir sehr weiterhalf. Unter anderem erreichte mich per Luftpost auch noch ein Brief von einer sehr reichen Dame. Sie schrieb: «Seit einiger Zeit schon habe ich versucht, Ihre Adresse ausfindig zu machen. Meine Tochter, die Sie vor den Japanern gerettet haben, lebt nun bei mir und hat sich gesundheitlich wieder vollständig erholt. Sie haben sie vor Vergewaltigung und Schlimmerem bewahrt. Ich möchte mich gerne erkenntlich zeigen und wenigstens ansatzweise das, was wir Ihnen schulden, zurückzahlen. Bitte, schreiben Sie mir, was ich für Sie tun kann.»

Ich schrieb ihr, dass ich beabsichtige, heim nach Tibet zu fahren, um dort zu sterben, und antwortete ihr auf ihre Bitte: «Ich habe genügend Geld, um mir eine Fahrkarte bis zu einem indischen Hafen zu kaufen, aber nicht genug, um den ganzen Kontinent zu durchqueren. Wenn Sie mir wirklich helfen wollen, dann wäre mir sehr gedient, wenn Sie mir eine Fahrkarte von Bombay nach Kalimpong in Indien kaufen könnten.»

Ich nahm die ganze Geschichte nicht allzu ernst. Doch zwei Wochen später erreichte mich ein Brief und je eine Fahrkarte für Schiff und Bahn erster Klasse für die ganze Strecke bis nach Kalimpong. Umgehend schrieb ich ihr zurück und bedankte mich herzlich dafür, und teilte ihr mit, dass ich beabsichtige, mein restliches Geld der schwarzen Familie zukommen zu lassen, die mich so freundlich aufgenommen hatte.

Die schwarze Familie war sehr traurig, dass ich sie verließ, aber trotzdem hocherfreut darüber, dass ich für einmal in meinem Leben eine angenehme Reise haben würde. Mein Geld wollten sie erst gar nicht annehmen. Schließlich teilten wir es untereinander auf. «Es gibt noch etwas, das ich Sie fragen möchte», sagte die freundliche dunkelhäutige Frau. «Sie wussten, dass Sie dieses Geld bekommen würden, da es einem guten Zweck diente. Mussten Sie dafür, wie Sie es nannten, eine ‹Gedankenform› übermitteln?»

«Nein», antwortete ich, «die Ursache für das Geld muss wohl bei einer Quelle weit entfernt von der Erde gesucht werden.»

Sie sah etwas verwirrt aus. «Sie haben uns versprochen, Sie würden uns noch etwas über die Gedankenformen erzählen, bevor Sie uns verlassen. Hätten Sie dazu jetzt noch Zeit?»

«Ja», erwiderte ich. «Setzt euch. Ich werde euch eine Geschichte erzählen.» Die Frau setzte sich hin und faltete die Hände. Ihr Mann knipste das Licht aus und lehnte sich in seinem Sessel zurück, als ich zu sprechen begann.

«Umgeben von heißem Wüstensand schritt inmitten der grauen Steinhäuser eine kleine Gruppe Männer durch die engen Gassen. Über ihnen brannte die heiße Sonne herab. Nach wenigen Minuten blieben sie vor einer schäbigen Tür stehen, klopften und traten ein. Ein paar Worte wurden gewechselt, wonach den Männern brennende Fackeln verteilt wurden. Das Harz der Fackeln tropfte und spritzte. Langsam schritten sie durch die Gänge und gelangten immer tiefer und tiefer unter den Sand Ägyptens. Die

Luft war abstoßend und widerlich, sie drang in die Nase und in die Schleimhäute ein und löste Brechreize aus.

Hier gab es kaum einen Lichtschimmer, außer dem, der von den Fackelträgern ausging, die an der Spitze der kleinen Prozession vorangingen. Als sie immer tiefer in die unterirdische Anlage gelangten, verstärkte sich der Geruch, und es kamen noch Gerüche von Weihrauch, Myrrhe und anderen seltenen exotischen Kräutern des Orients hinzu. Aber über all dem lag auch der Totengeruch, der Verwesungsgeruch und der von vermoderten Pflanzen.

Weiter vorne an einer Wand befand sich eine ganze Reihe von Kanopen. Krüge, die die Herzen und Eingeweide von einbalsamierten Menschen enthielten. Sie waren sorgfältig etikettiert und mit dem genauen Inhalt und dem Datum der Versiegelung versehen. Die Prozession schritt unbeirrt an den Krügen vorbei und setzte ihren Weg fort, vorbei an den Salpeterbädern, in denen Leichname für neunzig Tage untergetaucht lagen. Selbst jetzt lagen Leichen in diesen Bädern, und immer wieder mal kam ein Gehilfe mit einer langen Stange, um die Körper unterzutauchen und umzudrehen. Die Prozession ging weiter in eine innere Kammer, ohne diese treibenden Leichen groß zu beachten. Dort lag auf Brettern, die nach süßlichem Holz rochen, der Körper des toten Pharaos. Er war satt mit Leinentuchbandagen umwickelt, und mit süßlich riechenden Kräutern bestäubt und mit verschiedenen Ölen eingerieben.

Die Männer traten ein, und vier Träger hoben den Leichnam auf, drehten sich um und legten ihn in einen leichten, einfachen Holzsarg, der an der Wand stand. Anschließend hoben sie den Sarg auf ihre Schultern, wandten sich um und folgten den Fackelträgern aus dem unterirdischen Raum, vorbei an den Salpeterbädern und aus den Einbalsamierungsräumen Ägyptens. Etwas höher wurde der Leichnam in einen anderen Raum gebracht, wo ein wenig Tageslicht hereindrang. Hier wurde er aus dem einfachen Holzsarg genommen und in einen anderen gelegt, der exakt seiner Körperform angepasst war. Die Hände wurden auf seine Brust gelegt und fest mit Bandagen umwickelt. Ein Papyrus, der die Lebensgeschichte des Toten beschrieb, wurde beigelegt.

Hier trafen ein paar Tage später die Priester von Osiris, von Isis und von Horus ein. Hier sangen sie ihre einleitenden Gebete, um die Seele durch die Unterwelt zu geleiten. Ebenfalls an diesem Ort erzeugten die Zauberer und Magier des alten Ägyptens Gedankenformen, die den Körper des toten Pharaos vor Vandalen und Grabräubern schützen sollten, um seinen Frieden zu bewahren.

In ganz Ägypten wurden Proklamationen ausgerufen, welche Strafe denjenigen drohten, die das Grab schänden und entweihen würden. Das Strafmaß sah vor, dass zunächst dem Schänder die Zunge herausgerissen und dann die Hände an den Handgelenken abgehackt würden. Ein paar Tage später würde ihm der Bauch aufgeschlitzt, und danach würde er bis zum Hals im heißen Sand eingegraben, wo er nur noch wenige Stunden am Leben bliebe.

Das Grab des Tutanchamun ist wegen seines Fluches zu einer Legende geworden. Es besagt, dass allen, die es schänden würden, ein Unheil widerfahren sollte. Tatsächlich starben oder litten alle Menschen, die sein Grab betraten, unter mysteriösen, unheilbaren Krankheiten.

Die ägyptischen Priester beherrschten eine Wissenschaft, die der heutigen Welt verloren gegangen ist: die Wissenschaft, Gedankenformen zu erschaffen, um Aufgaben zu übernehmen, die jenseits der Fähigkeiten des menschlichen Körpers lagen. Doch diese Wissenschaft muss nicht ganz verloren sein. Denn mit etwas Übung und Ausdauer kann jeder Mensch eine Gedankenform erschaffen, die sowohl positiv als auch negativ wirken kann.

Wie hieß der Dichter, der schrieb: ‹Ich bin der Kapitän meiner Seele›? Dieser Mann sprach eine große Wahrheit aus, vielleicht größer, als ihm bewusst war, denn der Mensch ist tatsächlich der Kapitän seiner Seele. Die Menschen im Westen haben sich dem Materialismus und der Technik verschrieben, doch all das bezieht sich ausschließlich auf die materielle Welt. Sie haben versucht, den Weltraum zu erforschen, doch das größte

Geheimnis von allen, das Unterbewusstsein des Menschen, das zu erforschen, haben sie versäumt. Das Unterbewusstsein macht neun Zehntel des Menschen aus, was bedeutet, dass der Mensch sich nur eines Zehntels bewusst ist. Nur ein Zehntel des menschlichen Potenzials unterliegt seinen willentlichen Befehlen. Wäre sich ein Mensch nur schon eineinhalb Zehntel bewusst, dann wäre er ein Genie. Doch Genies auf der Erde sind oft nur in einer Richtung genial, während sie in anderen Bereichen sehr oft ungenügend sind.

Die Ägypter zur Zeit der Pharaonen waren mit der Macht oder Kraft des Unterbewusstseins bestens vertraut. Sie bestatteten ihre Pharaonen in tief unter der Erde gelegenen Grabstätten und erschufen mit ihren Künsten und ihrem Wissen über den Menschen einen Zauberbann sowie Gedankenformen, die über die Grabstätten der toten Pharaonen wachten. Eindringlinge sollten abgehalten werden, andernfalls wurden sie mit grausamen Leiden bestraft.

Doch ihr könnt selbst Gedankenformen erschaffen, die Gutes bewirken. Aber vergewissert euch immer, dass sie ausschließlich dem Guten dienen, denn eine Gedankenform kann nicht zwischen Gut und Böse unterscheiden. Sie wird beides tun. Gedankenformen mit bösen Absichten hingegen werden Vergeltung an ihrem Schöpfer üben.

Das Märchen von Aladin ist eigentlich die Geschichte einer heraufbeschworenen Gedankenform. Es basiert auf einer uralten chinesischen Legende. Eine Legende, die wirklich wahr ist.

Die Fantasie oder die Vorstellungskraft ist die größte Kraft auf der Erde. Doch leider hat die Fantasie einen sehr schlechten Ruf. Wenn man den Begriff ‹Fantasie› verwendet, denkt man unweigerlich an eine frustrierte, neurotische Person. Doch nichts könnte weiter von der Wahrheit entfernt sein als das. Alle großen Künstler, alle großen Maler und auch alle großen Schriftsteller müssen über eine hervorragende, kontrollierte Fantasie oder Vorstellungskraft verfügen, ansonsten könnten sie sich das Endergebnis, das sie zu erschaffen versuchen, nicht vergegenwärtigen.

Wenn wir im Alltag die Fantasie oder die Vorstellungskraft nutzen würden, dann könnten wir das erreichen, was wir sonst als Wunder bezeichnen würden. Nehmen wir als Beispiel eine Person, die wir lieben, und die unter einer Krankheit leidet. Eine Krankheit, für die es medizinisch noch keine Heilung gibt. Diese Person kann geheilt werden, wenn man eine Gedankenform erschafft, die sich mit dem Überselbst der kranken Person in Verbindung setzt und diesem Überselbst behilflich ist, neue Körperzellen zu erschaffen und zu materialisieren. Auf diese Weise könnte einer Person, die an Diabetes leidet und dessen Bauchspeicheldrüse geschädigt ist, geholfen werden, diese wiederherzustellen.

Wie kann man eine Gedankenform erschaffen? Nun, das ist leicht. Ich werde es euch erklären. Zuerst muss man festlegen, was man erreichen möchte, und sicherstellen, dass es nur dem Guten dient. Dann kommt die Fantasie ins Spiel. Man muss sich das gewünschte Ergebnis ganz genau vorstellen. Angenommen, eine Person hat ein erkranktes Organ. Um eine Gedankenform zu erschaffen, die das Organ heilt, muss man sich diese Person haargenau vorstellen, wie sie vor einem steht. Man muss versuchen, sich das erkrankte Organ vorzustellen. Nachdem man das erkrankte Organ bildlich vor Augen hat, muss man sich weiter vorstellen, wie es nach und nach heilt, und man muss die Genesung bejahen. Wir erschaffen also diese Gedankenform, indem wir die Person visualisieren, und uns die Gedankenform vorstellen, wie sie neben der erkrankten Person steht und mit übernatürlichen Kräften in den physischen Körper der kranken Person hineingreift und mit einer heilenden Berührung die Erkrankung zum Verschwinden bringt.

Und während der ganzen Zeit muss man zu der von uns erschaffenen Gedankenform in einer positiven Weise und mit einer klaren, festen Stimme sprechen. Zu keiner Zeit darf Zweifel, Ablehnung oder gar Unschlüssigkeit aufkommen. Man muss in möglichst einfacher Sprache sprechen und so direkt wie möglich. Man muss so zu ihr sprechen, als spräche man mit einem zurückgebliebenen Kind, denn diese Gedankenform hat keinen Verstand und kann nur einen direkten Befehl oder eine einfache Anweisung annehmen.

Ein Organ könnte vielleicht von einem Geschwür befallen sein. In diesem Fall muss man der Gedankenform klar und bestimmt sagen: «Du wirst jetzt das So-und-so-Organ heilen, und das Gewebe wird sich erholen.» Dies muss man mehrmals am Tag wiederholen. Wenn man sich dann bildlich vorstellt, wie die Gedankenform ans Werk geht, wird sie tatsächlich ans Werk gehen. Es funktionierte damals bei den Ägyptern, und es kann auch bei den heutigen Menschen funktionieren.

Es gibt zahlreiche dokumentierte Beispiele von Gräbern, die von Geistererscheinungen heimgesucht werden. Das liegt daran, dass entweder der Verstorbene oder andere so stark und intensiv gedacht haben, dass sie tatsächlich eine Erscheinung aus Ektoplasma hervorriefen. Die alten Ägypter zur Zeit der Pharaonen bestatteten den einbalsamierten Körper ihres Pharaos und griffen dabei zu äußerst extremen Maßnahmen, um sicherzustellen, dass ihre Gedankenformen selbst nach Jahrtausenden noch wirksam blieben. Dazu töteten sie Sklaven auf grausame Weise und versprachen ihnen, dass sie nach ihrem Tod belohnt würden, wenn sie während des Sterbens die notwendige Substanz lieferten, um die konkrete Gedankenform herzustellen. Archäologische Berichte bezeugen den Fluch dieser Gräber und den dort vorhandenen Spuk, doch all diese Phänomene sind lediglich das Ergebnis absolut natürlicher und normaler Gesetze.

Gedankenformen können von jedem Menschen mit ein wenig Übung erschaffen werden, aber man muss sich jederzeit und ohne Ausnahme immer auf das Gute in seiner Gedankenform konzentrieren. Denn wenn man versucht, eine Gedankenform zu erschaffen, die etwas Schlechtem dient, wird sich dies ganz gewiss gegen den Schöpfer wenden und ernstlichen Schaden verursachen – sei es im körperlichen, mentalen oder im astralen Bereich.»

Die nächsten Tage verliefen sehr hektisch. Ich musste Durchreisevisa besorgen und abschließende Vorbereitungen treffen. Meine Sachen mussten gepackt und nach Shanghai zu Freunden verschickt werden. Besonders sorgfältig verpackte ich meine Kristallkugel, damit ich sie später wieder verwenden konnte, ebenso meine Dokumente aus China. Dokumente, die, nebenbei bemerkt, mittlerweile schon mehrere wichtige Personen gesehen haben.

Meine persönlichen Habseligkeiten, die ich mitnahm, beschränkte ich auf ein absolutes Minimum. Sie bestanden aus einem Anzug sowie der nötigen Unterwäsche zum Wechseln. Da ich keinem Beamten mehr traute, machte ich von allem Fotokopien, vom Pass, von den Fahrkarten, dem Arztzeugnis und dergleichen!

«Werdet ihr mich zum Abschied begleiten?», fragte ich meine schwarzen Freunde.

«Nein», sagten sie, «aufgrund unserer Hautfarbe werden wir nicht in den Hafen gelassen.»

Der letzte Tag brach an. Ich fuhr mit dem Bus zum Hafen. Ich hatte meinen kleinen Koffer dabei und zeigte meine Fahrkarte vor. Ich wurde gefragt, wo denn mein restliches Gepäck sei.

«Das ist alles», antwortete ich, «mehr habe ich nicht dabei.»

Der Beamte wirkte sichtlich verwirrt und misstrauisch. «Warten Sie hier», murmelte er und eilte in ein Büro. Einige Minuten später kam er in Begleitung eines höheren Beamten zurück.

«Ist das Ihr ganzes Gepäck, Sir?», fragte der neu Hinzugekommene.

«Ja, so ist es», erwiderte ich.

Er runzelte die Stirn und überprüfte meine Fahrkarte eingehend. Nachdem er die Angaben mit seinem Buch abgeglichen hatte, stolzierte er mit meiner Fahrkarte und dem Buch davon. Nach etwa zehn Minuten kehrte er mit besorgter Miene zurück. Er reichte mir meine Fahrkarte zusammen mit einigen weiteren Papieren und bemerkte: «Es ist ziemlich ungewöhnlich, dass Sie für eine so lange Überfahrt nach Indien so wenig Gepäck dabei haben!» Kopfschüttelnd entfernte er sich, gefolgt vom Beamten, den ich zuvor gesehen hatte, der offensichtlich beschlossen hatte, die Finger von der

Sache zu lassen. Ohne meine Frage zu beantworten, wo sich die Schiffsanlegestelle befand, machten sie kehrt und verschwanden. Ich warf schließlich einen Blick auf die neuen Unterlagen in meiner Hand und bemerkte, dass unter den Papieren auch meine Bordkarte war, auf der alle nötigen Angaben standen.

Es war ein langer Fußweg bis zur Schiffsanlegestelle. Als ich sie erreichte, bemerkte ich Polizisten, die aufmerksam die Passagiere beobachteten. Ich ging zum Landungssteg, zeigte meine Bordkarte vor und stieg an Bord. Etwa eine Stunde später kamen zwei Männer in meine Kabine. Einer von ihnen fragte mich, warum ich kein Gepäck dabei hatte.

«Aber mein guter Mann», sagte ich, «ich dachte, dies sei ein freies Land! Wieso soll ich mich denn mit mehr Gepäck herumschlagen als nötig? Was ich mitnehme, ist doch meine Angelegenheit, oder etwa nicht?»

Der Beamte murmelte und brummte etwas und kramte in seinen Papieren herum: «Nun, wir müssen uns nur vergewissern, ob alles mit rechten Dingen zugeht. Der Auswanderungsbeamte hatte nur gemeint, weil Sie kein Gepäck dabeihaben, versuchen Sie vielleicht vor der Justiz zu fliehen. Er wollte nur ganz sichergehen.»

Ich zeigte auf meinen Koffer und erwiderte: «Alles, was ich brauche, ist hier drin. Das wird mir bis nach Indien reichen. Dort werde ich dann das übrige Gepäck abholen, das ich vorausgeschickt habe.»

Er sah erleichtert aus. «Ach so! Sie haben in Indien noch weiteres Gepäck? Dann ist ja alles in Ordnung.»

Ich musste lächeln, während ich dachte: «Es ist schon eigenartig, dass ich immer dann Schwierigkeiten habe, wenn ich legal von einem Land in ein anderes reise und alle Ausweispapiere in Ordnung sind, so wie es die Bürokratie vorschreibt.»

Das Leben an Bord war eintönig. Die anderen Passagiere waren sehr klassenbewusst. Die Geschichte, dass ich «mit nur einem Koffer» reiste, schloss mich fühlbar aus jeder menschlichen Gesellschaft aus, und da ich nicht in ihre protzige Norm passte, war ich unter ihnen so einsam, als säße ich in einer Gefängniszelle, nur mit dem großen Unterschied, dass ich umhergehen konnte. Es war sehr amüsant, die anderen Passagiere zu beobachten, wie sie einem Steward riefen, dass dieser kommen sollte, um ihnen ihren Liegestuhl ein wenig von mir wegzurücken.

Wir legten im Hafen von New York ab und steuerten Richtung Straße von Gibraltar. Nachdem wir das Mittelmeer durchquert hatten, erreichten wir Alexandria und fuhren weiter nach Port Said. Von dort aus setzten wir unsere Fahrt entlang des Suezkanals ins Rote Meer fort. Die Hitze setzte mir stark zu. Das Rote Meer schien beinahe zu kochen, doch auch das fand schließlich ein Ende. Wir überquerten das Arabische Meer und erreichten schließlich Bombay. Dort warteten einige Freunde auf mich, darunter auch buddhistische Priester. Ich verbrachte eine Woche in ihrer Gesellschaft, bevor ich meine Reise durch Indien nach Kalimpong fortsetzte.

In Kalimpong wimmelte es nur so von kommunistischen Spionen und Journalisten. Neuankömmlingen wurde das Leben schwer gemacht, indem sie mit endlosen, sinnlosen Fragen bombardiert wurden. Fragen, auf die ich nie eine Antwort gab und weiter das erledigte, was ich dort zu tun hatte. Dieser Hang der westlichen Menschen, sich ständig in die Angelegenheiten anderer zu mischen, bleibt für mich ein völliges Rätsel. Ich werde das wohl nie wirklich verstehen!

Ich war froh, aus Kalimpong wegzukommen und in mein eigenes Land, nach Tibet, zu reisen. Dort wurde ich von einer Gruppe höherer Lamas erwartet. Sie empfingen mich als Bettelmönche oder Händler verkleidet. Mein Gesundheitszustand verschlechterte sich zusehends, was es notwendig machte, häufig Ruhe- und Rastpausen einzulegen. Endlich erreichten wir zehn Wochen später ein abgeschiedenes Lamakloster hoch oben im Himalaya, von wo aus ich über das Lhasatal blicken konnte. Das Lamakloster war so klein und so schlecht zugänglich, dass sich die chinesischen Kommunisten nicht darum kümmerten.

Ein paar Tage lang erholte ich mich und versuchte, wieder etwas zu Kräften zu kommen. Ich ruhte mich aus und meditierte. Jetzt war ich endlich wieder zu Hause und zum ersten Mal seit Jahren fühlte ich mich wieder glücklich. Die Täuschungen und Betrügereien der westlichen Menschen erschienen mir nicht mehr als ein böser Albtraum. Täglich kamen Männer in kleinen Gruppen zu mir, um mir von den Ereignissen in Tibet zu berichten und mir zuzuhören, wenn ich ihnen von der fremden, harten Welt außerhalb unserer Landesgrenzen erzählte.

Ich nahm an allen Andachten teil und fand Geborgenheit und Trost an den gewohnten religiösen Ritualen. Dennoch war ich ein Außenseiter, einer, der bald sterben musste, um dann wieder zu leben. Ein Mensch, der dabei war, sich einem der eigenartigsten Experimente zu unterziehen, das einem Lebenden widerfahren konnte. Aber war es wirklich so eigenartig? Viele unserer höheren Adepten vollzogen dies von Leben zu Leben. Der Dalai Lama selbst tat es immer wieder, indem er den Körper eines Neugeborenen annahm. Der Unterschied bestand lediglich darin, dass ich den Körper einer erwachsenen Person übernehmen und ihn in meinen umwandeln würde, indem ich nicht nur das Ich wechselte, sondern auch den gesamten physischen Körper, Molekül für Molekül.

Obwohl ich kein Christ bin, hatten es meine Studien in Lhasa erfordert, die christliche Bibel zu lesen und an den entsprechenden Vorlesungen teilzunehmen. Ich wusste, dass in der Bibel geschrieben steht, dass der Körper von Jesus, dem Sohn von Maria und Josef, vom «Geist des Sohn Gottes», von Christus, übernommen wurde. Ebenso war mir bekannt, dass die christlichen Priester im Jahr 60 n. Chr. eine Versammlung abhielten, bei der bestimmte Lehren von Christus verboten wurden. Sowohl die Reinkarnationslehre als auch die Möglichkeit, dass jemand den Körper eines anderen übernehmen könnte (Transmigration; Anm.d.Ü.), wurden verleugnet, ebenso wie vieles andere, was Christus gelehrt hatte.

Ich schaute aus meinem scheibenlosen Fenster auf die so weit unten liegende Stadt Lhasa. Es war schwer zu glauben, dass dort unten die verhassten Kommunisten jetzt das Sagen hatten. Bislang versuchten sie die jungen Tibeter durch wunderbare Versprechungen für sich zu gewinnen. Wir nennen es «Honig auf das Messer streichen». Je mehr man den «Honig» ableckt, desto schneller kommt die scharfe Klinge zum Vorschein. Chinesische Truppen waren überall, standen wachsam beim Pargo Kaling und an unseren Tempeleingängen. Sie standen da und verspotteten unsere alte ehrwürdige Religion. Mönche wurden beleidigt, ja sogar misshandelt, und die ungebildeten Bauern und Hirten wurden ermutigt, es ihnen gleichzutun.

Hier oben waren wir vor den Kommunisten sicher. Sicher auf diesen fast unerklimmbaren Steilhängen. Rund um uns herum war das ganze Gebiet von Höhlen durchzogen, und es gab nur einen einzigen, sehr steilen Pfad hier herauf, der außen am Rande eines Felshanges herumführte. Wer dabei ausrutschte, fiel mehr als sechshundert Meter in die Tiefe. Wenn wir uns hier im Freien bewegten, benutzten wir graue Roben, die sich farblich mit den Felsen abstimmten. Die grauen Roben verbargen uns auch vor einem zufälligen Blick eines Chinesen, der durch das Fernglas schaute.

Weit entfernt konnte ich chinesische Vermessungsspezialisten sehen, die wie Ameisen mit ihren Winkelmessgeräten und Messlatten herumkrochen. Sie steckten Pflöcke in die Erde und machten Eintragungen in ihre Bücher. Ein Mönch ging an einem chinesischen Soldaten vorbei, der mit seinem Bajonett nach seinen Beinen stach. Durch mein zwanzigfach vergrößertes Fernglas, meinen einzigen Luxus, den ich mitgenommen hatte, konnte ich das Blut hervorspritzen sehen und das sadistische Grinsen auf dem Gesicht des Chinesen erkennen. Das Fernglas war von ausgezeichneter Qualität und enthüllte den stolzen Potala und mein Chakpori. Plötzlich stutzte ich, mir fiel auf, dass etwas fehlte. Ich stellte das Fernglas neu ein und schaute nochmals. Auf dem Schlangentempelsee rührte sich nichts. In den Straßen von Lhasa schnüffelten keine Hunde in den Abfällen herum. Keine Wildvögel, keine Hunde! Ich wandte mich an den Mönch neben mir und fragte ihn danach.

«Die Chinesen haben sie alle getötet und als Nahrung verwendet», erklärte der Mönch düster. «Hunde arbeiten nicht, haben die Kommunisten gesagt, und deshalb haben sie nicht das Recht auf Futter. Sie hätten ihnen aber wenigstens einen Dienst als Nahrungsquelle erwiesen. Es ist jetzt unter Strafe verboten, einen Hund, eine Katze oder sonst irgendein Haustier zu halten!»

Ich schaute den Mönch entsetzt an. Verboten ein Haustier zu halten? Unwillkürlich schaute ich nochmals zum Chakpori hinüber. «Was ist mit unseren Katzen dort geschehen?», fragte ich.

«Die haben sie auch getötet und gegessen», war die Antwort.

Ich seufzte und dachte: «Oh, wenn ich doch nur den Menschen die Wahrheit über den Kommunismus sagen könnte und wie sie die Menschen wirklich behandeln. Wenn die Menschen im Westen doch nur nicht so gleichgültig wären!»

Ich dachte an die Nonnengemeinschaft. Ein hoher Lama hatte mir erst kürzlich von dem tragischen Vorfall erzählt. Er war unterwegs gewesen und traf auf eine einzige überlebende Nonne eines Massakers, die ihm die ganze Geschichte erzählte, bevor sie in seinen Armen starb. Ihre Nonnengemeinschaft, so hat sie ihm erzählt, sei von einer wilden Horde chinesischer Soldaten überfallen worden. Diese hätten die geheiligten Gegenstände entweiht und alles gestohlen, was wertvoll war. Der betagten Oberin hätten sie die Kleider vom Leibe gerissen und ihren Körper mit Butter eingeschmiert. Dann hatten sie sie in Brand gesteckt und vor Freude über ihre Schmerzen gelacht und geschrien. Zuletzt habe ihr armer, schwarz verbrannter Körper tot auf dem Boden gelegen. Daraufhin habe ein Soldat sein Bajonett genommen und es der ganzen Länge nach durch ihren Körper gezogen, um sicherzugehen, dass sie auch wirklich tot war.

Den alten Nonnen wurden die Kleider vom Leib gerissen, und danach hätten sie rotglühende Eisenstangen in ihre Leiber gerammt, sodass sie qualvoll starben. Die jüngeren Nonnen seien vor den Augen der anderen vergewaltigt worden, jede bis zu zwanzig, dreißig Mal innerhalb der drei Tage, die die Soldaten dort verbrachten. Dann hatten sie genug von diesem «Sport» gehabt, oder seien erschöpft gewesen, worauf sie sich noch ein letztes Mal in einem Blutrausch an den Frauen austobten. Einigen Frauen hatten sie

Körperteile abgehackt, andere seien aufgeschlitzt worden. Wieder andere hätten sie, nackt wie sie waren, in die bittere Kälte hinausgetrieben. Eine kleine Gruppe Mönche, die auf dem Weg nach Lhasa unterwegs war, seien zufällig auf die Vertriebenen gestoßen und hatten versucht, den Nonnen zu helfen. Sie hatten ihnen ihre eigenen Roben umgelegt, um das schwache Lebenslicht noch etwas aufrechtzuerhalten. Die chinesischen Soldaten, die sich ebenfalls auf den Weg nach Lhasa befanden, hatten sie entdeckt und seien mit einer solch bestialischen Brutalität auf die Mönche losgegangen, dass solche Abscheulichkeiten nicht einmal niedergeschrieben werden konnten. Sie hatten die Mönche derart verstümmelt, dass keine Hoffnung mehr auf eine Rettung bestand. Sie seien überall verstreut herumgelegen, nackt und verwundet, bis sie verbluteten. Die einzige Nonne, die überlebt hat, war in einen Graben gefallen und von einigen Gebetsfahnen verdeckt worden, die die Chinesen von den Stangen gerissen hatten. Eine Zeit später waren dann der Lama mit seinem ihn begleitenden Akolyth an der grausigen Fundstelle vorbeigekommen, und beide hatten die ganze Geschichte aus dem Munde der sterbenden Nonne erfahren.

«Oh! Ich werde den Menschen im Westen von diesen Gräueltaten der Kommunisten berichten», dachte ich, doch später musste ich bedauerlicherweise feststellen, dass man im Westen weder über die Wahrheit sprechen noch darüber schreiben konnte. Alle Gräuel und Verbrechen mussten beschönigt werden, alles musste einen Anstrich von scheinheiligem «Anstand» haben. Sind die Kommunisten denn anständig, wenn sie vergewaltigen, verstümmeln und töten? Wenn sich die Menschen im Westen die wahren Geschichten derer, die darunter gelitten haben, anhören würden, dann würden sie doch mit allen Mitteln versuchen, dass ihnen solche schrecklichen Gräuel erspart blieben, denn der Kommunismus ist hinterhältig. Er ist wie ein Krebsgeschwür, und solange die Leute gewillt sind, zu glauben, dass dieser schreckliche politische Kult nur eine «andere Regierungsform» ist, dann lauert wirklich eine Gefahr für die Menschen auf dieser Welt. Ich, als einer, der darunter gelitten hat, vertrete die Ansicht: schreibt darüber und veröffentlicht Bilder und zeigt sie den Menschen (ganz gleich wie schrecklich sie sind), wie es hinter dem «Eisernen Vorhang» zu- und hergeht.

Während ich über all das nachdachte und ab und zu die Landschaft vor mir betrachtete, betrat ein betagter, gebeugter Mann mit einem Stock den Raum. Sein Gesicht war von viel Leid gezeichnet. Seine Knochen traten markant hervor, die nur noch von einer pergamentartigen anliegenden, verwitterten Haut bedeckt waren. Ich sah, dass er blind war und stand auf, um ihn am Arm zu führen. Seine Augenhöhlen leuchteten hell wie grimmige rote Löcher. Seine Bewegungen waren unsicher, typisch für jemanden, der gerade erblindet war. Ich setzte mich neben ihn und hielt sanft seine Hand. Ich dachte daran, dass wir in diesem besetzten Land über keine Mittel verfügten, um seine entzündeten Augenhöhlen und seine Schmerzen zu lindern.

Er lächelte geduldig und erklärte: «Du wunderst dich bestimmt über meine Augen, Bruder. Ich war auf dem Heiligen Weg unterwegs und vollzog meine Niederwerfungen vor einem Schrein. Als ich mich wieder erhob, blickte ich zum Potala hinauf, und unglücklicherweise stand gerade ein chinesischer Offizier in meiner Blickrichtung. Er beschuldigte mich, ihn überheblich und feindselig angesehen zu haben. Daraufhin wurde ich mit einem Seil hinten an ein Auto gebunden und über den Boden zum öffentlichen Platz geschleift. Dort wurden mir vor den versammelten Zuschauern die Augen ausgestochen und auf mich geworfen. Mein Körper, wie du sicher sehen kannst, besteht nur noch aus vielen noch nicht ganz verheilten Wunden. Man brachte mich hierher. Jetzt bin ich froh, dich begrüßen zu dürfen.»

Als er seine Robe hochzog, stockte mir vor Entsetzen der Atem. Durch das Schleifen über die Straße bestand sein Körper nur noch aus einer einzigen rohen, roten Masse. Ich kannte diesen Mann gut. Unter ihm hatte ich als Akolyth Geisteswissenschaft studiert, und als ich Lama wurde, war er einer meiner Förderer. Er war auch einer der Lamas, die anwesend waren, als ich mich tief unter den Potala begab und mich der Zeremonie des kleinen

Todes stellte. Jetzt saß er neben mir, und ich spürte, dass sein Tod nicht mehr fern war.

«Du bist weit gereist und hast viel gesehen und durchgemacht», sagte er. «Nun steht meine letzte Aufgabe in dieser Inkarnation an. Ich muss dir über die Akasha-Chronik einige Einblicke in das Leben eines bestimmten Engländers geben, der sehr darauf bedacht ist, seinen Körper zu verlassen, damit ihn du übernehmen kannst. Du wirst aber nur sehr kurze Sequenzen sehen, denn dazu braucht man sehr viel Energie, die wir beide nicht mehr haben.» Er hielt inne, und fuhr dann mit einem schwachen Lächeln wieder fort: «Diese Anstrengung wird mein gegenwärtiges irdisches Leben beenden, und ich bin froh, dass ich noch einmal die Gelegenheit bekommen habe, mir durch diese letzte Aufgabe Verdienste zu erwerben. Ich danke dir, mein Bruder, dass du mir dies ermöglichst hast. Wenn du von deiner Astralreise wieder hierher zurückkehrst, werde ich tot neben dir liegen.»

Die Akasha-Chronik! Was ist sie doch für eine wunderbare Quelle des Wissens! Welche Tragödie, dass die Menschen ihre Möglichkeiten nicht erforschen und stattdessen mit Atombomben herumspielen. Alles, was wir tun, alles, was geschieht, ist unauslöschlich in der Akasha-Chronik aufgezeichnet und in diesem feinstofflichen Trägermedium, das die ganze Materie durchdringt, gespeichert. Jede seit Anbeginn der Erde ausgeführte Bewegung ist für diejenigen einsehbar, die über die dafür notwendige Ausbildung verfügen. Für diejenigen, die ihre Augen offenhalten, liegt die Weltgeschichte vor ihnen. Gemäß einer alten Prophezeiung werden nach dem Ende dieses Jahrhunderts die Wissenschaftler in der Lage sein, die Akasha-Chronik zu nutzen, um sich über dieses Mittel die Weltgeschichte anzusehen. Es wäre doch sehr interessant zu wissen, was Kleopatra wirklich zu Antonius gesagt hat, und wie Zitate berühmter Persönlichkeiten wirklich gelautet haben. Für mich wäre es sehr reizvoll, die Gesichter meiner Kritiker zu sehen, wenn sie sähen, was für Dummköpfe sie in Wirklichkeit sind, wenn sie zugeben müssen, dass ich tatsächlich die Wahrheit geschrieben habe. Nur wird dann keiner mehr von uns hier sein.

Doch diese Akasha-Chronik kann noch etwas genauer erklärt werden. Alles, was geschieht, ‹prägt› sich in das feine Trägermedium ein, das selbst die Luft durchdringen kann. Jeder erzeugte Ton, jedes Ereignis bleibt für alle Zeiten festgehalten. Hätte man entsprechende Instrumente, dann könnte jeder die Akasha-Chronik einsehen. Betrachten Sie sie im Sinne von Licht, oder Schwingungen, die wir Licht und Sehen nennen. Das Licht reist mit einer bestimmten Geschwindigkeit. Wie jeder Wissenschaftler weiß, sehen wir Sterne in der Nacht, die vielleicht gar nicht mehr existieren. Einige dieser Sterne sind so weit entfernt, dass ihr Licht, das uns jetzt erreicht, vielleicht ihre Reise schon vor der Entstehung dieser Erde angetreten hat. Wir haben keine Möglichkeit, in Erfahrung zu bringen, ob der Stern vor einer Million Jahre oder noch mehr erloschen ist, weil uns das Licht immer noch ein paar weitere Millionen Jahre erreichen würde. Es wäre vielleicht einfacher, den Schall als Beispiel heranzuziehen. Wir sehen bei einem Gewitter den Blitz und hören den Donner erst einige Zeit später. Es ist die Langsamkeit des Schalls, die diese Verzögerung beim Hören verursacht, nachdem man den Blitz gesehen hat. Es ist die Langsamkeit des Lichts, die es ermöglichen könnte, ein Gerät zu entwickeln, um die Vergangenheit zu sehen.

Wenn wir uns augenblicklich zu einem Planeten begeben könnten, der so weit entfernt liegt, dass das Licht ein Jahr bräuchte, um ihn von dem Planet aus, den wir gerade eben verlassen haben, zu erreichen, dann würden wir dort das Licht sehen, das sich ein Jahr vor uns auf die Reise gemacht hat. Wenn wir ein, bis jetzt nur in der Vorstellung vorhandenes superstarkes, hochauflösendes Teleskop hätten, mit dem wir jeden Teil der Erde beobachten könnten, dann sähen wir Geschehnisse auf der Erde, die ein Jahr alt sind. Hätten wir die Möglichkeit, uns mit diesem Teleskop zu einem Planeten zu begeben, der so weit entfernt liegt, dass das Licht von der Erde aus eine Million Jahre bräuchte, um ihn zu erreichen, dann wären wir in der Lage, die Erde so zu sehen, wie sie vor einer Million Jahre war. Würden wir noch weiter und noch weiter gehen, was natürlich augenblicklich erfolgen müsste, dann würden wir schließlich einen Punkt erreichen, von wo aus wir die Geburt der Erde oder sogar von der Sonne sehen könnten.

Die Akasha-Chronik ermöglicht uns genau das zu tun. Mit Hilfe einer Spezialausbildung kann man sich in die Astralwelt begeben, wo Zeit und Raum nicht existieren und wo andere Dimensionen vorherrschen. Dann sieht man alles. Eine andere Zeit und ein anderer Raum? Nun, dazu ein einfaches Beispiel: Nehmen wir an, wir hätten einen dünnen Faden, einen Nähfaden, wenn Sie wollen, von einem Kilometer Länge. Nun möchten wir uns von einer Seite auf die andere begeben. So wie die Dinge auf der Erde liegen, können wir uns weder durch den Faden hindurch noch um seinen Umfang herum bewegen. Wir wären gezwungen, einen Kilometer entlang der Außenseite des Nähfadens zu reisen, bis zum Ende zu gelangen und dann einen weiteren Kilometer auf der anderen Seite zurückzulegen. Das wäre eine beträchtliche Strecke. Im Astral würde man einfach durch ihn hindurchreisen. Das ist ein sehr einfaches Beispiel, aber durch die Akasha-Chronik zu reisen, ist genauso einfach, wenn man weiß wie!

Die Akasha-Chronik kann nicht für falsche Zwecke benutzt werden. Sie kann auch nicht benutzt werden, um an Informationen zu gelangen, die einem anderen schaden würde, noch kann man ohne Spezialgenehmigung in die Privatangelegenheiten einer anderen Person spähen, um sich hinterher darüber zu unterhalten. Was man natürlich sehen und besprechen kann, sind Begebenheiten, die eindeutig historische Ereignisse sind. Doch jetzt sollte ich Einblicke in das Privatleben eines anderen erhalten. Danach musste ich mich endgültig entscheiden. Sollte ich diesen anderen Körper als Ersatz für meinen übernehmen? Mein physischer Körper ließ rapide nach, und um meine zugewiesene Aufgabe zu erfüllen, musste ich einen Körper haben, der mich «über Wasser hielt», bis ich seine Moleküle in meine umwandeln konnte. Ich kam zur Ruhe und wartete, bis der blinde Lama zu sprechen begann.

Kapitel 8

Langsam sank die Sonne hinter die fernen Berge und ließ die hohen Gipfel im späten Abendglanz erstrahlen. Das schwache Schneegestöber, vom Wind aufgewirbelt, fing das schwindende Licht ein und reflektierte es in einer Vielfalt von Farben, die sich mit der leichten Abendbrise ständig veränderten. Dunkelviolette Schatten schlichen sich aus den Bodensenken hervor, wie Nachttiere, die zum Leben erwachten. Die samtene Dunkelheit stieg allmählich am Fuße des Potalas empor und erreichte schließlich die goldenen Dächer, die einen letzten Glanz ausstrahlten, bevor sie in der undurchdringlichen Dunkelheit verschwanden. Ein schimmerndes Licht nach dem anderen funkelte auf, als würden lebendige Juwelen in der Dunkelheit präsentiert.

Die gewaltigen, hochaufragenden Felswände des Tals zeichneten sich hart und schroff ab, während das Licht hinter ihnen schwächer wurde. Hier, in unserem steinigen Zuhause, erhaschten wir einen letzten Blick auf die untergehende Sonne, die noch einen Bergpass erleuchtete. Dann saßen auch wir im Dunkeln. Wir durften kein Licht machen, das blieb uns versagt, aus Angst, dadurch unsere Zufluchtsstätte zu verraten. Für uns gab es nichts außer der Dunkelheit der Nacht und den düsteren Gedanken, während wir auf unser heimtückisch überfallenes Land blickten.

«Bruder», sagte der blinde Lama, dessen Gegenwart ich vor lauter trauriger Gedanken beinahe vergessen hatte. «Bruder, wollen wir gehen?» Wir setzten uns in den Lotossitz und meditierten über unser Vorhaben. Der sanfte Abendwind flüsterte leise vor Vergnügen, während er verspielt um die Berge und Felsen herumstrich und durch unser Fenster hereinwehte. Mit einem nicht unangenehmen Ruck, der eine solche Loslösung vom physischen Körper sehr oft begleitete, stiegen der blinde Lama, der jetzt nicht mehr blind war, und ich von unseren irdischen Körpern auf und entschwebten in die Freiheit einer anderen Ebene.

«Es ist schön wieder sehen zu können», sagte der Lama. «Man schätzt den Wert des Sehens erst, wenn man das Augenlicht verloren hat.» Gemeinsam gleiteten wir entlang und folgten dem uns vertrauten Weg an den Ort, den wir die «Halle der Erinnerung» nennen. Schweigend betraten wir sie und bemerkten, dass auch andere die Akasha-Chronik für ihre Forschungen nutzten. Doch was sie sahen, blieb uns verborgen, genauso wie unsere Bilder für sie unsichtbar blieben.

«Wo wollen wir beginnen, Bruder?», fragte der alte Lama.

«Wir wollen uns nicht zu sehr einmischen», gab ich zur Antwort, «aber wir sollten uns ansehen, mit wem wir es hier zu tun haben.»

Eine Weile schwiegen wir, während wir uns die klaren Bilder ansahen, die vor unseren Augen abliefen.

«Iiiihh!», rief ich aus, und sprang vor Schreck auf. «Er ist verheiratet! Was soll ich tun? Ich bin ein Mönch im Zölibat! Ich steige lieber aus.» Ich drehte mich bestürzt um und wollte gehen, als ich vom Anblick des alten Lama gestoppt wurde, der sich vor Lachen schüttelte. Eine Zeitlang war seine Heiterkeit so groß, dass er überhaupt nicht mehr sprechen konnte.

«Bruder, Lobsang», gelang es ihm schließlich zu sagen, «du hast noch einmal meine schwindenden Tage erheitert. Zuerst dachte ich, die ganze Teufelsbrut sei in dich gefahren, so hoch bist du aufgesprungen. Nun, mein Bruder, das ist gar kein Problem. Zuerst aber lass mich dir einen freundschaftlichen Rat geben. Du hast mir vom Westen erzählt und von ihren eigenartigen Glaubensansichten. Ich möchte dir etwas aus ihrer Bibel zitieren: ‹Die Ehe sei in Ehren bei allen› (Hebräer 13, 4).» Noch einmal wurde er von einem Lachanfall geschüttelt, und je verdrießlicher ich ihn ansah, desto mehr musste er lachen, bis er schließlich erschöpft aufhörte.

«Bruder», fuhr er fort, als er dazu endlich wieder in der Lage war, «diejenigen, die uns führen und uns helfen, hatten das im Sinn. Du kannst mit dieser Frau auch auf einer kameradschaftlichen Basis zusammenleben. Leben denn bei uns nicht auch manchmal Mönche und Nonnen unter einem

Dach? Wir wollen keine Schwierigkeiten sehen, wo es keine gibt. Fahren wir in der Chronik fort.»

Mit einem tiefen, schweren Seufzer nickte ich stumm. Im Augenblick fand ich dafür keine Worte, und je mehr ich über das Ganze nachdachte, desto weniger mochte ich irgendetwas davon. Ich dachte an meinen Mentor, den Lama Mingyar Dondup, der jetzt irgendwo gemütlich im Land des Goldenen Lichts saß. Mein Gesichtsausdruck musste sich immer mehr verdüstert haben, denn der alte Lama begann erneut zu lachen.

Zuletzt beruhigten wir uns beide, und wir sahen uns gemeinsam die bewegten Bilder in der Akasha-Chronik an. Ich sah den Mann, dessen Körper, so hoffte man, ich übernehmen würde. Mit wachsendem Interesse beobachtete ich, dass er chirurgische Geräte herstellte. Zu meiner Freude erkannte ich, dass er sein Handwerk offenbar verstand. Er war ein sehr kompetenter Feinmechaniker. Ich nickte unwillkürlich und anerkennend, als ich sah, wie er die Aufgaben anging und löste.

Die Bildszenen liefen weiter. Wir konnten die Stadt London in England sehen, so als befänden wir uns dort mitten unter der Menschenmenge. Die großen roten Busse fuhren durch die Straßen. Sie schwenkten in den Verkehr ein und wieder heraus und beförderten unzählige Passagiere. Plötzlich brach ein ohrenbetäubendes Kreischen aus. Die Sirenen heulten auf. Wir sahen Menschen, die schutzsuchend in merkwürdige Steingebäude hineinrannten, die man auf den Straßen errichtet hatte. Ununterbrochen knatterten Flugabwehrkanonen und Kampfflugzeuge dröhnten über den Himmel. Instinktiv duckten wir uns, als Bomben aus einem der Flugzeuge fielen und herunterpfiffen. Einen kurzen Augenblick lang herrschte Stille. Dann folgte – ein Wumm! Gebäude flogen in die Luft und kamen in Schutt und Asche wieder herunter.

Unten in den tiefen U-Bahn-Schächten lebten die Menschen ein sonderbares Höhlenbewohnerleben. Die Nacht verbrachten sie in ihrem Schutze, und am Morgen krochen sie wie Maulwürfe wieder hervor. Offenbar hausten ganze Familien da unten, die auf Behelfsbetten schliefen während sie versuchten, an jedem möglichen Mauervorsprung der glatten, gefliesten Wände Tücher aufzuhängen, um etwas Privatsphäre zu schaffen.

Ich schien hoch über den Dächern von London auf einer Eisenplattform zu stehen. Von dort aus hatte ich einen klaren, freien Blick auf das Gebäude, das von der Bevölkerung als «Der Palast» bezeichnet wurde. Ein einzelnes Flugzeug stürzte aus den Wolken, und drei Bomben rasten in die Tiefe auf den Wohnsitz des Königs von England zu. Ich sah mich um. Wenn man die Akasha-Chronik einsieht, dann sieht man alles aus der Perspektive der jeweiligen Figur. Der alte Lama und ich sahen also so, als wären wir die Hauptperson. Es schien, als stünde ich auf einer Fluchttreppe, die über die Dächer von London führte. Da ich früher so etwas schon einmal gesehen hatte, musste ich meinem mich begleitenden Bruder deren Nutzen erst erklären. Doch erst jetzt dämmerte es mir, er – die Person, die wir beobachteten – hielt nach Flugzeugen Ausschau, um die Leute unten zu warnen, wenn eine unmittelbare Gefahr drohen sollte. Die Sirenen heulten wieder «Entwarnung». Ich sah den Mann nach unten klettern und seinen Schutzhelm absetzen.

Der alte Lama wandte sich an mich und sagte lächelnd: «Das ist höchst interessant. Bisher habe ich mir noch nie Ereignisse im Abendland angesehen. Meine Interessen galten immer nur unserem eigenen Land. Jetzt verstehe ich, warum man sagt, ‹ein Bild sagt mehr als tausend Worte›. Wir müssen weiterschauen.»

Während wir dasaßen und uns die Chronik des Mannes ansahen, beobachteten wir die verdunkelten Straßen von London. Die Autos fuhren mit speziellen Scheinwerferblenden herum, während Passanten gegen Säulen oder ineinander stießen. Die normale Innenbeleuchtung der U-Bahnzüge wurde abgeschaltet, sobald sie an der Erdoberfläche auftauchten, und stattdessen wurden düstere blaue Glühlampen eingeschaltet. Die Strahlenbündel der Suchscheinwerfer drangen in den Nachthimmel und gelegentlich beleuchteten sie die grauen Seitenflächen der Sperrballone. Der alte Lama betrachtete die Ballone mit größter Faszination. Auf das Astraleisen verstand er sich sehr gut, aber diese grauen Monster, die ruhelos hoch oben im Nachtwind trieben, erstaunten ihn wirklich. Ich gestehe, dass ich seinen Gesichtsausdruck genauso interessant fand wie die Bilder in der Akasha-Chronik.

Wir sahen, wie der Mann aus dem Zug stieg und die verdunkelten Straßen entlangging, bis er einen großen Wohnblock erreichte. Wir beobachteten, wie er hineinging, entschieden jedoch, ihm nicht zu folgen. Stattdessen richteten wir unseren Blick auf das geschäftige Treiben draußen. Bei den von Bomben zerstörten Häusern waren die Menschen immer noch damit beschäftigt, zu suchen und zu graben, um die Lebenden und Toten zu bergen. Das Heulen der Sirenen durchbrach die Stille der Bergungsarbeiten. Hoch oben im Lichtkegel eines Suchscheinwerfers sahen wir feindliche Jagdbomber, die wie Motten umherflatterten, gefangen im Licht der Straßenlaternen. Die glitzernden Lichter, die plötzlich unter den Jagdbombern auftauchten, zogen unsere neugierigen Blicke an. Dann erkannten wir, dass diese «Lichter» Bomben waren, die auf ihren Weg nach unten fielen. Eine von ihnen schlug krachend in die Seitenwand eines großen Wohnblocks ein. Es folgte ein heller Blitz, und es regnete Trümmer herab. Menschen rannten aus dem Gebäude ins Freie in den zweifelhaften Schutz der Straßen.

«Wahrscheinlich hast du in Shanghai Schlimmeres erlebt, mein Bruder», sagte der Lama.

«Viel Schlimmeres», erwiderte ich. «Wir hatten keine Abwehrsysteme und nur sehr ungenügende Schutzanlagen. Wie du weißt, war ich eine Zeitlang unter einem zerstörten Unterstand begraben und konnte mich nur mit großer Mühe daraus befreien.»

«Wollen wir in der Zeit etwas vorrücken?», fragte mich mein Begleiter. «Wir brauchen uns diese Szenen ja nicht endlos anzusehen, denn unsere Kräfte schwinden.»

Ich stimmte ihm sofort zu. Ich wollte nur wissen, mit wem ich es hier zu tun hatte, dessen Körper ich übernehmen würde. Mir lag überhaupt nicht daran, noch weiter in sein Privatleben einzudringen. Wir bewegten uns weiter in der Akasha-Chronik und hielten vereinzelt an, um uns etwas anzusehen, und gingen danach wieder weiter.

Bei Tagesanbruch war das Morgenlicht durch den Rauch vieler Brände vernebelt. Die Nachtstunden waren ein einziges Inferno gewesen – es schien, als würde halb London brennen. Der Mann lief über eine mit Schutt übersäte, zerbombte Straße. An einer behelfsmäßigen Schranke hielt ihn ein kriegsverpflichteter Polizist an. «Sie dürfen hier nicht weitergehen, Sir. Es besteht Einsturzgefahr.» Wir sahen den Arbeitgeber, der ebenfalls eingetroffen war. Er unterhielt sich mit dem Mann, dessen Leben wir beobachteten. Darauf wechselten sie mit dem Polizisten ein paar Worte, duckten sich unter das Absperrseil und gingen auf das zertrümmerte Gebäude zu. Überall spritzte Wasser aus den zerbrochenen Wasserleitungen und setzte das ganze Inventar unter Wasser. Rohrleitungen und elektrische Kabel waren unentwirrbar ineinander verheddert, so als hätte eine Katze mit einem Wollknäuel gespielt. Ein Tresor hing immer noch gefährlich schwankend und schaukelnd am Rande eines großen Mauerlochs. Pitschnasse Gardinen flatterten zerfetzt im Wind, während verbrannte Papierfetzen wie kohlrabenschwarze Schneeflocken von den angrenzenden Gebäuden herabwirbelten. Ich, der ich schon mehr vom Krieg gesehen und mehr als die meisten gelitten hatte, widerte diese sinnlose Zerstörung nach wie vor an. Die Akasha-Chronik lief weiter …

Arbeitslosigkeit beherrschte das London zu Kriegszeiten. Der Mann versuchte, eine Stelle bei der Hilfspolizei zu bekommen – vergeblich. Sein Eintrag im Musterungszeugnis stufte ihn mit dem Grad vier ein: dienstuntauglich. Jetzt, wo er seine Arbeitsstelle durch die Bombenzerstörung verloren hatte, durchstreifte er die Straßen von London auf der Suche nach einer neuen Arbeit. Eine Firma nach der anderen lehnte es ab, ihn einzustellen. Es schien keine Hoffnung zu geben, nichts, was die Dunkelheit seiner Aussichtslosigkeit erhellen konnte.

Schließlich bot man ihm eine Arbeitsstelle bei einem Fernlehrinstitut außerhalb von London in einem der Behelfsbüros an, wo er zufällig einen

Besuch abstattete. Dort hatte er früher einmal einen Fernlehrgang absolviert, und die Lehrer waren von seiner Intelligenz und seinem Fleiß beeindruckt gewesen. «Ein wunderschöner Ort», hatte der Mann gesagt, der ihm das Angebot gemacht hatte. «Fahren Sie mit dem grünen Linienbus dorthin. Joe sollte gegen ein Uhr dort sein, wenn nicht, dann werden sich die anderen um Sie kümmern. Nehmen Sie Ihre Frau mit auf diesen Ausflug. Ich wollte mich schon selbst mal dorthin versetzen lassen.» In Wirklichkeit war das Dorf ein verwahrlostes Kaff! Nicht «der wunderschöne Ort», den er angeblich hätte sein sollen. Man stellte dort Flugzeuge her, testete sie und flog sie in andere Landesteile.

Das Arbeitsleben in dem Fernlehrinstitut war in der Tat langweilig. Soweit wir in der Akasha-Chronik sehen konnten, bestand die Arbeit darin, Antragsformulare und Briefe von Kursteilnehmern zu lesen, und diesen dann vorzuschlagen, welcher Kurs des Fernstudiums zu empfehlen sei. Meiner Meinung nach waren diese Fernlehrgänge nur eine Geldverschwendung, solange man keine Möglichkeit erhielt, gleichzeitig praktisch zu arbeiten.

Ein seltsames, knatterndes Geräusch, wie von einem fehlerhaften Motor eines Motorrades, drang an unsere Ohren. Als wir hinschauten, sahen wir ein seltsames Flugzeug näher kommen – ohne Pilot, ohne Besatzung. Das Flugzeug sank langsam nach unten und explodierte kurz bevor es den Boden berührte. «Das war ein deutscher Marschflugkörper», erklärte ich dem alten Lama. «Die V1 und die V2 waren widerwärtige technische Errungenschaften.» Ein weiterer Marschflugkörper überflog das Haus, in dem der Mann mit seiner Frau wohnte. In deren Nähe schlug er ein und jagte ihnen die Fenster auf der einen Seite ins Haus hinein und auf der anderen Seite wieder hinaus. Dabei wurde die gesamte Außenfassade weggerissen.

«Sie scheinen nicht viele Freunde zu haben», sagte der alte Lama. «Ich nehme an, sie haben geistige Fähigkeiten, die ein oberflächlicher Beobachter leicht übersieht. Es scheint mir, dass sie mehr wie Bruder und Schwester zusammenleben und nicht wie Mann und Frau. Das sollte dich ein wenig beruhigen, Bruder», fügte der alte Lama mit einem leisen Kichern hinzu.

Die Akasha-Chronik offenbarte weiterhin das Leben des Mannes in gedankenschneller Abfolge. Wir durchliefen verschiedene Lebensabschnitte, übersprangen manche Ereignisse und betrachteten andere mehrmals. Der Mann erkannte, dass in seinem Leben eine Reihe von Zufällen auftraten, die seine Gedanken zunehmend Richtung Osten lenkten. «Träume» zeigten ihm das Leben in Tibet – Träume, die in Wirklichkeit Astralreisen unter der Kontrolle des alten Lamas waren.

«Eine unserer kleineren Schwierigkeiten war», berichtete mir der alte Lama, «dass er uns mit dem Titel ‹Meister› ansprach, wann immer er mit einem von uns sprach.

«Oh, das ist einer der üblichen Fehler der Leute im Westen», erwiderte ich. «Sie lieben es, Titel zu verwenden, die anderen eine besondere Macht über sich selbst verleihen. Und was hast du ihm daraufhin gesagt?»

Der alte Lama lächelte und antwortete: «Ich hielt ihm einen kleinen Vortrag und versuchte gleichzeitig, ihn dazu zu bewegen, weniger Fragen zu stellen. Ich werde dir erzählen, was ich ihm gesagt habe, denn es ist aufschlussreich und zeigt ein Stückweit etwas von seiner inneren Haltung. Ich erklärte ihm, dass dieser Begriff ‹Meister› mir und vielen im Fernen Osten höchst zuwider ist, da ‹Meister› den Eindruck vermittelt, Herrschaft über andere anzustreben, die kein Recht haben, sich ‹Meister› zu nennen. Ein wahrer Meister hingegen würde niemals versuchen, Einfluss auf seine Schüler auszuüben oder ihnen seine Meinung aufzuzwingen. Für uns verkörpert ein wahrer Meister jemanden, der tiefes Wissen besitzt, eine Quelle des Wissens ist und den Versuchungen des irdischen Körpers widerstehen konnte und diese Aufgabe ‹gemeistert› hat. Wir bevorzugen daher die Begriffe Guru, Adept oder Eingeweihter. Im Westen gibt es gewisse kleine Gruppen und Sekten, die glauben, dass sie allein den Schlüssel zur Himmelspforte haben. Gewisse Religionen würden sogar Foltermethoden anwenden, um dadurch andere zu bekehren. Ich erinnerte ihn an einen eingravierten Ausspruch an der Pforte eines unserer Lamaklöster: ‹Tausend Mönche, tausend Religionen›.»

Der alte Lama fuhr fort: «Es machte den Anschein, als könne er meinem Vortrag gut folgen, also packte ich die Gelegenheit beim Schopfe und erzählte ihm noch ein wenig mehr, solange das Eisen noch heiß war. Ich erklärte ihm weiter, dass in Indien, China und im alten Japan der künftige Schüler zu Füßen seines Gurus sitzt, um an Informationen zu gelangen. Er stellt dem Guru keine Fragen, denn der kluge Schüler stellt eben keine Fragen, aus Furcht weggeschickt zu werden. Fragen zu stellen ist für den Guru der sichere Beweis, dass der Schüler noch nicht bereit ist, jetzt schon eine Antwort auf seine Fragen zu bekommen. Manche Schüler haben sieben Jahre oder sogar noch länger auf die Antwort ihrer nicht gestellten Fragen gewartet. Und während dieser ganzen Zeit kümmert sich der Schüler um die körperlichen Bedürfnisse des Gurus: Er wäscht seine Kleider, sorgt für Essen und andere Notwendigkeiten. Während dieser ganzen Zeit lauschen seine wachsamen Ohren allen Informationen, denn vielleicht hört er etwas, was einem anderen gesagt wird, woraus der weise Schüler auf das schließen kann, auf das ableiten kann, was er wissen will. Wenn der Guru in seiner Weisheit sieht, dass der Schüler Fortschritte macht, befragt er ihn, wann immer er will und es ihm genehm ist. Stellt er dann fest, dass das Wissen seines Schülers unvollständig oder fehlerhaft ist, korrigiert er dies, sofern es seine Zeit erlaubt.

Bei euch im Westen sagen die Leute: ‹Bitte erklären Sie mir das …› – ‹Madam Blavatsky sagt: …› – ‹Bischof Ledbetter sagt: …› – ‹Billy Graham sagt: …› – ‹Was meinen Sie dazu?› – ‹Ich denke, das ist falsch!› Die westlichen Menschen stellen nur Fragen, um reden zu können. Sie stellen Fragen, weil sie nicht wissen, was sie sagen sollen, und nicht wissen, was sie hören wollen. Und wenn dann ein freundlicher Guru eine Frage beantwortet, fängt der Schüler gleich an, mit ihm zu diskutieren und sagt: ‹Oh! Ich habe aber den Soundso das oder dies oder etwas anderes sagen hören.›

Wenn der Schüler etwas wissen möchte, und den Guru danach fragt, dann setzt das voraus, dass der Schüler die Antwort nicht kennt, aber annimmt, der Guru kenne sie. Doch wenn der Schüler die Antwort des Gurus umgehend infrage stellt, dann zeigt das nicht nur seine Unwissenheit, sondern auch eine vorgefasste und völlig falsche Vorstellung von den Gepflogenheiten und dem üblichen Anstand. Ich sage dir, die einzige Möglichkeit, Antworten auf Fragen zu erhalten, besteht darin, die Fragen unbeantwortet zu lassen, Informationen zu sammeln und daraus Schlussfolgerungen zu ziehen. Vorausgesetzt, du bist aufrichtigen Herzens, so wirst du dereinst Astralreisen unternehmen und die etwas vertieften Meditationstechniken praktizieren können, wodurch du in der Lage sein wirst, die Akasha-Chronik zu konsultieren. Die Akasha-Chronik kann nicht lügen, sie kann auch nicht auf etwas antworten, das aus dem Zusammenhang gerissen ist. Sie kann auch keine eigene Meinung bilden oder Informationen liefern, die durch persönliche Vorurteile beeinflusst sind. Das menschliche Gedächtnis leidet unter mentaler Verdauungsstörung, was leider die Evolution und die spirituelle Entwicklung des Menschen verzögert. Also, der einzige Weg, um Fortschritte zu erzielen, ist abzuwarten – es gibt keinen anderen Weg. Es gibt auch keinen Weg, deine Entwicklung zu beschleunigen, es sei denn auf ausdrückliches Ersuchen eines Gurus, der dich gut kennt. Und dieser Guru würde deine Entwicklung beschleunigen, wenn er sähe, dass du es wert bist.»

Es schien mir, dass die meisten Menschen im Westen davon profitieren würden, wenn man ihnen das lehrte! Doch wir waren nicht hier, um zu belehren, sondern die offengelegten lebendigen Szenen des Lebens des Mannes zu beobachten, der in Kürze seine irdische Hülle verlassen würde.

«Das ist interessant, schau», sagte der alte Lama und lenkte meine Aufmerksamkeit auf eine Szene in der Akasha-Chronik. «Das hat uns viele Vermittlungsversuche gekostet, doch als er die Notwendigkeit davon eingesehen hatte, erhob er dagegen keine Einwände mehr.» Ich schaute etwas verwirrt auf die Szene, dann dämmerte es mir. Ach so ja! Das war eine Anwaltskanzlei. Das Schriftstück, das dort lag, war ein Antrag auf eine Namensänderung. Ja, richtig, jetzt erinnere ich mich. Er ließ seinen Namen ändern, weil der Name, den er bisher hatte, die falschen Schwingungen aufwies, wie unsere Numerologie-Wissenschaft feststellte. Ich las das

Dokument mit Interesse und sah, dass der Name noch immer nicht ganz korrekt, aber schon recht gut war.

Zu erdulden hatte er auch viel. Bei einem Zahnarztbesuch zog er sich eine ernsthafte Verletzung zu. Eine Verletzung, die eine Einweisung ins Krankenhaus und eine Operation erforderlich machte. Aus rein technischem Interesse beobachtete ich den ganzen Operationsverlauf besonders aufmerksam.

Er, der Mann, dessen Leben wir beobachteten, hatte das Gefühl, sein Arbeitgeber vernachlässige ihn. Wir, die das beobachteten, empfanden dasselbe. Der alte Lama und ich waren erleichtert, als der Mann schließlich seine Arbeitsstelle im Fernlehrinstitut kündigte. Die Möbel wurden auf einen Lastwagen geladen, einiges verkauft, und der Mann und seine Frau verließen die Gegend und zogen in einen ganz anderen Bezirk. Eine Zeitlang lebten sie im Haus einer merkwürdigen alten Frau, einer «Wahrsagerin», die eine erstaunlich hohe Meinung von sich selbst hatte. Der Mann bemühte sich weiterhin, eine neue Arbeitsstelle zu finden, irgendetwas, um auf ehrliche Weise Geld zu verdienen.

Der alte Lama sagte: «Nun nähern wir uns dem entscheidenden Teil. Wie du sehen kannst, hadert er ständig mit seinem Schicksal. Ihm fehlt die Geduld, und ich fürchte, dass, wenn wir uns nicht beeilen, er demnächst seinem Leben ein gewaltsames Ende setzen wird.»

«Was möchtest du, was ich tun soll?», fragte ich.

«Das musst du wissen», sagte der alte Lama, «aber ich möchte gerne, dass du ihn im Astral triffst, ihn dir ansiehst und mir sagst, was du von ihm hältst.»

«Ja, selbstverständlich», antwortete ich, «gehen wir zusammen hin.»

Einen Augenblick lang überlegte ich, bevor ich ergänzte: «In Lhasa ist es jetzt zwei Uhr morgens. In England wird es acht Uhr abends sein, da ihre Zeit hinter unserer herhinkt. Also warten wir drei Stunden und ruhen uns aus. Danach ziehen wir ihn auf die Astralebene hinüber.»

«Ja», sagte der alte Lama, «das sollten wir tun. Er schläft allein in einem Zimmer. Lass uns jetzt einen Moment ausruhen, denn wir sind beide etwas müde.»

Wir kehrten in unsere physischen Körper zurück und saßen im schwachen Sternenlicht nebeneinander. Die Lichter in Lhasa waren erloschen, nur aus den Klöstern drangen jetzt noch schwache Schimmer, und die etwas helleren Lichter aus den Gebäuden der Wachposten der chinesischen Kommunisten. Das Rauschen des kleinen Baches draußen vor unseren Mauern klang in der Stille der Nacht unnatürlich laut. Hoch über uns lösten die starken Winde einen kleinen Steinschlag aus. Die Steine rumpelten neben uns vorbei, polterten den Berghang hinunter und rissen immer größere Steine mit sich, bis sie schließlich direkt neben den chinesischen Unterkünften landeten. Lichter blitzten auf, Gewehre feuerten in die Luft, und Soldaten rannten wild umher, die einen Angriff von den Mönchen aus Lhasa fürchteten. Bald legte sich die ganze Unruhe wieder, und die Nacht war einmal mehr friedlich und still.

Der alte Lama lachte leise und meinte: «Wie seltsam, dass die Menschen außerhalb unseres Landes keine Kenntnisse vom Astralreisen haben! Wie sonderbar, dass sie das für pure Einbildung halten. Wollen sie wirklich nicht verstehen, dass das Wechseln eines Körpers genauso wie das Wechseln eines Fahrzeuges ist? Es scheint mir einfach unbegreiflich, dass ein Volk mit solch technischem Fortschritt so blind für das Spirituelle ist.»

Ich, mit meiner viel größeren Erfahrung vom Westen, erwiderte: «Im Westen haben die Menschen, abgesehen von einer sehr kleinen Minderheit, nicht das Vermögen für spirituelle Belange. Alles, wonach sie streben, ist Krieg, Sex, Sadismus und das Recht, ihre Nasen in die Angelegenheiten von anderen Leuten zu stecken.»

Die Nacht zog sich dahin. Wir ruhten uns aus und stärkten uns mit Tee und Tsampa. Allmählich schossen hinter uns die ersten schwachen Lichtstrahlen über die Berggipfel. Das Tal unter uns lag noch immer im Dunkeln. Irgendwo begann ein Yak zu rufen, so als spürte es den anbrechenden Tag.

Es war fünf Uhr morgens nach tibetischer Zeit, etwa elf Uhr nachts in England, schätzte ich. Sanft berührte ich den alten Lama, der leicht döste. «Es ist Zeit für uns, noch einmal ins Astral aufzubrechen», sagte ich.

«Es wird das letzte Mal für mich sein», erwiderte er, «denn ich werde nicht mehr in meinen Körper zurückkehren.»

Langsam und ohne Eile begaben wir uns wieder in den Astralzustand. Ohne Hast erreichten wir das Haus in England. Der Mann lag da und schlief. Er warf sich etwas unruhig hin und her. Sein Gesicht drückte höchste Unzufriedenheit aus. Sein Astralkörper steckte in seinem physischen Körper ohne Anzeichen einer Trennung.

«Kommst du?», fragte ich ihn im Astral.

«Kommst du?», wiederholte der alte Lama.

Langsam und fast etwas zögernd entstieg die Astralgestalt des Mannes seinem physischen Körper. Sie stieg auf und schwebte über ihm, verkehrt herum, mit dem Kopf der Astralgestalt an den Füßen des physischen Körpers, wie es üblich ist. Der Astralkörper schaukelte und wiegte sich hin und her. Das plötzliche Rauschen eines Schnellzuges draußen ließ ihn fast wieder in den physischen Körper zurückschnellen. Dann, als ob eine plötzliche Entscheidung getroffen worden wäre, richtete sich sein Astralkörper auf, und er stand vor uns. Er rieb sich die Augen wie jemand, der gerade aus dem Schlaf erwacht war, und blickte uns an.

«So, du möchtest also gerne deinen Körper verlassen?», sagte ich.

«Ja, das will ich. Ich hasse es, hier zu sein!», rief er vehement aus.

Wir standen da und schauten einander an. Er schien mir ein sehr missverstandener Mensch zu sein. Ein Mensch, der in England keine Spuren seines Lebens hinterlassen würde, eher einer, der in Tibet eine Chance gehabt hätte. Er lachte verbittert. «So, Sie wollen also meinen Körper! Sie werden Ihren Fehler schon noch einsehen. In England spielt es keine Rolle, was man weiß, sondern nur wen man kennt. Ich bekomme weder Arbeit noch Arbeitslosenunterstützung. Sehen Sie zu, dass Sie es besser machen.»

«Sei Still, mein Freund», sagte der alte Lama, «du weißt nicht, mit wem du sprichst. Vielleicht hat gerade dein Trotz es verhindert, dass du keine Arbeit bekommen hast.»

«Du wirst dir einen Bart wachsen lassen müssen», sagte ich, «denn, wenn ich deinen physischen Körper übernehme, wird bald meiner an Stelle deines Körpers treten. Ich trage einen Bart, um die Narben an meinem Kiefer zu verbergen. Könntest du dir einen Bart wachsen lassen?»

«Ja, Sir», erwiderte er. «Ich lasse mir einen Bart wachsen.»

«Sehr gut», sagte ich. «Ich werde in einem Monat hierher zurückkehren und deinen Körper übernehmen, und dich von ihm erlösen, so dass mein eigener Körper schließlich den ersetzen kann, den ich übernehmen werde. Doch erzähle mir etwas darüber, wie die erste Kontaktaufnahme durch meine Leute erfolgte.»

«Schon lange, Sir», sagte er, «habe ich das Leben, und die Unfairness und die Günstlingswirtschaft in England gehasst. Mein ganzes Leben lang interessierte ich mich schon für Tibet und Länder des Fernen Ostens. Mein ganzes Leben lang hatte ich Träume, in denen ich Tibet, China und andere Länder, die ich nicht kannte, sah oder zu sehen schien. Vor einiger Zeit folgte ich einem inneren Antrieb und ließ meinen Namen rechtsgültig und urkundlich ändern.»

«Ja», erwiderte ich, «darüber weiß ich Bescheid, aber wie hat man denn Kontakt zu dir aufgenommen? Wie verlief diese Kontaktaufnahme?»

Er überlegte eine Weile, dann sagte er: «Um Ihnen das zu erzählen, muss ich es auf meine Weise tun, und einige meiner Informationen waren offenbar falsch, wie ich später erkannte.»

«Na schön», erwiderte ich, «erzähle es mir auf deine Weise, und die Missverständnisse können wir später noch korrigieren. Ich muss dich besser kennenlernen, wenn ich deinen Körper übernehme, und das ist eine Methode, um das umsetzen zu können.»

«Vielleicht sollte ich mit dem ersten wirklich bewusst wahrgenommenen Kontakt beginnen, dann kann ich meine Gedanken besser sammeln.»

Vom Bahnhof weiter oben in der Straße hallten die quietschenden Bremsen eines Zuges durch die Nacht, der die Spätheimkehrer aus der Stadt London zurückbrachte. Kurz darauf war das Geräusch des abfahrenden Zuges zu hören. Dann begann der Mann, uns seine Geschichte zu erzählen, während der alte Lama und ich aufmerksam zuhörten.

«Rose Croft in Thames Ditton», begann er, «war ein sehr hübscher kleiner Ort. Unser Haus lag etwas zurückgesetzt von der Straße mit einem kleinen Vorgarten und einem ziemlich großen Garten hinter dem Haus. Vom Balkon hinter dem Haus hatte man eine wundervolle Aussicht über die Landschaft. Ich verbrachte viel Zeit im Garten, besonders im Vorderen. Lange Zeit war er vernachlässigt worden, und ich wollte versuchen, ihn wieder in Ordnung zu bringen. Das Hauptproblem war das hohe Gras, das fast einen Meter hoch stand. Ich hatte bereits die Hälfte mit einem alten indischen Gurkhamesser abgeschnitten. Es war keine leichte Arbeit, weil ich das Gras auf Händen und Knien schneiden musste. Das Messer wurde schnell stumpf, und ich musste es immer wieder am Wetzstein schärfen. Ich war damals sehr am Fotografieren interessiert. Schon seit einiger Zeit hatte ich versucht, ein Foto von einer Eule zu machen, die in einem alten Fichtenbaum in der Nähe lebte, an dessen Stamm Efeu hinaufrankte. Ich wurde abgelenkt, als ich etwas über dem Zweig flattern sah, nicht weit von meinem Kopf entfernt. Schnell sah ich hinauf und zu meiner freudigen Überraschung sah ich eine junge Eule auf einem Ast sitzen, die sich, vom Sonnenlicht geblendet, auf ihm festklammerte und mit den Flügeln schlug. Leise legte ich das Messer hin, das ich benutzt hatte, und ging ins Haus, um meine Kamera zu holen. Mit der Kamera in der Hand kehrte ich zurück. Unterwegs öffnete ich den Verschluss und näherte mich so leise ich konnte dem Baum. Behutsam kletterte ich auf den ersten Ast hinauf und robbte ihm vorsichtig entlang. Der Vogel, der mich aufgrund des hellen Sonnenlichtes nicht sehen konnte, nahm mich jedoch wahr und rückte immer weiter auf das Astende zu. Ich vergaß völlig die Gefahr und kroch ebenfalls weiter. Mit jeder Bewegung von mir trippelte der Vogel auch etwas weiter, bis er sich fast am Ende des Astes befand, der sich nun gefährlich unter meinem Gewicht nach unten bog.

Plötzlich bewegte ich mich unvorsichtig, und es folgte ein lautes Knacken, begleitet von einem Geruch von Holzmehl. Der Ast war morsch gewesen und hatte unter mir nachgegeben. Kopfüber fiel ich auf den Boden. Der Sturz von dieser Höhe kam mir wie eine Ewigkeit vor. Ich erinnere mich, dass das Gras noch nie so grün ausgesehen hatte. Es schien größer zu sein als in Wirklichkeit, und ich konnte jeden einzelnen Grashalm sehen, auf denen kleine Insekten saßen. Ich erinnere mich an einen Marienkäfer, der vor mir floh, als ich mich ihm kopfüber näherte.

Dann spürte ich einen dumpfen Schmerz und sah einen Blitz in allen Farben, und dann wurde alles schwarz. Ich weiß nicht, wie lange ich wie ein lebloses Häufchen Elend unter den Zweigen der alten Fichte dalag, doch plötzlich bemerkte ich, dass ich mich von meinem physischen Körper löste. Ich sah alles klarer als je zuvor. Die Farben waren frisch und verblüffend leuchtend.

Ich stand vorsichtig auf und schaute mich um. Zu meiner größten Verwunderung sah ich, dass mein physischer Körper mit dem Gesicht nach unten auf dem Boden lag. Es war kein Blut zu sehen, aber über der rechten Schläfe zeigte sich eine üble Beule vom Aufprall. Ich war ziemlich beunruhigt, weil der Körper röchelte und Anzeichen einer Atemnot zeigte. ‹Ich bin tot›, dachte ich, ‹gestorben, jetzt werde ich nie mehr zurückkehren.› Ich sah eine dünne rauchgraue Schnur, die vom Kopf meines Körpers bis zu mir aufstieg. Die Schnur bewegte sich nicht, pulsierte nicht, und ich verspürte eine unerträgliche Panik. Ich überlegte, was ich jetzt tun sollte. Ich schien aus Angst, oder vielleicht auch aus einem anderen Grund, wie angewurzelt auf der Stelle zu stehen. Dann zog eine plötzliche Bewegung, die einzige Bewegung in dieser seltsamen Welt, meine Aufmerksamkeit auf sich.

Ich hätte fast geschrien, oder wollte schreien, wenn ich eine Stimme gehabt hätte. Eine Gestalt, ein hochrangiger tibetischer Lama, gekleidet in einer safrangelben Robe, kam über das Gras gelaufen und näherte sich mir. Seine Füße berührten den Boden nicht. Ich schaute ihn völlig sprachlos an.

Er kam auf mich zu, hob die Hand, lächelte und sagte: ‹Du brauchst dich nicht zu fürchten. Es gibt hier nichts, was dich beunruhigen sollte.› Ich hatte den Eindruck, dass er mit mir in einer anderen Sprache sprach, vielleicht war es tibetisch, aber ich verstand sie, obwohl ich keinen Ton gehört hatte. Es war nichts zu hören. Ich konnte nicht einmal das Zwitschern der Vögel hören oder das Rauschen des Windes in den Bäumen. ‹Ja›, sagte er, meine Gedanken lesend, ‹wir benutzen die Telepathie anstelle der Sprache. Ich spreche telepathisch mit dir.› Wir sahen einander an und dann schauten wir auf den physischen Körper, der zwischen uns auf dem Boden lag. Der Tibeter schaute wieder auf, lächelte und sagte: ‹Du bist bestimmt überrascht von meiner Gegenwart? Ich bin hier, weil ich mich zu dir hingezogen fühlte. Ich habe darauf unverzüglich meinen physischen Körper verlassen, denn deine besondere Lebensfrequenz hat mich angezogen — eine Lebensfrequenz, die fundamental mit einer Person übereinstimmt, in deren Auftrag ich gekommen bin. Ich bin gekommen, weil ich deinen physischen Körper für jemanden brauche, der sein Leben im Westen weiterleben muss und dessen Aufgabe keinen Unterbruch duldet.›

Ich schaute ihn völlig entgeistert an. War der Mann verrückt geworden, einfach zu sagen, er wolle meinen Körper! Ich brauchte ihn doch auch, schließlich war es mein Körper. Ich war nicht gewillt, dass mir irgendjemand mein Eigentum streitig machte. Ich war gegen meinen Willen aus dem physischen Körper herausgestoßen worden und wollte auch wieder in ihn zurück. Aber der Tibeter las offenbar erneut meine Gedanken. Er sagte: ‹Was wird dich dann erwarten? Arbeitslosigkeit, Krankheit, Unglück, ein unbedeutendes Leben in einer unbedeutenden Umgebung, und dann in nicht allzu ferner Zukunft der Tod und ein Neuanfang. Hast du irgendetwas in deinem Leben erreicht? Hast du etwas vollbracht, worauf du stolz sein kannst? Denk mal darüber nach.›

Ich dachte darüber nach. Ich dachte an die Vergangenheit, an die Frustrationen, die Missverständnisse, die Unzufriedenheit. Er unterbrach meine Gedanken und sagte: ‹Wäre es nicht eine Genugtuung für dich, zu wissen, dass dein Karma beseitigt würde, und dass du bei einer großen Aufgabe, die der ganzen Menschheit zugutekäme, wesentlich beigetragen hättest?›

Ich sagte: ‹Nun, darüber weiß ich nicht Bescheid. Die Menschen waren nie sonderlich gut zu mir. Warum sollte ich mich um sie kümmern?›

Er sagte: ‹Nein, auf dieser Erde bist du blind für die wahre Realität. Du weißt nicht, was du sagst, doch im Laufe der Zeit und in einer anderen Sphäre wirst du dir bewusst werden, welche Chancen du da verpasst hast. Ich brauche deinen Körper für jemand anderen.›

Ich fragte ihn: ‹Ja aber, was soll ich denn jetzt tun? Ich kann doch nicht die ganze Zeit als Geist herumwandern, und wir beide können doch nicht gleichzeitig ein und denselben Körper haben.›

Wie Sie sehen, nahm ich alles absolut wörtlich, denn an diesem Mann war etwas Überzeugendes, etwas absolut Aufrichtiges. Ich bezweifelte keinen Augenblick, dass er meinen Körper einfach so nehmen und mich irgendwo anders hinbringen könnte. Ich aber wollte noch mehr Informationen. Ich wollte wissen, auf was ich mich da einlassen würde. Er hat mich angelächelt und beruhigend gesagt: ‹Mein Freund, du wirst dafür belohnt werden. Du wirst deinem Karma entgehen. Du wirst in einen anderen Lebensbereich weitergehen, und dir werden deine Sünden aufgrund dieses Aktes erlassen. Doch dein Körper kann dir niemand einfach so wegnehmen, wenn du nicht damit einverstanden bist.›

Dieser Gedanke mochte ich überhaupt nicht. Schließlich hatte ich schon vierzig Jahre mit meinem Körper gelebt, und es verband mich etwas mit ihm. Die Vorstellung, dass irgendjemand meinen Körper nehmen und mit ihm davonspazieren könnte, passte mir gar nicht. Abgesehen davon, was würde meine Frau dazu sagen, fortan mit einem fremden Mann zu leben und nichts davon zu wissen?

Der Lama hat mich wieder angeblickt, und er sagte: ‹Denkst du nie an die Menschlichkeit? Bist du nicht gewillt, etwas zu tun, um deine eigenen Fehler wiedergutzumachen und deinem unbedeutenden Leben einen Sinn zu geben? Du wirst der Gewinner sein. Derjenige, in dessen Auftrag ich hier bin, wird dein schweres Leben übernehmen.›

Ich habe mich dann umgesehen. Ich schaute auf den Körper, der zwischen uns am Boden lag, und ich dachte: ‹Nun eigentlich, was spielt das für eine Rolle? Es war ein hartes Leben bisher. Ich kann gut ohne es auskommen.› Also habe ich gesagt: ‹In Ordnung, aber ich möchte mir zuerst den Ort ansehen, wo ich hinkommen werde, und wenn es mir dort gefällt, dann stimme ich zu.› Augenblicklich bot sich mir eine wunderschöne Traumwelt. Eine Traumwelt, die so schön war, dass mir die Worte fehlen, um sie beschreiben zu können. Ich war mehr als zufrieden, und ich sagte, ich sei willens und einverstanden mit meiner Erlösung von meinem physischen Körper und wolle so bald wie möglich gehen.»

Der alte Lama kicherte und sagte: «Ich musste ihm daraufhin erklären, dass es nicht ganz so schnell ginge. Du müsstest zuerst selbst hierherkommen und dich vergewissern, bevor du dich endgültig entscheiden würdest. Schließlich bedeutete es für ihn eine glückliche Erlösung und für dich Mühsale.»

Ich schaute beide an und sagte abschließend: «Also gut, einverstanden. Ich werde in einem Monat wiederkommen. Wenn du bis dahin einen Bart wachsen lassen könntest und ohne jeden Zweifel sicher bist, dass du das durchziehen möchtest, dann werde ich dich von deinem physischen Körper erlösen und dich auf deine eigene Reise schicken.»

Er seufzte erleichtert, und sein Gesicht nahm einen glücklichen Ausdruck an, während er sich wieder langsam in seinen physischen Körper zurückzog. Der alte Lama und ich stiegen auf, um wieder nach Tibet zurückzukehren.

Die Sonne schien vom blauen, wolkenlosen Himmel herab, und als ich in meinen physischen Körper zurückkehrte, sank neben mir die leblose, leere Körperhülle des alten Lama zu Boden. Er, überlegte ich, war nach einem langen, ehrenhaften Leben in den ewigen Frieden eingegangen. Ich hingegen, beim heiligen Zahn Buddhas – worauf habe ich mich da nur eingelassen?

Boten brachen ins Hochgebirge auf und überbrachten der neuen Stätte des Wissens meine schriftliche Zustimmung, dass ich die Aufgabe, wie gewünscht, erfüllen werde. Als Geste des Dankes brachten sie einige dieser indischen Kekse mit, die in meiner Zeit im Chakpori oft meine große Schwäche waren. Doch ich war in meinem Zuhause in den Bergen in jeder Hinsicht ein Gefangener. Meine Bitte, man möge mir erlauben, mich verkleidet nach unten zu schleichen, um mein geliebtes Chakpori ein letztes Mal zu sehen, wurde abgelehnt. «Du könntest Opfer der Invasoren werden, mein Bruder», sagten sie mir, «denn die Chinesen betätigen bemerkenswert schnell ihren Abzug, wenn sie nur den kleinsten Verdacht schöpfen.»

«Sie sind krank, ehrwürdiger Herr Abt», sagte ein anderer, «wenn Sie den Berg hinuntersteigen, erlaubt es Ihnen vielleicht Ihr Gesundheitszustand nicht mehr zurückzukehren. Wenn sich Ihre Silberschnur ablöst, dann wird die Aufgabe nicht vollendet werden.»

Die Aufgabe! Es war höchst erstaunlich für mich, dass sie überhaupt «eine Aufgabe» sein sollte. Die menschliche Aura zu sehen, war für mich so einfach, wie wenn jemand mit einem guten Sehvermögen eine Person vor sich stehen sieht.

Ich sann über den Unterschied zwischen dem Osten und dem Westen nach. Ich dachte, wie leicht es doch ist, eine westliche Person von neuen Fertiggerichten zu überzeugen, und im Gegensatz dazu, wie leicht es ist, einen Asiaten für ein neues geistiges Konzept zu gewinnen.

Die Zeit glitt dahin. Ich ruhte mich ausgiebig aus, ausgiebiger als je zuvor in meinem Leben. Dann, kurz bevor der Monat um war, kurz bevor ich nach England zurückkehren sollte, erhielt ich eine dringende Aufforderung, noch einmal das Land des Goldenen Lichts aufzusuchen.

Als ich vor all diesen hohen Persönlichkeiten saß, hatte ich den etwas respektlosen Gedanken, dass das so ähnlich sei wie eine Einsatzbesprechung während des Krieges! Meine Gedanken wurden von den anderen aufgefangen, und einer lächelte und sagte: «Ja, das ist eine Einsatzbesprechung! Und der Feind? Das ist die Macht des Bösen, die am liebsten die Vollendung unserer Aufgabe vereiteln möchte.»

«Du wirst auf großen Widerstand stoßen und Verleumdungen ausgesetzt sein», sagte einer der Anwesenden.

«Deine metaphysischen Kräfte werden sich aufgrund des Körperwechsels nicht ändern oder auf irgendeine Art und Weise verlorengehen», bemerkte ein anderer.

«Dies ist deine letzte Inkarnation», sagte mein geliebter Mentor, der Lama Mingyar Dondup. «Wenn du dieses Leben, das du jetzt übernimmst, beendet hast, wirst du nach Hause, zu uns hier, zurückkehren.» Wie typisch für meinen Mentor, dachte ich, immer am Ende etwas Aufmunterndes zu sagen. Sie fuhren fort, mir den Ablauf der Transmigration zu erklären: Drei astralreisende Lamas würden mich nach England begleiten und die eigentliche Operation durchführen, indem sie den Mann von seiner Silberschnur befreiten, und die andere, meine Silberschnur, an seinem Körper anbrachten! Die Schwierigkeit bestand nur darin, dass mein eigener irdischer Körper, der sich immer noch in Tibet befand, mit mir verbunden bleiben musste, damit mein neuer Körper meine eigenen «fleischlichen Moleküle» allmählich übernehmen konnte. Also kehrte ich auf die Erde zurück und reiste zusammen mit drei Begleitern astral nach England.

Der Mann wartete bereits. «Ich habe mich entschieden, das durchzuziehen», sagte er.

Einer der Lamas, der mit mir gekommen war, wandte sich telepathisch an den Mann und sagte: «Du musst dich so heftig von diesem Baum fallen lassen, wie du es getan hast, als wir dich zum ersten Mal angesprochen haben. Die Erschütterung muss sehr stark sein, denn deine Silberschnur ist sehr fest und sicher mit deinem Körper verbunden.»

Der Mann stieg ein paar Meter den Baum hinauf, ließ los und fiel mit einem ordentlichen Aufschlag zu Boden. Einen Augenblick lang schien es, als stünde die Zeit selbst still. Ein Auto, das angebraust kam, blieb unvermittelt stehen; ein Vogel, der in vollem Flug vorbeiflog, erstarrte und blieb in der Luft hängen; ein Pferd, das einen Wagen zog, blieb mit zwei erhobenen Beinen stehen und fiel nicht um. Dann kehrte die Bewegung wieder in unsere Wahrnehmung zurück. Das Auto sprang förmlich vorwärts und fuhr mit seinen etwa sechzig Stundenkilometern weiter, das Pferd setzte seinen gemächlichen Trott fort, und der über uns schwebende Vogel flog in vollem Flug weiter. Die Blätter raschelten und wankten wieder, und als der Wind über das Gras hinwegstrich, bewegte es sich ebenfalls wieder wellenförmig weiter.

Gegenüber, beim Bezirkskrankenhaus, hielt eine Ambulanz an. Zwei Sanitäter stiegen aus, gingen zum Heck des Wagens und zogen eine Krankentrage heraus, auf der eine alte Frau lag. Vorsichtig manövrierten die Männer die Bahre und trugen die Frau ins Krankenhaus. «Oh!», sagte der Mann, der sich nun bei uns im Astral befand. «Sie kommt ins Krankenhaus und ich gehe in die Freiheit.» Er schaute noch einmal die Straße hinauf und hinunter und sagte: «Meine Frau weiß Bescheid. Ich habe es ihr erklärt, und sie war einverstanden.» Er zeigte auf das Haus und erklärte: «Das ist ihr Zimmer, und Ihres ist da drüben. Jetzt bin ich endgültig bereit.»

Einer der Lamas trat auf den Astralkörper des Mannes zu, fasste nach ihm und fuhr mit der Hand entlang seiner Silberschnur. Er schien sie von ihm abzunabeln, ähnlich wie bei der Geburt eines Neugeborenen. «Fertig!», sagte der Priester. Der Mann, nun von seiner ihn verbindenden Silberschnur befreit, schwebte in Begleitung des Priesters davon. Ich dagegen verspürte einen brennenden Schmerz, entsetzliche Qualen, die ich nie mehr erleben möchte. Dann sagte der ältere Lama: «Lobsang, du kannst dich jetzt in den Körper hineinbegeben. Wir werden dir helfen.»

Die Welt wurde schwarz. Eine rotschwarze, feuchte Wärme umhüllte mich. Es fühlte sich an, als müsste ich ersticken, eingeschnürt und eingesperrt in etwas, das viel zu klein für mich war. Ich tastete vorsichtig im Inneren des Körpers herum und fühlte mich wie ein blinder Pilot in einem sehr komplizierten Flugzeug. Ich fragte mich, wie ich bloß diesen Körper zum Funktionieren bringen könnte. «Was, wenn ich jetzt versage?», dachte ich unglücklich. Verzweifelt hantierte und forschte ich weiter in ihm herum. Endlich sah ich ein rotes Flackern, dann etwas Grünes. Etwas beruhigter, verstärkte ich meine Bemühungen. Dann war es, als hätte jemand eine Gardine zur Seite gezogen. Ich konnte sehen! Mein Sehvermögen war noch genauso gut wie zuvor. Ich konnte die Aura der Menschen auf der Straße sehen. Aber ich konnte mich nicht bewegen.

Die beiden Lamas standen neben mir. Von jetzt an, wie ich später feststellen sollte, konnte ich immer sowohl die Astralgestalten wie auch die Menschen sehen. Ich konnte sogar noch besser mit meinen Brüdern in Tibet in Kontakt bleiben. «Ein Trostpreis», denke ich oft, dafür, dass ich gezwungenermaßen im Westen leben musste.

Die beiden Lamas beobachteten mich beunruhigt. Meine Steifheit und meine Unfähigkeit, mich zu bewegen, bereitete ihnen Sorgen. Verzweifelt strengte ich mich an und mühte mich ab. Ich machte mir bittere Vorwürfe, dass ich es versäumt und nicht versucht hatte herauszufinden, welchen Unterschied es zwischen einem östlichen und einem westlichen Körper zu meistern gibt.

«Lobsang! Deine Finger zucken!», rief einer der beiden Lamas aus. Umgehend ging ich dem nach und experimentierte weiter. Eine falsche Bewegung löste eine vorübergehende Blindheit aus. Mit der Hilfe der Lamas verließ ich den Körper nochmals, studierte ihn und kehrte vorsichtig wieder in ihn zurück. Dieses Mal war ich erfolgreicher. Ich konnte sehen. Ich konnte einen Arm und ein Bein bewegen. Mit enormer Anstrengung gelang es mir, auf die Knie zu kommen, wankte, zitterte und fiel wieder hin. Schließlich erhob ich mich schwankend auf meine Beine, als würde ich das ganze Gewicht der Welt tragen.

Vom Haus her kam eine Frau herbeigelaufen. «Oh, was hast du denn jetzt gemacht? Komm herein und leg dich hin», sagte sie besorgt. Als sie mich ansah, zeigte sich ein erschrockener Ausdruck auf ihrem Gesicht. Für einen Moment dachte ich, sie würde hysterisch aufschreien, aber sie beherrschte sich. Sie legte den Arm um meine Schulter und half mir über die Wiese zu gehen. Dann führte sie mich über einen kleinen Kiesweg und eine Steinstufe hinauf und durch eine Holztür in einen engen Hausflur hinein. Von da an wurde es noch schwieriger. Es gab viele Treppenstufen, die ich hochsteigen musste. Ich war aber immer noch sehr unsicher und unbeholfen in meinen Bewegungen.

Das Haus bestand eigentlich aus zwei Wohnungen. Meine befand sich im oberen Stockwerk. Es kam mir sehr seltsam vor, ein englisches Haus auf diese Weise zu betreten. Ich stieg die etwas steile Treppe hinauf und hielt mich am Treppengeländer fest, um zu verhindern, dass ich rückwärts fiel. Meine Glieder fühlten sich gummig an, so als hätte ich nicht die volle Kontrolle über sie, was tatsächlich auch der Fall war. Es sollte noch etliche Tage dauern, bis ich diesen fremden, neuen Körper beherrschen konnte. Die beiden Lamas blieben in meiner Nähe. Sie waren sehr besorgt, doch selbstverständlich gab es nichts, was sie hätten tun können. Bald verließen sie mich, versprachen aber, in den Nachtstunden wiederzukommen.

Langsam betrat ich das Schlafzimmer, das nun meines war. Wie ein Schlafwandler, oder wie ein ruckender Roboter, stolperte ich hinein. Dankbar ließ ich mich auf das Bett fallen. Es tröstete mich, dass ich jetzt wenigstens nicht mehr hinfallen konnte!

Mein Zimmer hatte zwei Fenster, eins zur Vorderseite des Hauses und das andere zur Rückseite. Wenn ich den Kopf nach rechts drehte, konnte ich über den kleinen Vorgarten und die Straße hinaus bis zum Bezirkskrankenhaus sehen. Ein Ausblick, der in meinem gegenwärtigen Zustand nicht gerade beruhigend war.

Auf der anderen Seite des Zimmers befand sich das Fenster, durch das ich, wenn ich meinen Kopf nach links drehte, den größeren Garten bis ans

Ende sehen konnte. Er war ungepflegt, von hohem Gras überwuchert, das in Büscheln wie auf einer Wiese wuchs. Sträucher trennten den Garten zum Nachbarhaus ab. Am Ende des Grundstücks standen ausladende Bäume, und die Wiese war mit einem Drahtzaun abgegrenzt. Dahinter konnte ich die Umrisse eines Bauernhofs und eine in der Nähe grasende Kuhherde erkennen.

Draußen vor meinem Fenster konnte ich Stimmen hören, doch ihr englischer Akzent war so stark, dass ich kaum ein Wort verstand. Das Englisch, das ich bisher gehört hatte, war meist amerikanisch oder kanadisch gewesen. Hier verblüfften mich die eigenartig akzentuierten Silben – ganz die alte Schule. Selbst zu sprechen war enorm schwierig, wie ich feststellen musste. Wenn ich es versuchte, brachte ich nur ein kehliges Krächzen hervor. Meine Stimmbänder schienen verdickt und eigenartig zu sein. Ich lernte, langsam zu sprechen und musste mir zuerst vorstellen, was ich sagen wollte. Ich neigte dazu, «ch» statt ein «j» zu sagen. So machte ich aus John «Chon» und ähnliche Fehler. Manchmal konnte ich das, was ich sagte, selbst kaum verstehen!

In der Nacht besuchten mich die astralreisenden Lamas erneut und hoben meine Niedergeschlagenheit etwas auf, indem sie mir sagten, dass mir das Astralreisen nun noch leichter fallen würde. Sie berichteten mir auch, dass mein verlassener tibetischer Körper sicher in einem Steinsarg verwahrt sei und unter der ständigen Obhut von drei Mönchen stehe. Nachforschungen in den alten Schriften hätten gezeigt, dass es leicht sei, meinen eigenen Körper zurückzubekommen, aber dass die komplette Übertragung eine bestimmte Zeit in Anspruch nehmen würde.

Drei Tage blieb ich in meinem Zimmer, ruhte mich aus, machte Bewegungsübungen und gewöhnte mich an mein verändertes Leben. Am Abend des dritten Tages spazierte ich im Schutze der Dunkelheit in den Garten hinaus. Obwohl ich noch etwas wackelig auf den Beinen war, stellte ich fest, dass ich den Körper jetzt langsam zu beherrschen begann. Es gab jedoch immer noch Momente, in denen mir überraschend ein Arm oder ein Bein nicht gehorchen wollte.

Am nächsten Morgen sagte die Frau, die jetzt meine Ehefrau war: «Du musst heute zur Agentur gehen und nachfragen, ob sie jetzt eine Stelle für dich haben.» Agentur? Eine ganze Weile sagte mir dieses Wort überhaupt nichts, bis sie den Ausdruck «Arbeitsamt» verwendete. Dann dämmerte es mir. Ich war noch nie in einer solchen Einrichtung gewesen und hatte keine Ahnung, wie man sich dort verhalten oder was ich dort tun musste. Ich erfuhr aus dem Gespräch, dass der Ort Molesey hieß und in der Nähe von Hampton Court lag.

Aus einem Grunde, den ich damals nicht verstand, hatte ich kein Anrecht auf Arbeitslosenunterstützung. Später fand ich heraus, dass wenn eine Person ihre Arbeitsstelle freiwillig kündigte, egal wie unangenehm oder ungeeignet die Arbeitsstelle auch gewesen sein mag, sie nicht berechtigt war, Arbeitslosenunterstützung zu bekommen, nicht einmal dann, wenn man zwanzig Jahre lang in die Kasse einbezahlt hatte!

Agentur! Ich sagte: «Hilf mir bitte, das Fahrrad herauszuholen. Ich werde gleich losgehen.» Gemeinsam gingen wir die Treppe hinunter und links zur Garage hinüber, die mit alten Möbeln vollgestopft war. Dort stand das Fahrrad, ein Folterinstrument, das ich zuvor nur einmal in Chungking benutzt hatte, wo ich stürzte, und den Hügel hinunterfiel, bevor ich die Bremsen finden konnte. Vorsichtig stieg ich auf und fuhr wackelig die Straße entlang in Richtung Eisenbahnbrücke. An der Kreuzung bog ich links ab. Ein Mann winkte freundlich, und als ich zurückwinkte, fiel ich beinahe vom Rad. «Du siehst nicht gerade gut aus», rief er. «Fahr vorsichtig.»

Ich trat in die Pedalen und fuhr weiter, bekam jedoch eigenartige Krämpfe in den Beinen. Als ich die breitere Straße erreichte, die nach Hampton Court führte, bog ich, wie zuvor angewiesen, rechts ab. Plötzlich versagten mir während der Fahrt meine Beine. Ich schaffte es nur noch, über die Straße zu rollen, und fiel neben der Straße auf einen Grasstreifen, mein Fahrrad über mir. Einen Moment lang lag ich ziemlich mitgenommen da. Dann kam eine Frau aus ihrem Haus, offensichtlich entsetzt, und schrie: «Sie sollten sich schämen, am helllichten Tag schon betrunken zu sein. Ich habe alles gesehen. Man sollte am besten gleich die Polizei rufen!» Sie schaute mich finster an, drehte sich um, eilte zurück zu ihrem Haus, hob ihre Fußmatten auf und schlug die Tür hinter sich zu.

«Die hat ja keine Ahnung», dachte ich. «Was weiß denn die schon.»

Etwa zwanzig Minuten lang blieb ich dort liegen und erholte mich. Leute traten vor ihre Haustüren und starrten zu mir hinüber. Andere standen hinter den Gardinen an ihren Fenstern und spähten hinaus. Zwei Frauen kamen ans Ende ihrer Gärten und unterhielten sich lautstark über mich. Niemandem kam es in den Sinn, dass ich krank sein könnte oder Hilfe brauchte.

Schließlich, unter größter Anstrengung, stand ich auf, stieg wieder auf das Fahrrad und fuhr weiter in Richtung Hampton Court.

Kapitel 9

Das Arbeitsamt befand sich in einem düsteren Gebäude in einer Nebenstraße. Ich fuhr hin, stieg ab und ging auf den Eingang zu.

«Wollen Sie, dass man Ihnen Ihr Fahrrad stiehlt?», fragte eine Stimme hinter mir. Ich drehte mich zum Sprecher um.

«Die Arbeitslosen werden sich doch bestimmt nicht gegenseitig bestehlen?», antwortete ich.

«Sie müssen neu in dieser Gegend sein. Schließen Sie das Fahrrad mit Kette und Schloss ab, oder Sie werden nachher zu Fuß nach Hause gehen müssen.»

Nach diesen Worten zuckte der Sprecher mit den Schultern und ging in das Gebäude hinein. Ich ging zurück und schaute in die Fahrradtasche. Ja, da war eine Kette und ein Schloss. Ich war gerade dabei, die Kette um das Rad zu legen, wie ich es bei anderen schon gesehen hatte, als mir plötzlich einfiel – wo war der Schlüssel? Ich wühlte in den mir unvertrauten Hosentaschen herum und zog einen Schlüsselbund hervor. Ich probierte einen Schlüssel nach dem anderen aus, bis ich schließlich den richtigen fand.

Ich ging den Fußweg entlang und in das Haus hinein. Kartonstücke mit schwarz bemalten Pfeilen wiesen mir den Weg. Ich bog rechts ab, und betrat einen Raum, in dem viele harte Holzstühle dicht nebeneinanderstanden.

«Hallo, Professor!», sagte eine Stimme. «Komm, setz dich solange zu mir.»

Ich ging auf den Sprecher zu, schob mich an den Menschen vorbei und setzte mich auf den Stuhl neben ihm. «Du siehst heut' irgendwie anders aus», fuhr er fort. «Was is'n passiert mit dir?»

Ich überließ ihm das Reden und erfuhr so einzelne Informationen. Der Beamte rief Namen auf, und Männer gingen zum entsprechenden Schreibtisch und setzten sich davor. Ein Name wurde aufgerufen, der mir irgendwie bekannt vorkam. «Müsste ich den kennen?», fragte ich mich. Niemand rührte sich. Der Name wurde erneut aufgerufen. «Los, geh schon hin, du bist dran!», sagte mein neuer Freund. Ich erhob mich, ging zum Schreibtisch hinüber und setzte mich, so wie ich es vorhin gesehen hatte.

«Was ist denn los mit Ihnen heute Morgen?», fragte der Beamte. «Ich sah Sie hereinkommen, dann habe ich Sie aus den Augen verloren und gedacht, Sie seien wieder nach Hause gegangen.» Er schaute mich eingehend an. «Irgendwie sehen Sie heute Morgen anders aus. An Ihrer Frisur kann es nicht liegen, so ohne Haare.» Dann richtete er sich auf und sagte: «Nein, nichts für Sie. Tut mir leid. Viel Glück beim nächsten Mal. Der nächste bitte.»

Ich ging hinaus. Mutlos radelte ich zurück nach Hampton Court. Dort kaufte ich eine Zeitung, fuhr weiter zur Themse und setzte mich ans Ufer. Es war ein wunderschöner Ort. Viele Londoner verbrachten ihre Freizeit dort. Ich setzte mich ins Gras am Ufer, den Rücken gegen einen Baum gelehnt und überflog die Stellenanzeigen in der Zeitung.

«Se werd'n nie vom Amt 'nen Job kriegen!», sagte eine Stimme. Ein Mann bog vom Pfad ab und ließ sich neben mir ins Gras plumpsen. Er riss einen langen Grashalm ab und rollte ihn nachdenklich kauend von einem Mundwinkel zum anderen. «Solang se Ihnen keine Arbeitslosenunterstützung zahl'n, werden's Ihnen auch keinen Job geben, wißen's das? Se geb'n nur denen Jobs, die Geld von ihnen krieg'n. Dann spar'n'se Geld, klar? Wenn se Ihnen einen Job geben, dann krieg'n andere weiter ihr Stempelgeld, und die Regierung macht 'nen Mordswirbel, klar?»

Ich dachte darüber nach. Das leuchtete mir ein, obwohl sich mir bei dem Akzent dieses Mannes beinahe der Kopf drehte. «Ja aber, was würden Sie denn an meiner Stelle tun?», fragte ich ihn.

«Ich? Verdammt, ich will keinen Job. Ich bin nur auf'm Weg dorthin, um das Arbeitslosengeld abzuhol'n. Das reicht mir, das verdien' ich sozusagen nur so nebenher. Also, Boss. Wenn Se wirklich 'nen Job wollen, dann geh'n Se besser zu einem dieser Byrrohs – hier, zeigen's mal her.» Er griff hinüber und nahm mir meine Zeitung aus den Händen und ließ mich sprachlos wundern, was wohl ein «Byrroh» sein könnte. Was gab es da im Westen nicht immer noch alles zu lernen, dachte ich. Wie unwissend ich immer noch war, was den Westen anbetraf. Er leckte seinen Finger ab, murmelte das Alphabet vor sich hin und blätterte durch die Seiten. «Hier is' es!», schrie er triumphierend. «Hier – Stellenvermittlungsbyrrohs – schaun's selbst.»

Schnell überflog ich die Spalte, die deutlich von seinem schmutzigen Daumenabdruck markiert war: Stellenvermittlungsbüros, Vermittlungsagenturen, Jobs. «Aber das ist für Frauen», sagte ich entrüstet. «Quatsch!», erwiderte er. «Können's nich' les'n. Hier steht Männer und Frau'n. Jetzt geh'n Se da mal hin, aber lassen'sech nich' alles aufschwatz'n. Oh, die treib'n ihr Spielchen mit Ihnen und nehmen Se aus, wenn Se nich' aufpass'n! Sagen's nur, Se woll'n 'nen Job, oder was auch immer.»

Am Nachmittag machte ich mich eilig auf den Weg, um ins Zentrum von London zu kommen. In einer Nebenstraße in Soho stieg ich eine schmuddelige Treppe zu einem heruntergekommenen Büro hinauf. Eine geschminkte Frau mit künstlich blond gefärbten Haaren und feuerroten Fingernägeln saß an einem Schreibtisch aus Metall in einem so winzigen Raum, dass man meinen könnte, er sei früher einmal ein Küchenschrank gewesen.

«Ich brauche Arbeit», sagte ich.

Sie lehnte sich zurück, musterte mich kühl und gähnte unverhohlen, wobei sie ein Mund voller schlechter Zähne und eine belegte Zunge zur Schau stellte. «Wer sin' Se?», fragte sie. Ich blickte sie ratlos an. «Wer sin' Se?», wiederholte sie noch einmal.

«Entschuldigung», sagte ich, «aber ich verstehe Ihre Frage nicht.»

«Oh Gott!», seufzte sie schwer. «Er kann nich' mal Englisch. Hier Blatt ausfüll'n.» Sie warf mir einen Fragebogen hin, nahm ihren Füller, die Uhr, ein Buch und ihre Handtasche auf und verschwand in ein Hinterzimmer. Ich setzte mich hin und schlug mich mit den Fragen herum. Endlich erschien sie wieder und deutete mit dem Daumen in die Richtung, aus der sie gerade gekommen war. «Geh'n Se da rein», kommandierte sie. Ich erhob mich von meinem Stuhl und stolperte in einen etwas größeren Raum.

An einem schäbigen, unordentlichen Schreibtisch, der mit allerlei Papierkram überhäuft war, saß ein Mann. Er kaute auf einem billigen, stinkenden Zigarrenstummel herum. Auf den Hinterkopf gestülpt, trug er einen fleckigen weichen Filzhut. Mit dem Finger deutete er mir, mich zu setzen.

«Ham' Se die Bearbeitungsgebühr dabei?», fragte er. Ich griff in meine Hosentasche und zog die auf dem Formular geschriebene Summe hervor. Der Mann nahm sie, zählte sie zweimal durch und steckte sie in seine Tasche. «Wo war'n Se vorher?», fragte er.

«Draußen im dem kleinen Büro», antwortete ich arglos. Zu meiner Bestürzung brach der Mann in ein schallendes Gelächter aus.

«Hahaha, hahaha!», grölte er. «Ich sag, wo war'n Se vorher? Un' er antwortet, in dem Büro draußen!» Er wischte seine tränenden Augen ab, beherrschte sich dann aber wieder mit sichtbarer Anstrengung und sagte: «Schaun's, mein Vogel, Se sin'nen Komiker, aber ich hab' keine Zeit zum Verschwend'n. Ich meinte, hab'n Se schon mal gekellnert oder irgendwa' in der Richtung?»

«Nein», erwiderte ich. «Ich suche eine Arbeit in etwa dieser Art.» Ich schob ihm eine Liste von Tätigkeiten hinüber, die ich tun konnte. «Hätten Sie vielleicht etwas Passendes für mich?»

Sein Gesicht verfinsterte sich, als er die Liste durchsah. «Hm, ich weiß nich'», sagte er zweifelnd, «Se sprechen wie 'nen Graf. Schaun's, wir woll'n mal seh'n, was wir tun können. Kommen's nächste Woche wieder.» Mit diesen Worten zündete er seine erloschene Zigarre an, legte die Füße auf den Tisch, griff nach der Pferderennzeitung und begann zu lesen. Ernüchtert machte ich mich auf den Weg nach draußen. Ich ging an der geschminkten Frau vorbei, die meinen Weggang mit einem hochnäsigen Blick und einem lauten Nasenschniefen kommentierte. Dann weiter die quietschende Treppe hinunter und wieder auf die schmuddelige Straße hinaus.

Nicht weit davon entfernt befand sich eine weitere Stellenagentur. Ich machte mich auf den Weg zu ihr. Beim Anblick des Eingangs verließ mich der Mut. Ein Nebeneingang, eine rohe, blanke Holztreppe, dreckige Wände, von denen die Farbe abblätterte. Oben im zweiten Stock öffnete ich eine Tür, die mit der Aufschrift «Eintreten» versehen war. Dahinter befand sich ein einziger großer Raum, der so breit wie das Gebäude war. Überall standen wackelige Tische herum, und an jedem Tisch saß ein Mann oder eine Frau mit einem Stapel Karteikarten vor sich.

«Ja, was kann ich für Sie tun?», sprach mich eine Stimme von der Seite an. Ich drehte mich um und sah eine Frau, die vielleicht etwa siebzig Jahre alt war, obwohl sie noch älter aussah. Bevor ich etwas sagen konnte, gab sie mir ein Formular und bat mich, es vollständig auszufüllen und es dann dem Mädchen am Schreibtisch zu übergeben. Nachdem ich die zahlreichen und sehr persönlichen Angaben ausgefüllt hatte, brachte ich wie angewiesen das Formular dem Mädchen. Ohne einen Blick darauf zu werfen, sagte sie: «Sie können mir Ihre Anmeldegebühr gleich bezahlen.» Ich übergab ihr das Geld und dachte, dass das eine leichte Methode war, um Geld zu verdienen. Sie zählte das Geld sorgfältig und schob es in eine Durchreiche einer anderen Frau zu, die es genauso sorgfältig nachzählte. Darauf gab man mir eine Quittung dafür. Das Mädchen stand auf und rief: «Ist jemand frei?» Ein Mann an einem Schreibtisch etwas weiter hinten winkte lustlos mit der Hand. Das Mädchen wandte sich wieder an mich und sagte: «Dieser Herr dort drüben wird sich um Sie kümmern.»

Ich ging zu ihm hinüber und schlängelte mich um die Tische herum. Eine ganze Weile beachtete er mich nicht und schrieb weiter. Dann streckte er seine Hand aus. Ich nahm sie und schüttelte sie. Sofort zog er seine Hand zurück und sagte ärgerlich: «Nein, nein! Ich möchte Ihre Quittung sehen, wissen Sie. Ihre Quittung, bitte!» Er sah sie sich genau an, drehte sie um und prüfte die leere Rückseite. Er las noch einmal die Vorderseite, dann merkte er offenbar, dass die Quittung doch rechtens war, denn er sagte: «Bitte nehmen Sie Platz.»

Zu meiner Überraschung nahm er ein neues Formular und stellte mir noch einmal dieselben Fragen, die ich gerade eben aufgeschrieben hatte. Er warf das von mir ausgefüllte Formular in den Papierkorb und legte seines in eine Schublade. «Kommen Sie in einer Woche wieder zu mir, dann wollen wir sehen, ob ich etwas für Sie habe.» Er nahm seine Schreibtätigkeit wieder auf und schrieb, wie ich sehen konnte, einen privaten Brief an eine Frau!

«He!», sagte ich laut. «Ich möchte, dass das jetzt erledigt wird.»

«Mein lieber Mann!», wies er mich zurecht, «so schnell geht das nicht. Wir arbeiten nach System, verstehen Sie, nach System!»

«Gut», sagte ich, «dann möchte ich jetzt entweder einen Job oder mein Geld zurück.»

«Du meine Güte!», seufzte er. «Das ist ja furchtbar!»

Als er meinen entschlossenen Gesichtsausdruck sah, seufzte er noch einmal und begann eine Schublade nach der anderen aufzuziehen, so als wolle er Zeit gewinnen, während er darüber nachdachte, was er als nächstes tun sollte. Eine Schublade zog er zu weit heraus. Ein Krachen folgte und es flogen alle möglichen Dinge heraus, die nun überall auf den Fußboden verstreut herumlagen. Darunter befand sich auch eine Schachtel mit tausenden von Büroklammern, dessen Deckel sich beim Herunterfallen geöffnet hatte. Wir krochen beide auf dem Boden herum, hoben alles auf und warfen es auf den Schreibtisch.

Schließlich war alles aufgesammelt, und er wischte alles mit der Hand in die Schublade. «Diese verdammten Schubladen!», sagte er resigniert. «Immer rutschen sie heraus wie eben. Die anderen hier haben sich schon damit abgefunden.» Eine Weile saß er da und ging seine Kartei durch, dann schaute er in einem Stapel Unterlagen nach. Resultatlos schüttelte er den Kopf und warf den Stapel wieder zurück auf den Schreibtisch und nahm einen weiteren Stapel auf. «Ah!», sagte er schließlich, dann schwieg er wieder. Minuten später sagte er: «Ja, hier habe ich einen Job für Sie!»

Er blätterte durch seine Unterlagen, wechselte die Brille und griff blind nach der obersten Karte auf einem Stapel. Er legte sie vor sich hin und begann langsam zu schreiben. «Wo liegt das schon wieder?», murmelte er in einem Selbstgespräch vor sich hin. «Ach so ja, in Clapham! Kennen Sie Clapham?» Ohne die Antwort abzuwarten, fuhr er fort: «Es ist ein Job in einem Fotolabor. Sie werden nachts arbeiten müssen. Die freiberuflichen Fotografen im Westend bringen nachts ihre Negative dorthin und holen die fertigentwickelten Abzüge am Morgen wieder ab. Hmmm ja, wollen mal sehen.» Er blätterte weiter in den Unterlagen. «Sie werden manchmal auch selbst im Westend mit einer Kamera unterwegs sein als Ersatzmann. Nehmen Sie die Karte. Gehen Sie zu der Adresse und stellen Sie sich dort vor», sagte er und zeigte mit dem Bleistift auf einen Namen, den er auf die Karte geschrieben hatte.

Clapham war nicht gerade einer der angesehensten Ortsteile Londons. Die Adresse, die ich aufsuchte, lag in einer schäbigen Straße in den Slums neben den Rangiergleisen. Ein unbedeutender Ort. Ich klopfte an die Tür eines Hauses, an der die Farbe abblätterte, und an einem Fenster hatte man das Glas mit Klebestreifen «repariert». Die Tür wurde knapp geöffnet, und eine schlampig aussehende Frau mit zerzausten Haaren im Gesicht spähte heraus.

«Yäh? Was woll'ns?» Ich sagte es ihr. Wortlos drehte sie sich um und schrie: «Ärry, n' Mann will dich sprech'n!» Sie schob die Tür ins Schloss, ging weg und ließ mich draußen stehen. Etwas später öffnete sich die Tür wieder. Ein derber und nicht sehr ansehnlicher Mann stand da, unrasiert, ohne Hemd, und von der Unterlippe hing ihm eine Zigarette herab. Die Zehen schauten aus großen Löchern seiner abgetragenen Filzpantoffeln.

«Was wolln's, Mann?», fragte er. Ich reichte ihm die Karte von der Stellenvermittlung. Er nahm sie, betrachtete sie von allen Seiten, schaute von der Karte zu mir auf und wieder auf die Karte und sagte: «Ausländer wie? S'gibt 'ne Menge davon in Clapham. Die sin' nich' so wählerisch wie wir Briten.»

«Können Sie mir sagen, worin die Arbeit besteht?», fragte ich.

«Nich' jetzt», sagte er, «ich will zuerst sehen, was de' kannst. Komm' rein. Ich bin im Bismint.»

233

Mit diesen Worten drehte er sich um und verschwand! Ich trat ziemlich verwirrt ins Haus. Wie konnte er im «Bismint» sein, wenn er vor mir gestanden hatte, und was war überhaupt ein «Bismint»?

Der Flur im Haus war sehr dunkel. Ich stand da und wusste nicht, wohin ich mich wenden sollte. Erschrocken sprang ich auf, als neben mir eine Stimme, scheinbar auf Fußhöhe, rief: «He, Mann, willst nich' runter komm'n?» Ich hörte ein Schuhgeklapper und der Kopf des Mannes erschien in einer kaum beleuchteten Kellertür, die ich nicht bemerkt hatte. «Ach so», dachte ich, «im Basement, im Keller.» Ich folgte ihm auf einer maroden Holztreppe nach unten und fürchtete jeden Augenblick, ich könnte sie durchtreten. «Meine Fotoentwicklerwerkstatt!», sagte der Mann stolz. Eine schwachgelbe Glühlampe verbreitete etwas Licht durch den Zigarettendunst. Die Luft war stickig. An einer Wand stand eine lange Werkbank, die der ganzen Länge nach mit einer Abflussrinne versehen war. Darauf verteilt lagen in Abständen Fotoentwicklerschalen. Auf einem Tisch auf der Seite stand ein arg mitgenommener Vergrößerungsapparat, und auf einem weiteren Tisch mit einer Bleiverkleidung standen große Bauchflaschen.

«Ich bin Ärry», stellte sich der Mann vor. «Fang schon mal an mit den Lösungen. So kann ich seh'n, wie du dich machst.» Nach einem nachträglichen Gedanken fügte er hinzu: «Wir verwenden immer Johnson's-Kontrastmittel. Es bringt die Fotos viel besser raus.»

Harry trat zur Seite und zündete ein Streichholz an seinem Hosenboden an, damit er sich eine Zigarette anzünden konnte. Schnell fertigte ich die Lösungen an: Entwicklerbad, Stoppbad und das Fixierbad.

«Okay», sagte er. «Jetzt hol dir 'nen Film un' mach'n paa' Abzüge davon.»

Ich wollte einen Teststreifen machen, aber er unterbrach mich und sagte: «Nee, keene Papierverschwendung, gib'm fünf Sekunden.»

Harry war zufrieden mit meiner Vorstellung. «Wir zahl'n monatlich», sagte er. «Und lass die Finger von Pornos, Mann. Ich will keinen Ärger mit den Bull'n. Gib alle Pornos mir. Die Jungs komm'n manchmal auf blöde Ideen und machen dazwischen spezielle Abzüge von Pornos für spezielle

Kunden. Gib'se alle mir, ja. Dein Arbeitsbeginn is heut' Nacht hier um zehn Uhr bis sieben Uhr in der Früh. Okay? Dann sin' wir im Geschäft!»

Diese Nacht ging ich kurz vor zehn Uhr durch die schäbige Straße und versuchte, die Hausnummern im schummrigen Licht zu erkennen. Ich erreichte das Haus und stieg die schmutzigen Stufen zu der zerkratzten, gesprungenen Tür hinauf. Ich klopfte, trat einen Schritt zurück und wartete. Ich musste nicht lange warten. Mit einem Quietschen der rostigen Angel flog die Türe auf. Dieselbe Frau, die mir am Morgen die Türe geöffnet hatte, stand da. Dieselbe Frau und doch eine ganz andere. Ihr Gesicht war gepudert und geschminkt, ihre Haare sorgfältig gewellt und ihr fast durchsichtiges Kleid ließ im Flurlicht ihre plumpe Figur in klaren Details erkennen. Sie setzte ein breites, offenes Lächeln auf und sagte: «Komm rein Schätzchen. Ich bin Marie. Wer hat dich geschickt?» Ohne meine Antwort abzuwarten, beugte sie sich zu mir vor. Ihr tief ausgeschnittenes Kleid gab gefährlich nach, und sie sagte: «Dreißig Schilling 'ne halbe Stunde oder drei Pfund zehn für die ganze Nacht. Ich kenne da ein paar sehr gute Tricks, Süßer!»

Als sie zur Seite ging, um mich hereinzulassen, fiel das Flurlicht auf mein Gesicht. Sie sah meinen Bart und starrte mich an. «Och, du bist's!», sagte sie frostig und das Lächeln in ihrem Gesicht erstarb, so als würde es wie Kreide mit einem nassen Schwamm von einer Schultafel fortgewischt. Sie schnaubte: «Du verschwendest meine Zeit! Nur schon der Gedanke daran! Du brauchst 'nen Schlüssel für hier», sagte sie ärgerlich, «gewöhnlich bin ich nachts um diese Zeit beschäftigt.»

Ich drehte mich um, machte die Haustür hinter mir zu und stieg in den düsteren Keller hinunter. Stapelweise lagen Filmkassetten zum Entwickeln da. Es schien mir, als hätten alle Fotografen von London hier ihre Filme deponiert. Ich arbeitete in der Dunkelkammer, öffnete die Filmkassetten, nahm die Negative heraus, befestigte Klammern daran und legte sie in die Entwicklerschale: «Klack – klack – klack», lief die Zeitschaltuhr. Plötzlich klingelte sie, um mir anzuzeigen, dass die Filme für das Stoppbad bereit waren. Das unerwartete Klingeln ließ mich aufspringen, und ich stieß mit dem

Kopf gegen einen niederen Balken. Ich nahm alle Filme heraus und legte sie für ein paar Minuten ins Stoppbad. Nachdem ich sie wieder herausgenommen hatte, ließ ich sie für eine Viertelstunde im Fixierbad. Ein weiteres Tauchbad, dieses Mal in ein Hypo-Klärbad, und danach waren die Filme bereit für die Auswässerung. Während sich das vollzog, schaltete ich die Gelblichtlampe ein und vergrößerte ein paar Probeabzüge.

Zwei Stunden später hatte ich alle Filme entwickelt, fixiert, gewaschen und schnellgetrocknet in Methanol. Ich kam gut voran mit der Arbeit. Vier Stunden später wurde ich langsam hungrig. Ich sah mich um, konnte aber nirgends eine Einrichtung zum Teekochen oder einen Teekessel entdecken. Offenbar gab es das hier nicht. Also setzte ich mich hin und packte meine Brote aus. Um etwas Wasser trinken zu können, wusch ich gründlichst einen zu den Fotoutensilien gehörenden Messbecher aus. Ich dachte an die Frau oben und fragte mich, ob sie wohl jetzt gemütlich vor einer schönen heißen Tasse Tee saß, und ich wünschte mir, sie würde mir eine davon herunterbringen.

Die Tür oben an der Kellertreppe öffnete sich quietschend und ließ Licht hereinscheinen. Hastig sprang ich auf und deckte eine geöffnete Packung Fotopapier ab, bevor sie das Licht verdarb. Eine Stimme rief laut: «He, du da unten! Willst 'ne Tasse Tee? Das Geschäft läuft schlecht heut' Nacht. Hab' mir grad 'ne Kanne voll Tee gemacht, bevor ich schlafen geh. Konnt' dich nich' aus'm Kopf krieg'n. Muss Telepathie gewesen sein.» Sie lachte über ihren eigenen Witz und kam klappernd die Stufen heruntergelaufen. Sie stellte das Tablett ab, setzte sich auf den Holzstuhl und atmete geräuschvoll aus. «Puh», sagte sie, «is' es nich' ein bisschen warm hier unt'n.» Sie löste den Gürtel ihres Morgenmantels und schob ihn zur Seite – und zu meinem Schrecken trug sie nichts darunter! Sie bemerkte meinen Blick und sagte kichernd: «Ich will dich nich' anmach'n. Du hast ja heut' Nacht noch alle Hände voll mit anderen Entwicklungen zu tun.» Sie stand auf, wobei ihr der Morgenmantel zu Boden fiel, und sie griff nach dem Stapel trockener Abzüge. «Du meine Güte!», rief sie aus, als sie die Fotos durchsah. «Was für schreckliche Visagen. Ich weiß nich', warum diese alten Knacker solche Bilder von sich machen lass'n.» Sie setzte sich wieder hin, offenbar verzichtete sie ohne Bedauern auf ihren Morgenmantel. Es war wirklich heiß hier, doch mir wurde noch heißer!

«Glaubst du an Telepathie?», fragte sie.

«Natürlich!», sagte ich.

«Nun, ich hab' da im Palladium 'ne Telepathie-Vorführung geseh'n. Ich meinte, es sei echt, aber der Typ, der mich mitgenommen hat, hat gesagt, es sei alles nur Schwindel.»

Es gibt eine Legende aus dem Orient über einen Reisenden in der großen Wüste Gobi. Sein Kamel war gestorben, und der Mann schleppte sich nahe am Verdursten weiter. Plötzlich sah er vor sich etwas, das wie ein Wassersack aussah – ein Ziegenledersack gefüllt mit Wasser, wie ihn Reisende in der Wüste mit sich führen. Er eilte verzweifelt dorthin, bückte sich und hob den Sack auf, um zu trinken. Doch zu seiner bitteren Enttäuschung stellte er fest, dass der vermeintliche Wassersack stattdessen mit hochkarätigen Diamanten gefüllt war, den ein anderer durstiger Reisender weggeworfen hatte, um sich von seiner Last zu erleichtern. Dieses Beispiel zeigt die Art und Weise des Westens. Die westlichen Menschen streben nach materiellen Gütern, nach technischem Fortschritt, nach Raketen mit immer größerer Reichweite und Sprengkraft und nach unbemannten Flugzeugen. Sie verfolgen das Ziel, den Weltraum zu erforschen. Den wahren Werten aber, dem Astralreisen, dem Hellsehen und der Telepathie misstrauen sie und glauben, alles sei Betrug oder eine Inszenierung auf einer Bühne.

Als sich die Briten in Indien niederließen, war es allgemein bekannt, dass die Inder Mitteilungen über lange Distanzen senden konnten, so zum Beispiel, über Aufstände, über bevorstehende Besuche oder andere Nachrichten von Interesse. Solche Mitteilungen konnten in nur wenigen Stunden das ganze Land durchqueren. Das gleiche wurde in Afrika beobachtet und war als «Buschtelefon» bekannt. Mit etwas Übung bräuchte man keine Telefonleitungen und keine Telefone, die an unseren Nerven zerren! Die Menschen könnten ihre Mitteilungen mit den ihnen angeborenen Fähigkeiten aussenden. Im Osten wird dies schon seit Jahrhunderten angewandt. Östliche Völker stehen diesen Gedanken weit positiver gegenüber. Dort gibt es kein negatives Denken, das das Funktionieren der Naturgaben behindert.

«Marie», sagte ich, «ich werde dir jetzt einen kleinen Trick vorführen, der dir die Telepathie oder die Macht oder Kraft des Geistes über die Materie beweist. Ich bin der Geist, und du die Materie.»

Sie sah mich misstrauisch an, einen Moment lang fast schon etwas finster, dann meinte sie: «Ookayy, ich mach' den Jux mit.»

Ich konzentrierte meine Gedanken auf ihren Nacken und stellte mir vor, ein Floh bisse sie. Ich stellte mir das Insekt bildlich vor, wie es sie fest in den Nacken biss. Marie schlug auf ihren Nacken und gebrauchte ein sehr unanständiges Wort, um das lästige Insekt zu beschreiben. Ich stellte mir den Biss noch etwas stärker vor. Auf einmal blickte sie mich an und lachte. «Du meine Güte», sagte sie, «wenn ich das tun könnte, dann hätt' ich 'nen Heidenspaß mit den Kerlen, die mich besuchen!»

Nacht für Nacht ging ich in das heruntergekommene Haus in der düsteren Straße. Oft, wenn Marie nicht gerade beschäftigt war, kam sie mit einer Kanne Tee herunter, um sich mit mir zu unterhalten oder mir zuzuhören. Allmählich stellte ich fest, dass sich unter dem rauen Äußeren, und trotz des Lebens, das sie führte, eine sehr gutherzige und sehr hilfsbereite Frau verbarg. Sie erzählte mir von dem Mann, der mich angestellt hatte und empfahl mir, am Monatsletzten schon frühzeitig im Haus zu sein.

Nacht für Nacht entwickelte ich Filme, machte Abzüge und legte alles bereit, dass sie am Morgen abgeholt werden konnten. Einen ganzen Monat lang sah ich niemanden anderen außer Marie. Dann am Einunddreißigsten Tag blieb ich länger. Etwa gegen neun Uhr kam ein zwielichtiger Typ die Holztreppe herunter geklappert. Er blieb unten stehen und blickte mich mit offener Feindseligkeit an. «Du glaubst aber nich' etwa, du würdest zuerst deinen Zahltag bekommen, hä?», knurrte er wütend. «Du bist Nachtschicht, verschwinde von hier!»

«Ich gehe dann, wenn ich bereit bin und nicht vorher», antwortete ich.

«Du!», schnaubte er. «Deine Unverschämtheit lass ich mir nicht gefallen!» Er schnappte sich eine Flasche, schlug sie gegen eine Wand, und kam mit dem scharfen, zerbrochenen Flaschenhals auf mich zu und richtete ihn direkt auf mein Gesicht. Ich war müde und ziemlich verärgert. Ich wurde in den Kampfsportarten von einigen der größten Meister dieser Kunst im Osten unterrichtet. Ich entwaffnete diesen miesen kleinen Typ – für mich eine einfache Sache – und legte ihn über meine Knie und verpasste ihm die größte Tracht Prügel, die er je bekommen hatte. Marie, die die Schreie gehört hatte, war aus dem Bett gesprungen, und saß nun auf der Kellertreppe und genoss diesen Anblick sichtlich! Der Typ heulte wirklich, und so tauchte ich seinen Kopf in die Fotowässerungsschale, um ihm seine Tränen wegzuwaschen und die Flut seiner obszönen Sprache zu beenden. Als ich ihn wieder aufstehen ließ, sagte ich: «Stell dich dort in die Ecke. Wenn du dich rührst, bevor ich es dir erlaube, bekommst du nochmals eine Tracht Prügel!»

Er bewegte sich nicht.

«Du meine Güte!», sagte Marie, «das war ein Anblick für meine wunden Augen. Der kleine Kümmerling is' der Boss von einer der Soho-Banden. Dem hast' es aber schön das Fürchten gelernt. Er glaubte nämlich, er sei der größte Kämpfer aller Zeiten.»

Ich setzte mich und wartete. Etwa eine Stunde später kam der Mann, der mich eingestellt hatte, die Treppe herunter. Beim Anblick des Gangsters und mir wurde er blass. «Ich will mein Geld», forderte ich.

«Es war 'nen schlechten Monat. Ich hab' kein Geld. Ich muss ihm Schutzgeld bezahl'n», sagte er und zeigte dabei auf den Gangster.

Ich schaute ihn an. «Glaubst du etwa, ich arbeite umsonst in diesem Stinkloch?», fragte ich ihn.

«Gib mir ein paa' Tage Zeit, und ich versuch' welches aufzutreib'n. Er», und dabei zeigte er erneut auf den Gangster, «kassiert mein ganzes Geld. Wenn ich es nicht zahle, bringt er meine Leute in Schwierigkeiten.»

Kein Geld und auch nicht viel Hoffnung, welches zu bekommen! Ich willigte ein, zwei weitere Wochen zu bleiben, um «dem Boss» eine Chance zu geben, irgendwoher Geld aufzutreiben. Traurig verließ ich das Haus und dachte, wie gut es doch war, dass ich mit dem Fahrrad nach Clapham gefahren war, um mir das Fahrgeld zu sparen. Als ich zu meinem Fahrrad lief, um es aufzuschließen, kam der Gangster verstohlen auf mich zu.

«Sag mal», raunte er heiser, «willst'nen guten Job? Als mein Leibwächter. Zwanzig Lappen bar auf die Hand die Woche und alle Spesen?»

«Geh mir aus den Augen, Rotznase», antwortete ich sauer.

«Fünfundzwanzig Pfund die Woche!»

Als ich mich erbost zu ihm umdrehte, sprang er hastig beiseite und murmelte: «Also mach'n wir dreißig. Klasseangebot, alle Frau'n, die de hab'n willst, un' Fussel, so viel de' trinken kannst, schlag ein!»

Beim Anblick meines Gesichtsausdrucks schwang er sich über die Kellerbrüstung und verschwand in irgendeiner Wohnung. Ich drehte mich um, stieg auf mein Fahrrad und fuhr davon.

Fast drei Monate lang behielt ich den Job, entwickelte Bilder und sprang als Ersatzfotograf ein, aber weder mir noch den anderen Mitarbeitern wurde der Lohn bezahlt. Schließlich, weil es aussichtslos erschien, gaben wir alle auf.

Mittlerweile waren wir umgezogen in eines dieser dubiosen Viertel im Baywater Bezirk. Ich suchte eine Arbeitsvermittlungsstelle nach der anderen auf, um zu versuchen, eine Arbeit zu bekommen. Schließlich, vermutlich um mich loszuwerden, sagte ein Angestellter der Belegschaft: «Warum gehen Sie nicht zu einer Stellenvermittlung für höheres Fachwissen am Tavistock Square? Ich gebe Ihnen die Adresse.» Voller Hoffnung begab ich mich dorthin. Man machte mir wunderbare Versprechungen. Hier ist eine davon:

«Bei Gott, ja natürlich, wir haben genau das passende für Sie. Wir bräuchten einen Mann für eine neue Atomforschungsanlage in Caithness, in Schottland. Fahren Sie mal zu einem Vorstellungsgespräch dorthin.» Geschäftig wühlte er in seinen Unterlagen. «Übernehmen Sie die Reisekosten?», fragte ich. «Oh! Du meine Güte, nein», betonte er mit Nachdruck, «da müssen Sie schon auf eigene Kosten hinfahren.»

Ein andermal reiste ich nach Cardigan in Wales. Ein Mann mit einer Bauingenieurausbildung wurde gesucht. Ich reiste auf eigene Kosten quer durch England nach Wales. Die Firma, bei der ich mich vorstellen sollte, lag entsetzlich weit vom Bahnhof entfernt. Ich trottete durch die Straßen von Cardigan und erreichte die andere Seite der Stadt. «Oh je, oh je!», sagte die freundliche Frau, die ich nach dem Weg fragte, «bis dorthin ist es noch ein ganzes Stück zu laufen, wissen Sie.» Ich ging weiter und weiter, es ging zudem ewig lange bergauf. Endlich erreichte ich das Haus, das hinter Bäumen versteckt lag und machte mich auf zum Eingang. Der Vorplatz war sehr gepflegt. Der freundliche Herr, bei dem ich vorsprach, schaute sich meine Dokumente an (die ich mir aus Shanghai hatte nach England schicken lassen). Er besah sie sich und nickte anerkennend. «Mit solchen Dokumenten sollten Sie keine Schwierigkeiten haben, eine Arbeit zu bekommen», meinte er. «Leider haben Sie keine Bauerfahrungen in England, deshalb kann ich Ihnen keine Stelle anbieten. Aber sagen Sie», fragte er weiter, «Sie sind doch ein qualifizierter Arzt, warum haben Sie auch noch das Bauwesen studiert? Wie ich sehe, haben Sie das Bauingenieurwesen mit dem Bachelor abgeschlossen.»

«Als Arzt musste ich in die entlegensten Gebiete reisen und wollte daher in der Lage sein, mir allenfalls ein eigenes Krankenhaus bauen zu können», sagte ich.

«Hmm!», brummte er, «ich wünschte, ich könnte Ihnen helfen, aber da ist nichts zu machen.»

Ich trottete durch die Straßen von Cardigan, zurück zu dem trostlosen Bahnhof, wo ich zwei Stunden auf den Zug warten musste. Endlich kam ich zu Hause an. Erneut musste ich berichten, dass ich wieder keine Arbeit habe. Am nächsten Tag begab ich mich erneut zur Stellenvermittlung. Der Mann saß hinter seinem Schreibtisch. Ging er denn überhaupt nie weg, fragte ich mich? Er sagte: «Hören Sie mal, alter Knabe, hier können wir nicht darüber reden. Laden Sie mich zum Mittagessen ein, und wir werden uns über diese Angelegenheit unter vier Augen unterhalten, was meinen Sie dazu?»

Mehr als eine Stunde lungerte ich draußen auf der Straße herum. Ich schaute in die Schaufenster und wünschte, meine Füße würden zu schmerzen aufhören. Ein Londoner Polizist beobachtete mich argwöhnisch auf der anderen Straßenseite. Offenbar war er sich nicht ganz sicher, ob ich nur eine harmlose Person oder ein künftiger Bankräuber war. Vielleicht taten ihm seine Füße auch weh! Endlich konnte sich der Mann von seinem Schreibtisch losreißen und kam klappernd die knarrenden Treppenstufen herunter. «Wir nehmen den 79er-Bus, alter Knabe», sagte er. «Ich kenne da einen netten kleinen Ort. Ziemlich moderate Preise für das, was sie bieten.» Wir gingen die Straße hinunter zur Bushaltestelle, stiegen in den 79er-Bus und erreichten bald unser Ziel. Von dort begaben wir uns in ein Restaurant in einer Nebenstraße, nicht weit von der Hauptdurchfahrtsstraße entfernt, wo die Preise stiegen, je kleiner die Gaststätte war. Der Mann, jetzt ohne seinen Schreibtisch, und ich saßen beim Mittagessen. Mein Essen war sehr bescheiden, seines dagegen sehr reichlich. Dann sagte er mit einem zufriedenen Seufzer: «Wissen Sie, alter Knabe, ihr Kerle erwartet immer gute Stellen, aber ihr vergesst immer, dass, wenn es gute Stellenangebote gibt, wir vom Büropersonal zuerst zugreifen würden. Unsere Arbeit erlaubt es keinem von uns im Wohlstand zu leben, wissen Sie?»

«Na gut», sagte ich, «aber es muss doch in dieser Stadt oder um sie herum irgendeine Arbeitsmöglichkeit geben.»

«Ihre Schwierigkeit ist nur, dass Sie so anders aussehen. Sie erregen Aufmerksamkeit. Außerdem sehen Sie krank aus. Vielleicht wäre es von Vorteil, wenn Sie sich den Bart abrasieren würden.» Er sah mich nachdenklich an und überlegte sich offenbar, wie er auf eine taktvolle Weise verschwinden könnte. Plötzlich sah er auf die Uhr und sprang eiligst auf. «Was, schon so spät. Ich muss tatsächlich fast schon losfliegen, alter Knabe, der alte Sklaventreiber passt auf wie ein Luchs, wissen Sie.» Er klopfte mir auf den Arm und sagte: «Also dann Tschüss! Verschwenden Sie kein Geld mehr, indem

Sie zu uns kommen. Wir haben nichts für Sie, höchstens was für Kellner und Dergleichen!» Mit diesen Worten drehte er sich wirbelnd um, und weg war er und ließ mich die beträchtliche Rechnung bezahlen.

Ich ging hinaus auf die Straße und lief ihr entlang. Um wenigstens etwas zu tun, schaute ich mir die Kleinanzeigen in den Schaufenstern an: Junge Witwe mit Kleinkind sucht Arbeit … – Mann, versiert in der Schnitzkunst, sucht Aufträge … – Masseuse kommt zu Ihnen nach Hause (ich wette, dass sie das tut, dachte ich!). Als ich weiterging, dachte ich über die Frage nach, wenn mir weder die etablierten Arbeitsämter noch die Stellenvermittlungs-Agenturen zu einer Stelle verhelfen konnten, warum sollte ich es dann nicht selbst versuchen und ein Inserat im Schaufenster eines Ladens platzieren? Diese Idee schien plötzlich gar nicht so abwegig zu sein, dachte ich, während meine müden Füße dumpf auf dem harten, tristen Bürgersteig aufsetzten.

In dieser Nacht zermarterte ich mir zuhause den Kopf, und dachte darüber nach, wovon ich leben sollte, und wie ich zu einem ausreichenden Verdienst käme, damit ich mit der Auraforschung weiterfahren konnte. Schließlich tippte ich auf sechs Postkarten: «Freiberuflicher Arzt (keine britische Zulassung) bietet psychologische Beratung an. Anfragen unter …» Ich tippte sechs weitere Karten, auf denen zu lesen war: «Akademiker, sehr weit gereist, Qualifikationen in Naturwissenschaften, bietet seinen Dienst für alles Unerklärliche und Paranormale an. Vorzügliche Referenzen. Schreiben Sie an Postfach …»

Am nächsten Tag platzierte ich meine Anzeigen an strategischen Orten in verschiedenen Londoner Schaufenstern und wartete auf Rückmeldungen – und sie kamen. Es gelang mir genügend Anfragen für die psychologische Beratung zu erhalten, um davon leben zu können. Das flackernde Feuer unserer Finanzen erholte sich langsam. Als Nebenerwerb betätigte ich mich als freischaffender Werbefachmann. Eine der größten pharmazeutischen Firma in England gab mir eine Teilzeitarbeit. Der sehr großzügige und freundliche Direktor, ein Arzt, bei dem ich mich bewarb, hätte mich gerne noch behalten, wäre es da nicht um die Mitarbeiter-Krankenkasse gegangen, die mich aufgrund ihrer Vorschriften nicht aufnehmen wollte. Ich war zu alt und zu krank. Die Belastung, einen Körper zu übernehmen, war schrecklich. Der Austausch meiner eigenen Moleküle mit denen des «neuen» Körpers ging fast über meine Kräfte, doch im Interesse der Wissenschaft hielt ich durch. Jetzt unternahm ich viel häufiger in der Nacht oder an den Wochenenden Astralreisen nach Tibet, dann, wenn ich wusste, ich würde nicht gestört werden, weil sich Störungen für jemand, der astralreist, sehr leicht fatal auswirken können. Meinen Trost fand ich in der Gesellschaft der hohen Lamas, die mich im Astral treffen konnten, und meine Belohnung erhielt ich, indem sie meinen Einsatz lobten. Bei einem solchen Besuch beklagte ich einmal den Tod meiner geliebten Katze, deren Intelligenz viele Menschen beschämen würde. Ein alter Lama, der mit mir im Astral weilte, lächelte mitfühlend. «Mein Bruder», sagte er, «erinnerst du dich noch an die Geschichte vom Senfsamen?» Oh, ja, die Geschichte vom Senfsamen, natürlich! An die konnte ich mich noch gut erinnern. Sie ist eine der Lehren unseres Glaubens:

Eine arme, junge Frau hatte ihr erstgeborenes Kind verloren. Fast außer sich vor Kummer lief sie durch die Straßen der Stadt und bat inständig, jemand möge ihr doch ihren Sohn wieder ins Leben zurückbringen. Einige Leute wandten sich bedauernd von ihr ab, andere verhöhnten und verspotteten sie und nannten sie verrückt, weil sie glaubte, dass jemand ihr Kind wieder zum Leben erwecken könnte. Sie war untröstlich. Niemand war in der Lage, die richtigen Worte für sie zu finden, um ihren Schmerz zu lindern. Schließlich erkannte ein alter Priester ihre große Verzweiflung. Er sprach sie an und sagte: «Es gibt nur eine einzige Person auf der ganzen Welt, die dir helfen kann. Es ist der Vollkommene, der Buddha, der dort oben auf dem Gipfel dieses Berges lebt. Gehe hinauf und sprich mit ihm.»

Die junge, trauernde Mutter, deren Körper unter dem Gewicht des Kummers schmerzte, stieg langsam den beschwerlichen Bergpfad hinauf. Schließlich sah sie nach der letzten Biegung Buddha auf einem Felsen sitzen. Sie warf sich der Länge nach hin und rief verzweifelt: «Oh, Buddha! Bringe mir meinen Sohn wieder ins Leben zurück.» Der Buddha erhob sich und berührte die trauernde Frau sanft und sagte: «Geh wieder hinunter in die Stadt. Geh von Haus zu Haus, und bringe mir aus dem Haus einen Senfsamen mit, in dem noch nie jemand gestorben ist.» Die junge Frau jubelte vor Freude, stand auf und hastete den Berg hinunter. Sie eilte zum ersten Haus und sagte: «Der Buddha bat mich, ihm einen Senfsamen aus dem Haus zu bringen, in dem noch nie jemand gestorben ist.»

«In diesem Haus», so sagte man ihr, «sind schon viele gestorben.»

Im nächsten Haus wurde ihr gesagt: «Es ist unmöglich zu sagen, wie viele hier schon gestorben sind, denn dies ist ein altes Haus.»

Sie ging von Haus zu Haus und von Straße zu Straße. Sie gönnte sich kaum eine Pause, um zu essen. Sie durchquerte die ganze Stadt, doch sie fand kein einziges Haus, in dem noch nie jemand gestorben war.

Langsam drehte sie sich um und ging den gleichen Pfad wieder zurück den Berg hinauf. Der Buddha saß da, wie zuvor, in der Meditation versunken. «Hast du mir den Senfsamen mitgebracht?», fragte er.

«Nein», sagte sie, «und ich werde auch nicht weiter danach suchen. Mein Schmerz hat mich so verblendet, dass ich glaubte, nur ich würde leiden und trauern.»

«Warum bist du dann wieder zu mir gekommen?», fragte der Buddha.

«Um dich zu bitten, mir die Wahrheit zu lehren», antwortete sie.

Und Buddha sprach mit ihr und sagte: «In der ganzen Welt der Menschen und in der ganzen Welt der Götter, ist dies allein das Gesetz: Alle Dinge sind vergänglich.»

Ja, ich kannte all diese Lehren. Doch der Verlust von einem sehr geliebten Geschöpf ist dennoch ein Verlust. Der alte Lama lächelte wieder und sagte: «Es wird ein wunderschönes kleines Wesen zu dir kommen, um dich in deinem außergewöhnlich harten Leben aufzuheitern. Warts nur ab!»

Einige Zeit später, das heißt, mehrere Monate später, nahmen wir Lady Ku'ei bei uns auf. Sie war eine junge Siamkatze von überragender Schönheit und Intelligenz. Sie wurde von uns wie ein Mensch erzogen, und sie hat sich so verhalten, wie es ein guter Mensch auch tun würde. Ganz gewiss aber hat sie beigetragen, unsere Sorgen etwas zu erleichtern und half uns, die Bürde der menschlichen Verräterei besser zu ertragen.

Freiberufliche Arbeit ohne rechtliche Grundlage war wirklich herausfordernd. Meine Patienten konnten in etwa wie folgt beschrieben werden: Wenn der Teufel krank ist, so lebt er wie ein Mönch, und wenn er gesund ist, lebt er wie ein Teufel! Die Geschichten, die mir die zahlungsunwilligen Patienten erzählten, würden ganze Bücher füllen (und meine Kritiker zwingen, Überstunden zu machen). Ich suchte nach wie vor weiter nach einer Festanstellung.

«Hey, hast du schon mal darüber nachgedacht, freiberuflich zu schreiben, als Ghostwriter?», schlug ein Bekannter vor. «Einer meiner Freunde hat schon eine Menge Bücher geschrieben. Ich kann dich ihm vorstellen.» Daraufhin begab ich mich in eines der großen Museen in London, um den Freund zu treffen. Als man mich in sein Büro führte, dachte ich einen Augenblick, ich sei im Lager des Museums gelandet! Ich traute mich kaum zu bewegen, um ja nichts umzustoßen. Also blieb ich sitzen und wurde des Sitzens langsam müde. Endlich betrat der Freund den Raum.

«Bücher?», sagte er. «Freiberufliches Schreiben? Ich werde Sie mit meinem Agenten in Kontakt bringen. Vielleicht findet er das Richtige für Sie.» Er schrieb emsig etwas auf, dann überreichte er mir den Zettel mit seiner Adresse. Kaum, dass ich richtig wusste, wie mir geschah, stand ich schon wieder draußen vor seinem Büro. «Na, gut», dachte ich, «das wird auch wieder eines dieser aussichtslosen Unterfangen sein?»

Ich schaute auf den Zettel in meiner Hand. Regent Street? Nun, an welchem Straßenende mochte das wohl liegen? Ich stieg am Oxford Circus aus dem Zug, und mit meinem üblichen Glück stellte ich fest, dass ich mich am falschen Ende der Straße befand! In der Regent Street herrschte ein ziemlicher Rummel. Vor allem vor den Eingängen der großen Geschäftshäuser tummelten sich viele Menschen herum. Eine Knabenbrigade oder Heilsarmeeblaskapelle, ich wusste nicht, was es war, marschierte laut und lärmend die Conduit Straße hinunter. Ich ging weiter an einem Gold- und

Silberschmiedegeschäft vorbei und dachte, dass mir nur schon ein paar dieser Goldschmiedearbeiten bei meiner Forschung weiterhelfen könnten. Bei der Gabelung zum Piccadilly Circus wechselte ich die Straßenseite und suchte nach der verflixten Hausnummer. Reisebüro, Schuhgeschäft, aber keine Literaturagentur. Dann endlich entdeckte ich die Hausnummer, versteckt zwischen zwei Geschäften. Ich betrat eine kleine Eingangshalle, an deren Ende sich ein offener Fahrstuhl befand. Es gab einen Klingelknopf, den ich betätigte. Nichts geschah. Ich wartete vielleicht fünf Minuten und drückte den Knopf nochmals.

Schritte waren zu hören. «Se'ham mich grad aus'm Kohlekeller geholt», sagte eine Stimme. «Hab grad'ne Tasse Tee getrunken. In welche Etage wolln's?»

«Zu Mr. B.», sagte ich, «die Etage weiß ich nicht.»

«Aha, dritte Etage», sagte der Mann. Der's da, hab' ihn schon mit hochgenomm'n. Wir sin' da.» Er öffnete die Gitterschranke des Fahrstuhls. «Rechts, dort bei dieser Tür!» Mit diesen Worten verschwand er wieder und kehrte zu seinem ausgekühlten Tee zurück.

Ich öffnete die besagte Tür und ging zu einem kleinen Schalter.

«Ich möchte gerne zu Mr. B. Ich bin angemeldet», sagte ich.

Das dunkelhaarige Mädchen ging weg, um Mr. B. zu rufen. Währenddessen sah ich mich um. Auf der anderen Seite des Schalters tranken ein paar Mädchen Tee. Einem älteren Mann wurde erklärt, wohin er einige Pakete ausliefern sollte. Hinter mir stand ein Tisch mit ein paar Illustrierten darauf, wie im Wartezimmer bei einem Zahnarzt, dachte ich. An der Wand hing ein Werbeplakat für einige Verlage. Die ganze Bürofläche schien mit Bücherpaketen nur so überfüllt zu sein, und an einer hinteren Wand lagen ordentlich aufgereiht Manuskripte von Neueingängen.

«Mr. B. wird in wenigen Augenblicken bei Ihnen sein», sagte eine Stimme. Ich drehte mich um und lächelte das dunkelhaarige Mädchen dankbar an. Im gleichen Moment öffnete sich eine Seitentür. Mr. B. kam herein. Ich schaute ihn mir mit Interesse an, denn ich hatte vorher noch nie einen

Literaturagenten gesehen, geschweige denn von so etwas gehört. Er war der erste! Er trug einen Bart. Ich konnte ihn mir gut als alten chinesischen Mandarin vorstellen. Obwohl er Engländer war, hatte er die Würde und Höflichkeit eines älteren wohlerzogenen Chinesen mit Umgangsformen, die es sonst nirgends im Westen gibt.

Mr. B. kam auf mich zu, begrüßte mich, schüttelte mir die Hand und führte mich durch die Seitentür in einen sehr kleinen Raum, der mich an eine Gefängniszelle ohne Gitter erinnerte.

«Und, was kann ich für Sie tun?», fragte er.

«Ich suche Arbeit», sagte ich.

Er stellte mir Fragen über mich, doch seiner Aura konnte ich entnehmen, dass er mir keine Arbeit anbieten konnte. Er war nur des Mannes wegen, der mich empfohlen hatte, höflich zu mir. Ich zeigte ihm meine Dokumente aus China und seine Aura flackerte vor Interesse! Er nahm sie auf und las sie sehr sorgfältig. Darauf sagte er: «Sie sollten ein Buch schreiben. Ich denke, ich könnte Ihnen einen Auftrag vermitteln.»

Das war ein Schock für mich, der mich fast umgeworfen hätte. Ich, ein Buch schreiben? Ich? Über mich? Ich beobachtete aufmerksam seine Aura, um zu sehen, ob er es wirklich ernst meinte, oder ob es sich nur wieder um ein höfliches «Abwimmeln» handelte. Seine Aura verriet mir, dass er es ernst meinte, aber er schien leichte Zweifel an meinen schriftstellerischen Fähigkeiten zu haben. Als ich mich von ihm verabschiedete, waren seine letzten Worte: «Sie sollten wirklich ein Buch schreiben.»

«Ach, schaun's nich' so finster», sagte der Fahrstuhlführer. «Die Sonne scheint draußen. Wollte er Ihr Buch nich' haben?»

«Das ist es ja gerade», erwiderte ich, als ich aus dem Fahrstuhl stieg. «Er will es!»

Ich ging die Regent Straße entlang und dachte, dass alle zusammen verrückt waren. Ich? Ein Buch schreiben? Verrückt! Alles, was ich wollte, war eine Arbeit, die uns genug Geld einbrachte, um zu überleben, und vielleicht noch etwas übrig ließ, damit ich mit der Auraforschung fortfahren konnte.

Doch alles, was man mir anbot, war, so ein dummes Buch über mich zu schreiben!

Vor einiger Zeit hatte ich auf eine Anzeige geantwortet, in der ein technischer Autor gesucht wurde, der Lehrbücher über Flugzeuge schreiben sollte. Am Abend erhielt ich einen Brief, der mich zu einem Vorstellungsgespräch am nächsten Morgen einlud.

«Ah!», dachte ich, «vielleicht bekomme ich doch noch diese Arbeit in Crawley!»

Früh am nächsten Morgen, während ich frühstückte, bevor ich nach Crawley aufbrach, fiel ein Brief in den Briefkasten. Er war von Mr. B. «Sie sollten ein Buch schreiben», stand in dem Brief geschrieben. «Überlegen Sie sich es sich und kommen Sie nochmals bei mir vorbei.»

«Pah!», sagte ich zu mir selbst. «Ich hasse es, ein Buch zu schreiben!» Ich machte mich auf den Weg zum Bahnhof Clapham, um den Zug nach Crawley zu nehmen.

Der Zug war die langsamste Eisenbahn, in der ich je gesessen hatte – zumindest fühlte es sich so an. Es schien als vertrödelte er an jedem Bahnhof Zeit und quälte sich dazwischen auf der Strecke entlang, als würde entweder die Lokomotive oder der Lokführer in den letzten Zügen liegen. Schließlich kam ich in Crawley an. Der Tag war schwül und drückend heiß, und ich hatte gerade den Bus verpasst. Der nächste wäre zu spät gewesen, um pünktlich zu erscheinen. Also stapfte ich durch die Straßen und wurde von mehreren Passanten, die ich nach dem Weg fragte, fehlgeleitet. Endlich, fast schon zu müde, um mir noch weiter Gedanken darüber zu machen, erreichte ich einen langen ungepflegten Pfad. Ich folgte ihm zu einem baufälligen Gebäude, das aussah, als sei dort ein Regiment Soldaten untergebracht.

«Sie haben uns einen außergewöhnlich gut formulierten Brief geschrieben», sagte der Mann, der das Vorstellungsgespräch mit mir führte. «Wir wollten nur sehen, was für eine Art Mensch dahintersteckt, der einen so guten Brief schreiben kann.»

Ich schnappte nach Luft bei dem Gedanken, dass er mich nur aus Neugierde den ganzen weiten Weg hierhergelockt hatte. «Aber Sie haben doch nach einem Autor für Ingenieurstechnik gesucht», sagte ich. «Ich wäre gerne bereit, mich jeglichen Tests zu stellen.»

«Ach, ja, wissen Sie», sagte der Mann, «seit dieser Anzeige sind bei uns einige Schwierigkeiten aufgetreten. Wir befinden uns gerade in einer Umstrukturierungsphase und werden für die nächsten sechs Monate niemanden einstellen. Aber wir dachten, Sie würden vielleicht gerne herkommen und sich unsere Firma ansehen.»

«Ich nehme an, dass Sie mir wenigstens meine Fahrkosten zurückerstatten werden», sagte ich, «da Sie mich in einer Narrenmission hierhergelockt haben.»

«Oh, nein, das können wir nicht», erwiderte er. «Sie haben uns angeboten, zu einem Vorstellungsgespräch zu kommen, und wir waren lediglich damit einverstanden.»

Ich war so niedergeschlagen, dass mir der lange Fußweg zurück zum Bahnhof noch länger vorkam. Dort wartete ich erneut auf den Zug und die langsame Rückfahrt nach Clapham. Während der Fahrt schienen mir die Zugräder förmlich zuzurufen: «Du solltest ein Buch schreiben, du solltest ein Buch schreiben, du solltest ein Buch schreiben.»

In Paris, Frankreich, lebte ein anderer tibetischer Lama, der aus einem ganz speziellen Grund in den Westen gekommen ist. Doch im Gegensatz zu mir erforderten die Umstände, dass er sich von jeglicher Öffentlichkeit fernhielt. Er erfüllte eine bestimmte Aufgabe, und nur sehr wenige Personen wussten, dass er einst ein Lama in einem tibetischen Lamakloster am Fuße des Potala war. Ich hatte ihm geschrieben und um seine Meinung gebeten, und ich hatte insgeheim gehofft, von ihm zu hören, dass er mir vom Schreiben eines Buches abraten würde.

Der Bahnhof von Clapham sah in meiner gegenwärtigen und elenden Verfassung noch schmutziger und schäbiger aus als je zuvor. Ich ging die Unterführung hinunter zur Straße und nach Hause. Meine Frau warf nur einen kurzen Blick auf mein Gesicht und stellte keine Fragen. Nach dem Essen, obwohl mir nicht danach war, sagte sie: «Ich habe heute Morgen mit Mr. B. gesprochen. Er meinte, du solltest eine kleine Zusammenfassung schreiben und sie ihm vorbeibringen.» Eine Zusammenfassung! Der bloße Gedanke daran widerte mich schon an. Dann las ich die für mich eingetroffene Post durch. Zwei Briefe, die mir mitteilten: «Die Stelle ist vergeben. Danke für Ihre Bewerbung.» Und noch ein Brief von meinem Freund, dem Lama aus Frankreich.

Ich setzte mich vor die abgenutzte Schreibmaschine, die ich von meinem Vorgänger «geerbt» hatte und begann zu schreiben. Schreiben ist etwas Mühsames, Unangenehmes. Es kam keine Begeisterung auf, noch hatte ich Talent dazu. Ich musste mich viel mehr als andere anstrengen, und je mehr ich die Sache ablehnte, desto härter und schneller arbeitete ich, sodass es schneller erledigt war.

Der Tag neigte sich dem Ende zu. Die Schatten der Dämmerung breiteten sich über die Straßen aus, und als die Straßenlampen angingen, vertrieben sie die Schatten und warfen grelles Licht auf Häuser und Menschen. Meine Frau schaltete das Licht ein und zog die Gardinen zu. Ich tippte weiter. Schließlich hörte ich mit steifen und schmerzenden Fingern auf. Vor mir lag ein Stapel Blätter, dreißig an der Zahl, alle eng beschrieben. «Da!», rief ich aus. «Wenn ihm das nicht passt, gebe ich die ganze Sache auf, und ich hoffe, es passt ihm nicht.»

Am nächsten Tag suchte ich am Nachmittag wieder Mr. B. auf. Er sah sich nochmals meine Dokumente an, dann nahm er die Zusammenfassung, lehnte sich in seinem Sessel zurück, und begann sie zu lesen. Ab und an nickte er zustimmend. Als er alles gelesen hatte, sagte er sehr vorsichtig: «Ich glaube, das können wir vielleicht unterbringen. Lassen Sie die Zusammenfassung hier. In der Zwischenzeit fangen Sie schon mal an, das erste Kapitel zu schreiben.»

Als ich danach von der Regent Straße in Richtung Piccadilly Circus ging, wusste ich nicht so recht, ob ich mich darüber freuen oder betrübt sein sollte. Die Finanzen hatten einen bedenklichen Tiefstand erreicht. Doch ich verabscheute den Gedanken immer noch, über mich selbst zu schreiben.

Zwei Tage später erhielt ich von Mr. B. einen Brief. Er bat mich, bei ihm vorbeizukommen, er hätte gute Neuigkeiten für mich. Mir wurde richtig bange bei dem Gedanken. Also müsste ich wohl oder übel dieses Buch doch schreiben! Mr. B. strahlte vor Freude und sah mich wohlwollend an. «Ich habe einen Vertrag für Sie», sagte er, «aber zuerst möchte ich Sie bitten, mit mir zum Verleger zu kommen. Ich möchte Sie gerne mit ihm bekannt machen.»

Zusammen begaben wir uns in einen anderen Stadtteil von London und erreichten eine Straße, die mit ihren hohen und im englischen Stil erbauten Häusern zu einem der vornehmeren Viertel gehörte. Jetzt wurden die Häuser als Büros benutzt, da deren Bewohner aufs Land gezogen waren. Wir gingen die Straße entlang und blieben vor einem ganz gewöhnlich aussehenden Haus stehen. «Da sind wir», sagte Mr. B. Wir betraten einen dunklen Hausflur und stiegen eine Wendeltreppe in den ersten Stock hinauf. Nach einer Zeit wurden wir zum Herrn Verleger hineingeführt, der zuerst ein wenig zynisch wirkte und sich nur langsam erwärmte. Das Gespräch war nur von kurzer Dauer, und wir standen bald wieder draußen auf der Straße.

«Kommen Sie mit mir in mein Büro … Du liebe Güte! Wo habe ich denn nur meine Brille gelassen?», sagte Mr. B. Fieberhaft durchwühlte er seine Taschen nach der vermissten Brille und seufzte erleichtert auf, als er sie gefunden hatte und fuhr fort: «Kommen Sie mit mir in mein Büro. Ich habe den Vertrag bereits zum Unterschreiben bereit.»

Zumindest war das etwas Konkretes. Ein Vertrag, ein Buch zu schreiben. Ich beschloss, meinen Teil dazu beizutragen, und hoffte, dass der Verleger seinen Teil ebenso erfüllen würde. Zweifellos hatte «Das dritte Auge» dem Herrn Verleger einen kleinen Profit eingebracht!

Das Buch machte Fortschritte. Ich schrieb jeweils ein Kapitel und brachte es dann zu Mr. B. Bei manchen Gelegenheiten besuchte ich Mr. und Mrs. B. zu Hause in ihrem reizenden Haus. An dieser Stelle möchte ich gerne die Gelegenheit wahrnehmen und ganz besonders Mrs. B. meine Hochachtung aussprechen. Sie empfing mich stets herzlich, was nur sehr wenige Engländer taten. Sie ermutigte mich, und sie war die erste Engländerin, die dies tat. Ich war jederzeit ein willkommener Gast, deshalb vielen Dank Mrs. B.!

Meine Gesundheit verschlechterte sich im Londoner Klima zusehens. Ich kämpfte darum, durchzuhalten, bis das Buch fertig war. Ich wandte meine ganzen medizinischen Kenntnisse an, um die Krankheit noch eine Weile hinauszuzögern. Als das Buch fertig war, erlitt ich meinen ersten Herzinfarkt und überlebte nur knapp. In einem renommierten Londoner Krankenhaus zerbrach sich das ganze medizinische Fachpersonal den Kopf über die vielen Ungereimtheiten hinsichtlich meines Körpers. Doch ich klärte sie nicht auf – vielleicht wird dieses Buch ihnen Aufschluss geben!

«Sie müssen London verlassen», sagte der Spezialist. «Ihr Leben ist hier in Gefahr. Suchen Sie sich ein verträglicheres Klima aus.»

«London verlassen?», dachte ich. «Aber wohin sollen wir gehen?»

Zuhause diskutierten wir die Angelegenheit und besprachen die Mittel und Wege und wohin wir gehen könnten. Einige Tage später musste ich zur Abschlusskontrolle ins Krankenhaus.

«Wann ziehen Sie um?», fragte der Spezialist. «Ihr Zustand wird sich hier nicht verbessern.»

«Ich weiß es noch immer nicht», gab ich zur Antwort. «Es gibt so Vieles zu berücksichtigen.»

«Da gibt es nur eines zu berücksichtigen», sagte er ungeduldig. «Wenn Sie hierbleiben, dann werden Sie sterben. Wenn Sie umziehen, werden Sie vielleicht etwas länger leben. Verstehen Sie denn nicht, dass es um Ihren Gesundheitszustand sehr schlecht bestellt ist?»

Wieder einmal hatte ich ein ernstes Problem zu lösen.

Kapitel 10

«Lobsang! Lobsang!» Unruhig wälzte ich mich im Schlaf. Die Schmerzen in meiner Brust waren heftig. Schmerzen, verursacht durch das Blutgerinnsel. Schwer nach Atem ringend, kam ich wieder zu Bewusstsein. Ich kehrte zurück und hörte wieder: «Lobsang!»

«Oh, du meine Güte!», dachte ich, «fühle ich mich elend.»

«Lobsang», fuhr die Stimme fort. «Höre mir zu, bleib einfach liegen und höre mir nur zu.»

Matt ließ ich mich zurückfallen. Mein Herz pochte heftig, und meine Brust bebte im Einklang. Allmählich manifestierte sich in der Dunkelheit meines einsamen Zimmers eine Gestalt. Zuerst war nur ein blauer Schimmer zu sehen, der in ein Gelb überging, dann stand die materialisierte Gestalt eines Mannes in meinem Alter vor mir.

«Ich kann heute Nacht nicht astralreisen», erklärte ich, «oder mein Herz wird mit Sicherheit versagen, und meine Aufgabe ist noch nicht beendet.»

«Bruder! Wir wissen um deinen Gesundheitszustand, deshalb bin ich zu dir gekommen. Höre mir zu, du brauchst nicht zu sprechen.»

Schwer atmend und keuchend lehnte ich mich gegen das Kopfende meines Bettes. Jeder Atemzug verursachte starke Schmerzen, aber ich musste atmen, wenn ich am Leben bleiben wollte.

«Wir haben dein Problem miteinander besprochen», sagte der materialisierte Lama. «Es gibt eine Insel vor der englischen Küste, eine Insel, die einst Teil des versunkenen Kontinents Atlantis war. Geh dorthin, geh dorthin so schnell du kannst. Erhole dich eine Weile in diesem angenehmen Land, bevor du nach Nordamerika übersiedelst. Geh nicht an die Westküste, deren Küsten vom stürmischen Meer umspült werden. Geh zuerst in die grüne Stadt und dann aufs Land etwas außerhalb.»

Irland? Ja! Ein idealer Ort. Ich hatte mich immer gut mit den Iren verstanden. Grüne Stadt? Dann fiel mir die Antwort ein: Dublin! Von oben sah

Dublin mit dem Phönix-Park und dem Fluss Liffey, der aus den Bergen ins Meer floss, grün aus.

Der Lama lächelte zustimmend. «Du musst zusehen, dass du dich gesundheitlich wenigstens teilweise wieder etwas erholst, denn ein weiterer Infarkt wird folgen. Wir möchten, dass du lebst, sodass die Aufgabe fortgesetzt werden kann und die Aura-Wissenschaft ihrer Verwirklichung etwas näherkommt. Ich werde nun wieder gehen. Sobald du dich einigermaßen erholt hast, wird gewünscht, dass du dich im Land des Goldenen Lichts einfindest.»

Die Erscheinung löste sich vor meinen Augen auf, und mein Zimmer erschien mir noch dunkler und noch einsamer als zuvor. Meine Schmerzen waren groß gewesen, und mein Leiden übertraf bei Weitem das, was die meisten Menschen ertragen könnten oder verstehen würden. Ich lehnte mich zurück und schaute gedankenversunken aus dem Fenster. Was hatten sie neulich bei meinem Astralbesuch in Lhasa gesagt? Ach so ja! Sie meinten: «Du wirst es schwer haben, eine Arbeitsstelle zu finden. Das liegt daran, mein Bruder, dass du nicht Teil der westlichen Welt bist, du lebst von geliehener Zeit. Der Mann, dessen Lebensraum du eingenommen hast, wäre auf jeden Fall gestorben. Die Notwendigkeit, kurzfristig seinen Körper zu übernehmen und langfristig seinen Lebensraum, bedeutet, dass er die Erde mit Ehre und Gewinn verlassen konnte. Das hat nichts mit dem Karma zu tun, mein Bruder, sondern mit der Aufgabe in deinem letzten Leben hier auf dieser Erde.» Ein sehr hartes Leben noch dazu, dachte ich für mich.

Am Morgen sorgte ich für Bestürzung und Überraschung, als ich verkündete: «Wir werden nach Irland umziehen. Zuerst nach Dublin und später dann aufs Land außerhalb der Stadt.»

Ich war keine große Hilfe bei den Reisevorbereitungen, da es mir gesundheitlich noch nicht sehr gut ging. Ich fürchtete einen weiteren Herzinfarkt, wenn ich mich zu stark verausgabte. Koffer wurden gepackt, Fahrkarten besorgt, und schließlich brachen wir auf. Es war schön, wieder in der Luft zu sein, und ich stellte fest, dass ich etwas leichter atmen konnte. Die Fluggesellschaft ging kein Risiko ein, mit einem Herzpatienten an Bord, denn sie hatten dafür gesorgt, dass über mir in einem Gestell eine Sauerstoffflasche hing.

Das Flugzeug flog tiefer und kreiste über dem leuchtend grünen Land, das von der milchig weißen Meeresbrandung umsäumt war. Immer tiefer flog es. Ein Rumpeln war zu vernehmen, als das Fahrwerk ausgefahren wurde, gefolgt von einem kurzen Quietschen der Räder beim Aufsetzen auf der Landebahn.

Meine Gedanken wanderten zurück zu meiner ersten Einreise nach England und wie der Zollbeamte mich damals behandelt hatte. «Wie wird es wohl dieses Mal sein?», überlegte ich. Wir rollten zu den Flughafengebäuden. Ich war verletzt, als ich sah, dass man mir einen Rollstuhl bereitgestellt hatte. Bei der Zollabfertigung sahen uns die Beamten streng an und einer fragte: «Wie lange wollen Sie hierbleiben?»

«Wir sind hierhergekommen, um hier zu leben», erwiderte ich.

Es gab keine Schwierigkeiten. Sie durchsuchten nicht einmal unser Gepäck. Lady Ku'ei, unsere Katze, faszinierte alle, wie gelassen und selbstsicher sie dastand und unsere Sachen bewachte. Siamkatzen zeigen eine bemerkenswerte Intelligenz, wenn man sie von klein an in ihrem Wesen erkennt, und sie nicht nur als Tiere behandelt. Zweifellos ziehe ich die Freundschaft und Treue von Lady Ku'ei der mancher Menschen vor; sie sitzt in der Nacht bei mir und weckt meine Frau, wenn sich mein Zustand verschlechtert!

Unser Gepäck wurde in ein Taxi geladen, und wir fuhren nach Dublin. Die freundliche Atmosphäre war bezeichnend; nichts schien große Mühe zu machen. Ich lag auf meinem Bett und konnte durch das Fenster das Gelände des Trinity College überblicken. Auf der Straße unterhalb meines Fensters rollte der Verkehr in mäßigem Tempo vorbei.

Ich brauchte noch eine ganze Weile, um mich von den Strapazen der Reise zu erholen. Als ich wieder auf den Beinen war, gaben mir die Mitarbeiter des Trinity College freundlicherweise einen Ausweis, mit dem es mir möglich war, das Universitätsgelände zu betreten und ihre hervorragende Bibliothek zu nutzen. Dublin war eine Stadt voller Überraschungen, in der man fast alles kaufen konnte. Es gab hier sogar ein weitaus größeres Angebot an Produkten als später in Windsor, Kanada, oder in Detroit, USA.

Nach ein paar Monaten, in denen ich das Buch «Ein Arzt aus Lhasa» schrieb, entschieden wir uns, in ein hübsches Fischerdorf umzuziehen, das etwa zwanzig Kilometer weiter entfernt lag. Wir hatten Glück, ein Haus mieten zu können, von dem aus man die Balscadden Bay überblicken konnte. Es war ein Haus mit einer wirklich atemberaubenden Aussicht.

Ich musste mich viel ausruhen und stellte fest, dass es mir unmöglich war, mit dem Fernglas durch die Fenster zu sehen, weil die Fensterscheibe die Sicht verzerrte. Ein örtlicher Baumeister namens Brud Campbell, mit dem ich mich sehr gut angefreundet hatte, schlug mir entspiegeltes Glas vor. Nachdem das eingesetzt war, konnte ich auf dem Bett ausruhen und draußen in der Bucht die Fischerboote beobachten. Von hier aus war auch das ganze Hafengebiet überblickbar; der Yachtklub, das Hafenmeisterbüro und der Leuchtturm, der besonders hervorstach. An klaren Tagen konnte ich die Berge von Mourne im britisch besetzten Irland sehen, und von Howth Head aus konnte ich auf der anderen Seite der Irischen See die Berge von Wales erkennen, allerdings nur sehr, sehr schwach.

Wir kauften einen Gebrauchtwagen und unternahmen oft Ausflüge in die Berge rund um Dublin. Wir genossen die reine Luft und erfreuten uns an der wunderschönen Landschaft. Auf einem dieser Ausflüge erzählte uns jemand von einer älteren Siamkatze, die unter einem sehr großen Tumor litte und bald sterben würde. Mit viel Überredungskunst gelangte es uns, sie mit uns nach Hause zu nehmen. Der beste Tierarzt von ganz Irland untersuchte sie, meinte aber, sie hätte nur noch wenige Stunden zu leben. Ich überredete ihn, den Tumor, der durch Vernachlässigung und durch die viel zu vielen Geburten entstanden war, operativ zu entfernen. Sie erholte sich, und es stellte sich heraus, dass sie das angenehmste Wesen war, sei es Mensch oder Tier, dem ich je begegnet bin. Gerade jetzt, während ich diese Zeilen schreibe, schlendert sie wie eine liebenswürdige alte Dame, die sie schließlich ja auch ist, im Zimmer herum. Sie ist völlig blind, aber trotzdem strahlen ihre wunderschönen blauen Augen Intelligenz und Güte aus. Lady Ku'ei geht neben ihr her oder dirigiert sie telepathisch, damit sie nirgendwo anstößt oder sich verletzt. Wir nennen sie Oma Greywhiskers, da sie sich so verhält wie eine alte Oma, die, nachdem sie so viele Katzenkinder großgezogen hat, ihren Lebensabend mit herumspazieren genießt.

Das Fischerdorf Howth brachte mir Glück und Zufriedenheit, wie ich es noch nie zuvor gekannt hatte. Mr. Loftus, der «Wachmann», wie in Irland die Polizisten genannt werden, kam ab und zu mal bei mir vorbei, um ein kleines Schwätzchen abzuhalten und war ein immer willkommener Gast. Er war von großer Statur und so gutaussehend wie die Wachen am Buckingham-Palast. Er war bekannt für seine Fairness und seine Furchtlosigkeit. Meistens kam er nach Dienstschluss herein, und wir sprachen über ferne Länder. Sein Spruch: «Mein Gott, Doktor, Sie ham' ja ein Kopf wie ein Lexikon!», war mir immer eine Freude zu hören. Ich war von so vielen Polizisten verschiedener Länder sehr schlecht behandelt worden, doch der Wachmann Loftus von Howth in Irland zeigte mir, dass es neben den Schlechten, die ich kennengelernt hatte, auch gute Polizisten gab.

Mein Herz zeigte erneut Anzeichen einer Störung, und meine Frau wollte ein Telefon installieren lassen. Unglücklicherweise waren alle Telefonleitungen «des Hügels» belegt, sodass wir keinen Anschluss bekommen konnten. Eines Nachmittags klopfte es an der Tür, und eine Nachbarin, Mrs. O'Grady, stand davor. «Ich habe gehört, Sie möchten gerne einen Telefonanschluss und konnten keinen bekommen. Benutzen Sie doch unser Telefon, wann immer Sie wollen», sagte sie. «Hier ist der Haustürschlüssel!» Die Iren behandelten uns gut. Mr. und Mrs. O'Grady versuchten immer für uns da zu sein und uns den Aufenthalt in Irland noch angenehmer zu machen. Es war uns später eine Freude und ein Privileg, Mrs. O'Grady zu uns nach Kanada einzuladen, ein Besuch, der leider nur allzu kurz ausfiel.

Plötzlich und unerwartet erkrankte ich schwer. Die Jahre der Kriegsgefangenschaft, die ungeheuren Strapazen, die ich durchgemacht hatte, und die ungewöhnliche Erfahrung des Körperwechsels, all das zusammen hatten den Zustand meines Herzens ernsthaft beeinträchtigt. Meine Frau eilte zu den O'Gradys hinauf und rief einen Arzt an. Nach überraschend kurzer Zeit betrat Dr. Chapman mein Schlafzimmer. Dank seiner langjährigen Berufserfahrung erkannte er umgehend den Ernst der Lage und verabreichte mir rasch eine Spritze. Dr. Chapman war noch ein Arzt «der alten Schule». Er gehörte noch zu den Hausärzten, die mehr Wissen im kleinen Finger hatten als ein halbes Dutzend der «industrieproduzierten» staatlich unterstützten Exemplare, die heute so populär sind. Dr. Chapman und mich verband eine Freundschaft auf den ersten Blick! Unter seiner ärztlichen Behandlung und Betreuung erholte ich mich langsam wieder, sodass ich aufstehen konnte. Darauf folgten eine Reihe Arztbesuche bei verschiedenen Spezialisten in Dublin. Irgendjemand in England hatte mir geraten, mich nie einem irischen Arzt anzuvertrauen. Ich vertraute mich ihnen dennoch an, und erhielt eine bessere medizinische Behandlung als in allen anderen Ländern der Welt. Der persönliche, der menschliche Kontakt war maßgebend, und der ist wichtiger als all die technische Kühle der jungen Ärzte.

Brud Campbell hatte eine massive Steinmauer um unser Grundstück herum errichtet, um die alte, zerfallene Mauer zu ersetzen, da wir von Ausflüglern aus England stark belästigt wurden. Diese Leute kamen meistens aus Liverpool und machten einen Abstecher nach Howth, wo sie sich Zugang zu den Privatgrundstücken der Bewohner von Howth verschafften und dort einfach so kampierten! Einmal sorgte eine uns unbekannte Frau für Belustigung. Eines Morgens klopfte es laut an der Tür, und meine Frau öffnete. Draußen stand eine Frau aus Deutschland. Sie versuchte sich Zugang in unser Haus zu verschaffen, allerdings vergeblich. Dann kündigte sie an, sie würde so lange draußen auf der Treppe sitzen bleiben, bis ihr erlaubt würde, «Lobsang Rampa zu Füßen zu sitzen». Da ich im Bett lag und ganz gewiss niemanden zu meinen Füßen sitzen haben wollte, bat sie meine Frau, zu gehen. Am Nachmittag war sie immer noch da. Mr. Loftus kam vorbei, blickte sie sehr streng und eingehend an und forderte die Frau auf, den

Hügel wieder hinunterzugehen, den Bus nach Dublin zu besteigen und nicht mehr wiederzukommen!

Es waren arbeitsreiche Tage für mich, und ich musste darauf achten, meine Kräfte einzuteilen und mich nicht zu überfordern. «Ein Arzt aus Lhasa» war fertiggestellt, doch es trafen Briefe aus aller Welt ein. Pat, der Postbote, stand immer schwer atmend vor unserer Haustüre, nachdem er den langen Aufstieg auf den Hügel bewältigt hatte. «Ah, guten Morgen allerseits», sagte er jedem, der auf sein Klopfen antwortete. «Und wie geht es Ihnen heute? Ach, die Briefe werden mir eines Tages noch den Buckel brechen!»

Eines Nachts, als ich in meinem Bett lag und die blinkenden Lichter aus Portmarnock und die Schiffe weit draußen auf hoher See beobachtete, wurde ich mir plötzlich eines alten Mannes gewahr, der dasaß und mich anblickte. Er lächelte, als ich mich ihm zuwandte. «Ich bin gekommen, um nachzusehen, wie es dir geht», sagte er, «denn man wünscht deinen Besuch im Land des Goldenen Lichts. Wie ist dein Befinden?»

«Ich glaube, ich werde es schaffen. Ich werde alle Kräfte aufbieten», erwiderte ich. «Kommst du mit mir?»

«Nein», antwortete er. «Dein Körper ist wertvoller denn je. Ich werde hierbleiben und auf ihn aufpassen.»

Während der vergangenen Monate hatte ich übermäßig gelitten. Eine der Ursachen meines Leidens war ein Umstand, der eine westliche Person veranlassen könnte, vor Fassungslosigkeit und Unglauben zurückzuschrecken. Mittlerweile hatte sich der Wechsel meines gesamten, ursprünglichen Körpers in meinen jetzigen vollzogen. Der Ersatzkörper wurde an einen anderen Ort teleportiert und durfte nun zu Staub zerfallen. Den Menschen, die ein ernstes Interesse daran haben, möchte ich nur den Hinweis geben, dass dies eine alte, im Fernen Osten angewandte Kunst ist, die man in den einschlägigen Büchern nachlesen kann.

Ich blieb einen Augenblick liegen und sammelte meine Kräfte. Draußen vor dem Fenster tuckerte ein spätes Fischerboot vorbei. Die Sterne glänzten hell und Ireland's Eye war in Mondlicht getaucht. Der alte Mann lächelte und sagte: «Eine schöne Aussicht hast du hier!» Ich nickte, streckte meine Wirbelsäule, legte die Füße zusammen und trieb davon wie eine Rauchwolke. Eine Zeitlang schwebte ich über der Landzunge und betrachtete die vom Mondlicht beleuchtete Landschaft unter mir. Ireland's Eye, die Insel, die direkt vor der Küste lag und etwas weiter draußen die Insel Lambay. Dahinter schimmerten die hellen Lichter von Dublin. Eine moderne, gut beleuchtete Stadt. Als ich langsam höher stieg, konnte ich die schön gebogene Killiney Bay sehen, die so sehr an Neapel erinnerte, und dahinter Greystones und Wicklow. Ich trieb aufwärts, aus dieser Welt und aus Raum und Zeit. Dann weiter auf eine Existenzebene, die nicht mit Worten dieser dreidimensionalen Welt beschrieben werden kann.

Es war, als ginge man von der Dunkelheit ins helle Sonnenlicht. Mein Mentor, der Lama Mingyar Dondup, erwartete mich schon. «Du hast ein großes Lob verdient, Lobsang. Du hast so viel gelitten», sagte er. «In absehbarer Zeit wirst du hierher zurückkehren und nie mehr von hier fortgehen. Der Kampf hat sich gelohnt.» Wir schlenderten gemeinsam durch die herrliche Landschaft und begaben uns zur Halle der Erinnerung, wo es noch so viel zu lernen gab.

Eine Zeitlang saßen wir beisammen, mein Mentor, eine Gruppe hochrangiger Persönlichkeiten und ich und unterhielten uns. «Bald», sagte einer, «wirst du in das Land der Rothäute ziehen. Dort erwartet dich noch eine weitere Aufgabe, die wir für dich vorgesehen haben. Erhole dich hier die nächsten paar Stunden, denn die Strapazen der letzten Zeit haben deine Kräfte stark schwinden lassen.»

«Ja», bemerkte ein anderer, «und ärgere dich nicht zu sehr über die Menschen, die dich kritisieren, denn sie wissen nicht, wovon sie sprechen. Sie sind durch die selbst auferlegte Unwissenheit im Westen verblendet. Wenn dereinst der Tod ihre Augen schließt und sie in das Größere Leben geboren werden, dann werden sie das von ihnen so sinnlos verursachte Leid und die Schwierigkeiten, die sie verursacht haben, sehr bereuen.»

Als ich nach Irland zurückkehrte, lag das Land immer noch im Dunkeln. Nur ein paar schwache Strahlen schossen über den Morgenhimmel. Entlang des langen Sandstrandes von Clontarf brach sich die Brandung mit einem seufzenden Stöhnen. Der Howth-Hügel zeichnete sich in der anbrechenden Morgendämmerung als ein dunkles Gebilde ab. Beim Hinabgleiten blickte ich auf unser Dach. «Oh, du meine Güte!», entfuhr es mir, «die Möwen haben meine Antennenstange verbogen. Ich werde Brud Campbell anrufen müssen, damit er sie wieder richtet.»

Der alte Mann saß immer noch neben meinem Bett. Mrs. Fifi Greywhiskers saß am Ende des Bettes, so als hielte sie Wache. Als ich mich wieder in meinen Körper begab und ihn beseelte, kam sie zu mir hinauf, rieb sich an mir und schnurrte. Leise gab sie einen Laut von sich, darauf kam Lady Ku'ei herein, sprang auf das Bett und nahm auf meinem Schoß Platz. Der alte Mann betrachtete sie mit sichtlicher Zuneigung. «Wahrlich Wesen von höherem Rang», bemerkte er. «Ich muss nun gehen, mein Bruder.»

Die Morgenpost brachte mir eine unerfreuliche Steuernachricht vom irischen Finanzamt. Die einzigen Iren, die ich nicht mag, sind die vom Steueramt. Sie erschienen mir so unnötig unnachgiebig und dienstbeflissen. Für Schriftsteller ist die Steuer in Irland eine absolute Strafe, was eine Tragödie ist, denn Irland könnte wirklich von Leuten profitieren, die ihr Geld hier ausgeben. Steuern hin oder her, ich würde lieber in Irland wohnen bleiben als irgendwo anders auf der Welt – Tibet ausgenommen.

«Wir wandern nach Kanada aus», sagte ich.

Betrübte Blicke nahmen diese Aussage zur Kenntnis.

«Wie werden wir die Katzen mitnehmen?» wurde ich gefragt.

«Mit dem Flugzeug natürlich, sie werden mit uns reisen», antwortete ich.

Die zu erledigenden Formalitäten waren beträchtlich und wurden lange hinausgezögert. Die irischen Ein- und Auswanderungsbeamten erwiesen sich als sehr hilfsbereit im Gegensatz zu den kanadischen. Selbst das amerikanische Konsulat bot uns mehr Unterstützung an als das kanadische. Wir mussten Fingerabdrücke abgeben und es wurden Erkundigungen über uns eingeholt. Anschließend bot man uns zur medizinischen Untersuchung auf. Man lehnte mich ab. «Zu viele Narben», sagte der Arzt. «Sie müssen geröntgt werden.»

Der irische Arzt, der mich röntgte, schaute mich mitleidig an. «Sie müssen ein schreckliches Leben gehabt haben», sagte er. «All diese Narben …! Ich werde meinen Untersuchungsbericht dem kanadischen Gesundheitsministerium weiterleiten müssen. In Anbetracht Ihres Alters nehme ich an, dass Ihnen die Einreise nach Kanada nur unter ganz bestimmten Voraussetzungen gestattet wird.»

Lady Ku'ei und Mrs. Fifi Greywhiskers wurden von einem Tierarzt untersucht und beide für gesund befunden. Während ich noch darauf wartete, wie in meinem Fall entschieden würde, erkundigten wir uns, ob wir die Katzen im Passagierbereich des Flugzeuges mitnehmen könnten. Nur die Swissair erklärte sich dazu bereit, deshalb buchten wir vorerst bei ihr.

Ein paar Tage später erhielt ich eine Vorladung von der kanadischen Botschaft. Ein Mann schaute mich mürrisch an. «Sie sind krank!», sagte er. «Ich muss sicherstellen, dass Sie für unser Land keine Belastung sind.» Er fummelte herum, und dann sagte er, als koste es ihn eine ziemliche Überwindung: «Montreal hat Ihre Einreise bewilligt, vorausgesetzt, Sie melden sich dort umgehend nach Ihrer Ankunft beim Gesundheitsministerium und lassen sich nach den vorgeschlagenen Maßnahmen behandeln. Wenn Sie damit nicht einverstanden sind, können Sie nicht einreisen», sagte er hoffnungsvoll. Es kam mir sehr merkwürdig vor, dass so viele Botschaftsmitarbeiter außer Landes so unnötig beleidigend sind. Schließlich sind sie nichts weiter als bezahlte Angestellte, die man nicht immer als «Staatsdiener» bezeichnen kann!

Wir hielten unser Vorhaben geheim, nur unsere engsten Freunde wussten, dass wir wegzogen und wohin wir gingen. Wir waren uns bewusst, dass selbst ein kleines Husten genügen würde, um Zeitungsreporter anzulocken, die gegen die Tür hämmern und nach dem Grund fragen würden. Ein letztes Mal fuhren wir durch Dublin und seine Umgebung, dann zurück zum herrlichen Fleckchen Howth. Der Abschiedsschmerz war schon beim Gedanken daran groß, aber niemand lebt auf dieser Erde nur zum Vergnügen. Ein Taxiunternehmen aus Dublin hatte sich bereit erklärt, uns, die Katzen und unser Gepäck mit einem Minibus nach Shannon zu bringen.

Ein paar Tage vor Weihnachten waren wir abreisebereit. Unser alter Freund Mr. Loftus kam vorbei, um sich von uns zu verabschieden und uns eine gute Reise zu wünschen. Wenn da keine Tränen in seinen Augen lagen, musste ich mich getäuscht haben. Zweifellos spürte auch ich, dass ich mich von einem sehr lieben Freund trennen musste. Mr. und Mrs. O'Grady kamen ebenfalls vorbei. Mr. O'Grady hatte sich dafür extra einen Tag frei genommen. Mrs. O'Grady war sichtlich bedrückt. Paddy versuchte seine Gefühle zu verbergen, indem er eine Fröhlichkeit an den Tag legte, mit der er jedoch niemanden überzeugen konnte. Ich schloss die Türe und übergab Mr. O'Grady den Schlüssel, damit er ihn dem Immobilienmakler schicken konnte. Wir stiegen in den Bus und fuhren ab. Hinter mir lag die glücklichste Zeit meines Lebens, seit ich Tibet verlassen hatte. Wir fuhren weg von den nettesten Menschen, die ich in den vielen, vielen Jahren meines Lebens getroffen hatte.

Der Chauffeur lenkte den Minibus über die Fernstraße nach Dublin, wo er sich geschickt durch den lebhaften Stadtverkehr schlängelte. Dann fuhren wir weiter durch das Land und entlang der Berge. Stunde um Stunde verging, während wir Kilometer um Kilometer zurücklegten. Der freundliche und erfahrene Fahrer wies uns auf Sehenswürdigkeiten hin und war sehr um unser Wohl besorgt. «Auf halbem Weg legen wir eine Teepause ein», sagte er. Lady Ku'ei saß gerne oben im Minibus, beobachtete den Verkehr und ermunterte jeden Mitfahrer mit hellem Miauen. Mrs. Greywhiskers zog es vor, ruhig dazusitzen und nachzudenken. Als der Bus für die Teepause hielt, zeigten sie sich beide sehr besorgt. Warum hatten wir hier angehalten? War alles in Ordnung?

Wir setzten unsere Fahrt fort, wissend, dass noch ein langer Weg bis Shannon vor uns lag. Die einbrechende Dunkelheit verlangsamte unser

Vorwärtskommen etwas. Spät am Abend erreichten wir schließlich den Flughafen in Shannon. Wir gaben unser Hauptgepäck auf, und wurden anschließend zu unserer Unterkunft gefahren, die wir für die Nacht und den nächsten Tag gebucht hatten. Aufgrund meines Gesundheitszustandes und der beiden Katzen wegen blieben wir eine Nacht und einen Tag in Shannon. Unser Flug ging erst in der nächsten Nacht. Jeder von uns hatte ein eigenes Zimmer, und glücklicherweise gab es Verbindungstüren, da die Katzen noch nicht wussten, wo sie lieber bleiben wollten. Eine Weile schnüffelten sie neugierig wie Staubsauger herum und «lasen» alles über die vorherigen Gäste, die in diesen Räumen gewesen waren, bevor sie schließlich ruhig wurden und bald einschliefen.

Ich ruhte mich am nächsten Tag aus und sah mir den Flughafen an. Der Duty-Free Shop interessierte mich. Ich konnte aber darin keinen Nutzen sehen. Wenn man etwas kaufte, musste man dies doch irgendwo verzollen und bezahlen, also, was gab es da schon zu profitieren?

Die Swissair-Angestellten waren äußerst hilfsbereit und kompetent. Die Formalitäten waren schnell erledigt, und wir mussten nur noch auf das Flugzeug warten. Mitternacht kam und ging, und als es ein Uhr wurde, stiegen wir in eine große Swissair-Maschine – wir und unsere beiden Katzen. Die Passagiere waren beeindruckt von ihrer Ruhe und Gelassenheit, selbst der Motorenlärm schien sie nicht zu stören. Bald rasten wir immer schneller und schneller über die Startbahn, und das Land unter uns wurde immer kleiner. Der Fluss Shannon war nur noch kurz unter dem Flügel zu sehen und verschwand, während der große Atlantik sich vor uns erstreckte und entlang der Küste von Irland eine weiße Brandung hinterließ. Die beiden Katzen sahen mich schweigend an, als würden sie sich fragen, ob es etwas gab, worüber man sich Sorgen machen musste. Diese Atlantiküberquerung war meine siebente. Ich lächelte sie beruhigend an, und bald rollten sie sich ein und schliefen.

Die Nacht schleppte sich dahin. Wir reisten mit der Nacht, was ungefähr zwölf Stunden Dunkelheit bedeutete. Die Kabinenbeleuchtung schwächte sich ab und ließ uns in einem sanften blauen Schimmer ruhen, der ein wenig Schlaf ermöglichte. Die dröhnenden Motoren trugen uns auf fast elftausend Meter über das graue, unruhige Meer. Langsam veränderte sich die Position der Sterne, während am Rande der Erdkrümmung ein schwaches Leuchten am Himmel zu erkennen war. In der Bordküche begann ein geschäftiges Treiben. Geschirr klapperte. Dann gingen wie aufgehende Blumen langsam die Lichter wieder an.

Ein freundlicher Flugbegleiter ging durch die Reihen und erkundigte sich nach den Wünschen der Passagiere. Das tüchtige Bordpersonal brachte das Frühstück. Keine Nation der Welt hat auf ihren Flügen einen so zuvorkommenden und vorzüglichen Service wie die Schweizer, die ihre Passagiere mit so gutem Essen versorgen. Die Katzen setzten sich auf und beobachteten alles aufmerksam bei dem Gedanken an das Essen.

In der Ferne auf der rechten Seite tauchte eine dunstige graue Silhouette auf, die schnell größer wurde: New York! Unvermeidlich dachte ich an das erste Mal, als ich nach Amerika kam – an die Überfahrt auf hoher See als Maschinist. Damals türmten sich die Wolkenkratzer Manhattans himmelwärts und beeindruckten durch ihre Größe. Jetzt aber, wo waren sie? Doch sicher nicht diese kleinen Flecken dort unten? Das große Flugzeug kreiste, die Flügel neigten sich, und die Geräusche der Triebwerke änderten sich. Langsam und allmählich sanken wir immer tiefer, und nach und nach nahmen die Gebäude auf der Erde Gestalt an. Das, was wie eine verlassene Wüste ausgesehen hatte, entpuppte sich schließlich als der Idlewild International Airport (heute John F. Kennedy International Airport, Anm. d.Ü.). Der erfahrene Schweizer Pilot setzte die Maschine mit einem sanften Quietschen der Räder auf. Vorsichtig rollten wir auf der Landebahn zum Flughafengebäude hinüber. «Bleiben Sie bitte sitzen!», sagte der Steward. Ein leichter Stoß erfolgte, als die mobile Treppe am Flugzeugrumpf angebracht wurde. Ein metallenes Schaben war zu vernehmen und die Flugzeugtüre wurde geöffnet. «Auf Wiedersehen», verabschiedete sich das Bordpersonal, das sich neben dem Ausgang aufgereiht hatte. «Reisen Sie bald wieder mit uns!» Langsam gingen wir hintereinander die Treppe hinunter und begaben uns ins Flughafengebäude zur Einreise- und Zollabfertigung.

Auf dem Idlewilder Flughafen ging es zu und her wie auf einem verrückten Bahnhof. Überall eilten Leute umher, die jeden, der ihnen in die Quere kam, anstießen. Ein Flughafenangestellter kam auf uns zu. «Hier entlang, bitte, zuerst zur Zollabfertigung.» Geduldig standen wir neben den Förderbändern, als plötzlich massenhaft Gepäckstücke darauf erschienen und sich bis zu den Zollbeamten bewegten. Die Zöllner begaben sich von Gepäckstück zu Gepäckstück und durchsuchten die Koffer.

«Woher kommt ihr, Leute?», fragte mich ein Zollbeamter.

«Aus Dublin, Irland», erwiderte ich.

«Wohin fahrt ihr?»

«Nach Windsor, Kanada», sagte ich.

«In Ordnung. Habt ihr irgendetwas Pornografisches dabei?»

Nachdem das geklärt war, mussten wir die Pässe und die Visa vorzeigen. Die ganze «Passagierabfertigung» erinnerte mich an eine Fleischverpackungsfabrik in Chicago.

Bevor wir Irland verließen, hatten wir bei einer amerikanischen Fluggesellschaft gebucht, die uns nach Detroit fliegen sollte. Sie haben zugesagt, die beiden Katzen im Passagierbereich des Flugzeugs mitzunehmen. Jetzt aber erklärten die Mitarbeiter der betreffenden Fluggesellschaft, dass unsere Buchung ungültig sei, und weigerten sich, unsere Katzen im Passagierbereich mitzunehmen, obwohl die beiden doch gerade problemlos und ohne Schwierigkeiten den Atlantik überquert hatten. Eine Zeitlang sah es aus, als steckten wir in New York fest, und die Fluggesellschaft interessierte das überhaupt nicht. Da entdeckte ich ein Werbeplakat: «Lufttaxis, die überall hinfliegen, ab Flughafen LaGuardia.»

Wir nahmen ein Taxi am Flughafen und fuhren einige Kilometer weiter zu einem Motel, das etwas außerhalb von LaGuardia lag.

«Dürfen wir die Katzen mithineinnehmen?», fragten wir den Mann an der Rezeption. Er schaute sich die beiden sittsamen kleinen Damen an und sagte: «Aber sicher, sie sind willkommen!» Lady Ku'ei und Mrs. Fifi Greywhiskers waren wirklich froh, dass sie im Hotelzimmer wieder etwas Herumlaufen und noch zwei weitere Zimmer erforschen konnten.

Die Anstrengungen der Reise machten sich bei mir bemerkbar, also ging ich zu Bett. Meine Frau machte sich nach LaGuardia auf, um herauszufinden, was so ein Lufttaxi kosten würde und wann eines zur Verfügung stünde. Schließlich kam sie zurück und sah besorgt aus. «Das ist sündhaft teuer!», sagte sie.

«Gut, aber wir können nicht hierbleiben, wir müssen weiter», erwiderte ich. Sie griff nach dem Telefon und hatte bald vereinbart, dass wir tags darauf mit einem Lufttaxi nach Kanada fliegen würden.

Wir schliefen gut in dieser Nacht, und die Katzen schienen völlig unbesorgt zu sein. Die Reiserei schien ihnen sogar Spaß zu machen. Am Morgen nach dem Frühstück fuhren wir hinüber zum riesigen LaGuardia-Flughafen, wo Flugzeuge jede Minute starteten und landeten. Schließlich erreichten wir den Ort, von dem aus wir zu unserem Flugzeug gelangen sollten. Unser Gepäck wurde in ein kleines zweimotoriges Flugzeug geladen, und wir sowie unsere Katzen stiegen ein. Der Pilot, ein kleiner Mann mit einem völlig kahlrasierten Kopf, nickte uns höflich zu, und wir rollten etwa drei Kilometer weit auf einer Nebenbahn zur Startbahn und warteten, bis wir starten durften. Der Pilot eines Passagierflugzeugs winkte uns hastig und sprach in sein Mikrofon. Unser Pilot begann zu fluchen, dessen Worte ich nicht wiederholen möchte und sagte dann abschließend: «Wir haben einen Platten.»

Ein schrilles Polizeisirenengeheul zerriss die Luft. Ein Polizeieinsatzwagen raste wie von Sinnen auf einer Zufahrtsstraße heran und blieb mit quietschenden Reifen neben uns stehen. «Polizei? Was haben wir denn jetzt verbrochen?», fragte ich mich besorgt. Weitere Sirenen ertönten, und die Feuerwehr kam angerauscht. Die Männer sprangen heraus, noch bevor das Fahrzeug zum Stillstand kam. Die Polizisten eilten heran und sprachen mit unserem Piloten, dann begaben sie sich zum Feuerwehrauto. Nach Klärung des Falles zogen Feuerwehr und Polizei schließlich wieder ab. Ein

Pannenhilfe-Fahrzeug kam angefahren. Männer bockten das Flugzeug auf, entfernten das defekte Rad und verschwanden dann eilig wieder.

Volle zwei Stunden lang saßen wir da und warteten auf das Rad, das endlich gebracht und befestigt wurde. Der Pilot startete die Motoren, und wir hoben ab, über das Allegheny-Gebirge hinweg und zunächst Richtung Pittsburgh. Direkt über den Bergen zeigte die Treibstoffanzeige, die sich genau vor mir befand, gegen Null und begann gegen den Anschlag zu klopfen. Der Pilot schien das offenbar nicht zu bemerken. Ich machte ihn darauf aufmerksam, und er sagte seelenruhig: «Ach, runter kommen wir immer!»

Minuten später steuerten wir mitten in den Bergen auf einen Tafelberg zu, wo auf einem Flugfeld viele Kleinflugzeuge abgestellt waren. Der Pilot kreiste einmal, landete und rollte zu den Zapfsäulen. Wir blieben nur so lange, wie es brauchte, um das Flugzeug aufzutanken. Danach hoben wir von der schneebedeckten und vereisten Startbahn wieder ab, die zu beiden Seiten von hohen Schneemauern gesäumt war. In den Tälern unter uns lagen meterhohe Schneewehen. Nach einem kurzen Flug befanden wir uns bereits über Pittsburgh. Wir hatten langsam genug vom Reisen und waren müde und steif vom Sitzen. Nur Lady Ku'ei war noch wachsam, sie saß da, schaute aus dem Fenster und schien mit allem zufrieden zu sein.

Als sich Cleveland unter uns befand, konnten wir den Eriesee direkt vor uns sehen. Er war zugefroren und mit einer dicken Eisschicht bedeckt, durch die sich Spalten und Risse zogen. Der Pilot ging kein Risiko ein und nahm Kurs auf die Insel Pelee, die auf halbem Weg des Sees lag. Von dort flog er weiter nach Amherstburg und weiter zum Flughafen Windsor. Der Flughafen wirkte ungewohnt ruhig. Hier herrschte keine Hektik. Wir rollten zum Zollgebäude, stiegen aus dem Flugzeug und gingen hinein. Der einzige Zollbeamte wollte gerade seinen Dienst beenden. Es war kurz nach sechs Uhr abends. Verdrießlich betrachtete er unser Gepäck. «Von der Einwanderungsbehörde ist niemand mehr hier», teilte er uns mit. «Sie müssen warten, bis einer kommt.» Also setzten wir uns hin und warteten. Die Minuten krochen langsam dahin. Eine halbe Stunde verging. Die Zeit schien stillzustehen. Seit acht Uhr morgens hatten wir weder gegessen noch getrunken. Die Uhr schlug sieben. Ein Zollbeamter, der den anderen ablöste, kam herein und trödelte herum. «Ich kann leider nichts für Sie tun, solange der Beamte der Einwanderungsbehörde Sie nicht abgefertigt hat», erklärte er uns.

Die Zeit schien noch langsamer zu vergehen. Es war halb acht Uhr. Ein großgewachsener Mann trat ein, ging ins Büro der Einwanderungsbehörde und kam frustriert wieder heraus. Sein Gesicht war gerötet, als er zum Zollbeamten hinüberging. «Ich krieg die Schreibtischschublade nicht auf», sagte er. Eine Weile sprachen sie leise miteinander, probierten Schlüssel um Schlüssel aus und zerrten an der Schublade herum. In einer verzweifelten Aktion griffen sie nach einem Schraubenzieher und brachen das Schloss der Schreibtischschublade gewaltsam auf. Doch es war die falsche Schublade – sie war leer!

Schließlich fanden sie die Formulare woanders. Müde füllten wir sie aus, unterschrieben hier und unterschrieben da, und der Einwanderungsbeamte stempelte unsere Pässe ab mit: «Landed Immigrant».

«Jetzt können Sie zum Zollbeamten rübergehen», sagte er. Koffer und Kisten waren zu öffnen und Formulare mussten vorgezeigt werden, die unser Hab und Gut als Einwanderer nachwiesen. Noch mehr Stempel. Endlich durften wir Kanada in Windsor, Ontario, betreten. Der Zollbeamte taute zusehends auf, als er erfuhr, dass wir aus Irland kamen. Er selbst war irischer Abstammung. Seine Eltern lebten immer noch dort. Er stellte uns viele Fragen und, Wunder über Wunder, er half uns sogar, unser Gepäck zum wartenden Taxi zu tragen.

Als wir das Flughafengebäude verließen, war es draußen bitterkalt. Auf den Straßen lag viel Schnee. Auf der anderen Seite des Detroit Rivers ragten die Wolkenkratzer der Stadt empor, aus denen eine Flut von Lichtern strömte, da alle Geschäfts- und Büroräume hell erleuchtet waren, denn Weihnachten stand bald vor der Tür.

Wir fuhren die breite Ouellette Avenue hinunter, die Hauptstraße von Windsor. Der Fluss war nicht zu sehen. Es machte den Anschein, als würden wir direkt nach Amerika fahren. Der Taxifahrer, der uns fuhr, schien sich der Richtung überhaupt nicht sicher zu sein. Er hatte es vorher verpasst, an einer Hauptkreuzung abzubiegen. Er wendete sein Taxi mit einem bemerkenswerten Manöver, das uns allen fast die Haare zu Berge standen. Schließlich erreichten wir das von uns gemietete Haus und waren erleichtert und froh, aussteigen zu können.

Sehr bald erhielt ich ein Schreiben von der Gesundheitsbehörde mit der Aufforderung, bei ihnen zu erscheinen. Es wurde mir mit schrecklichen Maßnahmen gedroht, Ausweisung eingeschlossen, sollte ich mich nicht binnen einer gewissen Frist bei ihnen melden. Leider schienen Drohungen die Lieblingsbeschäftigung der Beamten von Ontario zu sein. Deshalb beschlossen wir, über kurz oder lang in eine etwas freundlichere Provinz umzuziehen.

Im Gesundheitsministerium wurde ich geröntgt, und es wurden noch weitere Untersuchungen durchgeführt. Zuletzt durfte ich wieder nach Hause gehen. Das Klima in Windsor war schrecklich, und das Verhalten der Behörden veranlasste uns wegzuziehen, sobald dieses Buch fertiggeschrieben ist.

«Die Rampa Story» ist nun fertig. Ich habe in diesem Buch die Wahrheit geschrieben, genauso wie in meinen anderen Büchern auch. Es gibt noch viel mehr, was ich der westlichen Welt mitteilen könnte, besonders über die Möglichkeiten des Astralreisens, von denen ich nur einen kleinen Teil erwähnt habe. So zum Beispiel: Warum entsendet man mit viel Risiko für die Teilnehmer Spionageflugzeuge, wenn man mittels Astralreisen in jeden Konferenzsaal hineinschauen kann? Man kann alles sehen und sich an alles erinnern. Unter gewissen Umständen kann man sogar Gegenstände teleportieren, das aber ist nur möglich, wenn es dem Guten dient. Doch die westlichen Menschen spotten über solche Dinge, die sie nicht verstehen. Sie schreien «Schwindler», nur weil sie selbst nicht die Fähigkeiten besitzen, über die andere verfügen. Sie lassen eine Tirade von Beschimpfungen und Schmährufen über die ergehen, die es wagen, auf irgendeine Weise «anders» zu sein.

Überglücklich schob ich meine Schreibmaschine beiseite. Ich machte es mir bequem, damit ich mich Lady Ku'ei und der blinden Mrs. Fifi Greywhiskers widmen konnte, die beide geduldig gewartet hatten.

In dieser Nacht erreichte mich noch einmal eine telepathische Nachricht: «Lobsang! Dein Buch ist noch nicht ganz beendet!» Mir wurde schwer ums Herz. Ich verabscheute das Schreiben, vor allem, weil ich weiß, dass nur sehr wenige Menschen das Vermögen haben, die Wahrheit zu erkennen. Ich schreibe über Dinge, die der menschliche Geist vollbringen kann. Doch selbst die elementaren Stufen, die in diesem Buch beschrieben wurden, werden angezweifelt. Anderseits, würde den Menschen gesagt, die Russen hätten einen Mann zum Mars geschickt, dann würden sie das ohne Weiteres glauben! Die Menschen fürchten sich vor der Macht oder der Kraft des menschlichen Geistes, deshalb ziehen sie nur Wertloses in Erwägung, wie Raketen und Weltraumsatelliten, obwohl geistige Prozesse bessere Ergebnisse bringen könnten.

«Lobsang! Was ist Wahrheit? Erinnerst du dich noch an die hebräische Geschichte? Schreibe sie nieder, Lobsang, und schreibe auch, was in Tibet einmal möglich sein könnte!»

Ein Rabbi, bekannt für seine Gelehrsamkeit und Intelligenz, wurde einst gefragt, warum er die reine Wahrheit oft mit einfachen Geschichten erklärte. «Das», sagte der weise Rabbi, «lässt sich am besten durch ein Gleichnis veranschaulichen! Ein Gleichnis über ein Gleichnis. Es gab einmal eine Zeit, in der die Wahrheit unverhüllt und nackt, so nackt wie eben die Wahrheit ist, unter den Menschen wandelte. Doch wer immer sie erblickte, wandte aus Angst oder Scham den Blick ab, weil er nicht in ihr Antlitz sehen konnte. So wanderte die Wahrheit unbeliebt, abgewiesen und unerwünscht unter den Menschen auf der Erde umher. Ohne Freunde und allein begegnete sie eines

Tages dem Gleichnis, das in feinen, farbenfrohen Gewändern gekleidet glücklich daherschritt.

‹Wahrheit, warum bist du denn so traurig und so unglücklich?›, fragte das Gleichnis mit einem aufmunternden Lächeln.

‹Weil ich so alt und so hässlich bin, dass mich die Menschen meiden›, sagte die Wahrheit traurig.

‹Ach, Unsinn!›, lachte das Gleichnis, ‹das ist nicht der Grund, weshalb dich die Menschen meiden. Ich leihe dir ein paar meiner Kleider aus. Gehe damit unter die Menschen und schaue, was dann geschieht.›

Also zog die Wahrheit einige der wunderschönen Gewänder des Gleichnisses an, und wo immer sie jetzt hinging, war sie willkommen.

Der weise, alte Rabbi lächelte und sagte: «Die Menschen können die nackte Wahrheit nicht ertragen. Sie mögen sie lieber verkleidet in den Gewändern des Gleichnisses.»

«Ja, Lobsang, ja, genau, das ist eine gute Übersetzung von dem, was wir meinen. Nun schreib noch die andere Geschichte auf.»

Die Katzen schlenderten davon, um sich auf ihre Schlafdecken zu setzen und warteten, bis ich endgültig fertig war. Ich griff wieder nach der Schreibmaschine, spannte einen Bogen Papier ein und fuhr fort …

Von weit her kam mit einem gespenstisch blauen Leuchten der Ermittler, der Späher, angeflitzt. Er überquerte Kontinente und Ozeane und ließ die sonnige Seite der Erde hinter sich, um auf ihre dunkle Seite zu gelangen. In seinem Astralzustand konnte er nur von den Menschen gesehen werden, die hellsichtig waren. Er hingegen konnte alles sehen und sich später, nach der Rückkehr in seinen Körper, an alles erinnern. Gänzlich unbeeinflusst von der Kälte und der dünnen Luft, glitt er sanft hinab und wartete im Schutze eines hohen Berggipfels.

Die ersten Strahlen der Morgensonne tauchten auf und beleuchteten kurz die höchsten Bergspitzen, die sich in Gold verwandelten, und in den Gebirgsmulden glitzerte der Schnee in Myriaden von Farben. Schwache

Lichtstrahlen schossen quer über den heller werdenden Himmel, als die Sonne langsam über den Rand des fernen Horizonts stieg.

Unten im Tal geschah Sonderbares. Sorgfältig abgeschirmte Lichter tauchten auf und bewegten sich, als befänden sie sich auf Anhängern eines Lastwagens. Der silbrige Fluss des Glücks schimmerte schwach, und helle Lichtflecke blitzten auf. Dort unten herrschte geschäftiges Treiben, seltsame, verborgene Aktivitäten. Die gesetzestreuen Einwohner von Lhasa hielten sich in ihren Häusern auf oder befanden sich unter Bewachung in den Baracken der Zwangsarbeiter.

Allmählich stieg die Sonne höher. Bald fielen die ersten Sonnenstrahlen nach unten auf ein merkwürdiges funkelndes Objekt, das vom Talboden aus hochaufragte. Als das Sonnenlicht heller wurde, konnte der Späher das immens große Objekt noch deutlicher sehen. Es war riesig, zylinderförmig, und die Spitze ragte hoch in den Himmel hinauf. Es war mit Augen und einem zähnefletschenden, weit aufgerissenen Rachen bemalt. Seit Jahrhunderten hatten die chinesischen Seemänner Augen auf ihre Schiffe gemalt, aber jetzt, auf diesem Monster, funkelten die Augen voller Hass.

Die Sonne stieg höher und bald war das ganze Tal in helles Licht getaucht. Ein sonderbares Metallgerüst wurde von dem Monster weggezogen, und das Monster stand nun nur noch teilweise abgestützt von seinen Halterungen da. Die riesige Rakete stand auf ihrer Startplattform und sah unheilvoll und todbringend aus. Wie eine Kolonie verrückter Ameisen rannten Techniker mit Kopfhörern um ihren Unterbau herum. Schrill heulte eine Sirene auf, deren Echo von Felswand zu Felswand und von Berg zu Berg widerhallte, das sich zu einer furchterregenden und schrecklichen Kakophonie vermischte und immer stärker und lauter wurde. Soldaten, Wachen und Arbeiter drehten sich um und rannten los so schnell sie konnten in den Schutz der entfernteren Felsen.

Auf halber Höhe des Berges fiel das Sonnenlicht auf eine kleine Gruppe Männer, die sich um ein Funkgerät herumscharten. Ein Mann ergriff ein Mikrofon. Er sprach mit seinen Mitarbeitern, die sich etwa zwei Kilometer von der Rakete entfernt in einem großen Schutzraum aus Beton und Stahl befanden. Eine dröhnende Stimme zählte die Sekunden rückwärts und verstummte.

Einen kurzen Moment lang geschah nichts. Es herrschte Ruhe. Die schwachen Rauchsäulen, die aus der Raketenbasis strömten, waren das einzige, was sich vorerst rührte. Darauf folgten dichtere Rauchwolken, und das Dröhnen wurde zunehmend lauter und lauter und löste kleine Steinschläge an den Berghängen aus. Die Erde selbst schien zu erzittern und zu beben. Das Dröhnen wurde noch lauter und lauter, bis es schien, die Trommelfelle müssten unter der Lautstärke platzen. Große Flammenzungen und Rauch quollen aus dem Unterbau der Rakete hervor und verdeckten alles, was darunter lag. Anfänglich, wie unter enormer und ungeheurer Anstrengung, hob die Rakete ab. Einmal schien es, als stünde sie auf ihrem Feuerschweif still, dann legte sie an Geschwindigkeit zu und stieg mit einem dröhnenden Brüllen in den erschaudernden Himmel hinauf. Hoch und höher stieg sie und hinterließ am Himmel einen langen Kondensstreifen und Rauch. Ihr Gekreische ließ die Berggipfel noch lange, nachdem die Rakete verschwunden war, erzittern.

Die Techniker am Berghang beobachteten sie aufgeregt auf ihren Radargeräten. Sie schrien in ihre Mikrofone oder suchten mit ihren starken Ferngläsern den Himmel ab. Weit, weit oben war noch ein glitzernder Lichtpunkt zu sehen, während sich die riesige Rakete neigte und ihren Kurs einnahm.

Erschrockene und verängstigte Gesichter tauchten hinter den Felsen auf. Kleine Menschengruppen versammelten sich. Die ganzen Unterschiede zwischen Wächtern und Zwangsarbeitern schienen vorübergehend vergessen. Die Minuten verstrichen. Die Techniker schalteten ihre Radargeräte aus, denn die Rakete hatte ihren Radarbereich bereits verlassen.

Plötzlich sprangen die Techniker auf und gestikulierten wie wild. Vor lauter Aufregung hatten sie vergessen, die Mikrofone auszuschalten. Die mit einem Atomsprengkopf versehene Rakete war in einem weit entfernten, friedlichen Land niedergegangen. Das Land und die Städte hatten sie in einen Trümmerhaufen verwandelt und die Menschen vernichtet. Bei voller Lautstärke der Lautsprecher grölten und johlten die chinesischen Kommunisten vor Freude über ihre schreckliche Tat und vergaßen dabei jegliche Zurückhaltung. Die erste Phase des Krieges war beendet. Die Zweite sollte bald folgen. Triumphierend eilten die Techniker herbei, um die zweite Rakete startklar zu machen.

Ist das nur Fantasie? Es könnte zur Tatsache werden! Je höher die Abschussstelle einer Rakete liegt, desto weniger wird sie durch die Atmosphäre behindert. Das bedeutet, sie braucht viel weniger Treibstoff. Eine Rakete, die von der Hochebene Tibets aus abgeschossen wird, etwa fünftausend Meter über dem Meeresspiegel, wäre viel effizienter als eine Rakete, die vom Tiefland aus gestartet wird. Deshalb haben die Kommunisten einen einzigartigen Vorteil gegenüber dem Rest der Welt. Sie besitzen damit den höchsten und somit effizientesten Standort, von dem aus sie Raketen entweder ins Weltall oder auf andere Länder abschießen können.

China hat Tibet überfallen (es nicht erobert) damit es diesen großen Vorteil gegenüber den Westmächten hat. China hat Tibet überfallen, um so nach Indien zu kommen, sobald sie dazu bereit sind, und rücken vielleicht über Indien nach Europa vor. Es könnte sein, dass sich China und Russland verbünden, um einen Zangenvorstoß zu unternehmen und das freie Leben in allen Ländern, die ihnen im Wege stehen, zu vernichten. Das könnte geschehen – es sei denn, es würde bald etwas dagegen unternommen werden. Polen? Pearl Harbour? Tibet? «Experten» hätten gesagt, dass solche Ungeheuerlichkeiten nie möglich sind. Damals irrten sie! Werden sie sich dieses Mal auch wieder irren?

Index